Pleasure for Pleasure
by Eloisa James

恋のめまい

エロイザ・ジェームズ
きすみ りこ[訳]

ライムブックス

恋のめまい

主要登場人物

ジョセフィーン（ジョージー）・エセックス……スコットランドの貴族の娘
メイン伯爵ギャレット・ランガム……イングランドの貴族
レディ・グリセルダ・ウィロビー……エセックス姉妹のお目付け役
テレサ（テス）・エセックス・フェルトン……ジョセフィーンの姉
ルーシャス・フェルトン……テレサの夫
アナベル・ポーリー……ジョセフィーンの姉
アードモア伯爵ユアン・ポーリー……アナベルの夫
レディ・イモジェン・メイトランド……ジョセフィーンの姉
ホルブルック公爵ラファエル（レイフ）・ジョーダン……イモジェンの夫
シルビー・デ・ラ・ブロドリー……メイン伯爵の婚約者
チャールズ・ダーリントン……公爵家の息子
エリオット・ガバナー・サーマン……ダーリントンの友人

1

巷《ちまた》で大評判の回想録『ヘルゲート伯爵――上流社会の夜』より

親愛なる読者よ

もしあなたが繊細な心を持つご婦人なら、どうか今すぐにこの本を読むのをやめていただきたい。あなたを驚かせ、うろたえさせるのは、わたしの本意ではないのだから。

わたしは節度に欠けた情熱的な日々を送ってきた。このたび、そのすべてを語ろうと決心したのは、そうすることで多感な紳士淑女のみなさんがわたしと同じ過ちを犯すのを防げたらとの思いからだ……。

　さあ、心してお読みあれ！

一八一八年五月二四日　ロンドン、グローブナー・スクエア一五番地
ホルブルック公爵邸

　その話題を持ち出すには単刀直入に口にするしかなかった。少なくともジョージーには、

それ以外の方法は思いつかなかった。「わたしがこれまで読んだどの小説にも、結婚初夜のことはあまり詳しく書かれていないの」彼女は三人の姉に向かって告げた。

「そう願うわ！」四姉妹の長女のテスが、ジョージーを見もせずに言った。

「だから、これからお姉さまたちがイモジェンお姉さまに結婚初夜について話すなら、わたしも一緒に聞くわ」

「それはどうかと思うけれど」テスは言った。今までに二度同じことを言ってきた者にふさわしく、いささかうんざりした口調で。明日になれば、テス、アナベル、イモジェン、ジョージーのエセックス四姉妹のうちで結婚していないのは、ジョージーひとりになるのだ。

「あなたが結婚する前の晩には、知っておかなければならないことは教えてあげるわよ」イモジェンが口を挟んだ。「わたしはなにも教えてもらわなくてけっこう。未亡人だもの」

四姉妹は子供部屋の小さなテーブルを囲んで軽い夕食をとっていた。ジョージーのお目付け役であるレディ・グリセルダも一緒だったが、彼女はその晩のほとんどを肘掛け椅子におさまってヘルゲート伯爵の回想録を読むことに費やしていたので、料理は少ししか口にしておらず、会話にもあまり加わっていなかった。

姉妹とグリセルダだけで食事をしているのは、結婚式の前の晩に花婿に会うと不幸になると、イモジェンがどこかで聞いてきたからだった。イモジェンは姉妹の後見人であるホルブルック公爵と結婚するので、彼が食事をする食堂では食べられなかったのだ。厳密に言えば、アナベルの息子のサミュエルも仲間に加わっていたが、生後四カ月の彼は赤く輝く玉の夢を見ていて、ときおり物欲しげに鼻を鳴らすだけだった。

「このままでは」ジョージーは言った。「とても結婚なんてできそうもないわ。男と女のことは小説を読むだけではわからないし」

「テスお姉さま、ご存じ？　ジョージーったら、夫をつかまえるための効果的な方法を書き留めてリストにしているのよ」四姉妹の次女アナベルはそう言うと、最後にひと口残っていたクリーム菓子のシラバブを食べた。

「わたしたちの例をもとに？」テスが片方の眉を吊《つ》り上げた。

「そんなことをしたら、とても短いリストになるわ」ジョージーは言った。「自分の名誉を危うくして、相手を自分との結婚に追い込み、首尾よく結婚する。ただそれだけ」

「わたしはルーシャスに名誉を危うくされてなどいないわよ」そう言いながらも、テスは笑い声をあげた。

「お姉さまがルーシャスお義兄《にい》さまと結婚したのは、祭壇の前でメイン伯爵に捨てられたあとじゃない」ジョージーは指摘した。「求婚期間はそう長くなかったわ。確か一〇分かそこらだった」

テスの目に浮かんだ笑みは、その一〇分間がとてもすばらしいものだったことを物語っていた。ジョージーはそれについて考えたくもなかった。姉がうらやましくなるからだ。たとえジョージーが祭壇の前で捨てられても、次の間に第二の花婿候補が控えていたりはしないだろう。それどころか、結婚市場における今の彼女の悲惨な状況からすると、いつか祭壇の前に立つという考え自体、捨てなければならないかもしれない。

「わたしの名誉が危うくなったのは本当だわ」アナベルが言った。「でも、イモジェンは純粋に愛のためにレイフと結婚するのよ。長い求婚期間を経てね」

「わたしは駆け落ちしようと言ったんだけど」イモジェンはにっこりした。「レイフに言われたの。ドレイブンの例にならって、わたしと駆け落ちして結婚するためにスコットランドまで行くなんてごめんだって」

「レイフの言うとおりよ」とテス。「あなたは公爵夫人になるのよ。そんなめちゃくちゃなやり方で結婚するなんて、とうてい無理な話だわ」

「あら、そんなことないわ」

「でも、もしそうしていたら、イモジェンお姉さまは上流社会の人たちから大きな楽しみを奪っていたでしょうね」ジョージーは言った。「これまでのところ、今回の社交シーズンのいちばんの楽しみは、舞踏室の反対側からお姉さまに熱いまなざしを向けるレイフを見守ることなんだから。ねえ、いいから早く結婚初夜について話しましょうよ。わたしの知識は大きく欠けているんだもの」

「わたしの知識には欠けているところなんてないわ」イモジェンが言う。「だから――」

「やっぱりそうだったのね！」ジョージーは声をあげた。「お姉さまとレイフはもう初夜を過ごしたんだわ。なんてはしたない！」芝居がかった仕種《しぐさ》で片手を額にあてる。「自分の後見人の体の下に身を横たえるなんて」

「ジョセフィーン・エセックス！」ふいにテスが妹たちを育てた長女の顔になった。「もしまたそんなふうに下品なことを口にしたら――叩《たた》くわよ！」

ジョージーはにんまりした。「体の位置については知っていることを示しただけよ」

「そのほかの部分も、すぐに学ばなければならなくなるわ」アナベルが言った。すでに席を立ってベビーベッドに足を運び、サミュエルを抱き上げていた彼女は、座面の広い椅子に両足を上げて座り、ほっそりした足首を交差させて腕のなかに赤ん坊を抱いていた。サミュエルはそうされるのに慣れているらしく、目を覚ましもしなかった。

ときおり燃え上がる嫉妬《しっと》の炎をもっとうまく抑えるようにしなければならない、とジョージーにはわかっていた。けれども三人の姉を順番に見やるだけで、スケートをしていて寒さに凍りついたつま先のように胸が痛んだ。姉たちはみなほっそりしている。いや、アナベルは痩《や》せているとは言えないが、その体は見事な曲線を描いていた。三人とも幸せな結婚をしているか、結婚間近だ。そのうちのふたりの結婚相手は貴族で、テスの夫は爵位こそ持っていないが、イングランドでも有数の富豪だった。それほどの資産なら貴族の宝冠にも勝ると誰もが認めるだろう。

「わたしは真剣なのよ」ジョージーは現在の問題に心を戻した。「アナベルお姉さまは結婚式に出たらスコットランドに帰ってしまうし、イモジェンお姉さまはそのまま新婚旅行に行ってしまうんだもの。もしすぐ結婚することになったら、どうしたらいいの？　あれこれ教えてくれる人が誰もいないのよ？」

夫を見つけるには、なにか思い切った手を打つべきだ。ジョージーは心の奥底ではわかっていた。このまま普通にしていたら、誰も自分に求婚してこないだろう。夫をつかまえようと思ったら、誰かの名誉を危うくしなければならないかもしれない。その人が、すぐ彼女と結婚するしかなくなるように。「イモジェンお姉さまは、アナベルお姉さまがユアンお義兄さまと結婚する直前に、アナベルお姉さまに言ったわ。お義兄さまとは人前でキスしなければならないって」

「まあ！　そんなこと、よく覚えているわね」イモジェンは少し驚いた顔をした。

「お姉さまはこう言ったのよ」ジョージーは続けた。「ドレイブンが自分を愛してくれなかったのは、自分が彼に競馬場でキスさせなかったからで、ルーシャスお義兄さまがテスお姉さまを愛しているのは、お義兄さまが人前でキスするのをテスお姉さまが許したからだって」

テスはまた笑い声をあげた。「ルーシャスに教えてあげなくちゃ。あなたがわたしを大好きなのは、わたしがあなたに競馬場でキスさせてあげたからよって！」

「ばかなこと言わないで」イモジェンがジョージーに言った。「確かに去年はそう思っていたけど、われながらばかもいいところだったわ。そんなの、真剣に受け取ってはだめよ」

「あら、真剣に受け取るわよ」ジョージーは応《こた》えた。「人目のある場所で誰かがわたしにキスしたがっているような素振りを見せたときには、お姉さまが言ったことを思い出すわ。なんなら、ふたりきりのときでもね」

サミュエルの頭にキスしていたアナベルが顔を上げた。「どうしてそんなにいらいらしているの、ジョージー？　心ときめく人がまだ現れないから？」

室内に沈黙が降りた。どうやらロンドンから、アナベルが夫である伯爵とともに住むスコットランドの城までのあいだで、手紙が何通か行方不明になったようだと誰もが気づいた。

ジョージーはいかにも彼女らしく、みなが言いよどんでいることを口にした。「わたしはシーズンの花形というわけじゃないの」苦々しげに言う。

「あら、シーズンはまだ始まったばかりじゃない」アナベルは赤ん坊の小さな肩を毛布でくるんだ。「これからいくらでも男の人を惹《ひ》きつけられるわ」

「アナベルお姉さま」

ジョージーの声の調子がいつもと違うことに気づき、アナベルは顔を上げた。

「わたしは〝スコットランド産ソーセージ〟と呼ばれているのよ」

もしジョージーが自ら愛読している小説の作者だったとしたら、〝あたりは水を打ったように静まり返った〟と書いていたことだろう。

アナベルが目をぱちくりさせてジョージーを見た。「ス、スコ――」

「アナベルお姉さまにも責任があるんだから」イモジェンが声をとがらせた。「ジョージーを隣人のクローガンに紹介したのはお姉さまでしょう。本当にいやな男だわ。ジョージーに言い寄って断られた腹いせに、ダーリントンという学校時代の友達に手紙を書いて、ジョージーを悪く言ったの。そうしたら最悪なことに、そのダーリントンというのが残酷なあだ名をつける名人だったというわけ」

「まさに蛇の舌の持ち主よ」テスがにべもなく言う。「人から嫌われて当然なのに、そうじゃないの。とても頭がいいから。でも今回ばかりは、大して気が利いているとは思えないわ。ただ意地悪なだけで」

「ひどいわ！」アナベルが背筋を伸ばして大声をあげた。「クローガン兄弟がそんなことを？」

「弟のほうがね」ジョージーはむっつりと答えた。「窓の外にある木の上で、わたしに歌を歌っていた男よ」

「あなたが彼と結婚したがっていなかったのは知っているけど――」

「彼のほうもわたしと結婚したくはなかったの。スコットランドの子豚と結婚するなんて沽《こ》券《けん》にかかわると思っていたのよ。でも、わたしに求婚しなければ家から放《ほう》り出すってお兄さんに脅かされていたの」

「なんですって？」アナベルが当惑の声をあげた。「いつそんなひどいことを言われたの、ジョージー？　彼がわたしたちの家に来たのは一度きりだし、あなたと一緒に出かけさせることもしなかったのに！」

「わたしと結婚するようお兄さんに言われているのを偶然聞いちゃったのよ」

アナベルがいぶかしげに目を細めた。「どうして言ってくれなかったの？　あの男がロンドンの友達に手紙を書いてあなたを悪く言うなんてこと、ユアンは絶対に許さなかったでしように。このことを知ったら、ユアンはあの男を殺すと思うわ。去年だって、危うくそうするところだったんだもの」

「あまりにも屈辱的だったから」

けれども妹のことを一七年間知っているアナベルは、ジョージーがかすかに頬を上気させたのに気づいた。小さく息をのんで言う。「ねえ、ジョージー、弟のほうのクローガンの具合が悪くなったのは、あなたとはなんの関係もないわよね？」

ジョージーは顎をぐいと上げた。「きっとなにか食べたものにあたったのよ」

「二週間で一〇キロも体重が減ったのよ！」

「彼にとってはそれぐらいなんでもないじゃない。いい気味だわ」

「お父さまの馬用の薬をのませたの」イモジェンがアナベルに告げた。

「お父さまのじゃないわ」ジョージーは言った。「わたしのよ。わたしが自分で調合したんだもの」

「ジョージーがとった手段は感心できないって、わたしからもう言って聞かせたわ」テスが皮を剝《む》いていたりんごから目を上げて言った。

「感心できないですって？　一歩間違えれば死んでいたかもしれないのよ！」

「それはないわ」ジョージーは憤慨した。「お父さまの厩舎《きゅうしゃ》で働いていたピーターキンがあの薬を馬丁にのませたとき、その馬丁は具合が悪くなっただけで死んだりしなかったもの」

「自業自得じゃないかしら」とイモジェン。「ジョージーがロンドンでつらい思いをしているのは、みんなその男のせいなんだから」

「クローガンはあなたのことをなんて言ったの？」アナベルが訊《き》いた。「ユアンが彼を殺してくれるわ。間違いなく」

「スコットランドの子豚」ジョージーは力なく答えた。「ダーリントンがそれを耳に残りやすい〝スコットランド産ソーセージ〟に変えたの。そうしたら、わたしのあだ名としてすっかり定着しちゃった」声に深い絶望が表れているのが自分でもわかる。

「まあ、ジョージー、本当にごめんなさい」アナベルがささやいた。「そんなことになっているなんて、ちっとも知らなかったわ」

「何週間か前にあなたに手紙を出したんだけど、どうやらあなたがスコットランドから来るのと行き違いになったみたいね」テスが告げた。

「もう手遅れよ」ジョージーは言った。「誰もわたしと踊ろうとしないんだもの。テスお姉さまかイモジェンお姉さまに促されないかぎり」

「そんなことないわ」イモジェンが言った。「ティモシー・アーバスノットはどうなの？」

「彼は年を取りすぎているわ」ジョージーは答えた。「それにやもめよ。四人の子供の母親になってくれる女が必要なだけに決まってる。そんな役目を押しつけられるのはごめんだわ」

「ティモシーはまだ三〇かそこらよ」テスが言った。「わたしやアナベルの旦那《だんな》さまやイモジェンの旦那さまになるレイフと、そう変わらないわ」

「それに」とイモジェン。「三〇というのは男の人にとって分かれ目になる年齢なのよ。だいたいそのころまでに知性が身につくものなの。もし三〇になっても身についていなければ、もう手遅れというわけ。だから二〇代の男性を手に入れようとしてはだめ。そんなのは、袋に入った豚をよく調べもせずに買うようなものだから」

「豚を引き合いに出さないで」ジョージーは歯を食いしばった。「ミスター・アーバスノットなんていやよ。まるで蠟《ろう》人形みたいな顔をしているんだもの。朝起きて、顔のまんなかに鼻をつけてきましたっていうような」

「なんだか気持ちが悪くなりそう」アナベルが言った。「今の不運な状況はどうにかしていいほうに変えなければならないけど、アーバスノットにそれを期待するわけにはいかないみたいね」

「状況をいいほうに変えるなんて無理よ」ジョージーは嘆いた。「奇跡でも起こって、わたしが急に痩せでもしないかぎり、わたしを見た人はみんなソーセージを思い出すんだから」

「ばかばかしい」アナベルは言った。「あなたはきれいよ」みなの視線がジョージーに集まった。姉たちと同じようにドレッシングガウンに身を包んでいたジョージーは、顔をしかめて三人を見返した。

「あなたにとって問題なのは」アナベルが続けた。「あなたをよく知らない人には、あなたはルネサンス期のおしとやかな聖母像みたいに見えるということよ」

「丸々とした、いかにも母親らしい顔をした聖母像ね」ジョージーは暗い声で応えた。自分のふっくらとした頬がいやでたまらないのだ。

「いいえ、美しく輝く肌をした、きれいな顔の聖母像よ。でも、実際のあなたはおしとやかには程遠い」

「本当ね」イモジェンがシードケーキの最後のひと切れを食べながら言った。「あなたほど美しい肌をしている人はほかにいないわ、ジョージー」

「あいにく肌の面積が広すぎるけど」

「ばかなこと言わないで。わたしもグリセルダも何度も言っているでしょう？　殿方はわたしたちのような体つきの女が大好きだって」とアナベル。「グリセルダ！　本を読むのはそのぐらいにして、ジョージーに言ってやってちょうだい。あなたやわたしの体つきが、男の人にとってどんなに魅力的か」

「わたしたち三人の体つきは同じじゃないわ」ジョージーは言った。「お姉さまは出るところは出て引っ込むところは引っ込んでいるけど、わたしは出ているだけだもの」

グリセルダが顔を上げた。「この本、ものすごくおもしろいわ。ヘルゲートが誰なのか、だいたいの見当はついたわよ」

「あなたのお兄さま？」イモジェンがのんびり尋ねた。ロンドンじゅうの人間がヘルゲートの回想録を読んでおり、その大半がヘルゲートの正体はメイン伯爵だと結論づけていた。

「違うと思うわ」グリセルダは答えた。「まだ三分の一しか読んでいないけれど、兄の求愛の相手らしき女性はひとりも出てきていないもの」

「メインと女性との関係を表すのに求愛という言葉はふさわしくないんじゃない？」ジョージーは指摘した。

「そうしたことには必ずしも正確にならなくていいの」兄の品性が疑われているとも取れるジョージーの言葉にも、グリセルダはまったく動じていないようだ。「兄が聖人でないことは、ここにいるみんなが知っているわ。いくら巧みに書かれていても、もし兄がモデルなら、お相手の女性の正体ぐらいわかるはずよ」

「メインが恋しているというのは本当なの？」アナベルが尋ねた。「とても信じられないわ。最初に彼と会ったときのことを覚えている？　わたしたちがレイフのお屋敷に着いた晩に」

「あなたはメインを自分のものにすると言ったのよ」テスがにっこりして言った。

「ええ、そうよ、それなのにお姉さまはさっさと彼と婚約したんだわ」アナベルは言い返した。「わたしの言葉なんてまったく無視して」

「エセックス姉妹のほぼ全員が、どうにかしてメインを自分のものにしようとしたと言ってもいいかもね」イモジェンがくすくす笑った。

「あなたのとった方法について、あれこれ言わないほうがいいわよ」テスが口を挟んだ。

「あら、わたしとメインのあいだには不適切なことはなにもなかったわ」イモジェンは言った。「簡単な話よ。ロンドンにいる女性の半数と寝たあとで、メインはわたしとベッドをともにするのを拒んだの。少しもためらわずに」

「兄は道徳心に富む男だもの」グリセルダは、ぷっと吹き出した姉妹たちを片手を上げて制した。「ええ、わかっているわ……兄の評判は上々とは言えないって。でも、兄は誰かの気持ちをわざと傷つけたことは一度もないし、弱っている女性につけ込むような真似《まね》をしたこともないのよ。ねえ、イモジェン、あなたはまさにそういう状態だったでしょう」

「メインは燃え尽きてしまった可能性もあるわ」ジョージーは言った。「わたしがヘルゲートはメインじゃないかと思うのはそのせいなの。確かにメインには派手な噂《うわさ》があるけれど、みんな過去のことよ。彼はもう何年も情事を持っていないんでしょう、グリセルダ？」

「もう二年になるわ」グリセルダは誇らしげに答えた。

「ほらね？　どうやらヘルゲートは自分がしてきたことを悔いているみたいだし、たぶんメインも同じように考えているんだと思うの。その本、わたしにも読ませてもらえないかしら、グリセルダ。もう充分に大人なんだから」

「悪いけど、それはできないわ」グリセルダは続けた。「兄は恋しているの。これまでの過ちは過去のものとして忘れてあげなきゃ」本を開き、ふたたび読みはじめる。

アナベルはサミュエルの体を揺らしながら眉をひそめた。「グリセルダの言うとおりよ。メインがどういうわけかわたしたち四人の手を逃れて、わたしたちの知らない人と結婚するのは癪《しゃく》だし――お相手の美しいフランス人女性について詳しく聞きたいとも思うけど――今いちばん大事なのはあなたのことよ、ジョージー」

ジョージーは、メインと結婚できないのなら、いっそ誰とも結婚しないほうがましだと冗談を言いかけたがやめておいた。いつまでも独身でいる可能性があまりにも現実味を帯びているように思えて、とても口にできなかったのだ。

「着ているドレスが悪いのよ」アナベルが断言した。「グリセルダがひいきにしている腕のいい仕立て屋のところに行くべきだわ」

「ドレスはひととおりそろっているわ。レイフが新しくつくらせてくれたから」

「わたしのドレスをお願いしているマダム・バドーのところに、ジョージーを連れていったの」イモジェンの口調はどことなく曖昧《あいまい》だった。「でも――」

「マダム・バドーはすばらしいコルセットを手に入れてくれたわ」ジョージーは言った。「それをつけているときは、綱をほどかれた気球みたいに四方八方に膨らんでいる気分にならずにすむの」

「あのコルセット、わたしは嫌いよ」テスがにべもなく言った。

「あいにくだけど、わたしもそう」とイモジェン。

「でも、わたしはこれからもつけるわ」ジョージーは言い張った。「あれをつけていると、イモジェンお姉さまのドレスがもう少しで着られそうになるんだもの。信じられる、アナベルお姉さま？　それに今でさえ上流社会の笑い物になっているのに、特製コルセットをつけていなかったらいったいなんて言われるか」〝特製コルセット〟――マダム・バドーが用意してくれたコルセットを、ジョージーはそう呼んでいた。

「そのコルセットのどこがどうすばらしいの？」アナベルが尋ねた。いつのまにか目を覚ましていたサミュエルに、遅い夜の食事をとらせている。

ジョージーは目をそらした。わたしは大きすぎる胸――オレンジぐらいでいいのにメロンほどもある――がいやでたまらないのに、アナベルはさらに豊かな胸をしていながら、ためらいもなくみなの前で授乳している。

「鯨のひげとなんだかわからないものでできた、おかしな代物よ」テスがアナベルに説明した。「鎖骨からお尻のところまであるの」

「そんなものをつけて、どうやって座るの？」アナベルが尋ねた。

「そのへんはうまくできているのよ」ジョージーは答えた。「腰まわりに何本かダーツが入っていて、座れるようになっているの」

「つけていて苦しくない？」

「まあ、快適とは言えないかもね。でも上流社会のパーティー自体、いちばんいいときでも快適とは言えないでしょう？　どのパーティーも決まって退屈だわ。わたしはダンスがうまくないのに、楽しめるのはダンスだけみたいなんだもの」

「あの代物をつける前は、あなたはもっと優雅に踊れていたわ」テスが指摘した。

ジョージーはその言葉を無視した。「マダム・バドーはコルセットの上から着てぴったりくるドレスを何着もつくってくれたの」

「そうなのよ」テスが言った。「それらのドレスはコルセットにぴったりであって、あなたにぴったりではないわ」

「それでいいの」ジョージーは鋭く言い返した。「とにかくコルセットをつけていないと舞踏会で誰からも相手にしてもらえないんだから、わたしを侮辱するのはやめてちょうだい」

「侮辱なんてしていないわよ」イモジェンが言った。「別の種類の下着をつけたほうが、もっと快適に過ごせるんじゃないかと思っているだけ」

「そんなことはないわ」

グリセルダがまたぱたんと本を閉じた。「ヘルゲートが女性と戯れる以外のことに割く時間をどうやって見つけていたのか見当もつかないわ。だって、まだ七章なのに、彼のふるまいはスキャンダラスもいいところなのよ」

「いちばん不思議なのは、ヘルゲートが名誉を危うくしてもいなければ、結婚するはめにもなっていないことよ」ジョージーは言った。「わたしのお友達のデイジー・ペッカリーは、その本を読むのをお母さまに許してもらったんですって。デイジーが言っていたの、ヘルゲートは何人もの若い未婚の女性と寝ているって」

「それもまた、兄とヘルゲートが似ていないと思う理由のひとつよ。兄は結婚している女性としか寝ないんだから」

「賢い判断だわ」ジョージーは言った。「これまでに読んだ小説や、上流社会を観察してきた結果から考えると、若い未婚の女性に対してみだらなふるまいに及ぶのは軽率きわまりないことだもの。結婚はみな、愚かかもしれないけど罪のない戯れの結果なんだから」

「わたしがそのいい例ね」アナベルが口を挟んだ。アナベルが結婚したのは、彼女と今の夫とのスキャンダルがゴシップ紙に載ったあとだった。

「わたしの見るかぎり」ジョージーは続けた。「確たる魅力もないのに適度に軽率なふるまいをしない女は愚かもいいところよ」

ふいにジョージーは、みなからじっと見つめられていることに気づいた。

「誰もわたしに言い寄ってきてくれないんだもの」ジョージーは主張した。「仮説を実践するつもりなんてなかったんだけど」

「ユアンと結婚しなくてはならなくなって、わたしは本当に運がよかったと思うわ」アナベルはジョージーに向かって顔をしかめた。「でも困難な状況のもと、即断を迫られてした選択に満足できないでいる若い女性もいるのよ」

「わかるわ」ジョージーは言った。だが内心では、すばらしい仮説を立てながらもそれを実践する機会を得られない理論家が抱く苛立《いらだ》ちを感じていた。わたしにはスキャンダルなんて起こせるはずもない。誰も〝スコットランド産ソーセージ〟に近寄ろうとしないのだから。

とはいえ、ソーセージもいつかは結婚しなければならない。いよいよ、とうてい立派とは言えない方法で夫を手に入れなければならなくなった、とジョージーは思った。もちろん、その方法を姉たちに明かすつもりはなかったが。

アナベルがテスとイモジェンに向き直った。「それで、ジョージーがスキャンダルを起こす気でいることに、あなたたちふたりはいつから気づいていたの？」

イモジェンはぶどうをひと粒、口に放り込んだ。「たぶんジョージーは一年ほど前に思いついたんだと思うわ。そうでしょう、ジョージー？」

「というより」テスがイモジェンの言葉を正した。「ミネルバ書房の小説を読みはじめたときから、そういう考えを持っていたのよ」

ジョージーは心のなかで肩をすくめた。わたしの計画をお姉さまたちは知っていたのね——そして今、グリセルダにも知られてしまった。グリセルダは本から目を上げて、驚いたような顔をしている。

「お姉さまたちが見落としていることがひとつあるわ。些細《ささい》なことだけど」ジョージーは言った。

「あら、なにかしら?」アナベルが尋ねた。

「スキャンダルを起こすにはふたりの人間が必要なの。誰もわたしと踊ろうとさえしないんだから、エセックス家の娘は相手を罠《わな》にはめて結婚したと言われずにすみそうよ」

「そう願うわ」

「言い間違えたわ。また相手を罠にはめて結婚した、だった」ジョージーはそう言うと、イモジェンが投げたぶどうの粒を首をすくめてよけた。

2

『ヘルゲート伯爵――上流社会の夜』第一章より

肉欲の罪にまみれた人生に踏み出す人々のなかには、自分はそうした人生を送るように生まれついていると幼いころに気づく者もいるだろう。だが、親愛なる読者よ、わたしは幸せにも、将来自分が罪深い行為に及ぶとはまったく知らずに育った。

実際、わたしは無邪気な若者となり、あるときセント・ジェームズ宮殿――ああ、その名をあげるのも心苦しいが――を訪れて、とある公爵夫人と会った。緑色の長靴下をはいたその女性とわたしとの物語をすでにご存じの方もいるだろう。今だからお話しするが……。

ロンドン　セント・ポール大聖堂

華やかでありながらも敬虔《けいけん》な雰囲気の漂う、厳かな式だった。セント・ポール大聖堂の祭壇の前でイモジェンを迎えたのは、ほかならぬロンドン主教だった。金色のドレスに身を包んだイモジェンは最高に美しく、花婿は作法に反して式のあいだじゅう彼女の手を握っていた。けれども、それをとがめる者はなく、彼が花嫁に向ける笑みは不幸な結婚生活を送る多くの者の涙を誘った。幸せな結婚生活を送る者のなかにさえ、涙ぐむ者がいたほどだった。

メイン伯爵ギャレット・ランガムは、深く満足している様子で祭壇の前に立つ親友のホルブルック公爵ラファエル・ジョーダンを見守っていた。ラファエル——レイフのようにみっともないほどうっとりした顔の男を、いつものメインならあざ笑っていただろう。レイフはまるで恋の病にかかった牝牛《めうし》、いや、牡牛《おうし》のようだ。だが、今のメインにはそんな友人の姿も好ましく思えた。彼自身がレイフと同じ気持ちだったからだ。まもなくメインも主教の前に立ち、愛し慈しむことを誓うだろう。ちょうど今、レイフがそうしているように。

そう考えると鼓動が速くなった。自分がうっとりした顔になっているのがわかる。今やシルビーは彼のものなのだ。世界でいちばん愛している女性がそうなることを承諾してくれた。それがこれほど心躍ることだとは今まで知らなかったし、思いもよらなかった。

メインは左側に目をやった。彼女はそこに彼と並んで立っている。シルビー・デ・ラ・ブロドリー。その名前を思い浮かべるだけで、背筋がぞくぞくするほどの喜びを感じた。シルビーはいつもどおり洗練された装いをしている。赤みがかった金髪には合わないはずの淡い薔薇《ばら》色のドレスが、どういうわけか髪の美しさを際立たせていた。つんととがった優雅な鼻。リボンで飾られた、いかにもフランス製らしいしゃれたボンネットの下から、巻き毛がうなじに垂れている。ボンネットと同じく、シルビー自身もいかにもフランス人らしかった。

メインの母親もフランス人で、彼はフランス語を話すのが大好きだった。なにもかも、そうなるべくしてなったような気がした。ついに愛する女性を見つけたと思ったら、彼女はフランス人だったのだ。

「それこそまさに神の摂理だよ」昨夜、レイフはくつろいだ様子でそう言った。レイフは酒をやめているので、ふたりは彼の結婚を祝って水で祝杯をあげていた。

「それに妹も彼女を気に入っているんだ」メインは言った。

「グリッシーは気のいい女性だからね。きみも今や家庭的な幸せを手に入れようとしているんだから、彼女にも夫を見つけてやらなければならないよ。そんなに浮かれているきみは、とても見ていられない」

「あと少しの辛抱じゃないか」メインは言い返した。「新婚旅行に行くんだろう？　流行に乗るというわけだ」

「きみはシルビーを人里離れた場所に連れていきたくないのか？　できれば最も遅い船で」

メインの脳裏にシルビーの長手袋を脱がせている自分の姿が浮かんだ。ほっそりした手首があらわになって……。

黙り込んだメインを見て、レイフは声をあげて笑ったのだった。

自分が婚約者に危険なほど惚《ほ》れ込んでいることにメインは気づいていた。手袋に包まれた彼女の指に視線を落としただけで、股間《こかん》がこわばるのがわかる。手袋を脱がすことを考えると、何年ぶりかで激しい欲情を覚えた。たぶん五人目か六人目の既婚女性と寝て以来だろう、とわれながら恥ずかしく思いながらも愉快な気分になった。

だが、シルビーはメインが最初に寝た女性から三〇人目の女性までとは違っていた。そして、彼がシルビー以外に唯一心から愛した女性であり、巧みな誘惑に落ちなかったただひとりの既婚女性であるヘレンことゴドウィン伯爵夫人とも違っていた。今、その伯爵夫人はメインの数列うしろの席に座っている。メインは彼女と大して話していないが、夫と幸せに暮らしていることは目の輝きから見て取れた。伯爵夫人との関係で大きな失望を味わったせいで（もっとも、そう認めるのはためらわれたが）、メインはそれまでのように社交界の女性と関係を持つことを楽しめなくなっていた。

もちろん、それはもう過去の話だ。シルビーは処女で肉体的には純潔だったが、男と女がベッドをともにすることについてはフランス人らしく現実的な考えを持っていた。実際、彼女は魅力的なフランス訛《なま》りで、わたしはあなたをベッドで幸せにできないのではないかと思う、とメインに言ったのだ。そのときのことを思い出し、メインは小さく微笑《ほほえ》んだ。なんてうぶな言葉だろう。しゃれた身なりをした彼の婚約者が口にしたその言葉をあえて口にしようと思う者は、彼女以外にはいないだろうが。

今、メインはシルビーの頰の曲線やとがった顎、祈禱《きとう》書を持つほっそりした指に目を落とし、喜びの波が押し寄せてくるのを感じた。彼女はぼくを幸せにしてくれるだろう。欲望についてほとんど知らない彼女には、それがわからないのだ。そしてはっきりとは言えない理由から、シルビーの無知はメインを喜ばせた。

女たちはいつもメインがびっくりするほど簡単に彼の腕に身を預け、進んで唇を捧《ささ》げて、彼が相手の名前を知りもしないうちから部屋のなかを歩く彼の姿を目で追ってきた。だが、シルビーには三度も自己紹介をしなければならなかった。彼女はすぐにメインの名前を忘れてしまうのだ。彼女とは情熱的なキスを交わしたことがない。婚約した今でさえも。シルビーは礼儀を重んじるほうだから。メインがキスをして黙らせたいと思うことはないから。

いや、もちろんキスはしたい。

だが、シルビーを黙らせたいと思う者はいないだろう。彼女の口から流れ出る魅惑的で愉快な言葉は場を明るくさせる。結婚してついにシルビーとベッドをともにし、女が男の腕のなかで感じる喜びのすべてを与えた晩に彼女が口にするはずの言葉もメインは想像できた。

「皮肉だと思わないか？」昨夜、メインはレイフに言った。「なにかと噂のあるぼくと――」

「きみはなにも知らない夫から妻を寝取る、悪魔の落とし子だという噂のことかい？」

「なにかと噂のあるぼくと」メインは繰り返した。「結婚することを、シルビー・デ・ラ・ブロドリーが承諾したなんて」

「彼女は純潔の女神と呼ばれている女性だからね。でも、きみが女性の評判を気にする男だとは知らなかったな」

レイフの婚約者のイモジェンが、その純潔さを讃《たた》えられて〝雪のように白い鳩《はと》〟と呼ばれてなどいないことを、メインはふいに思い出した。「いや、気にしてはいない。非の打ちどころのない評判を持つシルビーがぼくと結婚するなんて、愉快な皮肉だと思っただけだよ」

「たぶん、ロンドンじゅうの人間がきみと同じように驚いているはずだ。いや、きみがそれほどいい男じゃなかったら、きっと驚いていたことだろう」

「シルビーは些細なことに心を揺らされたりしない女なんだ」

「ありがたいことに、イモジェンもそうだ」レイフは顔をしかめて言った。

「きみだってなかなかのものだよ。腹の肉もなくなったし」

「わたしは流行の服をうまく着こなせるようにはならないだろう。それに比べて、メイン、きみはいつもそんなふうに恰好《かっこう》よく決めている。彼女がきみを選んだのはそのせいじゃないか？　きみはフランス人みたいに見えるから」

メインは反論しようとして――シルビーが彼を愛しているのはその性格や彼女に対するやさしさ、どうにか抑えている情熱に惹かれているからだと――口を開きかけたが、やめておいた。シルビーは彼のものだ。メインがひざまずき、代々家族に伝わってきたエメラルドの指輪を差し出すと……彼女はイエスと言った。

イエスと！

シルビーがメインに抱いている愛情を自慢する必要はない。たとえ相手が親友でも。そうした感情はわざわざ口にするものではないのだから。シルビーは手袋に包まれた優雅な指から宝石で飾られた靴の踵《かかと》に至るまで、どこを取っても貴婦人だ。革命で多くの死者が出ているパリから財産とともに逃れてきたカリバス侯爵の娘である彼女は、青くさいことを言っている彼女自身やメインを侮辱したりはしないだろう。彼はシルビーを愛していて、彼女もそれをわかっている。

シルビーは小さくうなずき、そうするのが当然のように彼のプロポーズを受け入れた。

メインは……自分が彼女に感じているものが愛情以上のものであるような気がして怖かった。シルビーの隣に立つだけで体が震え、彼女がそばにいないときは彼女の話ばかりして友人たちを退屈させ、彼女がそばにいればその姿を追っている。

まるでメインの視線を感じたかのように、シルビーが彼の顔を見上げて微笑んだ。完璧《かんぺき》な逆三角形の顔に美しく弧を描く眉。高い頬骨。彼女には余分なところや華美な部分がいっさいなく、すべてが洗練されている。「そんなふうに見るのはやめて！」彼女が舌足らずの魅力的なフランス訛りでささやいた。「なんだかおかしな気分になるわ」

メインは微笑みかけた。「それはいい」身をかがめ、彼女の耳もとで言う。「きみをおかしな気分にさせたいんだ」

シルビーはとがめるように眉をひそめると、祈禱書に目を戻した。

祭壇の前では、イモジェンがレイフの顔を見上げてはっきりした声で言っていた。「誓います」レイフがほっとしたように全身の力を抜くのがわかった。彼はなおも祈禱書を読み上げている主教を無視して花嫁に顔を寄せ、唇にキスをした。メインは思わずにやりとした。いかにもレイフらしいじゃないか。彼は結婚相手としてお買い得ではないとイモジェンが気づくのではないかと、最後の瞬間まで心配していたのだ。

「そもそも、なぜ彼女がわたしと結婚しなければならないんだ？」昨夜、レイフはそう言った。「くそっ、こんなときは一杯やりたくなる」

「いや、きみにはそんなことはできないよ」メインは言った。「普通なら、彼女は目が見えなくなっているか、せっぱつまっているかと思うところだ。でも、彼女は目が悪いようには見えないし、明らかにせっぱつまってもいない。裕福な未亡人で、あれほど美しいんだから。となると結論はひとつ。彼女は正気を失っているんだ」

レイフはメインの言葉を無視した。「彼女は――」その目に浮かぶ剝き出しの感情にメインは驚いた。「彼女はわたしを愛していると言っている」

「今も言ったように、彼女は頭がどうかしてしまったのさ」メインは会話を明るくしようとして言った。「もしかすると、彼女がきみを選んだのは、きみが貴族だからかもしれないな。彼女は公爵夫人になりたいんだ。ぼくにそう言ったことがある。ぼくも以前、彼女の結婚相手にされそうになっただろう？　もちろん伯爵夫人より公爵夫人のほうがいいわけだから」

「イモジェンときみがどうだったかなんて、それ以上言わないほうが身のためだぞ」レイフがうなるように言った。その低い声には警告の響きがあった。

だが、結婚式の前にはっきり言っておかなければならない。「彼女とはキスさえしていない。いや、実際には二度ほどキスしたが。ぼくたちの友情は穏やかなものにすぎないと彼女にわからせるためにね」

「その二度のキスだけでも、きみを殺す立派な動機になるな」レイフの声には危険が渦巻いていた。

「彼女はぼくとのキスを楽しんでいなかった。ぼくのほうもそうだが」

「きみがわたしの被後見人全員と楽しんでいないとしても、腹立たしいことには変わりない。きみはテスと婚約しておいて、彼女を祭壇の前に置き去りに――」

「あれはぼくのせいじゃない！」メインはさえぎった。「きみもよく知っているじゃないか。そうするようフェルトンに頼まれたって」

「わたしの被後見人のひとりを捨てて、別のひとりと二度もキスするとは――」

「アナベルにはなにもしていないよ」メインはあわてて言った。「ジョージーにも」

「ああ、そのジョージーだが、彼女のことできみの力を借りたいんだ。いつものおふざけはなしで」

「ぼくはもうじき結婚する身だぞ」少なくとも、シルビーを説得して結婚の日どりを決められたら、すぐにそうなる。

「ジョージーは結婚市場に出たものの、つらい日々を送っているんだ。イモジェンとわたしが新婚旅行に出発したら、ますます難しい状況になるだろう」

「いったいどうしたんだ？」メインは驚いて言った。「ジョージーはすぐに男たちの心をとらえると思っていたが。聡明《そうめい》で機知にも富んでいて、とても美しいんだから。それに、きみとフェルトンは彼女に持参金を用意しているんだろう？　彼女の父親が遺《のこ》した馬のほかに」

「ジョージーはスコットランドで、アードモアの隣人を敵にまわしてしまったんだ。クローガンとかいう名前のろくでなしの兄弟を。どうやら、そのうちのひとりがジョージー本人ではなく持参金目当てに彼女に求愛したらしい。真実を知ったジョージーは――その――」

「どうしたんだ?」メインはジョージーことジョセフィーン・エセックスが狂暴になったところを思い描こうとした。「その男を殴ったのか?」

「腹痛を起こした馬にのませる薬をのませたんだ」レイフは淡々と言った。

「腹痛を起こした馬にのませる薬? ドクター・バーバリーの胃腸薬か?」

「いや、ジョージーが自分で調合した薬らしい。笑いごとじゃないぞ、メイン! その男は一週間ものあいだ死の淵《ふち》をさまよったあげく、最終的には一〇キロも体重が減ったそうだ」

メインは大声で笑った。「それでこそジョージーだ! きみに話したかな? 彼女がアナベルを馬から落ちるように細工して、アードモアに助けさせようとしたことを」

「どうやらそのクローガンという男はとんでもないやつらしい。彼はダイエットできたことを喜ぶべきだとジョージーは言っている」

「きみたちはロンドンじゅうの罪もない男たちの前に、毒盛り女を解き放ったというわけか」メインは愉快に思った。「求婚者がジョージーの不興を買ったら……」指をぱちんと鳴らしてみせる。

「ジョージーは太っているから好きにはなれないとクローガンは言ったそうだ」

「太っている?」

「確かにジョージーはふくよかな体形をしている」

「だからなんだっていうんだ?」

「とにかくクローガンは復讐《ふくしゅう》に出た。友人たちに手紙を書いたんだ。もちろん、馬用の薬のことは書かなかった。何日もトイレにこもって体重が一〇キロも減ったなどと白状したい男はいないからな。手紙のなかで、彼はジョージーをスコットランドの子豚と呼んだ」

　メインは唇を引き結んだ。笑いたい気持ちはきれいさっぱり消え失《う》せていた。「そいつはひどいな。でも、スコットランドの農夫が言うことなんて誰が気にするというんだい？」

「クローガンはラグビー校の出身なんだ」

「ダーリントンか！」

「そのとおり。どうやらクローガンは彼の学校時代の友人らしい」

「なんとも運が悪かったな」

「問題なのは、機知に富むダーリントンの言うことなら耳を貸す者がいるということだ」

「ダーリントンがあれこれ言うのは性的なスキャンダルに関してだけだろう？　ジョージーはまだその手のスキャンダルには巻き込まれていないはずだ。シーズンが始まって、ほんの何週間かしか経《た》っていないんだから」

「六週間だ。きみは気づいていないだろうが」

「シルビーは退屈するのをひどく嫌うものでね。オールマックス社交場に連れていっても、退屈とまではいかないにしろ、少しもおもしろくないんじゃないかと思って」

「ジョージーはスキャンダルなど起こしていない。だが、ダーリントンは卑劣な友人になり代わってゴシップの嵐《あらし》を巻き起こした。ジョージーは豚肉好きの男と結婚すると『ホワイツ』で賭《か》けたりして」

　メインは小さく悪態をついた。

「もちろん、分別のある男たちはそんなことを気にも留めていない。だが若い男というのは、結婚相手を選ぶ際に神経過敏になるものだ。それに、ジョージーと踊った者を誰彼となくからかいの的にしようと狙《ねら》っている意地悪な若者たちもいる。そんなわけで、ジョージーは本来なら彼女に求婚してくるはずの同年代の若者から相手にされなくなってしまったんだ」

「その意地悪なやつらの名前を教えてくれ」メインは歯ぎしりをして言った。二年近くにわたってエセックス姉妹と長い時間を過ごしてきた彼は、まるで後見人か兄のような気持ちになっていた。

「わたしたちも知らないうちに噂が広まっていたんだ」レイフは言った。「ジョージーが人から好奇の目で見られるのを笑い飛ばし、堂々としていたら、噂は立ち消えになっていたかもしれない。でも……」

「彼女は気にしているんだな」メインはそれと似たようなことを前にも見たことがあった。「舞踏会などに招待はされるんだが、ダンスを申し込まれることはないし、同じ年ごろの若者から求愛されることもない。ジョージーと親しくなりたいと思っている男はたくさんいるはずなんだが、みんな人の目を気にしているんだ」

「ばかな男たちだ」

「わたしたちがいないあいだ、彼女の力になってもらいたいんだよ」

「きみに頼まれてイモジェンについてスコットランドに行ったときほど、ことは簡単じゃないぞ。ぼくがジョージーになにをしてやれるというんだ？」メインの声は怒りのあまり荒々しくなっていた。きらきら輝く目をして、皮肉めいた愉快なことを言うジョージーが侮辱されていると思うだけで、激しい憤りに息ができなくなりそうだ。

「友人になってやってほしいんだ。ジョージーはひとりで出かけることを姉たちから許されていない。テスとフェルトンは毎週オールマックス社交場に行っている。アナベルはわたしたちの結婚披露パーティーに出席してくれるが、赤ん坊はやっと四カ月になったばかりだ。アードモアはすぐにもスコットランドに戻りたがっているんだが、アナベルはシーズンが終わるまで帰らないと言っているらしい」

「来年になれば事情も変わるだろう」メインはあちこちの舞踏会を渡り歩いた多くのシーズンを思い出しながら言った。「ある年にはのけ者だった者が、次の年には花形になる。ジョージーがそんな状況に置かれているのを、なぜぼくはこれまで気づかなかったんだ？」

「麗しきシルビーのことで頭がいっぱいだったからだろう」

「シルビーはジョージーの力になれると思う。彼女にはフランス人特有の高慢なところがある。ジョージーはそれを手本にすればいい」

「自信たっぷりに見せるにはどうしたらいいか、姉たちが彼女に教えようとしなかったと思うのか？　イモジェンはみじめに見えないよう顎をつんと上げる仕種をジョージーにさんざん教え込んでいたから、わたしはジョージーが王立歩兵隊に入る準備をさせられているんじやないかと思ったほどだ。だが、なんの役にも立たなかった」

「この手のことはひとシーズンかぎりで終わるものだ。ある年、〝羊毛生産者《ウーリー・ブリーダー》〟とみんなにからかわれていた女性のことを覚えているだろう？　あれもダーリントンの仕業だった。その気の毒な女性の父親が羊を飼って大金を儲《もう》けているからといって、そんなあだ名をつけたんだ。でも、次のシーズンには彼女はまるでなにもなかったかのように戻ってきて、みんなも彼女をからかうのに飽きていた。結局、その女性は申し分のない結婚をしたよ」

レイフはため息をついた。「いいか、メイン、わたしは今回のシーズンが終わるまで、とても待ってなどいられないんだ。若い女性があんなにつらそうにしているのを見るのは初めてだ。娘を持つのを考え直してしまうほどだよ」

「被後見人を持つだけでも大変なのに、というわけか？」メインはにやりとした。

扉が開き、ルーシャス・フェルトンが部屋に入ってきた。そのあとにレイフの弟のガブリエルが続く。「邪魔をしてすまない」ルーシャスがいつもの冷静な口調で言った。「だが、直接きみのもとへ行くようブリンクリーに言われたものでね」

「ちょうどいいときに来てくれた」メインは言った。「これからレイフに結婚初夜の艱難辛《かんなんしん》苦《く》について教えようとしていたところだ。女性と床をともにするのは久しぶりだろうから、やり方を忘れているんじゃないかと思ってね」

ルーシャスは笑みを浮かべて、椅子に腰を下ろした。「そんなことはないと思うが」

「同感です」ガブリエルことゲイブが、彼にしては珍しく、くすくす笑いながら言った。

レイフの目に浮かぶ笑みを見て、メインも同じ結論に達した。

セント・ポール大聖堂にいる誰もが、メインと同じように期待と大きな愛情の入りまじった感情を抱いてホルブルック公爵の結婚式に参列しているわけではなかった。たとえばジョージーは、みじめな気持ちでいっぱいだった。でも、そうしてみじめな思いをするのが自分の人生のような気がしたし、イモジェンの喜びに水を差すのはよくないとわかっていたので、顔に笑みを張りつかせていた。

ジョージーは笑顔をつくるのがうまくなっていた。レイフの屋敷の鏡の前で何度も練習したのだ。下唇がわずかに突き出るまで口角を上げる。たぶん唇はわたしの顔のなかでいちばんましな部分だろう。わたしの笑顔を見た人には、丸い頬しか目に入らないだろうけれど。

イモジェンはこのうえなく美しかった。三人の姉たちのなかで、第一印象ではイモジェンがいちばんジョージーに似ている。黒髪のイモジェンに対して、ジョージーも黒に近い茶色の髪をしているし、ふたりとも同じようにアーチ形の眉をしていた。〝笑顔が似合う眉ね〟と何年か前にテスに言われたものだ。けれどもイモジェンはハート形の顔をしていて、ジョージーは丸いパイのような顔をしている。そう、丸いパイ。

ジョージーは無理やり意識をほかのことに向けた。自分のいちばんいいところに目を向けるようテスは言うが、正直なところ、自分の肌がきれいかどうかについて考えるのはうんざりだ。その肌から骨が浮き出るのを見るのがなによりの望みのときに。祭壇の前では、イモジェンがレイフの顔を見上げていた。その様子を見て、ジョージーはいっそう陰鬱《いんうつ》な気分になった。嫉妬のあまり。

少なくともジョージーは、それを認められるだけの女性ではあった。テスに強く手を握られて、ジョージーは姉のほうに目をやった。テスの目からは涙があふれそうになっていた。

「本当によかったわ」テスはささやいた。「ようやくイモジェンも幸せになれたのね」

ジョージーは強い罪悪感に襲われた。もちろん、イモジェンには幸せになってもらいたい。この一年半あまり、大変な日々を過ごしてきたのだから。駆け落ちしたと思ったら、それからまもなく夫を亡くしたのだ。ジョージーは口もとをさらに高く上げた。「そうね」テスに向かってささやき返す。テスの夫のルーシャスは、レイフがイモジェンに向けているのと同じ、うっとりした目をテスに向けていた。

ジョージーの右側にいるアナベル夫妻については見るまでもなかった。アナベルの夫であるアードモア伯爵は、つねにそれと同じ目でアナベルを見ていたからだ。アナベルが妊娠して太り、灯台のような体になったときでさえ。ジョージーはそんなアードモアがいっそう好きになった。アナベルは息子を産んでまだ数カ月しか経っておらず、体重も戻っていなかったが、アードモアは以前と変わらず彼女を愛しているように見えた。

残念ながら、たいていの男は彼とは違う。

だが、それ以上考えていると思考が危険なほうに行き、涙が出てしまいかねないので、ジョージーは祭壇の前に目を戻した。主教が延々と説教を続けており、愛や許しについて滔々《とうとう》と述べていた。結婚は男女が愛し合い、尊敬し合う制度として、非常に大切なものであると。

やれやれ。イモジェンとレイフはすでにお互いを選んでいるのだ。そんな講義など必要ない。しかし主教はさらに説教を続け、今度は家族と家庭における調和を保つ制度としての結婚の大切さを述べていた。

誰でもいいから結婚したい。ジョージーはやけになって考えた。二年以上も前から大事にしてきた小さな手帳のことを思うと、気分が悪くなった。小説のヒロインが崇拝者に結婚を申し込ませた方法を、そのなかにすべて書き留めてきたのだ。現実は思っていた以上に厳しかった。崇拝者がひとりもいないなんて。

自分と踊っただけで、その男性が物笑いの種になるとは、ジョージーは思ってもみなかった。だからといって、壁の花になっているわけではない。グリセルダやイモジェンはもとより、長女のテスがそんなことを許すわけがないからだ。ジョージーがお目付け役のもとに戻されるやいなや、どちらかの義兄の友人が彼女にお辞儀をする。でも、ジョージーにはわかっていた。彼らは親切心から自分と踊ってくれているのだ。それに、そのなかに気に入った相手がいたとしても、彼らはみな年を取りすぎていた。陽気でお世辞もうまく、そのうちのひとり――シブル男爵――などは、ジョージーを気に入っているようにさえ見えた。男爵は舞踏会で彼女と顔を合わせるたびにダンスを申し込んでくる。そんな献身的な奉仕は、いくらテスでも頼めたはずがない。

「若い男というのは愚かなものだ」初めて舞踏会に出た晩、ジョージーは帰り道でルーシャス・フェルトンにそう言われた。その夜、ジョージーは同じ年ごろの若者たちから一度もダンスに誘われなかった。「ぼくも若いころは愚かだった」

「お義兄さまも、こんなふうにひどいことをしたの？」ジョージーは尋ねたが、激しく泣きじゃくっていたので、ほとんど言葉にならなかった。

一瞬、沈黙が流れた。「こんなふうに意識してひどいことをしたことはなかった」ルーシャスはようやく言った。「でもね、ジョージー、若い男というのは他人に影響されやすいんだ。互いに真似するものなんだよ。今夜、きみにダンスを申し込んでもおかしくなさそうな若者が何人かいたが、みんなからかわれるのが怖くて声をかけられなかったんだ」

「どうしてこんなことになったのか、さっぱりわからないわ」ジョージーは悲嘆に暮れ、消え入りそうな声で言った。

「ダーリントンのせいだ。あいにく彼が今シーズンの若者の動向を決めているんだよ」

「なぜそんな人がわたしのことを気にするの？」ジョージーは心の底から叫んだ。「わたしに会ったこともないのに。そうでしょう？　その人、わたしの知っている人？」

「もしかすると、彼はイングランド人で、きみはスコットランド人だからかもしれない。イングランド人の男たちのなかには、きみたち姉妹がイングランドの超一流の男たちと結婚しているという事実に腹を立てている者もいるんだ」

「そんなの――わたしのせいじゃないわ！」不当に非難された者の悲痛な叫びだった。

「つらい目に遭っているのはきみだけじゃない」ルーシャスは穏やかな声で続けた。「セシリア・ベリングワースは〝おばかさん〟というあだ名から逃れるのに、きっと苦労するだろう。彼女の弟の知能が低いというだけの理由で、そんなあだ名をつけられたんだ。つけたのはダーリントンではない。誰がつけたのか、ぼくにはわからない。でも、彼女と結婚する勇気がある男がいると思うかい？」

「太っているより、ばかと言われるほうがいいわ」ジョージーはきっぱりと言った。

「いや、それはどうかな。それにきみは太ってなんかいないよ、ジョージー」

だがルーシャス・フェルトンは、ジョージーがどれほど真剣に痩せたいと思っているか少しもわかっていなかった。胸の下に薄手のリボンを結んでギャザーを寄せた、透けるように薄いドレスを着て、舞踏室のなかを踊ってまわりたい。淡い色のシルクのドレスを雲のように体のまわりにふんわりと漂わせて……。ミス・メアリー・オーグルビーはコルセットなどつけたことがないと誰もがわかるに違いない。そもそも、どうしてつける必要があるだろう？　葦《あし》のようにほっそりした体をしているのだから。でも、わたしはコルセットをつける。できることなら重ねて三枚はつけたいところだ。そうすることで、ドレスから今にもはみ出しそうな肉を封じ込められるのなら。

だからといって、ドレスを着た自分の姿をはっきり見ているわけではないけれど。

ジョージーは何カ月も前に寝室から鏡を運び出していて、そのおかげで生きていくのが楽になったと感じていた。透けるように薄い生地のドレスなんて、自分にはとても着られない。イモジェンがひいきにしているロンドンでも指折りの仕立て屋は、〝よしとできる体形〟をつくるにはドレスに何本ものダーツを入れなければならないと指摘した。よしとできる体形――その言葉はジョージーの記憶にくっきり刻みつけられていた。

でも仕立て屋のおかげで、わたしは今、よしとできる体形になっているのだろう。確かにこのドレスにはダーツが何本も入っている。ジョージーがイモジェンの結婚式のために選んだドレスは、最大限余分な肉を押さえ込み、包み込むように仕立てられていた。

ジョージーは祭壇の前に注意を戻した。ようやく主教は長い説教を終える気になったらしい。とはいえ、イモジェンは主教の話を聞いていたようには見えなかった。彼女はひたすらレイフを見つめていた。その様子を見て、ジョージーは胸がいっぱいになった。彼女の横では、テスが夫から渡されたとおぼしき大きなハンカチで涙を拭《ぬぐ》っていた。ジョージーは歯を食いしばった。自分が泣いても、ハンカチを差し出してくれる人などいない。

ただ目が赤く腫《は》れて、肌がまだらになるだけで――。

レイフが身をかがめて新婦の顔を手で挟み、静かではあるが最前列に立つジョージーたちにはっきり聞こえる声で言った。「わたしの最愛の人、イモジェン」

結局、ルーシャス・フェルトンはハンカチを二枚持っていた。いかにも彼らしいことに。

3

『ヘルゲート伯爵――上流社会の夜』第一章より

……親愛なる読者よ、彼女はこのうえなく優雅な仕種で長靴下を脱いだ。ほっそりとした美しい足首にわたしの目は釘《くぎ》づけになった。次の瞬間、わたしは彼女の足もとに身も心も投げ出し、麗しき足首に唇を寄せて、そこが受けて当然の賛美を与えた……。

グローブナー・スクエア一五番地　ホルブルック公爵邸
ホルブルック公爵の結婚披露パーティー

チャールズ・ダーリントン卿《きょう》は少しばかり暗い気持ちになっていた。首巻き《クラバット》の値段がこうも高く、上流社会がこんなにも退屈では、生きていくのもままならない。もちろん、生きていて楽しいこともある。些細なことだが。

うまい受け答えができたときがそのひとつだ。ダーリントンを怪物かなにかだと思っている者もいるかもしれないが、それは違う。自分はありふれた人間だと彼にはよくわかっていて、その事実を認めるにやぶさかでない。友人たちとは違って。

「今夜のきみは退屈きわまりないな」ベリックが言った。「これならダンスフロアに出て、女の子たちのくすくす笑いを聞かされるほうがましかもしれない」ベリックの不機嫌にしかめられたハンサムな顔を前にすると、若い女性は神経質な笑い声をあげるのがつねだったが、(ダーリントンが思うに)彼は大金持ちではないため愚かな勘違いをせずにすんでいた。

「きみのために気の利いたことを言うなんて、貴重な才能の無駄づかいだからな」ダーリントンは言い返した。「ぼくたちがここにいるのを誰かに気づかれていると思うかい?」

ベリックは人でいっぱいのダンスフロアを見渡した。「それはないだろう。この家の執事はぼくたちの名前——つまり、ぼくたちが彼に名乗った名前を小声で告げただけだから」

ワイズリーとサーマンがまるで元気いっぱいのスパニエル犬のように、ふたりに駆け寄ってきた。「なんだ、来ていたのか、ダーリントン!」サーマンが大声で言った。「ワイズリーと賭けをしていたんだ。きみがホルブルック公爵の結婚披露パーティーに招待してもらえないほうに五ギニー賭けたのに」

ダーリントンは招待されていないとは言いたくなかった。重要なパーティーから締め出されたのはこれが初めてだ。くそっ、ぼくは公爵の息子なのに。三男だが。それだけの資産もないのに、どうして母が男の子ばかり産みつづけなければならなかったのか、ぼくにはさっぱりわからない。だが、彼は無造作に上着を直して言った。「もちろん招待されたに決まっているじゃないか、ばかだな」

事実、ダーリントンは招待状を持っていた。兄に来た招待状を。

「それはそうと、彼女も来ているぞ」サーマンがほがらかに言った。「〝スコットランド産ソーセージ〟だよ。それでさ、そろそろ新しいあだ名をつけたらどうかと思うんだ。〝スコットランド製ソースパン〟というのはどうだい？　なあ、どう思う？」

「どう思うって、なにを？」ダーリントンは声をとがらせた。

「〝スコットランド製ソースパン〟だよ！　真夜中に思いついたんだ。寝る前にいつも飲むチョコレートをうっかり飲み忘れたら、なかなか眠れなくてさ。それで、きみはいつもうまいことを言うよなって考えていたんだ。するとどうだい？　夜中にふと頭に浮かんだんだよ。まるで、突然空中に手が現れて壁に字を書いたっていう聖書のなかの話みたいに」

「サーマン、きみは救いようのないばかだな」ベリックが言った。

サーマンはさほど気を悪くしたようには見えなかった。彼はいわばイングランド産ソーセージだ。釣り鐘形のソーセージがあればの話だが。たるんだ二重顎に小さなブルーの目。何度も〝ばか〟と呼ばれているうちに、彼はそれを褒め言葉と受け取るようになったらしい。

「まるでダーリントンが考えたみたいな、うまいあだ名だと思わないか？」サーマンは言った。「ぼくにも移ってきたのかな？　彼の利口なところがさ」

ダーリントンはそっぽを向いた。サーマンと手を切ることができたらどんなにいいか。でも、ぼくには信奉者が必要だ。ダーリントンはそれを認められるほどには正直だった。

「彼女が今夜はどんなドレスを着ているのか確かめに行こう」サーマンは言い募った。『コンベント』に行ったら、みんなから訊かれるだろうから」

「妻に言われているんだ。もしまたぼくが『コンベント』に行ったのがわかったら、妻がつき合っている人々とは金輪際つき合わせないようにするって」ワイズリーが口を開いた。細身の男で、不機嫌そうにゆがめられた唇の上に口ひげがうっすらと生えている。ダーリントンとベリックとサーマンとワイズリーはラグビー校の同級生で、四人のなかでワイズリーがいちばんうまくやっていた。財産目当ての結婚をし、必要以上の金を持っているサーマンでさえ、ワイズリーは運がいいと思っていた。ワイズリーの妻はなかなかの美人だった。左右の眉が額のまんなかでつながっていることや、肌がオリーブ色をしていることを問題にするのは最も厳しい批評家だけだろう。そのひとりであるダーリントンは、自分の意見を胸にしまっていた。

「どっちが悲劇かな？」ダーリントンは尋ねた。「きみの奥さんがつき合っている人たちとつき合えなくなるのと、もう二度と『コンベント』に行けなくなるのと」

「扉がふたつあって、片方の向こうにはライオンがいる。さあ、どちらを選ぶ、という古い遊びみたいだ」ベリックが口を挟んだ。

「それはどうかな」ワイズリーは物憂げに言った。「ぼくの妻はライオンじゃないし、『コンベント』は悪くないパブだが、このところ少々退屈な店になりつつある」

ダーリントンはワイズリーを見つめた。どうやらワイズリーの妻は、夫を彼らから引き離そうとしているようだ。自分が彼女に好かれていないことが、ダーリントンにはよくわかっていた。彼を見るたびに、彼女の顔には強い嫌悪感が浮かぶのだ。

ワイズリーを自由にしてやるべきなのかもしれない。退屈な家庭生活中心の人生へと送り出してやるべきなのだろう。

「まあ、ぼくなら妻にそう言われたからって、『コンベント』に行くのをやめたりしないけどね」サーマンが宣言した。

「きみの妻は――妻が持てたらの話だが――『コンベント』に報奨金を払ってでも、きみを引き止めておいてもらおうとするだろうな」ベリックが辛辣《しんらつ》な口調で言う。

「ぼくの妻はぼくに夢中のはずだ」ここにきて初めて、サーマンは声に憤りをにじませた。最悪なことに、サーマンは心からそう思っているようだ。いったいなぜぼくはこんなばかな男たちと一緒にいるのだろう、とダーリントンは考えた。

ベリックが肩をすくめた。「どうでもいいことだけどな、サーマン、ひとつ忠告しておくよ。ぼくの経験では、誰かに――自分自身は別だぞ、もちろん――夢中になる女は決まって器量がよくない」

「ぼくはどんな女でも夢中にさせられる！」サーマンは叫んだ。「扱い方の問題なんだ」

「でも、女ってやつは美しいものに惹かれるんだぞ」ベリックが言った。

もう仲裁に入らなければならない、とダーリントンは思った。入念につくり上げた仲間の輪が、彼のまわりで崩壊しかけている。

「悪い女はそうだ」サーマンが応えた。「でも、ぼくたちの結婚相手になるようなちゃんとした女は、結婚によって互いが得られるものに興味があるんだよ」

それは自分が前に言ったことだとダーリントンは気づいた。「ぼくは悪い女のほうが好きだな」彼は言った。「そっちのほうが、話していてはるかにおもしろい」

「でも、話がおもしろいからというだけの理由で結婚するわけにはいかない」サーマンがもっともなことを述べた。「それにダーリントン、きみだっていつかは結婚しなければならないんだぞ」

ダーリントンはため息をついた。考えるだけでうんざりするが、それは本当のことだ。今にも爆発しそうな父親の怒りを静めるためだけであっても。

口を閉じていたほうがいいときがわからないサーマンは、なおも続けた。「きみが今夜招待されるとは、正直思っていなかったよ。エセックス姉妹のパーティーから締め出されたら、また社交界に戻るのは難しくなる。あの姉妹はスコットランドからこのイングランドにイナゴの大群みたいにやってきて、結婚市場に出ている貴族と片っ端から結婚しているんだ」

ベリックがサーマンに向かって顔をしかめた。「声を落とせ、このばか。きみはその姉妹のひとりの結婚披露パーティーに出ているんだぞ」

「誰も聞いてやしないよ」サーマンはあたりを見まわした。ホルブルック公爵邸の舞踏室の天井はとても高かったので、何百人という人々の興奮した話し声も頭上に漂い、耳に心地よいざわめきになっていた。舞踏室の片隅で楽団が奏でる音色が、かごに入れられた蜜蜂《みつばち》の羽音のようにあたりに響いている。

「たぶん、ぼくも妻を見つけるべきなんだろう」ダーリントンは言った。言葉では言い表せないほど憂鬱な気持ちになっていた。

「ぼくはそうするつもりだ」とサーマン。「美人で持参金がたっぷりある素直な女性がいいな。ああ、それから悪い評判がまったくない女性。ぼくだってそうなんだから」

「きみの妻になる女性は運がいいよ」ベリックが言った。「きみはどうなんだ、ダーリントン？　妻となる女性にきみが望むものは？」

「現実的な人生観」ダーリントンはきっぱりと答えた。「それと大金だ。ぼくはとても金のかかる男だからね」

「一時間後くらいにまた集合して、意見を交換するというのはどうだい？」ベリックが言った。心からの笑みで目を輝かせて。「きみたちと話せて楽しかったよ」

「きみも妻となる女性を探すつもりか？」サーマンが尋ねた。

「いいや。もう少しでそう決断しなければならないところだったが、運よく貧乏から解放されたんだ。貧乏が結婚への最後の一歩を進ませることは誰もが知っている」

「じゃあ、どこかから金が入ってきたんだな？　二週間ほど街を出ていたのはそのせいかい？　親父《おやじ》さんが亡くなりでもしたのか？　でも、もしそうならぼくの耳にも入っているはずだな。きみは喪服も着ていないし」

「よく見てくれ」ベリックは言った。「こうして黒い腕章をつけているじゃないか。縁のほうは紫色になっているけど。ぼくの愛《いと》しくも憎たらしいオーガスタおばさんが、バースに滞在中に病気で亡くなったんだ。当然ながら、おばさんは最愛の甥《おい》に全財産を遺した」

ダーリントンはいっそう憂鬱な気分になったが、どうにか気を取り直し、経済的な安定を得たベリックが受けるにふさわしい祝いの言葉を口にした。あいにく、ダーリントンには愛しいにしろ憎たらしいにしろ、おばはひとりもいない。たとえいたとしても、彼が相続人に選ばれる可能性は低いだろう。兄たちのほうがずっと立派な人間なのだから。

サーマンは小さなブルーの目を光らせて、ベリックが手にした遺産について質問攻めにした。しばらくして、ダーリントンはワイズリーが別れも告げずに姿を消したことに気づいた。妻のもとへ戻ったに違いない。ワイズリーは今夜、いや、もう二度と『コンベント』には来ないだろう。ダーリントンはそう確信した。

ラグビー校の同級生仲間で楽しくやる日々は、もう終わったのだ。ワイズリーは去り、ベリックは金持ちになった。ベリックにパブの勘定を持ってもらうなど、ダーリントンには耐えられなかった。サーマンはばかだが、ベリックはそうではないのだから。

これまでどおりでいては、サーマンとふたりで取り残され、自分が口にした名言を聞かされて、自らの気性の荒さを思い知らされるはめになる。

ダーリントンは小さく身を震わせた。「さあ、早く探そうじゃないか、諸君」彼は言った。「妻となる女性を」

運河株について話していたサーマンとベリックが口をつぐんだ。ベリックは片方の眉を吊り上げた。「おもしろいシーズンになってきたな」静かな声で言う。

「今夜じゅうに、ぼくの妻にふさわしい女性を選べると思う」サーマンが言う。

「ぼくのほうは、もっと長くかかるかもしれない」ダーリントンは言った。「クラバットを選ぶのにも苦労する晩があるぐらいだからね。間違いを犯すのが怖くて、ピンクと黄色のクラバットのどちらにしたらいいかも決められないんだから、妻となる女性を選ぶのにどれだけかかるかわかったものじゃない」

「妻を選ぶのもクラバットを選ぶのも同じだよ。市場価値を見定めて、それをもとに決断すればいいだけだ」ベリックが言った。「きみがすぐになじめる方法できみを支えてくれる女性は、ほんのひと握りしかいない」

「そんなに頭がいいのに三〇になっても成功者になれそうもないなんて、たまらないよな、ベリック」とサーマン。

ベリックは微笑んだ。

「今やきみは成功者なんだな！」サーマンがあえぎながら言った。

「親愛なるオーガスタおばさんのおかげでね」いつもはかすかな笑みしか浮かべないベリックがにこやかに笑っている。「どうやらおばさんは北部の産業に強い興味を抱いていたようだ。炭鉱を丸ごとひとつ所有していたんだよ。石炭の艶々《つやつや》した黒い色が好きだったらしい」

「すごいじゃないか。その話が洩《も》れたら、上流社会はきみの話題で持ち切りになるぞ。年ごろの娘を持つ母親たちが、こぞってきみのもとに押し寄せる」サーマンが言った。

ダーリントンは自分に求められていることをした。貴族の家系でない者にとっては少なくとも最高の階層にまでのぼりつめた友人を持つ男に、求められていることを。怒りを抑え、ベリックの背中を祝福するように叩いて言う。「少し前から考えていたんだ。ぼくたちはもう『コンベント』を卒業してもいいころなんじゃないかって」

サーマンが息をのんでダーリントンを見た。ベリックは片方の眉を勢いよく上げた。

「〝スコットランド産ソーセージ〟の一件も、前ほどおもしろいとは思えなくなってきた。最近、道徳について考えてしまうんだ。年を取って、退屈な男になってきた証拠かな」

「きみはまだ若いじゃないか」サーマンが口を開いた。

「あんなあだ名なんてつけるんじゃなかった」ダーリントンは言った。「〝ウーリー・ブリーダー〟ほど気の利いたあだ名ではないし。まあ、そっちのあだ名もつけるべきではなかったんだろうが。クローガンの片棒を担ぐようなことをするなんて、自分でも信じられないよ。やつはこの世で最も不愉快な人間に違いないのに。ぼくは自分を紳士と称する愚かな男たちをまわりにはべらせたくて、あんなことをしたんだ。それで、いちばんの愚か者と同じぐらい愚かになってしまったんだから、どうしようもないよな」

「愚かだって？　ぼくたちが賢い男だということは誰もが知っているんだぞ」サーマンが文句を言った。

どうしてサーマンほどの間抜けと長くつき合ってきたのか、ダーリントンにはさっぱりわからなかった。

ベリックは頭がよかったので、少年時代をともに過ごした仲間たちとのあいだに訪れた突然の別れにも、感情を爆発させることはなかった。彼は成功者にふさわしい優雅な仕種でお辞儀をした。「今まで楽しかったよ」その声にはなんの感慨もこもっていなかった。

ふとしたことから友達になった彼らは、長年行動をともにしたあとでも、大した儀式もなく別れることになりそうだった。ダーリントンはベリックに向かってうなずき、続いてサーマンにもうなずきかけた。

向きを変えて歩きはじめ、妻となる女性を探して室内を見まわした。だがダーリントンが本当に手に入れたいと望んでいるのは、金でも、ベリックのオーガスタおばさんと同じぐらい裕福な独身女性でもなかった。

ダーリントンは知性を求めていた。彼のくだらない冗談を繰り返すのではなく、自分の意見を聞かせてくれる、話していて楽しい女性を。あいにく、そうした女性を見つけるのはかなり難しそうに思えた。

あとに残されたふたりは啞然《あぜん》としていた。

「どうやら本気らしいな」ベリックは言った。「本気で結婚するつもりなんだ」一瞬考えてから言う。「哀れなやつ」

「たぶん相手は〝スコットランド産ソーセージ〟だぞ」サーマンが言った。そのとがった声は、何度も酒をおごってやった男につれなくされたのを快く思っていないことを示していた。

「聞くところによると、彼女にはやつの酒代を払えるだけの金があるみたいだから」

「彼女の義理の兄は相当な金持ちだからな」

「でも、彼女はやつの思うとおりにはならないと思うぞ。次のシーズンが始まってからでないと結婚できないだろうから——結婚できたとしての話だが。〃ウーリー・ブリーダー〃がそうだっただろう？」

　ベリックは肩をすくめた。一年前の彼には結婚できる見通しなどまるでなかったが、今や最も望ましい花婿候補になろうとしている。最高の伴侶《はんりよ》を得られる絶好の機会を、〃スコットランド産ソーセージ〃を笑い物にしたために生じた不愉快な事態でふいにしたくなかった。

「彼は今夜、本当に『コンベント』に来ないつもりかな？」サーマンが尋ねた。

　ベリックはサーマンを見た。この男の愚かさには心底驚かされることがある。「ぼくたちは捨てられたんだよ、わからないのか？」

「なんだって？」

「捨てられたんだ、ダーリントンに。彼はぼくたちのもとを去った。もう二度と『コンベント』に行く気はないんだよ。たぶん金持ちの妻を見つけるか、父親の金でどこかのクラブに入れてもらうかするんだろう。どちらにしても、ぼくたちに別れを告げたんだ」

　サーマンはぽかんと口を開けた。「ダーリントンが別れを告げたのは、妻となる女性を探しに行くからだよ。何時間かしたらまたみんなで会って、成果を報告し合うんだから」

　ベリックは唇をゆがめた。「ダーリントンは去ったんだ。ワイズリーの次に。ワイズリーは別れを告げるだけのマナーを持ち合わせていなかったけどね」

「ワイズリー？」サーマンはワイズリーが背後にそっと立っているかのようにあわててあたりを見まわすと、ベリックのほうに向き直った。「そんなばかなことがあるもんか。ぼくたちは今夜か明日、また『コンベント』で会うんだ。いつだってそうしているじゃないか」

ベリックはもう『コンベント』に行くつもりはなかったが、ここでそう言っても仕方がないと思った。

「〝ソーセージ〟を探そう」サーマンは言った。「きっと姉さんの結婚に興奮して、ドレスの縫い目がはち切れそうになっているぞ」

ベリックはふたたび肩をすくめた。「わかったよ」心のなかでは、なんてくだらないのだろうと考えていた。話を大きくして、あのスコットランドの女の子を侮辱するようなことをさんざん口にしていたのはサーマンだ。残りの三人は大して気に留めず、ダーリントンなどはクローガンの学校時代のいやな行いをみなに思い出させた。

だが、四人で彼女をからかったのは事実だ。ほかにすることがなかったから。〝ウーリー・ブリーダー〟の次の標的としてちょうどいいと思ったから。

そう考えると、胃の具合がおかしくなってきた。ぼくたちは若い女性の結婚の見通しを暗くすることで、名声を築いてきたのだろうか？

なんとも不愉快だ。

ベリックは、大きな体を人々のあいだに割り込ませて〝スコットランド産ソーセージ〟を探しているサーマンのうしろを歩いていたが、しばらくすると別の方向に歩き出した。男の人生には自分を恥ずかしく思う瞬間があるものだ。ベリックは以前それを経験していて、もう二度と同じ思いは味わいたくなかった。

オーガスタおばさんに感謝しなくては。ベリックはそう自分に言い聞かせた。

そのとき、唇を引き結んだ女性が彼の前に進み出た。「ミスター・ベリック」彼女は威厳たっぷりに言った。「わたしを覚えていらっしゃるでしょう？　お母さまとは、とても仲よくさせていただいていましたのよ」

一瞬背筋が寒くなったが、ベリックは無事に彼女の名前を思い出した。「レディ・ヤロー、またお目にかかれてうれしいです」

レディ・ヤローは自分の背後にいた痩せっぽちの娘を、釣り糸にかかった魚を引き寄せるように前に引っ張り出した。「娘のアミーリアです。この子とは子供のころに会われているはずよ。確か、お母さまと一緒にうちへお茶にいらしたとき、芝生の上をこの子と駆けまわっていらしたんじゃなかったかしら」

そんな事実はないとベリックは確信していた。母親に関する数少ない記憶から推測するに、彼女が社交の場へなんの役にも立たない次男を連れていくわけがない。

アミーリアに見つめられて、ベリックはお辞儀をした。そしてふいに悟った。

これは始まりなのだと。

4

『ヘルゲート伯爵――上流社会の夜』第二章より
親愛なる読者よ、この罪深い不道徳な物語があなたの心を乱すだろうことは百も承知だが、若者たちがわたしと同じ過ちを犯すのを防ぐためにすべてを語るべきだと告解師から言われている。公爵夫人――若くしてすでに罪深い行為に長《た》けていた――は物置のような場所の扉を開け、そこで彼女を宮殿にいる女性のなかで最も幸せな女性にする仕事をわたしに課した……。

「わたしが発行人になってから、うちの新聞の発行部数は一〇倍になった」ミスター・ジェソップは言った。激しい怒りに背中がこわばり、下着の感触さえわからなくなっていた。

「いや、一〇〇倍だ。しかも、わたしは『タトラー』に格調をもたらした。二〇年前、『タトラー』は執事を買収してネタをつかむ、下品なゴシップ紙にすぎなかった」彼は唇をねじ曲げて、そうした取材方法に対する見解を示した。

「今だって、わずかな現金を手にここを出ていく執事が何人もいるじゃないか」ミスター・

ゴフが言った。ジェソップのパートナーである彼は暖炉に寄りかかり、いやなにおいのするパイプをふかしていた。

「わたしが彼らのもとに行くんじゃない」ジェソップは言って、さらに説明を加えた。「彼らのほうがわたしのもとに来るんだ。大きな違いだよ」

ゴフは肩をすくめた。「まあ、なんとでも言えばいいさ」

「ロンドン、特に上流社会で起こったことは、わたしが訊きさえすればすぐにわかる」

ゴフは口からパイプを離した。「それならヘルゲートの件はどうなんだ？　こんなふうに言い争うのは、いいかげん終わりにしようじゃないか」

「ヘルゲートはメインだよ。そんなことは誰もが知っている」

「書かれているのはメインの武勇伝かもしれない」ゴフは言った。「いけ好かないやつでも正当に評価してやらなければ。でも、机の前に腰を下ろしてそれを書いたのがメイン伯爵であるはずがない。彼にはそんなことをする理由がないし、金も必要としていないのだから。それに、とうてい紳士的とは言えないことだしね。実際に書いたのが誰なのか、すぐに突き止めなくては！」

書き込みがたくさん入ったジェソップの『ヘルゲート伯爵――上流社会の夜』がテーブルの上に伏せてあった。たった今ゴフが口にした点についても、ジェソップは異なる意見を持っていた。「これを書いたのは紳士だと思う」ジェソップは言い張った。「わたしはそれを念頭に置いて、もう一度読み返してみた」

「きみが上流社会で起こったことをなんでも知っているというのなら、それを書いたのが誰なのか教えてくれよ」ゴフが言った。「さあ、早く」

ジェソップは自分がパートナーを心から嫌っていることを改めて意識しながら、なんと応えようかと考えた。「それはまだわからない。だが、このなかには紳士が書いたとしか思えない言いまわしがいくつも出てくる。登場する女性すべてに、シェイクスピアの戯曲に登場する女性の名前をつけている点もそうだ。普通の男が思いつくことではない」

「誰が書いたのか突き止めなければならない。訴訟騒ぎになったりするのはごめんだが、なんとしてもはっきりさせるんだ、ジェソップ。きみがいつも使っているネズミたちから聞き出せないようなら――」

ゴフが用いた表現に対する抗議がジェソップの口をついて出そうになった。わたしには多くの友人がいる、親切にも情報をもたらしてくれる友人が、と。

「まあ、ともかく」ゴフは言った。「今度ばかりは、きみの友人たちも役に立ってくれていない。つまり、わたしたちは昔に戻る必要があるということだ。以前のように探り屋を使うんだよ。『タトラー』専属の探り屋を。うちに必要なのはそれだ」

ジェソップは唇をゆがめた。「それはもう過去の話だ。今では情報のほうが、わたしたちのもとにやってくる。その手の取材方法はゴシップ紙に任せようじゃないか」

「うちはゴシップ紙だ」ゴフは断固たる口調で告げた。「さらに言えば、最大のスキャンダルをつかみそこないつつあるゴシップ紙だよ。その本が上流社会の一員によって書かれたものなら、作者の正体は『タトラー』が報じなければならない。上流社会はうちのものなのだから」

その言葉が真実であることをジェソップも認めざるをえなかった。

「ヘルゲートという名前の陰に隠れているのが誰なのか、上流社会の人々には知る権利がある」ゴフは続けた。「わたしたちがそれを暴いたら、きっとメインに感謝されるだろう。この著者は他人の色恋沙汰《ざた》を書き散らし、革装の本にして売るようなろくでなしなんだから」

「著者が上流社会のろくでなしだとしたら」ジェソップは言った。「候補者は七〇〇人あまりにまで絞れる」

「これは今年最大のニュースではない。今年唯一のニュースだ。全予算を注《つ》ぎ込んで著者の正体を突き止めろ、ジェソップ。大至急だぞ。どこかに先を越されたら、うちは終わりだ。読者がうちの新聞を買うのは、スキャンダルが載っていると信じているからだ。きみがそれをもっとあたりさわりのない言葉で呼ぶのは勝手だが、そのスキャンダルが、わたしたちが朝食に食べるソーセージ代を払ってくれているんだよ」

ジェソップは手を伸ばしてヘルゲートの回想録をつかんだ。「きみもときにはいいことを言うな、ゴフ」

「あたりまえじゃないか」ゴフはそう言って、パイプにまた火をつけた。

5

『ヘルゲート伯爵――上流社会の夜』第二章より

そこは非常に狭く、わたしたちふたりがようやく入れるだけの広さしかなかった。横になれる場所がないとわかり、わたしは落胆したが、それからまもなくして、立ったまま行為に及ぶという甘美な技の手ほどきを受けることとなった。彼女は曲芸師のように力強く巧みに、わたしの体に両脚を巻きつけてきた。わたしはまるでその務めを果たすために生まれてきたかのように（事実そうなのかもしれない）、両手で彼女の体を支えた。そして彼女はわたしの上にのった。親愛なる読者よ、彼女は自分が望む場所へとわたしをいざなったのだ。

メイン伯爵は、彼女とは昨日会ったばかりのようなくつろいだ足取りで、ジョージーのほうに歩いてきた。実際には彼女がロンドンに来てもう二カ月になるというのに、まだ挨拶《あいさつ》にも来ていなかったのだが。ジョージーはそのことを腹立たしく思っていた。メインは彼女の兄であってもおかしくない年齢かもしれないが、だからといって本物の兄であるかのように彼女を無視していいわけではない。

ジョージーは舌を突き出したくなる衝動を抑えた。いくらメインが彼女の兄みたいにふるまいたいと思っていようが、ものには限度がある。

「ミス・エセックス」メインは言って、ジョージーが女王であるかのごとくお辞儀をした。

彼女は堅苦しい挨拶で時間を無駄にしたりはしなかった。「一緒にスコットランドへ行ったときには、ジョセフィーンと呼んでくれていたじゃない」

「いや、それどころかジョージーと呼んでいた。元気だったかい？」

「ええ」彼女は冷ややかに答えた。ジョージーはメインが好きだったので、彼女が最初の社交シーズンをどう過ごしているか彼が心配して様子を見に来てくれないことに深く傷ついていた。いくら彼女が悪名高くなっているとはいえ……その件はもうメインの耳に入っているに違いない。「わたしをダンスに誘うんじゃないの？　あなたの妹さんのグリセルダは、いつも最低でも五人の男性に、わたしをダンスに誘うよう頼んでおいてくれるもの」

「どうやら妹はぼくに命令を出すのを忘れたらしい」メインは気楽な口調で言って、ジョージーにシャンパンのグラスを差し出した。「これを飲めよ。そのほうがよさそうだ」

「なぜ？」彼女は少し声を荒らげた。「わたしがお姉さまの結婚披露パーティーで立ち尽くして、前もって手配されたダンスのお相手が現れるのを待っているから？　それとも――」

「きみがヒステリーを起こしそうになっているからだよ」メインは言った。「なんとも興味深いな。きみがヒステリーを起こしそうになるなんて思ってもみなかった」

ジョージーは深く息を吸い込んだ。「あら、ごめんなさい。わたしは一緒にいても、ちっとも楽しくない相手なの」

「自己憐憫《れんびん》にひたっているときは誰だってそうさ」彼の声には同情のかけらもこもっていなかった。

「あなたにはそれがどんなものだかわからないのよ」

「ありがたいことにそのとおりだ。ぼくが自分を哀れに思うのは、水曜の晩にオールマックス社交場にいるときぐらいだからね。汗だくの間抜けな男たちと、リボンだらけのドレスに身を包んで頰を染めた若い娘たちが、ちょこまかと動きまわっているのを見せられるほど退屈なものはない」

どうしてメインに自分の様子を気にしてもらいたいなどと思ったのか、ジョージーにはわからなかった。彼はほかの男たちと同じように、ただの愚か者だ。ジョージーはあたりを見まわした。メインが指名を受けたダンスのお相手でないのなら、すぐに別の老いぼれがよろよろと姿を現すに違いない。だが、そのとき彼女は大事なことを思い出した。「あなたは婚約中で、もうすぐ結婚するんだったわね！　婚約者と一緒のところを教会で見たわ」

メインの目が輝いたのを見て、ジョージーは一瞬、彼が彼女の社交界デビューを気にしていなかったことを許した。「シルビーをきみに紹介したいな。きみも彼女の魅力の虜《とりこ》になるはずだ」彼はジョージーの腕を取り、引っ張るようにしてダンスフロアを横切りはじめた。

「確かフランスの方だったわね？」ジョージーはうしろに体重をかけ、メインの歩調をゆるめさせた。群れからはぐれた牝牛のように、その場にじっと突っ立っているよりはましだろう。「ごめんなさい」彼女は立ち止まった。「婚約者のお名前はなんていったかしら。お名前もわからないままで、お会いするわけにはいかないわ」

「シルビー・デ・ラ・ブロドリーだ」

そう口にするメインを見て、ジョージーは思わず笑みを浮かべた。なんて――ハンサムなんだろう。いかにもフランス風で、しゃれていて、とびきり魅力的だ。当世風に乱した美しい黒い巻き毛に、触れたら指が切れそうなほど鋭い頬骨。アナベルとテスがメインをめぐって喧嘩《けんか》しそうになったのも無理はない。「ミス・ブロドリーってどんな方なの?」

「彼女はとても聡明な女性でね。肖像画を描《か》くんだ。細密画の。実に見事なものなんだよ。生まれついての芸術家で、パリでは父親に最高の教師をつけられていた。一八〇三年にこの国に逃げてくるまでは。彼女の父親は……」

メインは自分が見つけた完璧な女性について語りつづけながら、ジョージーの手を引いてふたたび室内を横切りはじめた。その話しぶりはレイフがイモジェンのことを話すときとそっくりで、ジョージーは腹立たしくなった。

「それで、どんな容姿をなさっているの?」彼女はもう一度メインを立ち止まらせて訊いた。

「どんな容姿かって?」メインは目をしばたたいた。「美人だよ、もちろん」

「そうでしょうね」ジョージーは、また歩きはじめたメインと歩調を合わせるために少し足を速めた。彼が美人を誘惑する術《すべ》に長けていることはよくわかっている。聞いた話では一〇〇人もの女性と情事を持ったそうだ。どれひとつとして、二週間以上は続かなかったそうだけど。それにヘルゲート伯爵のモデルはメインだと誰もが言っている。

それからまもなくして、ジョージーはミス・ブロドリーの前でお辞儀をしていた。ある思いがまず頭に浮かんだ。シルビー・デ・ラ・ブロドリーは、わたしがこうなりたいと願う姿そのものだ、と。当然ながらほっそりしていて、いかにもフランス製らしいドレスを着ている。服づくりで肝心なのはダーツの入れ方だとイモジェンは言うが、ミス・ブロドリーのドレスには一本のダーツも見あたらない。透き通るような布地のドレスが体の線に沿って落ち、つま先のまわりで衣《きぬ》ずれの音をたてている。ドレスの胸一面には銀糸で見事な刺繍《ししゅう》が施されていた。胸の膨らみの下には細いリボンが渡されており、端が足もとまで垂れている。

だが、ジョージーの目が釘づけになったのは、その顔だった。メインが結婚しようとしている女性は完璧な顔をしていた。ジョージーが愛してやまないロマンス小説のヒロインの顔を。大きな目に、いつも笑みを浮かべているような口。真っ赤な唇のすぐ上には美しいほくろがひとつ。彼女は――そう、自信に満ちているように見えた。無理もないが。

ジョージーはお辞儀をしながら、自分がまるで一日置いた粥《かゆ》と同じぐらいぼってりしている気がした。

「はじめまして」絶世の美女は魅惑的なフランス訛りで言った。メインはその隣に立ち、うっとりした目を彼女に向けている。ミス・ブロドリーはそちらのほうを見もせずに、彼に向かって手を振った。「メイン、よかったらふたりだけにしてもらえないかしら。ミス・エセックスとお知り合いになりたいの」

メインはすぐに姿を消した。

ジョージーの顔に驚きが表れていたに違いない。ミス・ブロドリーがふいに微笑んで言った。「婚約者に対して命令的すぎると思っていらっしゃるのね?」

「いいえ、そんなことは思っていないわ」ジョージーは言った。「ただ――」

「男の人は健康で丈夫な家畜を扱うように扱わなければならないの。やさしく接しながらも、毅然《きぜん》とした態度をとらなければならないのよ。それはそうと、あなたが大変な目に遭っていらっしゃることはうかがっているわ」

ジョージーは唾《つば》をのみ込んだ。もちろん、そうだろう。知らない人などいないのだ。

ミス・ブロドリーがジョージーに身を寄せた。「婦人用化粧室に行かない? 実を言うと、わたしは化粧室が大好きなの。それに、このお屋敷の化粧室はとてもすてきなのよ」

ジョージーは目をぱちくりさせてミス・ブロドリーを見た。その肩越しに、ティモシー・アーバスノットがこちらに向かってくるのが見えた。ティモシーはジョージーの最も忠実なダンスパートナーだ。母親を亡くした四人の子供の父親だからといって、彼が結婚相手としてふさわしくないことにはならないと、ジョージーはしばしば自分に思い出させなければならなかった。髪が薄いことは結婚相手としてふさわしくない理由になるかもしれないが。

ミス・ブロドリーも肩越しにうしろを見た。なにが起きたのかわからないうちに、気づくとジョージーは彼女とともに婦人用化粧室に入っていた。ジョージーはその手の化粧室にひとりで入ったことはなかったが、そこで起こっていることは知っていた。彼女が象になったような気分になるほど脚の細い椅子に女たちが腰を下ろして、誰が誰から結婚を申し込まれるのを待っているのか話しているのだ。

噂話に興じていないときは、鏡をのぞき込んで鼻におしろいをはたいたり、髪を直したりする。それもジョージーが好きになれない行為だった。そうしているあいだにも、からかわれたり、同情されたりするからだ。とはいえ、彼女がこれまでに会った社交界にデビューしたての女性のなかで、不親切だった者はひとりもいなかった。彼女たちにはジョージーに悪意を抱く理由がないのだ。彼女たちの結婚問題において、ジョージーはなんの脅威にもなっていないのだから。

幸い、ふたりが入ったとき化粧室には誰もいなかったが、すぐにジョージーの運は尽きた。個室から姉のテスが出てきたのだ。「あら、ジョージー！」テスは言って、妹に向けたのと同じ満面の笑みをミス・ブロドリーにも向けた。

ジョージーは腰を下ろして、ミス・ブロドリーとテスがお辞儀をし、ほかの女たちと同じように評価し合うのを見守った。その儀式にはジョージーも慣れつつあった。女たちは互いに視線を走らせて、相手が敬うべき人間であるかどうかを即座に判断する。美しいうえにイングランドで二番目に裕福な男性と結婚しているテスは、当然自分はミス・ブロドリーの目に適《かな》うと思っているだろう。ミス・ブロドリーもテスと同じぐらい美しく、メインと婚約しているのだから、ふたりが親しくなるのは運命のようなものだ。

「ずっとお会いしたいと思っていましたのよ」ミス・ブロドリーが言った。「わたしたちには大きな共通点があるんですもの。そうじゃなくて？　わたしの思い違いでなければ、あなたはメイン伯爵がわたし以外に結婚を申し込んだ唯一の女性なんでしょう？」

「婚約していたのは数日間だけよ」テスはあわてて言った。「彼は本気じゃなかったの」

「もちろんよ。よくわかっているわ」ミス・ブロドリーはジョージーの隣に腰を下ろした。「ねえ、ミセス・フェルトン、こちらにお座りにならない？　あなたのきれいな妹さんとは、ついさっきお知り合いになりましたのよ」

ジョージーは危うく鼻を鳴らしそうになった。鏡は見ていないが、見ればそこになにが映るのかはわかっている。満月のような顔をして、ぽっちゃりした体をこわばらせた娘。姿勢だけはいいけれど、それも両肩のあいだから腰まであるコルセットのおかげだった。

テスは腰を下ろし、ジョージーの手を取った。「座ること以外にしたいことなんて、なにも思いつかないわ。妊娠中はひどく足が痛むなんて、誰も教えてくれなかったのよ！」

これから赤ん坊や、その類《たぐい》のことについてのおしゃべりが始まるのだろう。ミス・ブロドリーも結婚したら、すぐに身ごもるはずだから。アナベルは結婚してひと月もしないうちに妊娠した。だが、ミス・ブロドリーは礼儀を逸しない程度に興味のある顔をしてみせているだけのように見えた。

「その――過程にはいくらかの不便がともなうものなんですってね」ミス・ブロドリーが手をひらひらさせて言った。

ジョージーはくすくす笑わずにはいられなかった。

「言葉のつかい方を間違ったかしら?」

「いいえ、とてもおもしろい表現だわ、ミス・ブロドリー」ジョージーは急いで言った。「おふたりとも、どうかシルビーと呼んでちょうだいな。わたしはあなた方ご家族と深い……結びつきのある男性と結婚するんだから」目をきらきらさせて続ける。「わたしはエセックス姉妹のひとりと言ってもいいぐらいじゃない?」

テスはくすくす笑い、ジョージーは大きな笑い声をあげた。

「それなら、あなたにはフランス人ではなくてスコットランド人になってもらわなくちゃ」テスが指摘した。

シルビーは身を震わせた。「それは無理よ。あなたたちのファミリー・スティックから分かれて行方知れずになっていた、フランス系の家族ということでどうかしら?」

「家系《ファミリー・ツリー》よ」ジョージーは訂正した。

「そうだったわね。そのツリーのフランス系の枝として提案するけど、ジョセフィーンが置かれている不幸な状況をなんとかしなければならないと思うの。メインからその話を聞いて――」

そのとたん、ジョージーは笑うのをやめた。メインがわたしのことを話したですって?シルビーに?

「パリでも似たような話を聞いたことがあったわ」シルビーは話しつづけた。「ずっと前のことだけど。そのあと父はあちらの不愉快な状況に幻滅して――」彼女は片手を振り、多くの知人の命を奪った不幸な出来事について語った。

この部屋から出なければ、とジョージーは思った。お姉さまたちやグリセルダに哀れまれ、お義兄さまたちに夫をおびき寄せるための持参金を用意されただけでも最悪なのに。こんなの——あんまりだ。「申し訳ないんだけど」彼女は硬い声で言って、椅子から腰を上げた。「もう行かないと——」

「いいから、お座りなさいな」シルビーの声には、ジョージーの家庭教師だった女性の声の一〇倍も威厳がこもっていた。「ジョセフィーン、まだ若いあなたにも、もうおわかりだろうけど、人生はこの手の屈辱に満ちているの。屈辱だらけと言ってもいいわ。あなたはその波を泳ぐ術を学ばなければならない。わかるでしょう？　ばかなことを言う人たちに思い知らせてやるのよ」

どうやらテスは敵の魔法にかかってしまったらしく、ジョージーを椅子に引き戻した。

「彼女の言うとおりよ。状況はあっというまに変えられるわ」

「目が覚めたら、ロンドン一の花嫁候補に生まれ変わっているかもしれないわけね」声にみじめさがにじんでいるのが自分でもわかったが、どうしたらそれを隠せるのかわからなかった。「そんなこと、とても信じられないわ」

「人生で起こる大半のことはその人しだいでどうにでもなる。わたしはそう信じているの」

シルビーが言った。「それで、誰か結婚したい相手はいるの、ジョセフィーン？」

「ジョージーと呼んで」彼女はぶっきらぼうに答えた。「そうね——わたしは——」

「この子はお相手に望むことのリストをつくっているのよ」テスが言った。「リストにあげた条件を覚えているでしょう、ジョージー？」

「どうしてあんなリストのことを問題にしなければならないの？　たくさんの求婚者から候補者を絞る必要もないのに」

「リストをつくるのはすばらしい考えだわ。わたしもそういうリストをつくってメインを選んだのよ」とシルビー。

「そうなの？」ジョージーは言った。「そのリストにはどんな条件が載っていたのか、訊いてもいいかしら？」

「莫大《ばくだい》な財産。爵位。わたしはフランスの貴族の家に生まれたから、今さらそうしたことを気にしないようにはなれないの」

「革命家たちに共感しているの？」ジョージーは興味を引かれて尋ねた。

「どちらとも言えないわね。初めのころ、父はまだ若くて理想に燃えていた。わたしたちはパリに移り、父はナポレオン政権の大蔵大臣になったわ。でも、やがて腐敗や身内びいきが横行するようになって……。わたしたちは夜の闇《やみ》に紛れてパリを出たの。母は父のように希望を抱いてはいなかった。母は革命家を憎んでいたわ。母が愛していた人たちをたくさん殺したから。ひどく残酷なやり方で。幸い、父は風向きを読んで、ふたたび戦争が宣言される一年かそこら前に、わたしたちを連れて国を出た。でも、もちろん知り合いのなかには生き延びられなかった人もいたわ」

テスが同情の声を洩らした。

「旧体制のもとでは、人々は食べるものにも困っていたわ」シルビーはフランス人らしく小さく肩をすくめた。その仕種は多くを物語っていた。「だけど、こんな話をしても気分が暗くなるし、必要以上にみじめな気持ちになるだけよ」

テスが微笑んだ。「というと、みじめな気持ちを味わうべき度合いがあるの？」

「もちろん！　わたしたちのジョセフィーンについてひどい噂を広めた男どもには、大いにみじめな気持ちを味わってもらわなくちゃ。大いにね。誰の仕業かわかっているの、ミセス・フェルトン？」

「テスと呼んでちょうだい。わたしたちは姉妹も同然なんだから」テスはいたずらっぽく微笑むと、まじめな顔になって続けた。「首謀者はダーリントンという男よ。わたしは一度も会ったことがないけど。確か、ベッドロック公爵の次男か三男だったと思うわ」

「ベッドロック公爵の息子で姓はダーリントン？　そんなひどい男にしては魅力的な名前ね」

「わたしは会ったことがあるわ」ジョージーは言った。「とてもハンサムな人よ。金髪の巻き毛で緑色の目をしているの」

「誰かに彼を誘惑させられるんじゃないかしら」シルビーは考え込んだ。「男の人って、恋に落ちた初めのころは従順になるのよ。そうした例を数え切れないほど見てきたわ」

「アナベルお姉さまが結婚しているのは残念ね。お姉さまなら、その役目をすぐに引き受けてくれたでしょうに」ジョージーは言った。

「二番目のお姉さま?」シルビーが尋ねた。「ねえ、ご存じ? あなた方姉妹のことが上流社会で早くも伝説になりつつあるのを。社交界にデビューしてすぐに聞かされたわ。まるで嵐のようにロンドンにやってきて、独身男性を片っ端からさらっていった美しいスコットランド人女性たちのことを」

「ジョージーがつらい思いをしているのは、わたしたちが幸せな結婚をしたせいじゃないかと思うの」テスが言った。

「まったく違うもの」ジョージーはさりげない口調を装った。「つまり、わたしとお姉さまたちとでは」

「あなたはとてもきれいよ」シルビーが言った。「お姉さまたちの大成功のあとに続かなくてはいけないのは、お気の毒としか言いようがないけど。お姉さまたちに選ばれなかった男性のなかには、あなたにつらくあたる人もいるでしょうし」

扉が開いて、ジョージーのお目付け役であるレディ・グリセルダが顔をのぞかせた。「まあ、ジョージー、こんなところにいたのね! ティモシー・アーバスノットが必死になってあなたを探していたわよ」

「ここのほうが居心地がいいの」ジョージーは言った。実際、一日のうちで初めて幸せな気分になっていた。

グリセルダは優雅な眉を片方だけ吊り上げた。「それなら、よければわたしもご一緒するわ」シルビーに向かって微笑みかける。どうやらメインが妻に選んだ女性はみんなに気に入られるらしい、とジョージーは少し不機嫌になって思った。

　まあ、シルビーを嫌いになれる人間なんているはずがないけれど。

シルビーはグリセルダと声をそろえて笑っている。グリセルダはレディ・マーガレット・キャベンディッシュと会った話をしていた。彼女の髪は――グリセルダによれば――以前とは色が変わっていたらしい。「マリーゴールドの花みたいな黄色なの。マーマレードが焦げた色と言ったほうがいいかしら。わかるでしょう？」

「それで先週はどんな髪の色をなさっていたの？」シルビーが訊いた。

「茶色よ。どうやって色を変えたのか想像もつかないわ」

「髪を染める薬があるのよ」ジョージーは言った。「ときどき品評会で毛の色を染めた馬を見るって、お父さまが言っていたのを覚えているでしょう、テスお姉さま？」父親自身が商品としてより魅力的にするために馬の毛を黒く染める達人だったことは言わずにおいた。

「例のむかつく男を誰が誘惑するか話していたところなの」シルビーが言った。「ほら、ダーリントンとかいう男よ。でも誰に任せるべきか、もうはっきりしたわ」

「任せるってなにを？」グリセルダが尋ねた。

「ダーリントンが恋に落ちるように仕向ける役目よ」シルビーは答えた。「それはあなた。あなたしかいないわ」

「なんですって？」グリセルダは目をぱちくりさせて未来の義姉を見た。

ジョージーはくすりと笑いそうになった。どうやらシルビーは人を見る目があるとは言えないようだ。確かに淡い金色の巻き毛に官能的な体つきをしたグリセルダは、相手がダーリントンだろうと誰だろうと、たやすく誘惑できるほど美しい。けれども一〇年か一一年に及ぶ未亡人生活のあいだ、グリセルダは一度も軽率な行いをしていないのだ。彼女の評判は――兄であるメインの少々嫌味な要約によると――驚くほど清らかなもので、数々の武勇伝がある彼とは好対照をなしていた。

「あなたにダーリントンを誘惑してもらわなければならないの」シルビーは辛抱強く続けた。「わたしたちは彼を黙らせなければならないのよ。あなたにとっては、そう難しいことではないでしょう。ほら、ジョージーの話では彼はハンサムらしいし。しかも金髪ですって。きっと美男美女でお似合いだわ」

「そんな意地悪な男とかかわりたくないわ」グリセルダが言った。「それに彼がわたしのことをどう思っているか、正確にわかっているの。わたしは貞淑すぎてなんの魅力もないって、彼はミセス・グレアムに言ったのよ」

「彼は逆のことを言おうとしていたのよ。それほど貞淑でなければ、あなたは魅力的だって。それにグルセルダ、わたしたちがあなたにお世辞を言う必要がある？」シルビーは手を振って鏡を示した。四人の女は鏡に映るグリセルダに目をやった。「ごらんなさいな《ルガルデ》！」

ジョージーは自然と笑顔になった。グリセルダは三二歳なのに皺《しわ》ひとつなく、シルビーとそれほど年齢が変わらないように見える。美しい巻き毛に、柔らかなカーブを描く魅惑的な体つき。まるで磁器の羊飼い女のようだ。磁器とは違って硬くも冷たくもないけれど。

テスが身を乗り出した。「グリセルダ、こんなことを言うのは不適切かもしれないけど、シルビーの計画はすばらしいと思うの。彼があなたに恋するように仕向ければいいだけなのよ。彼だって根っからの悪人ではないはずだわ。つき合ってみたら、おもしろい人かもしれない。フェルトンが言うには、ダーリントンは最優等の成績で大学を卒業したんですって。紳士には珍しいことよ。まあ、おそらくは退屈な人でしょうけど」

シルビーは顔の前で静かに扇を振っていた。いたずらっぽい目だけが扇の上からのぞいている。「どうやらわたし、その紳士に会ったことがあるみたいだわ、グリセルダ」

「あら」

「あなたも彼の肩には気づいたはずよ」

「テスが言ったとおり、これは非常に不適切な会話だわ」どうやらグリセルダは、お目付け役としての務めを思い出したらしい。

「不適切なことには慣れっこよ」ジョージーは言った。「お姉さまたちのなかで、スキャンダルとは関係なく夫を見つけた人はひとりもいないんだもの」

「わたしには夫なんて必要ないわ!」グリセルダが声をあげた。

「もちろん必要よ」シルビーは断言した。「どんな女性にも夫は必要なの。快適に過ごすにはどうしても必要なものなのよ。冬にはフランネルのナイトガウンが必要なようにね。必要だけど、手に入れる過程は退屈なの」

「それに、あなたは再婚を考えているとイモジェンお姉さまに言ったじゃない」ジョージーはつけ加えた。

「でも、ダーリントンみたいな男と再婚するつもりはないわ」

シルビーが驚いたように目を丸くした。「誰も彼と再婚しろなんて言っていないわ！　あたりまえじゃない！　当然、あなたはやさしくて控えめな男性と再婚したいと思っているでしょうから。そうでなければ、楽天家でなくても、一年かそこらしたらあなたはダーリントンと朝食をともにしていると思うところだけど」

「亡くなった夫のウィロビーは、とても控えめな人だったわ」グリセルダは言った。「でも、朝食に子牛の頭のパイを食べる姿にわたしが我慢できたのは、確か一日だけだった」

「わたしがあなたでも、きっとそうだったと思うわ」シルビーは小さく身を震わせた。「けれど、わたしは初めからずっと続けられるやり方でいくつもり。だからメインには、朝食は別にしようと言うわ。そうすればわたしが朝食の席にいなくても、彼ががっかりすることはないでしょう？」

それは少し意地悪なのではないかとジョージーは思ったが、メインはシルビーと一緒に朝食をとれなくても気にしないだろうとすぐに思い直した。メインが望んでいるのはシルビーと同じ部屋で寝ることであって、食事をすることではないのだ。

「ダーリントンと戯れの恋をするぐらいなら、できるかもしれないけれど」グリセルダがつぶやいた。

「恋の虜にして骨抜きにしてやるまででいいの」シルビーが安心させた。「そうなったら、スカートから埃《ほこり》を払うみたいに捨ててやればいいのよ」

ジョージーはその言葉の響きが気に入った。

「こんな解決策、わたしには思いつかなかったわ」グリセルダは考え込むような顔をした。テスが小さく笑った。「グリセルダやわたしたちは、品行方正なやり方で状況を改善しようとしていたの。本当よ、ジョージー、今やあなたには多くの崇拝者がいるんだから」

「年を取っている人ばかりだけどね」ジョージーは苛立った声で言った。

シルビーが片方の眉を吊り上げた。「あら、ジョージー、若い男は決まって退屈なものなのよ。三〇にもなっていない男と短いあいだでも戯れの恋をすることで、グリセルダがどれほど大きな犠牲を強いられるか、あなたにはわかっていないのね。若い男というのは経験不足で、なにも話すことがないの」

「ダーリントンにはいつもなにか話すことがあるように思えるけど。それが彼の商売道具なのよ」テスが意見を述べた。

「でも、彼はこれまであまり間違いを犯してこなかったみたいに見えるわ。男の人は間違いを重ねることで、本当におもしろい人間になるの」

「メインは間違いを重ねてきたの？」ジョージーは好奇心から尋ねた。

グリセルダは笑い声をあげたが、シルビーは言った。「間違いなくそうよ。たとえば彼は、気づくとベッドにいたという間違いを何度も犯してきたように見えるわ。きっと変化を重んじてきたのね。わたしの夫になったら、もっと慎重にふるまうよう言うつもりだけど」

「つまり彼はこれからも……その——」ジョージーは言葉を切った。若い未婚の娘が口にしていいことには限度がある。

「あら、それはそうよ」シルビーは扇であおいだ。「今は多感な男性を演じているけれど。とても楽しそうにね」

「ゆうべ、兄はあなたに心を奪われていると言っていたわよ」グリセルダが言った。

「まあ、すてき」シルビーの声には、まったく感情がこもっていなかった。「けれど今も言ったとおり、一時的に感情が高まっているだけなのよ。時が経てばおさまるわ。そういうものなの。それに彼は半分フランス人だから、うまい具合に皮肉な性格になってくれるんじゃないかと期待しているの。皮肉な男性って魅力的でしょう。そう思わない?」

「それなら、あなたがダーリントンに恋を仕掛ければいいのに」グリセルダはそう言ってから、あわててつけ加えた。「もちろん、兄と婚約していなければの話だけれど」

「ああ、残念。まさにそのせいで、わたしはジョージーの救世主にはなれないのよ。どのぐらいかかると思う、グリセルダ? 一週間もあればいいんじゃないかしら」

グリセルダの目がきらりと光った。美しい未来の義姉への対抗心を示すかのように。少なくとも、ジョージーにはそう思えた。

「今夜のうちに彼の愛情をいくらか得られると思うわ」グリセルダは立ち上がり、鏡でドレスの具合を確かめた。胸のまわりに上品なひだが寄った、体の曲線を最大限に美しく見せるドレスだ。彼女が何度か布地を引っ張ると、襟ぐりからのぞく部分が大きくなった。

「すばらしい考えね」シルビーが言った。

「いちいち指示してもらわなくても、うまくやれるわ」グリセルダは声をとがらせた。

シルビーはとたんに暗い顔になった。「あなたが魅力的じゃないとほのめかすつもりなんて、これっぽっちもなかったの！」叫ぶように言う。フランス訛りが強くなっていた。「どうか怒らないで、グリセルダ。あなたと姉妹になれるのがあまりにもうれしくて、立ち入ったことをしてしまったわ！」

それを聞いたグリセルダは微笑み、向きを変えてシルビーにキスをした。「あなただって魅力的よ。それにわたしにはアドバイスが必要だわ。どうやって彼に近づいたらいいかしら？　今の状況を考えると、彼のほうからはわたしのそばに来そうもないもの」

テスの目がきらめいた。「わたしの夫に紹介してもらえばいいわ！」

「あからさますぎるわよ」グリセルダは反対した。

「小説に出てくる若い女たちは、いろんなものを落として男性の注意を引くわ」ジョージーは言った。「扇を落とすのがいちばん簡単じゃない？」

「扇を落とすのはいや」グリセルダは警戒して言った。「お気に入りの扇なんだもの。骨が折れたり曲がったりするのはごめんだわ」

「犠牲はつきものよ」シルビーが言った。「大義のためには」

「それなら」グリセルダは言い返した。「あなたの扇を落とすことにするわ。わたしの扇は帰るときに返してくれればいいから」

シルビーは扇を渡そうとはしなかった。彼女の扇は着ているドレスと同じ柔らかな色合いのピンクで、小粒の真珠がいくつも縫いつけられている。「靴を片方脱ぐのはどうかしら」彼女は提案した。「あなたはとてもきれいな靴を履いているもの、グリセルダ。しかも同時に足首を見せることもできるわ。足首のこととなると、男性って本当にばかになるのよ」

「どうして？」ジョージーは訊いた。シルビーは質問にきちんと答えてくれるタイプの人間に思えた。足首はジョージーの最もましな部分だったので、もっと頻繁に見せたほうがいいのではないかと前から思っていたのだ。

「ほっそりと引きしまった女の足首は美しいものだからよ。わたし自身、ドレスの丈はどれも少し短くしているの。あなたもそうしたほうがいいわ、ジョージー」

「ヒップとバランスを取るために、ドレスの丈は長めにしなければならないの」テスがうなるように言った。「マダム・バドーにそう言われたのね？」

「彼女の言うとおりだと思うわ」ジョージーは認めた。

「マダム・バドーのデザインはすばらしいわ」シルビーが穏やかに言った。「わたしも彼女につくってもらったすてきなマントを持っているの。でもあなたの衣装についての彼女の考えには、まったく同感とは言えないわ、ジョージー」

「わたしもそれと同じことをずっと言っているのよ」グリセルダが割って入った。

ジョージーは心のなかでうなり声をあげた。イモジェンがひいきにしている仕立て屋のマダム・バドーのもとを初めて訪れて以来、何度も繰り返されている言い合いがまた始まろうとしている。「身につける本人がいいと言っているのよ。マダム・バドーのコルセットをつけなければ、わたしは前後左右に膨らんでしまうわ」

今も体を締めつけ、余分な肉がはみ出さないようにしてくれている頼もしい圧力を感じることができた。確かに快適とは言えず、特にダンスを踊っているときは自分が木製の操り人形になった気がすることもあるけれど。

「それはどうかしら」グリセルダはシルビーに訴えかけた。「マダム・バドーのおかしな代物をつけなければならないって、ジョージーは思い込まされているの。ご覧のとおり、楽に座ることもできないのよ」

ジョージーがほっとしたことに、シルビーはすぐにはグリセルダの支持にまわらなかった。

「彼女はそれをつけていると安心できるんじゃないかしら」

「そうなの」ジョージーは声を強めた。「これからも人前に出るときはつけるつもりよ。つけなかったらどうなると思う？　〝スコットランド産ソーセージ〟とは呼ばれなくなって、まん丸の――ソーセージパイになったと言われるわ！」

「じきにあれこれ言われなくなるわよ」シルビーは言った。「グリセルダがダーリントンの関心を自分のほうに向けたあとは」

「靴を片方脱ぐことにするわ」グリセルダが言った。「扇ではあからさまで月並みだもの。この靴は本当にすてきだし。わたしはこの靴が大好きだってことを今まで忘れていたわ」

四人はそろって目を下に向けた。グリセルダの靴はクリーム色のシルクでできており、淡い青色の糸で小さな百合《ゆり》の花の刺繍が施されていた。長靴下も靴と同色で、側面には同じく淡い青色の糸で刺繍がなされている。

「あなたのご家族の一員になれて本当にうれしいわ」シルビーが言った。「靴の大切さがわからない女と姉妹になるなんて耐えられないもの」

グリセルダはシルビーに微笑みかけ、持ち上げていたドレスの裾《すそ》を下ろした。ジョージーがこれまでに見たことがないほど興奮した目をして、口にはかすかな笑みを浮かべている。手提げ袋《レティキュール》のなかから口紅を取り出して塗ると、鏡に向かっておどけたように唇を突き出した。

「なんだか違う女になった気分よ。もっと悪い女にね」

「でも、あなただって、未亡人になってからずっとひとりだったわけじゃないんでしょう？」シルビーは驚いた顔をした。

「ええ、ときには短い関係を持ったこともあったわ。でも、この手のことを計画的に行うのは初めてなの」

ジョージーは大きくあえぎそうになるのをこらえた。

「わたしとあなたはそこが違っているわ」シルビーが言った。「あなたは半分フランス人で、わたしは完全にフランス人だからでしょうね。充分に計画を練らずにロマンティックな冒険に乗り出すなんて、わたしには想像もつかない。計画を立てるのは、わたしにとって当然のことなの」

グリセルダは笑い声をあげた。「世慣れたことを言うのね、シルビー。あなたと兄が一緒のところを見てきたけれど、ふたりともすごく慎み深いように見えたわよ」

「わたしはいつも慎み深いの。どうして男の人が親密な行為をエスカレートさせていくのを許さなければならないのか、いまだにわからないのよ。どうやら前もって計画を練ると、向こう見ずなことができなくなるみたい」

グリセルダは戸口で足を止めた。

シルビーがグリセルダに向かってにっこりした。「勝利に向かって進め《アバンセ・プル・バンクル》！」

「あとで成果を報告するわ」グリセルダは言った。「ジョージー、言っておくけど、あなたがここから出ることにしたら、ダンスのお相手は何人もいますからね」

テスは乱れた巻き毛を頭の上に留めていた。「わたしもフロアに戻らなきゃ」

「お義兄さまがきっと探しているわ」ジョージーは言った。

「自分を探してくれる夫がいるのはすばらしいことよ。その逆じゃなくて」シルビーが言った。「わたしもあなたを見習うつもり」

テスはシルビーに笑みを向けた。「その点については、わたしはとても運がいいの」

6

『ヘルゲート伯爵——上流社会の夜』第三章より

わたしは公爵夫人——仮にハーミアと呼ぼう——の要求をすべて満たしたと言ったら、自分の傲慢《ごうまん》さを露呈することになるだろうか。わたしの技術は神から与えられた才能だと思っている。あとになって公爵夫人に言われたからだ。あなたは女性に喜びをもたらすために神に選ばれた人間だと……それ以来、わたしは神のご意思に忠実に従ってきた。

サーマンはすでに紹介を受けている者のように〝ソーセージ〟に歩み寄った。ある意味、彼女とは古い知り合いのような気がしていた。彼が実際に〝ソーセージ〟と口をきけば、ダーリントンはその話を聞きに『コンベント』に来るに違いない。ダーリントンが絶対に聞き逃せない話があると言伝《ことづて》させよう。ダーリントンが隣にいなくなると思うと、恐怖でどうにかなりそうになる。彼の名言や辛辣な言葉を聞かずに時を過ごさなければならないなんて耐えられない。

「ぼくはダーリントンの友人だ」サーマンは挑発するように言った。

〝ソーセージ〟は目をぱちくりさせてサーマンを見ると、視線をそらして彼の肩越しに壁を見つめた。「あなたの無作法なお友達が考えたあだ名を思い出させるような真似は、やめてほしいんだけど」

「無作法だって？　彼は無作法なんかじゃないぞ」サーマンは抗議した。

ミス・エセックスはサーマンから視線をそらしたまま、あざけるように言った。「〝唾棄《だき》すべき男ダーリントン〟とってもいいあだ名だと思うわ」

サーマンは顔をしかめた。この子豚とダンスを踊らなければならない。そうすれば、小さな蹄《ひづめ》で足を踏まれ、ブーブーという鳴き声を聞かされたことをおもしろおかしく話してやれる。「踊らないか？」

彼女は一瞬サーマンを見て、今度は顔ごと壁のほうを向いた。「お断りよ」

「なぜ？　相手がいなくて困っているんだろう？」

「あなたは悪魔のような人ね。どうしてそんなに失礼なことが言えるの？　わたしの覚えているかぎり、わたしたちはこれまで会ったこともなかったのよ」

その嫌悪感に満ちた声を聞いて、サーマンは自分が彼女を怒らせたのだと震えるほどの興奮を覚えた。辛辣な言葉を口にできるのはダーリントンだけではない。ぼくだって言えるのだ。「悪魔と言われるぐらいかまわないさ。豚と言われないかぎりね」

「あなたは豚よ」ミス・エセックスは壁から目を離し、サーマンを見据えた。「ブーブー鳴く豚。どこの誰かは知らないけど。さっさと自分の豚小屋に帰ったらどう？」

サーマンが口にしたからかいの言葉は、なぜかダーリントンの言葉とは違って自信たっぷりには聞こえなかったようだ。ミス・エセックスにじっと見つめられて、サーマンは自分の突き出た腹を意識し、落ち着かない気分になった。男が太っているのはいいことだと誰もが知っている。力強く見えるし、寿命も延びる。

だがサーマンは昔、クラスのみんなの前で九九を言わされたときに味わったのと同じ敗北感を味わっていた。ミス・エセックスは意地悪な目で彼を睨《にら》みつけている。サーマンは本当に彼女が大嫌いになった。

「あなたはメイドに手をつけるタイプの男よね」彼女はさらに言った。「どうやってこの結婚披露パーティーにもぐり込んだのか、想像もつかないわ」

サーマンは自覚した。ぼくは自分の家が出版社を経営して財をなしたことをひどく気にしている。出版業は祖父が知的好奇心から始めたことだといつもは笑い飛ばしているが、自分は紳士だと言える根拠は乏しいと充分にわかっているのだ。

「きみは手をつけられるという幸運にも恵まれないタイプの女だ」サーマンはダーリントンの鋭い口調を真似た。ぼくだって彼みたいに辛辣になれる。サーマンはミス・エセックスにほんの少し近づいた。目の前の娘のことが心底嫌いになっていた。自分の思いどおりにできるなら、太ったスコットランド娘は上流社会のパーティーに出られないようにしてやるのに。

「きっと男とやることもできないだろう」彼は言った。

そしてその場に立ったまま、ミス・エセックスの様子をうかがった。実のところ、社交の場でそんなことを口にした自分にいささか驚いていた。

ミス・エセックスはかすかに頬を赤らめた。〝男とやる〟というのがどういうことかわかっているらしい。「あなた――最低よ」

彼女の声は震えていた。サーマンはそれが気に入った。ミス・エセックスはくるりと向きを変えて足早に立ち去ったが、彼は動かなかった。九九を言えなかったために教師に鞭《むち》で打たれたときに感じたのと同じ、激しい怒りがわき起こっていた。さまざまな思いが交錯する。ダーリントンは去り、仲間が『コンベント』に集まることもなくなった。これからは、夜になにをして過ごせばいいのだろう？ ダーリントンがいなければ、ぼくはみんなにばかと思われるに違いない。それもみんな〝ソーセージ〟のせいだ。ダーリントンが道徳に目覚めたりしなければ、ぼくが捨てられることもなかったのだから。

なにもかも、あいつのせい。

〝ソーセージ〟のせいだ。

7

『ヘルゲート伯爵——上流社会の夜』第五章より

わたしの人生の次のひと幕について語ることで、わたしの目に留まった最も美しく貞淑な女性の評判に傷をつけてしまうのではないかと思うと気が気ではない。どんなにその誘惑に駆られても、決して彼女の正体を突き止めようなどとはしないでほしい。彼女のことは愛しいヒッポリタと呼ぶにとどめよう。もし彼女がこの拙《つたな》き文章を読んでくれているなら、わたしの心の奥深くにいったんは葬った言葉を捧げよう。

わたしはあなただけを見て、あなただけを崇《あが》めてきた。今も、あなただけを求めている。

ジョージーはやみくもに向きを変え、こわばった笑みすら浮かべていない顔を誰に見られようとかまわずに招待客たちのあいだを突っ切った。なんて不愉快な男なの。最低の豚野郎よ。そのときふいに、メインが彼女の前に立ちはだかった。

「やあ」彼はジョージーに微笑みかけたが、すぐに表情を変えた。「いったいどうしたんだい、ジョージー?」

ジョージーはごくりと唾をのみ込んだ。なにがなんだかわからないうちに、松明《たいまつ》に照らされて白く輝く大理石のテラスに連れ出されていた。メインはバルコニーの手すりまでジョージーを連れていくと、自分のほうを向かせ、彼女の頬を伝う涙が誰にも見えないように前に立った。「なにがあったんだ?」

松明の明かりがメインの黒い巻き毛を輝かせている。彼は眉を寄せ、とても険しい顔をしていた。「ひどいことを言われたの」ジョージーはしゃくり上げた。みっともないけれど、かまわない。相手はメインなのだから。「わたし——わたしは——」でも、なんと言われたか口にすることはできなかった。メインはあまりにも美しかったし、彼女が言われたことはあまりにも屈辱的だったから。

メインは白いハンカチを手にしていた。「落ち着くんだ」そう言って、ジョージーの頬の涙をやさしく拭う。彼女は笑みを浮かべようとしたが、唇が震えて無理だった。向きを変えて手すりから身を乗り出し、下の植え込みを見る。木々は闇に沈んでいた。

「誰に言われたんだい?」メインは気楽な口調で訊いてきたが、声が硬くとがっていることにジョージーは気づいた。

「あれはスイートブライヤーかしら? それともサザンウッド?」ジョージーは尋ねた。

「いいにおいね」

「ジョージー」

彼女は振り返って首を振った。「名前は知らないわ。ダーリントンの友人だとかいう男の人よ」メインからハンカチを受け取って、涙を拭う。彼はじっと考え込んでいた。ロンドンにいる男を片っ端から殴りに行きそうな顔をしている。

「どんな男だ？」

「よくわからなかったわ。部屋は薄暗かったし、これといって特徴のない人だったから。それにそんなことはどうでもいいの」ジョージーは震える声で続けた。「みんなにどう思われているかはわかっているもの。みんなに——」目にふたたび涙があふれてきた。彼女はすでに手にしていることを忘れてハンカチを探した。ハンカチがテラスの床に落ち、ジョージーは身をかがめてそれを拾おうとした。そして、小さくうめいて動きを止めた。コルセットに体をまっぷたつにされそうになったのだ。

メインはテラスの床からハンカチをさっと拾い上げた。「いったい何事だい？」そう言って、あたりに目をやる。「こんなに人目のあるところでそんな声を出すなんて」

「ふたりでここから抜け出せないかしら？　わたし——今夜はちっとも楽しくないの」だが、そこでメインの婚約者のことを思い出した。「でも、シルビーがあなたはどこに行ったんだろうって思うわよね」

メインは顔じゅうを輝かせて笑みを浮かべた。「きみが彼女をファーストネームで呼ぶのが聞けてうれしいよ。もちろん、きみをここから連れ出すのはかまわない。シルビーは珍しいぐらい自立した女性なんだ。このパーティーにも別の人たちと来たんだよ。ぼくなんて、大してあてにされていないんじゃないかと心配になるぐらいだ。ぼくが姿を消しても、シルビーは気づきもしないだろう」

「そんなわけないわ」もしメインがわたしの婚約者なら――彼は年を取りすぎているからそれはありえないけれど――彼から目を離したりしない。そう考えると胃が締めつけられた。だからジョージーはメインに言われるままに彼と腕を組み、背中と同じぐらいこわばった笑みを浮かべることに気持ちを集中した。

ふたりは招待客でにぎわうフロアをゆっくりした足取りで歩いた。足を止めたのは一度きりだった。レディ・ローキンがほっそりした手をメインの腕に置き、甘い声で話しかけてきたのだ。

レディ・ローキンはジョージーをちらりと見ただけで、挨拶しようとはしなかった。メインが身をかがめると、レディ・ローキンは彼の耳もとで何事かささやいた。その目は物欲しげに光っていた。芝生の上を駆けまわる子犬を見る子供の目のように。

メインは低い笑い声をあげ、小声でなにか言った。そしてレディ・ローキンの手を腕からそっと外すと、ジョージーとともにまた歩きはじめた。そのあと、ジョージーは女たちが首をめぐらせてメインを目で追うのに気づいた。彼の全身に視線を躍らせる女性たちの様子から、メインがどれほどすばらしい男なのかいやでも気づかされる。それなのに、そのメインを勝ち取ったシルビーは彼の姿が見えなくても気にしないという。人生にはおかしなことがあるものだ、とジョージーは思わずにはいられなかった。

「グリセルダを見つけないと」メインがあたりを見まわした。「妹はきみのお目付け役なんだから、きみを連れてここを出ることを言っておかなくては」

「だめよ！」ジョージーはふいに思い出した。グリセルダは今ごろシルビーの命令に従って、ダーリントンを誘惑しようとしているだろう。「絶対にだめ」

「なぜ？　ぼくの妹はあまりいいお目付け役じゃないのかい？」

「もちろん、とてもいいお目付け役よ。わたしはただ、グリセルダを煩わせたくないだけ」ジョージーは弱々しく告げた。

「きみにはわからないところがたくさんあるな、ミス・ジョセフィーン・エセックス」メインは言った。「グリセルダにはメモを残しておこう。うら若き淑女がお目付け役に黙ってパーティーを抜け出すなんて、とんでもないことだ。お目付け役が最悪の事態を考えるかもしれないだろう？」

「あなたと一緒なら大丈夫よ」

「ぼくを信用してくれているのはうれしいけど、自分の娘をぼくと一緒にパーティーから抜け出させるのはごめんだと思っている母親がここにはたくさんいるんだぞ」

「ばかなこと言わないで、メイン。わたしはこのパーティーに出ている女のなかで、評判を落とす可能性が最も低い女よ」

　メインは片方の眉を吊り上げたが、なにも言わずに自分の名刺にメモを書いて召使いに渡し、グリセルダに届けるよう頼んだ。「どこに行きたい？」ふたりが馬車に乗り込むと、彼は尋ねた。小型の豪華な馬車だった。光沢のある濃い赤色に塗られていて、扉にはメインの紋章が描かれている。

「どこでもいいわ」

メインは奇妙な目でジョージーを見つめていた。「これはまったくもって不適切なことだけど――」

「わたしが不適切なことをしているなんて、きっと誰も信じないわよ」ジョージーはきっぱりと言った。それは本当のことだったから。

「それなら」メインは狼《おおかみ》のような笑みを浮かべた。「ぼくの家へどうぞ、お嬢さん」馬車の天井を叩いて、声を張り上げる。「家にやってくれ、ウィグルズ！」

「くねくね《ウィグルズ》？」ジョージーは言った。馬車が動き出し、結婚披露パーティー会場であるホルブルック邸から遠ざかりはじめた瞬間、気分がよくなっていた。「ウィグルズという名前なの？」

メインは彼女に微笑みかけた。「たぶん父親の名前はパパ・ウィグルズだろう……そのうち、ウィリアム・ウィグルズやウィルフレッド・ウィグルズという自慢の息子ができ、ウィルヘルミナ・ウィグルズという自慢の娘もできるかもしれない」

ジョージーは力なく微笑み返した。「あなたの家ですって？　このあたりに住んでいるの？」

「二ブロックほど離れた場所にね」すでに馬車は速度を落としはじめていた。「きみはお目付け役なしでぼくの家に入ることになるが、ぼくの家は召使いであふれているから」

「それにあなたはシルビーを愛しているし」

「ぼくがきみの魅力に屈してよからぬ考えを抱くのを、その事実が防いでくれるだろう」

ジョージーは顔をしかめてみせた。「からかわないで、ギャレット・ランガム」

「からかってなどいないよ」

彼女は目を細めてメインの表情をうかがったが、彼は心底驚いているように見えた。「わたしを魅力的だと思う人なんていないのはわかっているわ。あなたがわたしに対してそんな感情を抱くなんて、誰も思わないはずよ。あなたはロンドンじゅうの美しい女性と寝てきたんですもの。だから、わたしの評判について心配する必要はないわ」

執事が馬車の扉を開けてくれた。メインはジョージーをさっと抱え上げて馬車から降ろすと、なにも言わずに屋敷のなかに案内した。「リブル、小塔の部屋でシャンパンを飲む。よく冷えた年代物のヴーヴ・クリコを持ってこさせてくれ」

「あの部屋は明かりを灯《とも》しておりませんが、閣下」執事が言った。

「かまわないよ。ぼくが灯す」

ジョージーはマントを脱ぐのに手間取っていた。メインは眉をひそめて彼女を見ると、肩からマントを引き剝《は》がして、傍らに控えていた召使いに渡した。

「小塔があるの？　すてきだわ！」どうしてそんなに不器用なのかと訊かれる前に、ジョージーは尋ねた。

「なにか食べるかい？」

彼女は首を横に振った。

「ぼくは少し空腹だから、失礼して食べさせてもらうよ。レイフが『フォートナム・アンド・メイソン』にパーティー料理のケータリングを頼んだのは、間違いだったんじゃないかと思うんだ。ホルブルックのHが大きく入ったサンドイッチを見たかい？」

ジョージーはまた首を振った。彼女は人前でなにかを食べることを自分に許していなかった。そんなことをすれば、彼女の胴まわりに関する噂話に火を注ぐようなものだ。

「レバーペーストでHと記されていたんだぞ」メインはジョージーの腕を取り、階段をのぼった。「見た目と同じぐらい味もひどかった。軽い夕食用になにかおいしいものを持ってこさせてくれ、リブル」

ふたりは主立った部屋のある階を過ぎても階段をのぼりつづけ、背の低い扉を開けてなかに入った。メインが小さな棚から火口箱を取って火をつけた。揺らめく炎の明かりで室内が照らし出される。濃い青に塗られたドーム状の天井には、色あせた金色の星が散らばっていた。板張りの壁には、ところどころに薔薇の花のついた奇妙な蔓《つる》が描かれている。部屋にある家具は小ぶりな長椅子が一脚に座り心地のよさそうな椅子が二脚、それにティーテーブルがひとつだけだ。壁の高いところに小窓があった。八面ある壁のそれぞれにひとつずつ、全部で八つ。月の光が室内にぼんやりと差し込み、壁を伝う蔓を美しく神秘的に見せていた。

「まあ、なんてすてきなの！」ジョージーは両手を握りしめた。「まるで魔法みたい」

メインは壁にかかったランプに火をつけていた。「きみはもう秘密を暴いたのか」笑いながら言う。

「ロンドンでロンドン塔以外に小塔があるのは、きっとここだけね。どうやって大火を免れたの？」

「この家はそんなに古くないよ。ぼくの祖父にはセシリーという名の娘がいてね。祖父は彼女のことをとても愛していた。セシリーおばさんは月足らずで生まれたんだ。生まれつき足が悪くて、肺も弱かったらしい。おばは本を読むのが大好きだった。自分はお姫さまだと想像していて、ここは目覚めのキスを受けるには最適の部屋だと考えていたそうだ」

「まったく同感だわ。おばさまは目覚めのキスを受けられたの？」

「あいにく、おばはぼくが生まれる前に亡くなった」

「まあ、お気の毒に」

「おばが生まれたあと、祖父と祖母には何年も子供ができなかった。そして、ようやくぼくの父が生まれたんだ。父が言うには、父は祖母よりもおばのほうが好きだったそうだ。幼いころ、この部屋で何時間も過ごして、おばが話してくれる騎士やドラゴンや奇想天外な怪物たちが出てくる物語に耳を傾けたらしい。ほら、見てごらん、おばは自分で考えた物語の絵を壁に描いている」

メインはランプを掲げた。ジョージーが壁を這《は》う蔓に目を凝らすと、蔓を駆けのぼっている小さなユニコーンと、片手で蔓にぶら下がっている小さな男の子の姿が見えた。「ぼくの父だ」メインがその腕白小僧に手を触れて言った。ジョージーはそのもじゃもじゃの髪や貴族的な鼻に見覚えがあった。青年になってからの姿ではあったが。

父親はいつ亡くなったのか訊きたくなったが、やめておいた。

「父が亡くなって、もう一〇年になる」メインが告げた。

「まあ」ジョージーは彼の腕に手を置いた。

「父はぼくにおばから聞いた物語をいくつも話してくれた。グリセルダのほうが、ぼくよりたくさん覚えているよ」

メインはふいにランプをティーテーブルの上に置いた。「ドレスの下につけているものを脱がなくても座れるのかい？」

自分の首から上が紅潮するのがジョージーにはわかった。「ええ、もちろん」なにげない口調を装って言う。メインの前でコルセットという言葉を口にすることはできなかった。

「コルセットをつけているんだろう？」

「あなたには関係ないわ！」ジョージーはぴしゃりと言って、椅子の縁に腰かけた。背にもたれることはできなかった。コルセットの腰まわりには賢い工夫が施してあり、彼女が脚を閉じてさえいれば優雅に座っていられるだけの余裕があった。

メインはジョージーの向かいに置かれた椅子に身を投げ出すようにして座った。幅広い肩にたくましい脚をした彼は、すっかりくつろいで見える。「どうしてそんなものに我慢できるんだい？」興味深げに尋ねた。だが、ジョージーが答える間もなく扉を叩く音がして、メインは声を張り上げた。「どうぞ！」

召使いたちがシャンパンと食べ物をのせたトレイを運び込むあいだ、ジョージーは口を閉じていた。りんごの香りがする辛口の冷えたシャンパンが入ったグラスを手にして初めて勇気を奮い起こし、世慣れた口調で言った。「淑女は自分が身につけている下着のことを紳士と話したりしないものよ、メイン」

「でも、きみとぼくは友達だ」

「わたしたちは友達なんかじゃないわ！」

「いや、友達だよ」メインはジョージーに微笑みかけていた。その目には彼女が抗《あらが》えないなにかがあった。「ぼくが知る女性のなかで、きみがスコットランドでたくらんだようなばかげたことに手を貸すようぼくに頼んできたのは、きみだけだからね。きみとは友達になっておかなければならない。きみを敵にまわすのはごめんだから」

「アナベルお姉さまの馬が前脚を振り上げたときのことを言っているの？」

メインは頭をのけぞらせて笑った。「ただ前脚を振り上げたわけじゃないだろう、このいたずらっ子め！　気の毒にも、きみが鞍《くら》の下になにか入れたせいで飛び上がったんだ」

「あれにはもっともな理由があったのよ」ジョージーは反論した。唇に笑みが浮かぶのが自分でもわかる。「お姉さまの身に危険が迫れば、アードモア伯爵もお姉さまを愛していることに気づくかもしれないと思ったの」

「放っておいても、彼は自分で気づいたよ。男というものは、その手のことに気づくのが遅いんだ。本当のところ」

ジョージーはシャンパンが喉を滑り落ちていくのを感じた。まるで宝石箱のようなすてきな部屋で、ロンドンで最も魅力的な男性のひとりと一緒にいるのは、向こう見ずな行為であると同時に気分のいいものだった。まるで洗練された女性になったみたいだ。ジョージーことジョセフィーン・エセックスは、結婚市場で最も望まれない女性などではないような。その考えを頭から追いやって、彼女はさらにシャンパンを飲んだ。「あなたはどうやって自分がシルビーを愛していることに気づいたの？」ジョージーは大胆にも訊いた。

彼女がシルビーの名前を口にしたとたん、メインは表情を変えた。当然ながら、ジョージーは激しい嫉妬を覚えた。嫉妬しない者がいるだろうか？　メインのような男を手なずけ、自分の名が口にされるのを聞いただけで目の色を変えるまでにするなんて……見事な芸当だ。

「テレンス・スクエアで開かれた舞踏会に行ったんだ」メインは言った。「最初は行くつもりはなかった。ルーシャスは街を出ていて、レイフは田舎に引っ込んでいたからね。ぼくはスコットランドから帰ってきたばかりで――グリセルダがぼくと一緒にいるときにあと一回でも朝食をふいにしていたら、ぼくは兄妹の縁を切ると宣言してモスクワに逃げていたところだ。とにかく、ぼくはまっすぐロンドンに戻ってきた。すると、例によって招待状が山ほど届いていたんだ。ぼくはレイフが服と呼ぶぼろきれをあまりにも長いあいだ身につけていたせいで、華やかな場所に行きたくなった。ぼくの言っている意味、わかるかい？」

ジョージーは首を横に振った。彼女にとって舞踏会に行くことは、紐《ひも》で締めつけたり身をくねらせたりして、小さすぎるドレスに身を包むという苦痛な作業を意味している。汗をかきやしないか、身をかがめなければならなくなったり、トイレに行きたくなったりせずにすむだろうか、と心配することなのだ。

メインの視線が自分の胴体に注がれているのを感じたが、ありがたいことに彼はなにも言わなかった。

「その舞踏会には王妃殿下もいらっしゃることになっていた。それでぼくは接見の間に行った。そこではいつもどおり、社交界にデビューしたばかりの娘たちが王妃殿下を待っていた。そのなかにひとり、とても美しい女性がいたんだ。彼女がフランス人であることはすぐにわかったよ。話し方ではなくて、たたずまいからね。フランス人の女性には、あからさまなところがまったくない。ぼくの言っている意味がわかるかい、ジョージー？」

彼女は参考のために、フランス人が出てくるロマンス小説を何冊も読んでいた。「フランス人の女性はふしだらじゃないっていうの？」疑わしげに尋ねる。

「いや、彼女たちは生きる喜び《ジョワ・ド・ビーブル》を謳歌《おうか》しようとして大胆なふるまいもする。だが、誘うような目で男を見たりはしない」メインは狭い床の上に長い脚を伸ばした。彼の靴がジョージーの靴に触れそうになった。「男のほうから言い寄ってくるのを待つか、そもそも男など無視するんだ。この国の女性との違いがわかるかい？」

ジョージーはメインの顔を舐《な》めるように見ていたレディ・ローキンのことを考えた。またシャンパンを飲んで思う。こんなこと言うのは、ものすごく不適切だけれど。「レディ・ローキンはフランス系ではないと考えざるをえないわね」

彼女の言葉はメインの大笑いによって報われた。「まったくだ」

「レディ・ローキンと情事を楽しんでいるの？」

とたんに彼は真顔になった。「ぼくはシルビーと婚約しているんだぞ」

「ごめんなさい、悪気はなかったの」

「レディ・ローキンとは一度だけ関係を持ったことがある。もう三年も前の話だ。どうやら彼女はそれを大切な思い出として胸にとどめているらしい」

「ええ、そのようね」

メインはばつの悪そうな顔をした。「若い女性の前でこんな話をしているなんて、自分がとんでもない間抜けに思えるよ」

「わたしは若いかもしれないけれど、ばかじゃないわ。それにあなたも覚えているでしょうけど、わたしの姉はあなたと婚約していたのよ。だから、あなたのスキャンダルにまみれた過去についてはよく知っているの」

彼は目を伏せて自分の靴を見つめた。「テスを祭壇の前に置き去りにしたりするんじゃなかった――」

「それだけでなく、あなたはわたしの別の姉ともう少しで関係を持つところだったのよ」ジョージーはメインの言葉をさえぎった。社交シーズンが始まって以来、初めて楽しい気分になっていた。彼に意地悪な笑みを向けて続ける。「あなたはエセックス姉妹にとって、まさに厄介の種だわ。シルビーが祭壇の前であなたとちゃんと結婚してくれたら、わたしもお姉さまたちもさぞかしほっとするでしょうね」

「ひどいことを言うんだな!」メインは抗議した。「きみの姉さんたちの結婚に、ぼくは反対もしなかったんだぞ。それにイモジェンとはなにもなかったんだ」

「知っているわ」ジョージーは澄ました顔で言った。「でも、それはイモジェンお姉さまの努力が足りなかったせいではないわよね」

それを聞いてメインは驚いた顔をしたが、なにも言わなかった。

「どうしてお姉さまの誘惑に乗らなかったの?」ジョージーはグラスを差し出して、メインにお代わりを注いでもらいながら尋ねた。「お姉さまはとてもきれいだし、未亡人だから夫のことを心配する必要もなかった。それなのに、なぜ思いとどまったの?」

「きみはぼくがロンドンじゅうを遊び歩いて、誘惑してきた女性と片っ端から寝ていると思っているのかい?」

ジョージーはしばらく考えてから答えた。「ええ」

「そんなことはしていない」

「でも、時間がたっぷりあったら……」彼女はいたずらっぽく言った。

「まったく、きみはいけない子だな。その詩の一節はこの場にはふさわしくないよ。マーベルは詩のなかで恋人にこう言っているんだ。時間がたっぷりあるならいつまでもはにかんでいていいかもしれないが、実際はそうではないのだから早くはにかみを捨てて――」

「あなたもはにかみ屋さんなのね」ジョージーはふたたび彼の言葉をさえぎった。「まあ、メイン、上流社会の人たちはあなたを誤解していたんだわ！　だって、あなたには信じられないかもしれないけど――」目を大きく見開く。「あなたは上流社会きっての女たらしだと思われているのよ」

「ぼくはそんなんじゃない」彼は鋭い口調で言うとシャンパンを飲み干し、お代わりを注いだ。

メインが少し怒っているように見えたので、ジョージーはその話題を打ち切った。他人の欠点をしつこく責めることほど最悪なことはない。そんなところはないふりをするほうが、よほど気分よく過ごせる。たとえば、たまに食べすぎてしまうというようなところも。わたしはあのおいしそうなサンドイッチをひとつ食べてしまうだろう、とジョージーは思った。今朝、もうなにも食べないと誓ったばかりなのに。

彼女は上体を慎重に倒してサンドイッチに手を伸ばし、その拍子に同じくサンドイッチを取ろうとしていたメインの手に触れた。彼が微笑みかけてきた。その瞬間、ジョージーにははっきりわかった。なぜロンドンじゅうの貴婦人がメインのために愚かなふるまいをしてしまうのか。彼は三〇をとうに過ぎているはずなのに、その目に宿る悪魔のような笑みは――。

ジョージーはサンドイッチを取り落とした。それに刺されでもしたように。

メインはすでに椅子の背にもたれていたが、ふたたび身を乗り出してジョージーが落としたサンドイッチをテーブルの上から取り、彼女に渡した。「きみがもっと深く身をかがめようとしたら、いったいどうなるのか心配だよ」

ジョージーは彼に向かって顔をしかめてみせ、椅子の縁に座り直した。「そろそろ、ドレスの下になにを着ているのか教えてもらえないかな?」メインはそう言うと、小ぶりのサンドイッチの半分をひと口で食べた。

彼にとってはなんでもないことなのだ。女たちを自分の足もとにひれ伏させ、なにを食べようが少しも罪悪感を抱かない。不公平もいいところだ。「いいえ、下着について話すつもりはないわ」

「なんだかとても窮屈そうに見えるよ」

ジョージーはサンドイッチをひと口食べた。なんておいしいのだろう。きゅうりと一緒になったサーモンの味と香りが、一瞬にして口のなかに広がる。「あなたのところの料理人は天才ね」彼女はサンドイッチを食べ終えて言った。

メインはサンドイッチをひとつ取ってジョージーに渡し、自分用にもふたつ取った。「シャンパンも忘れずに飲むんだよ。シャンパンはスモークサーモンに合うよう、神がつくったものなんだ」

厳粛な静けさのなか、ふたりはサンドイッチを食べた。しばらくして、メインはシャンパンの残りをすべてジョージーのグラスに注いだ。「ふたりで一本空けちゃったの?」彼女は少し不安になって尋ねた。

「いや、最初から半分しか入っていなかったんだ」メインは皮肉めかして言った。「きみが身につけている下着についてぼくに話す気がないとしても、シルビーには話せるかな?」

みがえる。

「まさか！」ジョージーは甲高い声を出した。脳裏にメインの婚約者のほっそりした姿がよみがえる。

「じゃあ、お姉さんたちには？」

「もちろん話せるわよ。イモジェンお姉さまには、ひいきにしている仕立て屋のところに連れていってもらったの。フランス人の仕立て屋よ」ジョージーは強調してつけ加えた。「マダム・バドーっていうの。社交シーズンを過ごすための服を新しく全部つくってもらったわ。あなたはそう思わないかもしれないけど、マダム・バドーはロンドンでいちばん腕のいい仕立て屋なんだから」

　メインは鋭く目を細めてジョージーを見つめていた。彼女は背筋を伸ばそうとしたが、今以上には伸ばせなかった。そこでシャンパンを飲んで沈黙を破った。「あなたが考えていることを言ってあげるわ」音をたててグラスをティーテーブルに置く。「わたしがこのドレスを着ていられるのはコルセットのおかげ。まるで奇跡みたいにすごいのよ。とても気に入っているの」最後の言葉を堂々と口にした。

　メインはもう彼女を見ておらず、新しいシャンパンのコルクを留めている糸を切っていた。

「まだ飲むの？」ジョージーは小さくあえいだ。

　メインは肩をすくめた。「どうして飲んではいけないんだ？　本当なら、ぼくたちは今ごろ結婚披露パーティーに出ていたんだから。客たちが帰って、誰にも姿を見られなくなるまで、きみをレイフの屋敷に連れて帰るのは待ったほうがいいだろうしね。シャンパンはあまり飲んだことがないのかい?」

「これまでに一度、グラスに一杯飲んだことがあるだけよ」ジョージーはボトルのなかの泡をうっとりと眺めた。「思っていたよりずっとおいしいのね」

「あまり好きになるなよ」メインは忠告した。「レイフを見てごらん。彼が酒を断つのにどんなに長くかかったか、きみも知っているだろう?」

「ええ、わかっているわ」

メインはグラスを掲げてジョージーのグラスと合わせた。「未来に乾杯だ、ジョージー」

「どうしてあなたはわたしをジョージーと呼ぶのに、わたしはメインと呼ばなければならないの?」ジョージーはシャンパンをごくりと飲んで尋ねた。アルコールが彼女を大胆にさせていた。

「なんでも好きなように呼んでくれてかまわないよ」

「それならギャレットと呼ぶわ。わたしたちは友達だもの。それに淑女にあつかましくも下着について訊くような紳士は、その淑女と親密な関係にあるはずよ。そうでしょ?」ふとあることに思い当たり、ジョージーはすかさず別の質問をした。「あなたと寝た女性はあなたのことをギャレットと呼ぶの? それともメイン?」

メインは笑みを浮かべていた。どことなく悪魔めいた美しい笑みを。まるで偉大な彫刻家が掘った、少し意地悪なワインの神、バッカスのようだ。ジョージーはさらに大胆になった。この椅子に座っているのはレディ・ローキンではない。今年社交界にデビューした女性のなかで最も物笑いの種になっているジョージーなのだ。「シャンパンって大好き！」

「酔い覚ましのお茶を持ってこさせたほうがいいような気がしてきたよ」メインが言った。

「いや、これまで関係を持った女性にファーストネームで呼ぶよう頼んだことはない。そんなことを頼むのは無作法だからね」

「どうして？　もしわたしが――誰かの前で服を脱ぐとしたら、きっと相手をファーストネームで呼ぶぐらい親密になりたいと思うわ！」

メインは笑った。「服を脱ぐよりもっと親密なことをするんだぞ」そう言ってから、自分自身に驚いたような顔をした。「こんなこと、言うべきじゃなかった」

「わたしたちは床入りの話をしているのよ」ジョージーはもどかしげに言った。「なんなら弟と話をしていると思えばいいわ」

彼はジョージーを見た。「それはごめんだ」

「とにかくわたしが言いたいのは、もし誰かの前で服を脱ぐとしても、相手をファーストネームで呼びもしないような堅苦しい雰囲気のなかでは脱がないということよ」

メインはグラスのなかのシャンパンの泡を見つめていた。彼がグラスをまわすと、シャンパンが光を受けて金色に輝いた。「淑女の大半は服を脱ぐのをメイドに手伝ってもらってから、上掛けの下にもぐり込む」

ジョージーはそれについて考えた。とてもすばらしい方法のように思える。それなら妻の贅肉《ぜいにく》を見て、夫の気分が萎《な》えることもない。「紳士はどこで服を脱ぐの？」

「淑女と紳士は寝室をともにしたりはしない」メインはグラス越しにジョージーを見た。「そんなことは考えもしないだろう。その手の親密さはもっと低い階級の人間のものだ。そう、紳士はリネンとウールの丈夫な生地でできたドレッシングガウンを羽織って、妻の寝室に入っていくものなんだ。それからドレッシングガウンを脱ぐ……」

突然ジョージーの脳裏に、ドレッシングガウンもなにも身につけていないメインの姿が浮かんだ。

「……んだが、その前にまずランプの火を細くする。その手順に従わない者は貴族にはいない。絶対にね」

「そして淑女は決して相手をファーストネームでは呼ばないの？」ジョージーは生々しい映像を頭から追い払って言った。

「そうだ。それどころか、わたしの経験では、ほとんどなにも言わない」メインは椅子の背に頭を預け、天井を見上げた。「これは相手がいくら親しい人間でも絶対に言わないでほしいんだが――そもそも、こんなことはきみに話すべきじゃないが、話すとしよう。正直に言って、ぼくは世の女性たちが夫の浮気にどうしてあれほど怒るのかわからない。浮気をしている女性のほとんどが、それを心から楽しんでいるわけじゃないのに」

「それならきっと」ジョージーは自分がこんなにも不適切な会話をしていることに興奮を覚えていた。「あなたは女性と寝るのがそんなにうまくないのよ。イモジェンお姉さまは、あなたと寝ずにすんで運がよかったのかもしれないわ」メインの喉から低いうなり声が洩れるのを聞いて、彼女はにっこりした。「テスお姉さまとアナベルお姉さまが、結婚初夜についてイモジェンお姉さまに話したの。今回はようやくわたしもその場にいることを許されたのよ。このシーズンのうちに結婚するだろうからって」

メインの顎がこわばった。「きみの姉さんたちは、ぼくのことをなにか言っていたのかい?」その声には強い非難の響きがあった。

「どうしてお姉さまたちがあなたに興味を持たなければならないの? レティシア・ローキンみたいな女たちから崇められているからといって、いい気にならないほうがいいわよ」

「ジョージー、きみは本当にいけない子だな」その言葉はもはや愛情表現には聞こえなかった。「お願いだから、そのデリケートな会話のなかでぼくの名前がどんなふうに出たのか、正確に教えてもらえないか?」

「言ったでしょ? あなたの名前なんて出なかったわ。男たちの多くは女をベッドのなかで喜ばせられないという話が出ただけよ」

「きみの姉さんたちが、レイフもそうじゃないかと心配していたなんて言わないでくれよ」メインはひどくショックを受けているような声を出した。それはぼくの友人を侮辱し、ひいてはぼく自身を侮辱することだと言いたげに。

「そんなことはなかったわ。ただ——」ジョージーは言いかけてやめた。メインに対して無分別なことを言うのと、イモジェンの最初の結婚が夜の生活に関しては満足のいくものではなかったと明かすのは別問題だ。

彼はなにも言わずに自分のグラスを見つめた。「どうやらぼくは女性の期待に添う働きができるらしい」

ジョージーはいくらか慎重になってシャンパンを口にした。少しほろ酔い気分になっている。まだ大丈夫だが、生来の用心深さがそれ以上は飲むなと告げていた。

「それはよかったわね」

メインがジョージーをまっすぐに見た。強い光をたたえた黒い目に見つめられ、彼女の足の裏まで衝撃が走った。「満足できないのはぼくのほうなんだ」彼は告げた。「でも、それについてきみには詳しく話せない。処女に話すことじゃないからね」処女という言葉を口にした自分に驚いたらしく、あわててシャンパンのボトルをつかむ。「くそっ。すっかり酔っ払ったみたいだ」メインはうなるように言った。シャンパンを飲んだせいか、いつもより声が低くなっている。これまでに聞いたなかで最もセクシーな声だとジョージーは思った。

「だったら、どうして女性と関係を持ちつづけていたの？」ジョージーは興味津々なことを悟られないよう、まつげ越しにメインを見つめた。

だが、メインは彼女のほうを見ようともしなかった。「そんなことはしていない。俗な言い方をさせてもらえば、女性とはもうずっと寝ていないよ。レディ・ゴドウィンと出会ってからは――」彼は言葉を切った。

レディ・ゴドウィンのことはジョージーも知っていた。夫とともにワルツを作曲している優れた音楽家だ。この悲惨な社交シーズンが始まる前、ジョージーはレイフの屋敷の舞踏室で、レディ・ゴドウィンが作曲したすばらしいワルツを何度も踊ったものだった。それが今ではワルツを踊ることなどできない。特殊なコルセットをつけていることを相手に悟られたくないからだ。体に手を触れれば、ドレス越しにコルセットの骨組みがわかってしまう。

「それは例の伯爵夫人のこと？」ジョージーは慎重に尋ねた。メインの目に浮かんでいるのは苦悩だろうか？

「そうだ。こんなばかげたことは信じてもらえないかもしれないが、ぼくは彼女を愛していると思い込んでいた。いや、実際に愛していたんだ」

「それなのに、あなたを拒むなんてひどいわ！」ジョージーは叫んだ。「彼女のことが嫌いになりそう」

それを聞いてメインは笑みを浮かべた。「彼女はご主人のもとを離れなかっただけだ。ぼくよりご主人のほうを愛していたんだよ。まあ、ぼくのことは少しも愛していなかったんだから、それも当然だが」

「シルビーのほうがレディ・ゴドウィンよりずっときれいだわ」

「そのとおりだ」メインはしばらくして続けた。「話したかな？　シルビーは絵を描くんだ。ふたりとも芸術家なんだよ」

「わたしにもそういう才能があればいいのに」

「きみにはどんな才能があるんだい？」

ジョージーは肩をすくめた。「淑女にふさわしい才能や、芸術的な才能はひとつもないわ。

刺繍さえできないし。心から好きなのは本を読むことぐらいだもの」

「本を読むのは立派な趣味だよ」

「わたしの場合はそうでもないのよ」ジョージーは正直に言った。「わたしが好きなのはミネルバ書房の小説なんだもの」

メインは笑い声をあげた。

「とってもおもしろいのよ」

「冒険に脱出、危険にさらされた乙女か——ああ、ジョージー、きみにそんな一面があったなんて！　確かきみは馬に乗るのも怖いんじゃなかったかい？　馬自体は大好きなのに」

「そんなこと言うなんて失礼よ」

「じゃあ、これからもっと失礼なことを言おう」メインは少し不明瞭《ふめいりょう》な発音で言った。「きみはその忌々しいコルセットを脱ぐべきだ。こんなことを言ってもどうか叩かないでほしいんだが、きみは前とはすっかり変わってしまった」

「前はどうだったというの？」

「まるでぼくの母みたいな話し方だな。ぼくの母は——」

「前はどうだったというの？」ジョージーはさえぎった。「最後まで言って。どんなにひどいことを言われても平気だから」実際は平気ではなかったが、その言葉は勇ましく聞こえた。

「一緒にスコットランドへ向かう途中、ぼくは何度も、きみはとても魅力的な体つきになったと思った」メインはグラスをまわした。

「まあ」ジョージーは驚いた。

「ぼくがエセックス四姉妹に初めて会ったとき、きみはその年の娘にふさわしい、かわいらしい体つきをしていた――あれ、きみはいくつだったんだっけ?」

「あなたと初めて会ったときは一五歳だったわ」

「あのころ、きみは少しぽっちゃりしていたが、若い娘というのはそういうものだからね。スコットランドに向かう途中、心のなかで何度も思ったのを覚えている。きみはじきに男たちの心を乱し、足もとにひれ伏させる体つきになるぞって。まだ完全にそうではなかったし、歩き方もまったくなっていなかったが」

「そのあと、わたしは太ってしまった」

「そんなことはない! しばらくしてぼくの前に現れたきみは、そのおかしなものをつけていて、そのなかに――そう、ぎゅっと押し込められているように見えた」

「まるでソーセージみたいにね」

「そんなものは脱いでしまえ」

「いったいなにを言っているの?」ジョージーの全身を血が駆けめぐっていた。

「脱ぐんだ」メインは立ち上がった。あれだけ飲んだのに、少しもふらついていない。「ぼくが手を貸そう」

「あなたは酔っ払っているのよ」ジョージーは怖くなって言った。メインの顔を見るかぎり、彼女が好きな小説のヒーローみたいに欲望に突き動かされているようには見えないが、本当のところはわからない。目の前に立つ彼は少し酔っているものの、本気でわたしの力になろうとしているように見えるけれど。

「よしてくれ、ジョージー」メインはうなった。「なにもきみを誘惑しようとしているわけじゃない！　どうしてそんなことを思うんだ？　まったく、ぼくは三四なんだぞ。あと二日で三五だ。きみはいくつだい？　一七？」

「もうすぐ一八になるわ」ジョージーはそう言って、唇を引き結んだ。

「ぼくはもうすぐ三五だ。その長い、過ちの多い人生において、一度も年の離れた若い娘に手を出したことはない。そしてようやくシルビーに恋をしたんだ！」

「それなら――いったいどうしようというの？」

「きみがシルビーには相談できなくて、姉さんたちはそのおかしな代物にきみを押し込めようとしているなら、ぼくがきみに教えてやらなければならない」

「教えるって、なにを？」

「男を足もとにひれ伏させる歩き方だよ。きみが望んでいるのはそれだろう？」

「もちろんそうよ！」ジョージーは声を張り上げた。「でも――裸になんてなれないわ」

「なにも裸になる必要はないさ」メインは気を悪くしたようだった。「そのクラバットもどきを脱いでから、またドレスを着ればいい」

「クラバットもどきじゃないわ。コルセットよ！　それにあなたは酔っ払っているし」

「きみだってそうだ」メインは言った。すでに笑顔になっている。「ぼくたちは星降る部屋で酔っ払っている。セシリーおばさんはこの部屋をそう呼んでいたんだ。かなり具合が悪くなっていた最後のほうは、長椅子に横たわって、ひと晩じゅう天井や窓の外の星を眺めていたらしい。ときには父もおばと一緒にここで夜を過ごしたそうだ」

「おばさまが亡くなられたとき、お父さまはさぞかしおつらかったでしょうね」

「父はいつも言っていたよ。おばがいなかったら、人を愛することを知らずにいただろうって。祖父母はまるで木から彫り出されたみたいに堅苦しい人間だったから」

ジョージーは目に涙を浮かべていた。「すてきなお話ね。わたしはお姉さまたちから人を愛することを教わったの。母はわたしが生まれる前に亡くなったのよ」

メインは両方の眉を吊り上げた。「生まれる前に？」

「正確には、わたしを産んだその日に亡くなったの。でも、母はわたしを一度も抱かずに亡くなったから、わたしが生まれる前に亡くなったように思えるのよ」

「ぼくはレディ・ゴドウィンから人を愛することを教わったんだと思う」メインは言った。

「悔しいが」

「悔しい？　どうして？」

「彼女は迷いもせずにぼくを捨てたからさ。それなのに、ぼくのほうは彼女のことが頭から離れなかった」彼は肩をすくめた。

「あなたは妹さんを愛しているわ」

「もちろん愛しているよ。でも、レディ・ゴドウィンはぼくに偽りのない情熱的な愛を教えてくれた」メインは身を震わせると、ふいに目の焦点を合わせてジョージーを見つめた。彼女はなにが起こったのかわからないうちにメインに立たされ、すばやくうしろを向かされていた。彼がドレスの背中のボタンを外しはじめる。

ジョージーはシャンパンのせいで反応が鈍くなっているのを感じた。これほど不適切な行為への対処法は、家庭教師のミス・フレックノーも教えてくれなかった。メインはわたしを誘惑しようとはこれっぽっちも思っていないし、それどころかわたしをソーセージみたいだと思っている。だから彼にコルセットを見られたところで、どうということはない。

「なんてことだ」ボタンがすべて外れると同時にメインがささやいた。

コルセットを見たのだ。

「いったいこいつはなんだ？」その声は怒っているようにさえ聞こえた。「まるで船の骨組みじゃないか」

「パリで売られている、体の大きな女性のためのコルセットよ」ジョージーは説明した。首から上が燃えるように熱くなる。「お願いだから、ボタンを元どおりに留めてちょうだい」

だが、メインはコルセットの紐を引っ張っていた。

「ただ引っ張るだけじゃだめよ」ジョージーは息をひそめて言った。「まず上と下にあるホックを外さないと。そのあとで紐をゆるめるの。ただし、ゆっくりね」

「なぜ？」メインは尋ねた。小さなホックが引きちぎられる音がした。

「やめて！」ジョージーは叫んだ。「いきなり脱ぐと、気絶しちゃうかもしれないの」

「くそっ」彼が悪態をついた。

ジョージーは気絶こそしなかったが、きつく締めつけられていた体が急に楽になったので、前にふらりと倒れかけた。メインが大きな手で両肩をつかんで支えた。そのまま彼女を立たせると、ドレスをうしろから前に押しやった。ドレスが床に落ち、コルセットがそれに続く。衣ずれの音とともに落ちたドレスとは違って、コルセットは小さな金属音をたてた。鯨のひげの先が肌に食い込まないよう、鉛で保護してあるからだ。

マダム・バドーは、ベッドに寄りかかったメイドに紐を締め上げてもらう方法をジョージーに教えながら、きつく締めれば締めるだけいいと言い、そのあとで魔法の言葉を口にした。〝もちろん、これをつけているあいだはなにも食べられないわ〟と。

その瞬間、ジョージーのなかで特製コルセットが神聖なものとなった。コルセットがわたしの社交シーズンを実り多きものにしてくれる。食べるのをやめさせてくれ、ほっそりした体つきにしてくれて、わたしに夫を与えてくれる。

そんなふうにうまくはいかなかった。それにコルセットをつけていても、ジョージーはなんの問題もなく食べることができた。

メインは床に落ちたコルセットを見つめていた。「まるで蝶《ちょう》が羽化したあとの奇妙な蛹《さなぎ》みたいだな」何本もある紐の一本を持って拾い上げる。「いったいなんのために、こんなものをつけていたんだい、ジョージー？」

メインに見られていないのはわかっていたが、ジョージーは薄いシュミーズの上から両手で体を抱くようにして、解放された贅肉のことは考えまいとした。「細く見せるためよ」

「細く見せる必要なんてないじゃないか」メインはそう言って、ジョージーをちらりと見た。

「寒いのかい？　ドレスを着ろよ」

　一瞬の沈黙のあと、彼女は小声できっぱりと言った。「コルセットなしでは着られないわ。入らないの」それも特製コルセットがもたらしてくれる奇跡のひとつだった。これをつけていれば、イモジェンが着ているのとほぼ同じ——まったく同じではないが——寸法のドレスが着られるのだ。

　メインはコルセットを脇《わき》に放り投げた。「なにか着るものを持ってこよう」そう言って、ジョージーが気づいたときには扉の外に消えていた。

　彼女は両腕を広げた。コルセットを脱いだだけで、こんなにいい気持ちになるなんて。すばらしい気分だ。身につけているのは軽いローン地のシュミーズだけ。シュミーズはまるで空気のように、彼女の体のまわりでふんわりと漂っていた。

8

『ヘルゲート伯爵――上流社会の夜』第六章より

しばらくのあいだ、ヒッポリタはわたしを最も幸せな男にしてくれた。彼女の興味が別の男に移ってからも、わたしたちの友情が甘美な実を結ぶことを、わたしはなおも夢見ていた。一八〇七年にY伯爵夫人の邸宅の庭で催されたパーティーにわたしも彼女も出席していたことぐらいは、ここに記しても差し支えないと思う。その年、庭でオムレツを食べるのが流行《はや》ったことを覚えておられる方もいるだろう。さて……。

グリセルダの最初の夫は、父親によって彼女の前に差し出された。「おまえに結婚の申し込みがあった」父親はそう言った。

「どなたから？」グリセルダはあえぐように尋ねると、前日の晩にダンスをしたコグリー卿のことを思い浮かべた。

「ウィロビーだ」父親はいつもどおり性急に言った。「承諾しておいたぞ。家柄もいいし、願ってもない縁組だ。これ以上の相手は望めまい」

「でも——」グリセルダは泣いた。泣きじゃくった。

それで決まりだった。

ウィロビーが気の毒にも鶏肉《とりにく》のゼリー寄せに突っ伏して亡くなってからは、グリセルダはときに控えめな楽しみを与えてくれる存在として男性を見ていた。けれども本当のことを言うと、そうした楽しみを味わったのはこれまでに二度だけだった。それに、どちらも一夜かぎりの情事だ。彼女はそのふたつを、日常において繰り返される訪問や舞踏会や社交行事からの、いい気晴らしと考えていた。

もう一度だけ戯れの恋をして……そのあとで再婚するかどうか真剣に考えよう。わたしはもういい年だ。もうすぐ三三になるのだから。それを認めるぐらいなら死んだほうがましだけれど。それに、わたしはまだそんな年には見えない。

ようやくグリセルダはダーリントンを見つけた。彼は舞踏室の反対側でミセス・ホットソンとその娘と話している。グリセルダは一瞬足を止めて考えをめぐらせた。ミセス・ホットソンの夫は、レースを製造する機械に投資して巨額の富を築いたことで知られている。そのレースはそれほど質がよくなく、下着にしか使えない。もちろん、グリセルダの下着にはそんなレースは使われていない。ドレスと同じぐらい美しいシュミーズしか身につけないのが彼女の誇りなのだから。メイドにしか見られないからといって、だらしない恰好をしていいことにはならない。

ダーリントンはとてもハンサムな青年だった。髪は乱れた巻き毛。近ごろ、ロンドン主教

（年がいもなく帽子の下から巻き毛をのぞかせている）からグリセルダの兄のメインまで、男たちの誰もがしている髪型だ。少なくともメインの巻き毛は生まれつきだが、ダーリントンの巻き毛もどうやらそうらしい。召使いに髪をカールしてもらうあいだ辛抱強く待っている男の姿ほど、嫌気の差すものはない。ダーリントンは背が高く引きしまった体つきをしていて、美しく装っていた。確か、自分の財産はほとんどないと聞いているが。いや、たぶん少しはあるのだろう。ベッドロック公爵が末息子に貧しい生活をさせておくわけがない。

それでも、ダーリントンはできるだけ条件のいい相手と結婚しなければならない。彼はどうやらレティー・ホットソンに興味を持とうとしているようだった。レティーはダーリントンの隣に立ち、わずかに口を開けて、彼の言葉に熱心に耳を傾けている。ダーリントンは彼女に顔を寄せていた。部屋の反対側からでも、彼が自己嫌悪に陥っているのが表情からわかる。感情のこもらない声が聞こえるような気がした。あらまあ、とグリセルダは思った。わたしは親切にも、あのお相手のもとから彼を救い出してあげることになるのね。もしグリセルダがよく知っていることがあるとすれば、それは気が合わない相手との結婚生活だった。ダーリントンとレティーは知的な会話を楽しむことなどできないだろう。

それからまもなくして、グリセルダはミセス・ホットソンの傍らに立ち、彼女の娘のドレスを褒めていた。レティーは全身をレースに包まれていた。さらにその二分後には、グリセルダはダーリントンと腕を組み、彼を人込みから引き離しつつあった。

「レティーのレースについてなにか気の利いたことを言って、わたしを楽しませてくださらないの？」グリセルダは言った。「たとえば〝レースまみれのレディー〟とか」

「あなたがぼくと話したがっている理由を突き止めるのに必死で、とてもそれどころではありませんよ、レディ・グリセルダ」ダーリントンが応じた。「ぼくの犯した罪が自分の身に跳ね返ってきたんじゃないといいんですが」

「ジョージーをソーセージと呼んだのはまさに罪だわ」思った以上に厳しい声が出た。

「もう二度と呼ばないと誓いますよ」

グリセルダは驚いてダーリントンの顔を見た。

「ぼくがばかでした。申し訳ありません」

ダーリントンは、グレーがかった緑という変わった色の目に濃いまつげをしていた。奇妙にも、彼は本当に後悔しているように見えた。どうして今まで彼と話をしようと思わなかったのだろう、とグリセルダは思った。〝スコットランド産ソーセージ〟に関する冗談を耳にしたシーズン初めの舞踏会のすぐあとに、かわいそうなジョージーを苦境から救ってやれたかもしれないのに。「あなたのせいで、ジョージーは悲惨なシーズンを送るはめになったのよ」今度も思った以上に厳しい口調になった。甘い声でダーリントンを誘惑して、これからはふるまいを改めると約束させるはずだったのに。

もう彼を誘惑する必要もなく、この場を立ち去ってもいいのだ。そう思うと、少し残念だった。

「あなたに言われれば、ぼくは口を閉じました」

「どうして？」グリセルダは訊いた。「もちろん、あなたが始めたことをやめるのに理由など必要ないけれど。あなたがしたことはとても残酷で――」そこで言葉を切る。

「無作法なこと、ですか？」ダーリントンは唇をゆがめた。

「ええ、そうよ。自分より運が悪い人間をからかうのは無作法なことだわ」

「なにもかも、あなたのおっしゃるとおりです」

「でも」グリセルダはつけ加えた。「あなたはそれほど無作法でもないみたいね」

「誰だって無作法な人間にはなりたくありませんよ」ダーリントンの声には皮肉な響きがあった。少なくとも彼は、父親が公爵だからといって息子が無作法な人間にならないとはかぎらないと思っているかのような。「ぼくと踊っていただけませんか？」

勝利を報告しに戻るべきだとグリセルダにはわかっていた。シルビーとテスとジョージーは、まだ化粧室にいるかもしれない。不思議なことに、シルビーは舞踏室で踊っているときより化粧室にいるときのほうが楽しそうに見えた。化粧室で会う前、メインと踊っているのを見たが、そのときのシルビーは少し……退屈しているように見えたのだ。

だが、グリセルダはダンスフロアで退屈したことがなかった。「踊ってさしあげてもいいわ。噂に聞くあなたの機知に富む言葉とやらを、わたしにも聞かせてくださったらね」

ダーリントンは首を振った。「ほかの人間を犠牲にして自分の評判をよくするのは、もうやめたんです」

「無力な女性について意地悪なことを言うのをやめるのはいいことよ」グリセルダは辛辣に

言った。「でも、まさか修道院に入るつもりじゃないわよね？」

ワルツが始まった。グリセルダが手を上げてダーリントンの手を取ると、彼は微笑んだ。

「ぼくはとても退屈な人間になるんじゃないかと思います。みんなに尊敬されるような」

ダーリントンはダンスがうまかった。「言いたいことはわかるわ。あなたにはどこか清教徒みたいなところがある。きっと本当はやさしくて慎み深い性格なのに、この何年かは悪ぶっていたのね」

「まさにそのとおり。ぼくは主教になりたいという思いを捨てなければならなかった。でも、これからはこの世の無益なこととは関係なく生きていきたいと思います」

「本当かどうか試してみないと」グリセルダはくすくす笑った。「健康な男性はみな、ある種の誘惑に駆られるものよ」腰にまわされた彼の力強い腕を感じながら踊りつづける。

「それはきっと砂漠での話ですね」ダーリントンはあたりを見まわした。その様子を見て、グリセルダは思わず吹き出した。驚いた顔をした友人のフェリシア・サビルと目が合った。フェリシアはメインへの恋心をずっと引きずっているので、グリセルダはできるだけ避けてきたのだ。それなのに、気づくとにっこり笑っていた。グリセルダは上流社会で最もハンサムで知的な若い男性と踊っていて、それをとても楽しんでいた。

「イングランドに砂漠はないわ」彼女は告げた。

「それはよかった」

「どうして？」

「聞いた話によると、砂漠ではみんな裸も同然らしいからです」ダーリントンの目は笑っているように見えた。一瞬、グリセルダは彼が自分を誘惑しようとしているのではないかと思ったが、そんなばかなと思い直した。「たとえば、レディ・スタッターフィールドがそんな姿になったとしたらどうですか？」ダーリントンは、糊《のり》の利いたタフタのドレスに身を包み威厳たっぷりに踊っている痩せこけた女性を顎で示した。

「確かに、イングランドに砂漠がないのは幸運だったかもしれないわね」グリセルダは同意した。

「とはいえ、いつ地球環境が大きく変わって、この国が砂だらけの荒地になるかわかりません。学校では大して勉強しなかったんですが、それだけはよく覚えているんです」

「あなたは最優等で卒業したと聞いたけど」

「近ごろでは最優等を取るのは簡単なんですよ。特に、ぼくのようにゴシップ好きな人間はね。歴史はその手の話が多く集まったものにほかならない。ぼくが最優等を取ったのは、その歴史なんです。これであなたのぼくに対する評価も下がるでしょうね」

「歴史はゴシップの集まりだというの？　重要な出来事と偉大な人々の話を集めたものだと思っていたわ。それと年代や日付。わたしがあまりにも年代や日付を覚えられないものだから、家庭教師は絶望していたものよ。どうしてそんなものが大事なのか、わたしにはさっぱりわからなかったの」

「ぼくもです」ダーリントンは気さくに言った。その言葉が嘘《うそ》でないことがグリセルダにはわかった。「でも、ゴシップはどうです？　あなたはなにについて噂話をするのがいちばん好きですか？」

「人かしら」

「そうですね、でも、人はさまざまな事件を起こします。ぼくが思うに、ゴシップの種として本当に興味深いものは三つある。ひとつは奇人変人。ふたつめは金銭的な失敗。世界の歴史はどれもそれらに分類できます。アレクサンダー大王はどうでしょう？　奇人変人であり、金銭的な失敗を犯した人物でもある。ナポレオン、カール大帝、わがイングランドのヘンリー四世……その誰もが興味深い歴史をつくっている。そのどれもが奇人変人の話か、金銭的な失敗の話か、その両方だ」

「まだ三つめを聞かせてもらっていないわ」

「なんだと思います？」

グリセルダはしばらく考えた。「不倫か……殺人かしら。でも、不倫のほうが話の題材としてはおもしろいわ。殺人は根本的にはどれも同じでつまらないもの」

「それと同じことを不倫について言う人もいるでしょうね。ぼくは違いますけど」ダーリントンは笑い声をあげた。「ほらね、レディ・グリセルダ、あなただって最優等が取れたはずです。大学が愚かにも女性の入学を拒んだりしていなければ」

「そんなもの欲しくないわ」

「なぜです？」

「そんなものがもらえるほど頭がよかったら、イングランドが砂漠になる年を予測できるかもしれないでしょう？　そんなことを知って、いったいなんになるの？」

「上流社会の人々に裸でワルツを踊る覚悟をさせられる」

ダーリントンは間違いなくグリセルダに誘いかけていた。彼女はダーリントンより一〇は年上の女として思った。本当なら、自分のほうが会話の主導権を握るべきだ。それなのに、彼には驚かされてばかりいる。最初はジョージーをからかうのはもうやめると誓い、今度はわたしに誘いかけてきて。

「そんなことが普通になったら」グリセルダは悩ましげに言った。「わたしは上流社会を離れなければならなくなるわ」

「なんとか我慢できませんか？」ダーリントンの声には同情がこもっていた。「なにか不愉快なことを想像しなければならないとき、ぼくはマフィンのことを考えるようにしているんです」

「マフィンですって？」

ダーリントンは舞踏室の奥でグリセルダをくるりとまわらせた。ふたりの脚が触れ合う。

「すごく効果があるんですよ」彼はまじめな顔で言った。「たとえばタフタのドレスはもちろん、下着の一枚も身につけていないレディ・スタッターフィールドの姿を想像したら、ぼくは気を失ってしまうかもしれない。だから、バターを塗った熱々のマフィンのことを考えるんです。そうすると気分がよくなる。一方で、レディ・グリセルダ、なにも身につけていないあなたの姿を想像しても、ぼくは気を失いそうになる。まったく違う理由からですが」

「だからマフィンのことを考えるの？」グリセルダは尋ねた。彼女を見つめるダーリントンの瞳に魅せられながら。

「ぱさぱさのまずいマフィンのことをね」

「きっとあなたは子供のおやつが大好きなのね」曲が終わり、グリセルダはうしろに下がってお辞儀をした。

「明日、公園でお会いできませんか？」

「あなたはそこに、年ごろの若いお嬢さんを探しに行くの？」彼女はからかった。

「ええ」ダーリントンが率直に答えた。

グリセルダは少し驚いたが、彼はその気のありそうな未亡人に誘いかけると同時に、あつかましくも妻を探せる男なのだと気づいた。そして微笑んだまま手を引っ込めた。「そうね、たぶんお会いできると思うわ」

「レディ・グリセルダ――」

彼女はダーリントンの言葉を退けるように手を振ると、礼儀正しい笑みを浮かべて向きを変えた。ダーリントンはワルツを踊るには最高に楽しい相手だが、彼がレティー・ホットソンとレースが生んだ持参金をまんまと手に入れるのを見守りたくはなかった。

9

『ヘルゲート伯爵――上流社会の夜』第六章より
ふたりで上着やドレスを汚しながらオムレツを食べ終えると――親愛なる読者よ、わたしのヒッポリタの正体を暴こうとしたりしないとわたしに約束したことを、どうかお忘れなきように――彼女はこのうえなく愛らしい口調で言った。「伯爵さま、今食べてしまったオムレツを消化できるよう、手伝ってくださいませんか?」親愛なる読者よ、あれはわたしにとって一生忘れられない食事となった。

扉が開き、ジョージーはふたたび両腕で胸を隠した。彼女の胸はとてつもなく大きかった。なぜか、この一年で急に豊かになったのだ。特製コルセットをつけずに鏡の前に立ったジョージーを見て、イモジェンは〝少なくとも脚は太くないわ〟と言った。それは本当だ。体のほかの部分に比べれば脚は細く、足首も引きしまっている。肉がついているのはお尻と胸だ。
メインは部屋の奥の壁に目を向けたまま、ジョージーに美しいドレッシングガウンを渡した。彼女はそれに袖《そで》を通した。とても官能的なドレッシングガウンだ。光沢のあるなめらかなシルクで、濃い紫の地に花がふんだんについたインドの唐草模様が染められている。「きれいね」ジョージーはガウンのベルトを締めた。「インドに行ったことがあるの?」

「まさか、ないよ」

「あなたにとって、なにを着るかはとても大事なことなんでしょう?」

「そのとおりだ」メインは彼女のほうを向いた。「体に合わないドレスより、そのドレッシングガウンのほうがずっときみに似合っている」

「わたしのドレスはちゃんと体に合うわ」ジョージーはきっぱりと言った。「コルセットをつければ」

　メインは彼女にシャンパンのグラスを渡した。「さてと。きみは座っていたまえ。ぼくが歩き方を教えてあげよう」

「男をひれ伏させる歩き方ね」ジョージーは椅子に深く腰かけた。コルセットをつけていないのはすばらしい気分だ。脚を組み、背中を曲げられる感覚を味わった。シャンパンはりんごの香りの泡とともに、喉を勢いよく滑り落ちていく。同時に奇妙な愛情もわいてきた。わざわざ時間を割いて結婚市場で成功できる術を授けてくれようとしている、目の前のとびきりしゃれた紳士への。

「そのとおり」メインは手を伸ばし、床に脱ぎ捨てられていたジョージーのドレスを拾うと、考え込むような顔でひと振りした。

「なにをしているの?」メインは上着を脱ごうとしていた。「どうして服を脱いでいるの?」

ジョージーは世間知らずかもしれないが、メインが誘惑しようとしているのでないことはわかった。もしそうなら、巧みに彼女のドレッシングガウンを脱がせ、自分も裸になろうとするはずだ。

「実際にドレスを身につけたほうが、わかりやすく教えられると思ってね」メインは魅力的に眉をひそめた。「ありがたいことに、このドレスの袖は短い。馬の世話をしているせいで、ぼくの腕は不恰好なほどたくましくなっているんだ」

ジョージーがなにか言う間もなく、メインはシャツも脱いだ。彼はジョージーのほうを見ようともしなかったので、彼女はただじっと座っていた。動こうにも動けなかった。彼がジョージーのドレスを着られるわけがない。メインはなめらかで輪郭のくっきりした筋肉をしていた。男性の胸には濃い毛が生えていると彼女は思っていた。父親の厩舎で働いていた男たちは、シャツの胸もとからもじゃもじゃの毛をのぞかせていたからだ。けれどもメインの胸はすべすべで、たくましい筋肉が浮き出ているだけだった。

まるで別人みたいだ。いつもは美しく身なりを整えているメインが、頭上の小窓から差し込む月の光を浴びて、ワインの神、バッカスのように野性的に見える。乱れた巻き毛の上からぶどうの蔓を巻き、ウエストから下の部分に生えている毛を出して森に立てば、さぞかしそれらしく見えるに違いない。

ジョージーは気づくと椅子の上で凍りつき、寝室にいつのまにか忍び込んでいた野生動物のように物音ひとつたてずにいた。メインの姿に大きな衝撃を受け、強く惹かれるとともに恐怖感も抱いていた。

次の瞬間、彼女はぷっと吹き出し、大きな笑い声をあげた。

メインがジョージーのピンク色のドレスを拾い上げ、背中の合わせを左右に大きく開いて、すばやく袖を通したからだ。抗議の声――それはマダム・バドーの特製ドレスなのよ！ 上質のシルクでつくられていて、スカート部分には薔薇色の薄手の布地でできたスカートが重ねられ、白い小さなガラスのビーズがちりばめられているんだから！――をあげる暇もなかった。布地が裂ける音がしたが、今さらなにを言っても無駄だった。

「さて」メインは言葉を切り、ワインをごくりと飲んだ。「準備はできた」

「そうみたいね」ジョージーは大笑いした。ピンク色のドレスの短い袖から、メインのたくましい腕が突き出ている。虎《とら》がエプロンをつけているのと同じぐらい似合っていない。

「いいかい」メインが厳しい声で言った。「ぼくはミス・ルーシー・デビュタントだ」

ジョージーは椅子からさっと腰を上げて、お辞儀をした。「お会いできて光栄です、ミス・ルーシー」ドレッシングガウン姿で、コルセットに腿の裏をつつかれることなくお辞儀をするのが非常に楽なことに、いやでも気づかされた。

メインは優雅にお辞儀を返してから、部屋の片側に歩いていった。「さあ、始めよう。ぼくの歩き方をよく見るんだ。ルーシーは若くてものを知らないが、生まれながらの男たらしだ。つまり、男はヒップを揺らして歩く女が好きだと本能的に知っている。わかるかい？」

「いいえ」ジョージーは言った。「家庭教師のミス・フレックノーには、頭の上に本をのせているつもりになって、その本を落とさないように歩けと言われたわ。実際に本を頭にのせて練習させられたのよ」ミス・フレックノーの気取った口調を真似て言う。「淑女は体を必要以上にくねらせたりせず、背筋をまっすぐにして歩かなければなりません」

「ミス・フレックノーはまったくわかっていない。体をくねらせることこそ重要なのに。もちろん優雅にやらなければならないが」メインはピンクのドレスに包まれた腰に片手をあてて、ジョージーのほうに向かって歩きはじめた。驚いたことに、たちまち男を虜にする女の歩き方になった。自分の魅力に自信があり、大波に揺れる船のようにヒップを揺らして歩く女の歩き方に。

彼がくるりと向きを変えると、ジョージーは思わず吹き出した。当然ながら、かわいそうなドレスのうしろ身ごろは、まんなかできちんと合わさっていなかった。左右の身ごろのあいだには、なめらかな肌が広がっている。

「笑うな」メインが肩越しに振り返って言った。「今度はきみの番だ」

「わたしの番？」

気づくとジョージーは彼の隣に立っていた。「ヒップを揺らすんだ。きみはすてきなヒップをしている。きみが自らソーセージになっていたときでも、それはわかった」

「そうは思わないけど――」彼女は強くは否定しなかった。コルセットをつけるのは、もうやめたほうがいいのかもしれない。

メインと並んで部屋を横切ったが、うまくいかなかった。片手を腰にあててヒップを揺らして歩いても、男たらしみたいな気分にはなれない。そんなふうに歩けばどれほどヒップが大きく見えるか、努めて考えまいとした。やがて、メインの体の女性版こそ自分がなりたい体だと気づいた。メインのヒップは平らで、そのために彼が女性のふりをすると官能的に見えるのだ。

メインが足を止めて不満の声をあげた。「もっと気を入れてやれよ、ジョージー！」

「やっているわ」彼女は言い返した。「ちゃんと気を入れてやっているわよ。もう一度やってみる」壁の前まで駆け戻り、メインが見つめるなか、左右によろめいて歩いた。ヒップを揺らして歩くには左右によろめけばいいように思えたからだ。そうすることで男たちをひれ伏させ、姉が手配したのではない相手からダンスを申し込まれるのなら、いくらでもよろめくつもりだった。

メインの目が険しくなり、ジョージーは自分がうまくやれていないことに気づいた。

「もしかすると、もっと……」彼女の声はしだいに小さくなって消えた。

「きみは体で感じていないんだ。これまでに誰かとキスしたことはあるのかい、ジョージー？」

「もちろんよ！」そう言ってから、質問の意味に気づいた。「男の子と、ってこと？」

「というより、男の人というつもりで訊いたんだが」メインはおもしろがっているような顔で答えた。

ジョージーは首を振った。誰がわたしとキスしたがるというの？　メインは目が見えないのかしら？　彼女がそう思っていることを、メインは表情から読み取ったようだった。

「問題なのは、きみが自分のことをわかっていないということだ。自分を知らなすぎるんだよ。きみはこれまでに——」彼はそこで言葉を切った。なにを訊こうとしたにしろ、その質問はシャンパンを大量に飲み、月の光を浴びていても口にできないものだったらしい。

メインはジョージーの前に立った。短い袖のついたピンクのドレスに身を包んで。マダム・バドーのところのお針子が縫いつけたガラスのビーズが、月の光を浴びてきらきらと輝いている。その姿はばかげたものに見えて当然だったが、ジョージーにはバッカスがこの奇妙な小部屋に入ってきて、誘惑のまなざしで立っているように思えた。

とはいえ、メインの言葉に誘いかけるような響きはいっさいなかった。

「これからきみにキスをする」てきぱきした口調で言う。「誰かがきみのファーストキスの相手にならなければならないのなら、ぼくがいいだろう。ぼくはキスがうまいからね。でも、ジョージー——」メインは彼女の両肩をつかんだ。

「なに？」自分の目が丸くなっているのがわかった。

「きみも知ってのとおり、ぼくはシルビーを愛している」

ジョージーは顔をしかめた。「あなたにキスされたら、わたしがあなたを好きになるかもしれないと思っているのね」

メインは唇をゆがめて微笑んだ。

「心配しないで。わたしたちは今、お互いに正直になっているから言うけど、わたしはあなたみたいに年を取っている男性を好きになるつもりはないの」彼の顔から笑みが消えた。

「シーズンが始まってから、お姉さまたちにあなたと同年代の男性ばかり差し向けられているのよ。わたしと踊ってくれるなんて、とても親切だとは思うけど……」

ジョージーは言葉を切った。メインは少し傷ついているように見えたが、それは思い違いだったらしく、彼は穏やかに言った。「きみが自分と同じ年ごろの男と結婚したがるのは無理もないことだ。少なくとも成年に達している男を探したほうがいいとは思うけどね」

「わたしは結婚相手に望むことのリストをつくっているの」

メインはにやりとした。「そのリストにはどんな項目が入っているんだい?」

「あなたに全部教えるつもりはないわ。個人的なことだもの。でもイモジェンお姉さまに、レイフはほとんどの項目を満たしていると言われて、二五歳以上の男はだめと決めたの」

「いつかそのリストを見てみたいな」メインは目を輝かせた。「だが、今はぐずぐずしていると朝になってしまう。ぼくがきみをどこに連れていったのか、姉さんたちが心配するだろうし」

ジョージーは肩をすくめた。体じゅうの皮膚がちくちくする。どちらも裸に近い恰好でメインとふたりきりでいることを、彼女は強く意識した。「イモジェンお姉さまは、もうレイフと新婚旅行に出発したんじゃないかしら。テスお姉さまはフェルトンお義兄さまと家に帰ったでしょうし、アナベルお姉さまはわたしがあなたと会ったとき、もうレイフの屋敷を出ていたわ。お姉さまには生まれたばかりの赤ん坊がいて、三〇分もするとその子が恋しくなってしまうのよ」

「母親になるとそんなふうになる女性がいる。まるで病気にかかったみたいに、子供のことしか目に入らなくなるんだ」

メインはジョージーに一歩近づいて、顎を指先で持ち上げた。「きみはとてもきれいな肌をしている。知っていたかい？」

「わたしの容姿のなかで、いちばんましなところなの」彼女はつぶやいた。自分に向けられたメインの目に魅入られたようになりながら。その目はまるで……まるで……。

彼は手をジョージーのうなじにあて、髪に指を差し入れた。「髪もきれいだ」

「普通の茶色い髪よ」メインのとろけるような声の魔法を解こうとして言う。

「太陽の下ではブロンズ色だ。いつだったか、スコットランドへ向かう馬車の窓際に座っていたきみの髪が、日の光を浴びて深みのあるブロンズ色に輝いていた。うっとりするほどきれいで、なんとも柔らかそうだった」

わたしは決して自分の髪をそんなふうに思うことはないだろう、とジョージーは思った。メインが身を寄せてきた。いよいよね。もちろん、キスがどういうものかはわかっている。ルーシャス・フェルトンがテスの唇に軽くキスするのを見てきたし、アードモア伯爵がアナベルの髪や肩、ほかにもあちこちに唇を触れるのも見た。一度など、廊下の角を曲がったとたん、レイフの腕に抱かれて口づけを交わしているイモジェンを目にしたこともある。ふたりの体はぴったり合わさっていた。

だが、メインのキスはジョージーが思っていたのとはまったく違っていた。

彼の唇は、フェルトンの唇がテスの唇にしていたように、ジョージーの唇をそっとかすめはしなかった。彼女の唇を押しつぶさんばかりの勢いで下りてきて、なにかを要求してきた。なにを要求されているのかわからず、ジョージーはただされるがままになっていた。メインの情事が二週間しか続かないのも無理はない。キスの仕方も知らないんだもの！

ベッドでのこともキスと同じぐらい下手なのだろう。

とはいえ、メインを悪く思う気にはなれない。彼は親切にも力を貸そうとしてくれているのだから――それが実際にはどういうことであるにしろ。わたしがうまく歩けるように、ファーストキスの相手になってくれているのだ。そんな方法は初めて聞いたけれど。

髪に差し込まれたメインの手の感触は悪くなかった。彼はなにかを求めるように手を動かしている。いったいなにをさせようというのだろう？　舌の動きも変だ――メインはわたしの唇に舌を這わせている。なんておかしなことをするのかしら。ジョージーは彼がこの年になるまで結婚できないもうひとつの大きな理由として、そのことを心に刻み込んだ。

次の瞬間、ふいにすべてが変わった。

どうしてなのか、ジョージーにはわからなかったが。

突然、メインのにおいが感じ取れた。男くささと石鹸《せっけん》の香りが入りまじった、すばらしいにおい。視線を上げると、深い色をたたえたメインの目と目が合った。ジョージーはうなじを撫《な》でる彼の親指を急に意識しはじめた。なにもかも、とても奇妙な感じがする。まるで

――コルセットを脱いだときみたいに。

「いい感じだ」メインがささやいた。その声はふたりがいる部屋と同じぐらい謎《なぞ》めいていて、バッカスがあげるうなり声のように低かった。ジョージーはなにか言おうと口を開いた。すると信じられないことが起こった。メインがさっと彼女を立たせて自分のほうに引き寄せ、口のなかに舌を差し入れてきたのだ。

ジョージーは驚いて身をこわばらせた。そこはきれいじゃないのに。清潔じゃないのに。きっとそこは――。

けれども肉体的な感覚が思考を鈍らせ、なにも考えられなくなった。どういうわけかジョージーの腕はメインの首に巻きつき、手は彼の髪に差し入れられていた。大嫌いな胸はメインの胸に押しつけられ、苦痛と喜びの入りまじった強烈な感覚をもたらしている。彼はジョージーの口のなかで、言葉をつかわずに話しかけていた。メインの手にしっかりつかまれているせいで、身を引くことができない。もっとも、身を引きたいわけではない。このまま彼の大きな体に押しつけられ、自分の体の小ささを感じ、初めての官能的な気分を味わっていたかった。

メインがわたしに感じさせようとしていたのはこれなのね。

そう思った瞬間、全身に炎が走った。膝の力が抜け、ひとりでは立っていられなくなった。メインはジョージーの口のなかを舌でまさぐっている。彼に去られた女性が涙を流すわけがジョージーにはわかった。

まるで心を読んだかのようにメインが唇を離し、彼女の顔を見つめた。目の色は先ほどより濃くなっている。いや、もしかすると部屋が暗くなっただけかもしれない。一瞬、ジョージーは彼が大きく息を吸い込むのが聞こえた気がした。

「さてと」ようやくメインが言った。「ジョセフィーン・エセックス、今のがきみのファーストキスだ」

ジョージーは口を開いたが、言葉が出てこなかった。両腕をメインの首にまわしたまま、顔をじっと見つめる。胸には欲望が渦巻いていた——それがわからないほど愚かではない。彼女は腕を下ろし、心を落ち着かせようとした。

メインの目には奇妙な表情が宿っていた。「お気に召したかな?」もう低くうなるような声ではない。

「ええ、とても」ジョージーは震える手でドレッシングガウンのベルトを結び直した。「これで」咳払《せきばら》いをして言い直す。「これでうまく歩けるようになったかしら?」

「そう願うよ、ジョージー。きっとうまく歩ける」

ジョージーは小さく微笑んだ。「あなたは自分の魅力に自信があるのね、メイン卿。きっと長年の経験からくる自信ね」

「誰だって、つねにふいを突かれることはある」メインは曖昧に言うと、うしろに下がった。「ぼくがとんだ間抜けかどうか、確かめてみるとしよう」

ジョージーは向きを変えて彼から離れ、反対側の壁に向かって歩いた。メインはとんだ間抜けではなかった。彼女は自分の脚の動きのひとつひとつやドレッシングガウンをこする胸に、メインの努力が無駄ではなかったことを感じた。彼のほうに戻ろうと壁の前で振り返ったときには準備ができていた。

演じる喜びを味わいながら、一瞬動きを止める。美しい目をして、今もなお偉大な彫刻家が掘り出したような髪型をしたメインに微笑みかけた。彼が少し驚いたような顔をしたので、ジョージーはもう一度にっこりした。

その笑みは、ここ数週間のあいだ彼女が顔に張りつかせていたつくり笑いとはかけ離れていた。自分の下唇がふっくらとし、目にも笑みが浮かんでいるのが、はっきりとわかった。ジョージーはメインのほうに歩きはじめた。丸いヒップが自然な曲線を描き、男性用のシルクのベルトが結ばれたウエストへと続いている。その上には大きく張り出した胸があった。生まれて初めて、彼女は豊かな胸が自分の体にはふさわしいことに気づいた。誇らしげに突き出た胸は、ヒップとうまくバランスが取れているのだ。

「もう少しだな」メインが言った。「ぼくが歩くのをもう一度よく見るんだ」

今度はメインが教えようとしていることがわかった気がした。たくましい体にドレスという滑稽《こっけい》な恰好をしていても、彼が腰をわずかにくねらせているのがわかる。メインはいつもジョージーがしているように脚を勢いよく出すのではなく、腰から歩いていた。その歩き方にはリズムがあり、なにかを約束するようなところがあった。今にも破れそうなドレスを見れば、その約束がどんなにばかげたものかはすぐにわかるが——それでも、彼女にはメインがなにを言いたいのかわかった。

彼は部屋の反対側に着いた。「もう一度歩いてごらん」

ジョージーはメインのほうにゆっくり歩いた。自分の体の声に耳を傾け、ほとんどつま先しか床につけない歩き方で。そうするのが正しいと思えたし、先ほどのキスのせいで、まだ脚が震えていたからだ。彼の前まで行き、足を止める。

「ギャレット」そう言って、片方の眉を吊り上げた。

「どうやら――こつをつかんだようだな」メインが言った。押し殺したような低い声だ。ジョージーはその声が気に入った。

だから、ウエストのベルトをさらにきつく締めた。案の定、彼の目は胸のふくらみに向けられた。

「ジョージー！」メインは厳しい口調で言った。

彼女は微笑みかけた。「あなたが言ったのよ。男たちがわたしの足もとにひれ伏すようになるって」

「ぼくのような年老いた男は例外だよ」メインは観念したように笑い声をあげた。

「年齢に関する思い込みは捨てたほうがいいみたい。わたしはあなたから、たくさんのことを教えてもらったんだから」

「どんな年齢の男でも教えられたことだ」メインの声はまた低くなっていた。

ジョージーはにやりとした。「新しい歩き方で男の人を惑わせられるかどうか、試してみるわ」

「コルセットはつけずにね」

「コルセットはつけずに」彼女はため息をついた。「どちらにしても、きみの顔が美しいことには変わりないが」メインは片手でジョージーの顎を持ち上げた。

「わたしの顔は丸すぎるわ」

彼はジョージーの頬を親指でゆっくりとなぞった。「女性は痩せこけて見栄えがいいようにはつくられていない。きみは聖母マリアのように丸みを帯びた美しい頬をしている」

「アナベルお姉さまにもそう言われたわ」彼女は息苦しさを感じながら言った。

「きみのまつげは罪深いほどに濃い。そして唇は――」メインは言葉を切った。「唇を褒める役目は、きみが心から手に入れたがっている二〇歳の臆病《おくびょう》な若者たちに任せよう」

ジョージーはメインを見つめて考えた。彼は火が藁《わら》を一瞬にして燃やし尽くすように、上流社会の女性たちを片っ端からものにしていった男だ。社交界にデビューしたての娘たちを披露する舞踏会で、ジョージーが会った既婚女性のほとんどがいかにも欲求不満な顔をしていたことを考えると、メインに迫られて落ちなかった女性がいるとは思えない。なんだか悪い予感がした。自分では予想もしなかった愚かな行為をしてしまいそうだ。

「ギャレット」ジョージーはささやいた。

メインはまっすぐな黒い眉をひそめ、彼女の顎から手を離した。「人前でそう呼ぶのはよ

「したほうがいい」そう言うと向きを変えた。ジョージーは彼がすばやくドレスを脱ぐのを見守った。メインの肌は褐色で、筋肉が浮き上がっており、見ているとおかしな気分になった。このままではなにをしてしまうかわからない。彼女は急いで言った。「わたしがあなたにあこがれているとみんなに思われるんじゃないかって、心配しているんじゃないわよね？」

メインはシャツを着た。残念ながら、優雅な白いリネンのシャツが上半身を覆い隠した。

「まさか」メインは振り返り、苦笑いした。「ぼくのほうがきみにあこがれていると思われるんじゃないかと心配だよ」

ジョージーの耳のなかで鼓動が大きく響いた。「そんなふうに思われるはずないわ」メインの顎にはうっすらと無精ひげが伸びている。彼は黒い眉をした海賊のように見えた。ジョージーが見守るなか、シャツの裾をズボンのウエストにたくし込んでいても。

「そんなにじろじろ見ないでくれ」メインは文句を言いながら、ズボンが膨らまないようシャツの裾をならした。

わたしがやってあげたい、とジョージーは思ったが、その思いが目に表れないように気をつけた。「おもしろいわね。シャツを着るのがそんなに大変だなんて誰が思うかしら？」メインは上着を着た。上着は体にぴったり合い、一瞬にして彼を大胆な海賊から、ダークブルーの上着を身につけた紳士に変えた。それまで危険な魅力を発していたメインが、ふいに貴族社会の一員となった。

ジョージーはため息をついた。見ていてつらくなる光景だった。メインが私的な顔から公的な顔に、自分のものから誰のものでもない存在に変わる瞬間を多くの女性が見てきたことを思うと、さらに胸が苦しくなった。

「さて」メインが言った。「そろそろきみをこっそり家に帰したほうがよさそうだ。そう難しくはないだろう」

あなたみたいに、何軒もの家にこっそり出入りしてきた人間にとってはね。ジョージーはそう思ったが、口には出さなかった。

彼女の髪はほどけ、肩にかかっていた。身をかがめてコルセットを拾い上げたが、メインが笑い声をあげてそれを引ったくり、壁に放り投げた。「二度とあんなものをつけるんじゃない。明日、きみを別の体にするのではなく、神から与えられた体を賛美するドレスを買いに行くんだ。いいね？」

疲労とシャンパンの飲みすぎで顔は青白くなり、髪は乱れ、顎には無精ひげが生えていても、メインは誰よりも美しかった。「わかったわ」ジョージーは言って、彼の姿を胸に刻み込みながら、横を通り過ぎようとした。

「グリセルダがひいきにしている仕立て屋のところに行くんだぞ」メインがジョージーの手をつかんだ。

彼女は問いかけるような目を向けた。「あなたをギャレットと呼ばず、コルセットはつけずに、グリセルダの仕立て屋に行き、スカートをはいた男のように歩いて、三〇歳以上の男も候補に加えて、若い男はひれ伏させておけばいいのね」

メインはその場に立ったままジョージーを見つめていた。ひどく落ち着かない気分だった。彼女はとても美しい。肩にかかる豊かな髪。美しいカーブを描く唇。知的な瞳。「まいったな。きみはなんてきれいなんだ」

ジョージーがその言葉を信じていないことは目を見ればわかった。だが、まともなドレスを身につければ、自分が美しいことがわかるだろう。彼女がメインのドレッシングガウンを着て舞踏室に入っていくだけで、男たちはひざまずくに違いない。彼はシルクの下で魅惑的に盛り上がっている胸に目を向けないよう、気をつけなければならなかった。

「今週末にあるマクロー家の舞踏会には来るの？」ジョージーが訊いた。

彼女が不安げな顔をするたびに胸が締めつけられるのはなぜだろう？「マクロー邸で過ごす週末か」メインはジョージーの背中に手をあて、階段の下へと導いた。「たぶん行くと思うよ。シルビーが承知すれば。上流社会のこととなると、彼女は好みがうるさいからね」

階段を下りると、ジョージーは言った。「あなたが来てくれるとうれしいわ」

「きみが望むなら行くことにするよ」

ジョージーは笑顔になった。あの真っ赤な唇には気をつけなければならない。ぼくは別の女性を愛しているのだから。

「シルビーを連れて必ず行くよ」メインは請け合った。そのあとジョージーをレイフの屋敷に送り届けた。誰にも見られずに彼女を部屋に戻すのは驚くほど簡単だった。

これまで経験してきた情事は、どれもぼくになにかを教えてくれた。メインは屋敷に向かって通りを歩きながら思った。馬車は先に帰してあった。夜明けが近づくにつれて濃い霧が立ち込めてきた街を、歩いて帰りたくなったのだ。木々はぼんやりとした影となり、気がつくと彼は雲に囲まれた小さな空間のなかを歩いていた。

とてつもない孤独を感じた。まるで誰もいない世界を小さな地面とともに歩いているようだった。

10

『ヘルゲート伯爵——上流社会の夜』第六章より

わたしはすべての夜をともにしたいと彼女に告げたが、わたしと一緒に過ごせるのは昼だけだと言われた。次いで、それまでに彼女がわたしと一度も夜をともにしてくれず、寝室でひとり無駄に費やしてきたことを責めると、彼女は……。

ジョージーが今朝のうちに仕立て屋のもとを訪れて、新しい衣装をひとそろい注文したいと言うと、グリセルダはとても喜んだ。とはいえ、彼女はそのためにハイドパークで人と会う約束を守れなくなった。グリセルダが約束の相手については言葉を濁そうとしていることにジョージーは気づいた。

「あなたと一緒に行くほうがいいの」グリセルダは言った。「マダム・バドーがあなたのために用意したあのコルセットを、わたしが嫌っていたのは知っているでしょう？　確かにあれをつければ、あなたはイモジェンのドレスとほぼ同じ寸法のドレスが着られたわ。でもね、ジョージー、わたしたちはどちらもイモジェンと同じ体つきではないのよ。それに正直に言うと——大きな声では言えないけれど——わたしたちは恵まれた体をしていると思うの」

「どうしてそう思うの？」ジョージーは愉快に思って尋ねた。今朝は自分の体形を受け入れられそうな気がしていた。完璧とは言えないが、それほどひどいとも思えない。

グリセルダは花束の模様がちりばめられたモーニングガウンを着ていた。生地は薄手のローンで、フランス風の短めな裾からはきれいな室内履きがのぞいている。彼女は美しかった。でも、グリセルダはわたしと違って太ってはいないもの。ジョージーは自分に思い出させた。グリセルダを見て太っていると思う者はいないだろう。彼女は——。

「あなたとわたしはまったく同じ体つきをしているわ」グリセルダが言った。「それに初めて会ったときから言っているように、男性はわたしたちみたいな体つきの女が好きなのよ」

「わたしに子豚からソーセージまで、ありとあらゆるあだ名をつけるほどにね」

「クローガンはただの不愉快な愚か者よ。お兄さんに言われてあなたに求愛するなんて。ダーリントンは、あなたの体つきではなくコルセットをからかっていたんだと思うわ。あんなコルセットをつけていたら、本当の体つきなんてわからないもの」

実のところ、ジョージーもそう思いはじめていた。「もう手遅れだと思う？」

「そんなことはないわ」

「ちょっと待って！　ダーリントンとはどうなったの？　ゆうべ、あれから」

グリセルダの唇に澄ました笑みが浮かんだ。

「成功したの？」ジョージーはささやいた。「彼をものにしたのね！」

「厳密には違うわよ」グリセルダは眉を寄せた。「どんな意味にしろ、あなたがわたしを簡単な女だと思っていないといいんだけど。ゆうべの会話は不適切もいいところだったわ。ほら、シルビーはフランス人だから」

「わかるわ」

「フランス人というのはきわどい話が好きなのよ」グリセルダはその話をそれ以上続ける気がないらしく、レティキュールとショールを手に取った。「もう出かけないと。マダム・ロックのドレスはどんどん人気が高まっているの。すぐにつくってもらうには、最低でも倍の料金を払わなければならないと思うわ。でも三週間前にイブニングドレスを一着注文しているから、それができあがっていたら、あなたに合わせて少し直すだけでいいはずよ」

「わたしがあなたのドレスを着られるはずないじゃない」

「あら、着られるわよ。でも、ウエストはあなたのほうが少し細いわね」グリセルダは言った。「まあ、今まであんなコルセットに押し込められていたんだから、本当のところはわからないけれど」

「わたしは——」ジョージーは言いかけたが、気づくとグリセルダはすでに玄関へ向かっていた。

マダム・ロックの店はボンド街一一二番地にあった。店内にはジョージーが見たこともない世界が広がっていた。サロンは貴婦人の私室のようにくつろげる雰囲気にしつらえられている。シルクで覆われた壁から脚の細い優雅な椅子に至るまで、すべてがきんぽうげの花のような黄色だった。一方の側に黄色いシルクがかかった鏡台が置かれ、椅子の上にジョージーには着られるはずもない美しいドレスがうやうやしく広げられていた。そのドレスにはダーツが一本も入っていない。ジョージーのような体形の女性にはダーツが不可欠だと、マダム・バドーは言っていたけれど。

ジョージーは近くまで行ってドレスを見つめた。深紅のメッシュ生地でできており、きらきら光る小さなビーズが縫いつけられている。とんでもなく高そうで、最高に着心地がよさそうなドレスだった。大きく開いたVの字にしか見えない身ごろが、ウエスト部分に突き刺さるようについていた。

「こんなドレスを着たら最高の気分でしょうね」グリセルダがジョージーの肩先から顔をのぞかせて言った。「すばらしいやり方だと思わない？　マダムはドレスの実物が見られるように、何着か見本を用意してくれているの。イラストを見て決めるより実物を見て決めるほうが、ずっとわくわくするわ」

「じゃあ、このドレスは見本のためだけにつくられたの？」

「そうではなくて、たぶん常連客に普通より安い値段でドレスをつくってあげて、その代わりに完成品を渡す前に見本として使わせてもらっているんじゃないかしら」グリセルダは言った。「このドレスはわたしが着てみるわ。社交界にデビューしたばかりの娘が着るドレスではないから」

「あなたが？」グリセルダはつねに官能的な体形を際立たせるドレスを着ているが、ジョージーが知り合ってからの二年近くで、彼女が透ける素材を使ったドレスを身につけているのは見たことがない。

マダム・ロックが小艦隊を率いる母艦のように、若い女性の助手を何人か引き連れて入ってきた。「まあ、レディ・グリセルダ、ようこそいらっしゃいました」彼女は叫ぶように言うと、深々とお辞儀した。

「マダム・ロック」グリセルダもお辞儀を返した。

ジョージーはそれを見て、王妃に対してするようなお辞儀をした。マダム・ロックが鋭い視線を彼女の全身にすばやく走らせた。「まあ！」大きく息を吸い込んで言う。

ジョージーは覚悟した。マダム・ロックはダーツやコルセットのことを口にしはじめるに違いない。

「ついに、つまらない妖精《ようせい》ではなく本物の女に見えるようにしてさしあげられるお嬢さまにいらしていただけたわ」マダム・ロックは甘い声で言った。「でも、ずいぶんお若いのね」

「今年社交界にデビューしたばかりなの」グリセルダが応じた。「これまでのところ、うまくいっているとは言えなくて。それであなたのもとに来たのよ」

「もっと早くいらしていただければよかったのに」マダム・ロックは手を叩き、助手たちを四方八方に走らせた。

そのあと彼女はグリセルダとジョージーをサロンより小さな部屋に案内した。そこも淑女の私室みたいな雰囲気だった。「シャンパンでもお持ちしましょうか？」マダム・ロックは尋ねた。「変身をとげるときには、お酒の力を借りるとうまくいくこともありますから」

ジョージーは昨年仕立てたドレスを着ていた。マダム・バドーのドレスは、どれもコルセットなしでは着られなかったからだ。そのコルセットはメインの屋敷の小部屋に忘れてきた。ふいにジョージーは、ふたりの女性に問いかけるような目で見られていることに気づいた。マダム・ロックがシャンパンのグラスを差し出している。「いいえ、けっこうです」ジョージーは急いで言った。「やめておいたほうがいいと思います。できれば、お茶をいただけませんか？　お手数でなければ」

マダム・ロックが助手のひとりにうなずきかけると、助手は急ぎ足で立ち去った。そのあとマダムはジョージーのまわりを何周もして、彼女の背中に指で上から下に線を引いたり、肩や首に触れたりした。「ミス・エセックス、シュミーズだけになったところを見せていただきたいの。ドレスを脱いでくださらない？」

ジョージーは素直に従うことにした。マダム・バドーにも、同じようにして体形を調べられた。マダム・ロックになにを言われるにしろ、コルセットをつけていない姿を見たときのマダム・バドーの舌打ちや嘆声を聞かされるよりはましだろう。それからまもなくして、ジョージーはシュミーズ一枚でマダム・ロックの前に立った。訓練を積んでいるおかげで三面鏡からは目をそらしていられたが、体の線がはっきり出ていることはわかっていた。

マダム・ロックは無言でジョージーのまわりを何周かしたあと、グリセルダに向かって言った。「濃い色のドレスがいちばんお似合いになるけれど、今年デビューされたばかりだから……避けたほうがよろしいですわね」

「わたしもそう思っていたの」グリセルダは部屋の片側に置かれた椅子に腰かけて、シャンパンを少しずつ飲んでいた。「デビューしたばかりでなければ、サロンにあった深紅のドレスなんてぴったりだと思うけど」

「あれはこちらのお嬢さまには大胆すぎます。もっと年齢が上の方用のドレスですから」マダム・ロックは応えながら、またジョージーの肩に触れた。どうやら巻尺を使わずに体の寸法を測っているらしく、口早に告げる数字を助手が書き留めていた。「レディ・グリセルダ、あのドレスは奥さまにはぴったりですわ。でも、あのようなドレスはお求めいただけないんですのよね。奥さまがお求めになるのは、いかにもお目付け役にふさわしい上品なドレスですもの。わたしはつねに、それをお召しになった方がロンドンで最も美しいお目付け役になるよう、おつくりしていますけど」

「確かにわたしは、ここ二年近くお目付け役を務めてきたわ」グリセルダは言った。「でも、あのドレスはわたしに似合うかもしれないと思ったのよ、マダム」

マダム・ロックはグリセルダのほうを見ると、訳知り顔になって微笑んだ。「まあ、本当に?」そう言って、ふたたびジョージーの寸法を測りはじめる。「奥さまからそんなお言葉が聞けるなんて、これほどうれしいことはありませんわ。こちらのお嬢さまですけど、深紅はだめでも紫ならよろしいんじゃないかしら。紫か青紫。ピンクや白はお勧めしません」

「白を着ると漂白された象みたいに見えるの」ジョージーは言った。マダム・バドーから白いドレスを何着も買っていたが、それらはコルセットをつけないと着られなかった。

「わたしのドレスがお嬢さまをサーカスの動物みたいに見せるなんてことは、絶対にありません。白はお勧めしませんわ。こんなにきれいなクリーム色の肌をしていらっしゃるんですもの。この肌を引き立たせる色を選ばなくては。そう……」マダム・ロックは助手に向かって矢継ぎ早に指示を出した。「ちょうどいいドレスがあります。いつ新しいご自分をお披露目したいと思っていらっしゃるの？」

「マクロー家の舞踏会です」ジョージーはグリセルダが口を開く前に答えた。「それまでに間に合うかしら、マダム？　今週末にあるんですけど」

「間に合わせますとも。とびきり美しいドレスをおつくりしましょう」

「ほっそりして見えるドレスが欲しいの」ジョージーは勇気がわいてくるのを感じた。

「かわいそうに、ジョセフィーンはつらいシーズンを送っているのよ」グリセルダが告げた。

マダム・ロックは寸法を取る手を止めた。「もしかして、お嬢さまですの？　〝スコットランド産ソーセージ〟と呼ばれていらっしゃるのは」

ジョージーはごくりと唾をのみ込んだ。どうやら世界じゅうの誰もが知っているらしい。

「ゴシップ欄で読みましたの。でも、詳しいことはなにも書いてありませんでした。わたしのドレスを一度でもお召しになれば、誰もお嬢さまを見てソーセージを思い浮かべたりしなくなりますわよ。お嬢さまはほっそり見せる必要なんてありません。ええ、そうですとも」

ジョージーは唇を嚙《か》んだ。アナベルにも、グリセルダにも、ついにはメインにも言われたことだ。

「お嬢さまは」マダム・ロックは強調するように間を置いた。「魅惑的に見せるべきです。干からびた小枝のように見せるのではなく！」

グリセルダがうなずいて拍手した。

そのとき、助手が一着のドレスを持って入ってきた。マダム・ロックはそのドレスを手に取った。「さあ、お召しになってみて。これと同じものを濃い青紫の生地でつくろうと思いますの。若々しくて、デビューしたばかりのお嬢さまでもお召しになれるし、おとなしすぎてつまらないということもありませんわ」

ジョージーはドレスを見つめた。ふんわりとギャザーの寄ったシルクのドレスだ。一瞬、メッシュ生地かと見まごうほど薄い生地でできている。左右の身ごろが肩から斜めに下りて、胸の下で交差していた。「ごらんください」マダム・ロックがドレスをくるりと裏返した。

「背中はこの色の濃い部分が、足もとまで届く飾り帯になっておりますの」

「黄色にしてもいいわね」グリセルダが言った。

「それもいいかもしれません」マダム・ロックはすばやくジョージーにドレスを着せた。

「これはわたしが自分を満足させるためにつくった見本にすぎませんの。紙の上で考えるより、実際の布を使うほうが好きなんです」

ドレスはジョージーの体にぴったり合っているように思えた。しなやかで着心地がよく、官能的な気分にさせてくれる。

「鏡を見てごらんなさいな」グリセルダが部屋の片側から微笑みかけた。

ジョージーはごくりと唾をのみ込んで向きを変え、大きな鏡を見つめた。

「やはり黄色じゃないほうがいいと思います」マダム・ロックが言った。どうやら彼女の意見に反対するだけ無駄なようだ。それがどんなに些細なことであっても。「先ほども申しましたように、わたしは――」

だが、マダム・ロックの言葉はジョージーの耳に入っていなかった。鏡のなかには、官能的なオーラを放つ丸みを帯びた体つきの若い女がいた。胸とヒップは完璧に釣り合いが取れていて――どちらも愛撫《あいぶ》されるためにあるように見える。

「誰もがあなたにひれ伏すわね」グリセルダが言った。

「あなたの言うとおりだったわ」ジョージーはかすれた声で告げた。「あなたは初めから正しかったのに、わたしは耳を貸そうとしなかった」

「あのコルセットのせいで、物事をきちんと考えられなくなっていたのよ」グリセルダはいくらか得意気だった。「さて、マダム、イブニングドレスが最低でも四着はいるわ。モーニングガウンと散歩用のドレス《プロムナードドレス》もひととおり必要ね。見本を見せていただける？　見本がなければイラストでもいいわ」

11

『ヘルゲート伯爵──上流社会の夜』第八章より

親愛なる読者よ、かくしてわたしの卑しむべき人生の新たなひと幕が始まった。女優と関係を持ったのはそれが初めてだった。彼女の素性が明らかになるのを防ぐために、シェイクスピアが創造した不死の妖精の女王にちなんで、ティターニアと呼ぶことにしよう。彼女はまさに愛の女王とも言うべき女性で、自らの心情をキスで示すとともに文章でも表した。彼女とふたりで──思い切って記すが──三日三晩ベッドを離れずに過ごしたあとに彼女から送られてきた手紙を、わたしはこの先もずっと大切にとっておくだろう……。

チャールズ・ダーリントン卿は、誕生日に父親から贈られた小型の四輪馬車を駆ってハイドパークに向かった。

「おまえがわたしの言うことを聞いて聖職についていれば」父親は馬車を贈りながらも、顎を猛然と動かして言った。「今ごろは教会がおまえの面倒を見てくれていただろうに」

ダーリントンは鼻を鳴らした。「どんな葬儀の列にも無料で加われるなんて、さぞかしおもしろかったでしょうね」

「まったく、おまえには困ったものだ」父親との会話はその言葉で終わるのがつねだったので、ダーリントンは向きを変えてその場を離れようとした。だが、父親は最後の一矢を放った。「頼むから早く妻を迎えて、相手かまわず怒らせるのはやめるんだ」

ハイドパーク内の小道を行ったり来たりし、遊歩道のそばを何度も通って、彼と結婚する気などないはずの小さなクリーム壺《つぼ》のような美しい未亡人を探していては、妻となる女性を見つけられるはずもない。けれどもそうしていたおかげで、ダーリントンは多くの若い娘たちが彼にちらりと見られただけで頬を赤らめ、あわてた顔で母親を見ることに気づいた。

ダーリントンに見られていないときは、彼女たちは口の悪いろくでなしを見るような目で彼を見ていた。一緒にいた仲間が悪かったのだと言えたらどんなにいいだろう。サーマンが走る馬車からしきりに手を振っているのが二度ほど見えたが、反対方向を向いて無視した。実際は、すべて身から出た錆《さび》だった。ダーリントンの胸の奥底にある怒りや憎しみが、人から悪く思われるような行動をとらせたのだ。

その怒りや憎しみのせいで、父親が評するままの人間になっていたのではないとしたら、なにが自分をそうさせていたのかダーリントンにはわからなかった。彼は、運悪く羊毛生産者の家に生まれたり、人より少し多くパイを食べたりするだけの若い娘に、怒りのすべてをぶつけたのだ。

少なくとも自己嫌悪に陥っているあいだは、表面的には機知に富んでいると思われる皮肉な言葉を口にせずにいられる。ダーリントンはそう心のなかで考えた。

レディ・グリセルダはどこにもいなかった。彼女がたぶんここで会えるだろうと言ったのは本気ではなかったらしい。今になって考えてみると、グリセルダが——なんといっても、彼女はミス・エセックスのお目付け役なのだから——ミス・エセックスを意地悪なあだ名で呼ぶのをやめさせようとして近づいてきたのは明らかだった。

どうして昨夜はそれに気づかなかったのか、ダーリントンにはわからなかった。だが、一〇分間からかわれたあとでそれに気づいたときよりも、はるかに傷つけられたような気がした。激しい怒りを覚えながら家に帰り、グリセルダ・ウィロビー宛《あて》の手紙をしたためた。彼女と同じぐらい美しく贅沢な便箋《びんせん》を用いて。

グリセルダはぼくを利用した。今度はこちらが彼女を利用してやるのだ。脅迫してやろう。

〝ぼくのなかに新たに芽生えた道徳心が、すでに薄れつつあるようです。ぼくがこの先も道徳心を持ちつづけていられるよう、明日の夜、勇気づけてください〟

ダーリントンはそこでペンを止めた。もしぼくに勇気があれば、単刀直入にホテルとそこで会う時間を指定するだろう。でも、彼女は来ないに決まっている。そうだとも。来るはずがない。彼女のように品行方正な貴婦人は、ホテルになど足を踏み入れたこともないはずだ。

くそっ、かまうものか。

〝午後一〇時に『グリヨンズ・ホテル』でお待ちしています〟ダーリントンはそう書いて署名した。〝ダーリン〟

それから紙挟みを見て、出版社から受け取ったばかりの報酬のなかから一〇〇ポンド紙幣を一枚取り出した。もし必要とあらば、すぐにでも聖職について生活のためにひざまずくことを学べる。グリセルダの前でひざまずくほうがいいけれど。

グリセルダには、ぼくを欲望の塊に変えてしまうなにかがある。彼女はほがらかで、優雅で、いかにも女性らしく、香水の香りとともに清く正しい生活を送っている女性のにおいがする。朝はゆったりとくつろいで過ごし、夜はダンスを楽しむ女性。子供や夫に対して声を荒らげたことなど一度もない女性のにおいが。

ウィロビーという男がどんな人間だったにしろ、すでに亡くなっていてくれてよかった。夫が生きていたら、グリセルダは決してぼくと寝たりしないだろう。彼女は不貞を働くような女性ではない。

だが、グリセルダは……情事を楽しむ女性かもしれない。欲望に駆られて——彼女もダーリントンを気に入っているのは目を見ればわかった——無分別な行為に走る女性かもしれない。

ダーリントンは封筒に紙幣を入れて召使いに渡し、それで『グリヨンズ・ホテル』の最高の部屋を明晩予約してくるよう言いつけた。明日の晩は退屈なスメイルピース家の夜会と、ミセス・ベディングフィールド主催の音楽の夕べしかないはずだ。いくらグリセルダがミス・エセックスのお目付け役を務めているからといって、そのような会に行くはずがない。独身の紳士が紛れ込んでいるかもしれないという希望を抱いて出席する者以外、誰も音楽の夕べになど行きたがらないからだ。上流社会に精通しているグリセルダが、そんなばかげた希望を抱くはずがなかった。

その日、知人を探してハイドパーク内を馬車でまわっていたのはダーリントンだけではなかった。ハリー・グローンは、どういうわけかすっかり老け込んでいた。近ごろでは暖炉の火につま先をかざして栄光の日々を思い出すのが、なにより好きになっている。けれども今、彼は公園内を馬車でまわり、きれいな女やしゃれた男を眺めていた。

それもこれも、ふいに栄光の日々が戻ってきたからだ。グローンは必要とされていた。彼をお払い箱にした『タトラー』に。グローンのような古いタイプの記者はもういらないと言われたのに、今になって突然、彼の持つ専門技術が求められたのだ。

仕事を引き受けるにあたって取材費を自由につかえるようになったので、グローンは辻《つじ》馬車でハイドパークに行き、現状を把握することにした。昔はそれを視察と呼んでいたものだ。すでに勘が鈍っていて、それは誰よりも彼自身が自覚していた。顔を見ても、名前がわからない若者が何人もいるのだ。

しかし、すべてはグローンの頭のなかにあった。その頭脳が、いくらヘルゲートの回想録を読もうと著者の正体はわからないと告げている。本のなかに手がかりが記されているなら、すでに誰かがそれを見つけているはずだ。たとえば『タトラー』紙の発行人、ジェソップのような人間が。上流社会のことでジェソップが知らないことがあるとすれば……。

そう、この仕事にはグローンが持つ特殊な取材技術が必要なのだ。

結局、彼は探していた男を人に指し示してもらわなければならなかった。だがいったんそうとわかったら、納得がいきすぎて思わず笑みがこぼれた。この世には、ばか丸出しの顔をした人間がいる。一瞬にしてわかるが、暗褐色のベストから公園に来るにはふさわしくない座席の高い馬車に至るまで、父親にそっくりだ。どうやら見てのとおりの愚か者らしい。グローンの望みどおりだった。

グローンは辻馬車の屋根を叩き、家へ戻るよう御者に命じた。彼のように年を取った男には、これぐらいの外出がちょうどいい。家の前で馬車を降りた。右膝に鋭い痛みが走り、思わず悪態をつきそうになるのをこらえながら、御者に硬貨を投げてやる。今夜は早く寝るとしよう……明日はソブリン金貨の入った袋を手に、いちばん得意なことを始めるのだから。おいしい餌《えさ》で釣って、情報を引き出すのだ。

12

『ヘルゲート伯爵――上流社会の夜』第八章より

薔薇色の便箋を用いたティターニアからの手紙には、美しい紫色のインクで次のように書かれていた。

〝あなたの愛で、わたしを青い空の高みに運んでください。まわりを黒い雲に包まれ、嵐に揉《も》まれようともかまいません……ただ、わたしを愛してください〟

シルビー・デ・ラ・ブロドリーは、競馬や競走馬や競馬場というのはふたつのものしか生み出さないと気づいた。退屈と土埃だ。そのどちらも、彼女は好きではなかった。しかるべき状況なら埃には耐えられるかもしれないが、そんな状況はすぐには思いつかない。まあ、ピクニックなら仕方がないだろうか。屋外で過ごすことには大して興味がなかったが、ピクニックならそれなりに楽しめた。そして正直に言うと、メインとともに競馬場へ行くことを承知したとき、彼女はピクニックに行くようなものだと思っていた。

けれどもエプソム競馬場は、セーヌ川のほとりに立つ柳の下に広げた美しいリネンのテーブルクロスとは大きくかけ離れていた。シルビーはあくびを噛み殺した。パリで約束されていたすばらしい人生が送れなくなったことを思うとつらくなる。フランス人の男性はイングランドの男性より、人には好き嫌いというものがあることをはるかに理解していた。イングランドの男は想像力に欠けているのだ。もしメインに少しでも想像力があれば、競馬場は彼女には向かないとすぐに気づいていただろう。

それどころかメインは今、ふたりがいる場所の利点を得意気に並べ立てていた。彼らはメインの友人のホルブルック公爵が所有するボックス席に腰を下ろしていた。メインがホルブルックの友人であることにはシルビーも満足していた。公爵の友人を持つのはいいことだし、ホルブルックには由緒正しい出自を物語る、どことなくおっとりしたところがある。彼女は家柄については俗物的な考えを持っていた。古ければ古いほどいいと。

それもみな、今は亡き母親の影響だった。父親が家族でイングランドに移るという思い切った決断を下す前に、母親が風邪をこじらせて亡くなっていて本当によかった、とシルビーは改めて思った。確かに父親は正しかった。シルビーと妹のマルグリットは親しい友人の多くと同じ運命をたどり、牢獄《ろうごく》に入れられていたかもしれないのだから。シルビーはその考えを頭から追いやった。父親の知り合いだった陽気でしゃれた人々の身に起こったことについて考えをめぐらせることが、文字どおりできなかったのだ。パリにいたとき、彼女はまだ社交界にデビューしていなかったが、そこでの出来事を母親がいつも話してくれたので、シルビーは彼らを実際に知っているような気がしていた。

父親がシルビーとマルグリットをフランスからこの雨の多い寒い国に連れてきたとき、シルビーはまだ一〇歳だった。マルグリットは一歳になったばかりで、自分が失ったものの大きさがわかるはずもなかった。

競馬場はとてつもなく騒がしかった。パリにも競馬場はあるのかもしれないが、シルビーが覚えているかぎり、母親の口から競馬の話が出たことはなかった。父親に訊けばわかるだろうが、彼は何頭もの犬と一緒にサウスウィックにある地所にこもっている。どうやら一日の大半を、犬を屋敷の外に出したりなかに入れたりして過ごしているらしい。フランス貴族にあるまじきふるまいだ。とりわけ、召使いを何人も使っているフランス貴族には。

シルビーはため息をついた。競馬の唯一の楽しみは、ここぞとばかりに優雅な装いをしてくるイングランドの貴婦人たちを見られることだ。隣のボックス席では、レディ・フェドリントンが、リボンが巻きつけられたメレンゲにしか見えないボンネットをかぶっていた。必ずしもすてきとは言えないが、きわめて独創的だ。しかもレディ・フェドリントンは、きれいな琥珀《こはく》色の房飾りのついた扇を振っている。どこで手に入れたものなのか、シルビーは知りたくなった。右隣に目をやると、メインは競馬場に入るときにもらった本を難しい顔をして読んでいた。

「あなたの馬はいつ走るの?」シルビーは愛想よく尋ねた。同じことを二度訊かなければならなかったが、話しかけられていることに気づいたメインはすまなそうな顔をした。それはシルビーが未来の夫を気に入っている点のひとつだった。彼は思いやりがあるのだ。

「今日は二頭の馬をレースに出している」メインは言った。「シャロンという優雅な牝馬《ひんば》と、栗《くり》色の毛をした怠け者の去勢馬だ。去勢馬のほうはたった今、最下位でゴールした」

「まあ、その馬が前を通ったときに教えてくれればよかったのに。そうとわかっていたら、もっとしっかり見ていたわ」

「第四レースに出ると話したじゃないか」

どうやらメインは、この退屈なレースをシルビーがいちいち数えていると思っているらしい。彼女はレディ・フェドリントンがデイジーの花ほどもある大きなダイヤモンドを耳につけていることに気づいた。少し悪趣味かしら？　それとも華やかと言える？　そのどちらなのかを見きわめるのが難しいときがある。レディ・フェドリントンが、突き出した唇にあいだの離れた目という愛嬌《あいきょう》のある顔立ちなのは間違いないけれど。

「厩舎に行って、騎手の様子を見てこようと思うんだが」メインが言った。「あんなにひどい負け方をして落ち込んでいるかもしれないからね。ちゃんと気力を保ったまま、シャロンのレースにのぞんでもらわないと。きみも一緒に来るかい？」

「馬小屋に？」

「もし興味があれば」

あるはずないじゃない。どうやらメインは女性について、もっと学ばなければならないようだ。「わたしはレディ・フェドリントンにご挨拶してくるわ」シルビーはそう言って、やさしく諭すような笑みをメインに向けた。いずれは彼にも、妻を連れていくのにふさわしい場所とはどういうところなのかわかるだろう。動物のためにつくられた囲い地はそのひとつではない。

シルビーは立ち上がり、メインが彼女のマントとレティキュールと扇を手にするのを待った。日傘は自分で持った。ひと筋の日差しも顔にあてたくないと心に決めているからだ。

「レディ・フェドリントン」メインがボックス席のあいだの小さな扉を開けるのを待って、シルビーは言った。「お邪魔ではございませんわよね？　二日前の晩、マウントジョイ家のパーティーでお会いしたのを覚えていらっしゃいます？」

「まあ、ミス・ブロドリー」シルビーがほっとしたことに、レディ・フェドリントンは好意的な笑顔を見せた。「お会いできてうれしいわ。どうかこちらにいらして、この退屈な午後を楽しくしてくださいな」

まさにメインに聞かせたかった言葉だ。これで同じことをシルビー自身が言わなくてすむ。

そんなわけでメインは厩舎へ向かい、彼女はレディ・フェドリントンの隣に腰を下ろした。それから何分もしないうちにふたりは意気投合し、親密な会話を楽しんでいた。レディ・フェドリントン——ファーストネームはルーシーだとわかった——は一緒にいてとても楽しい相手だったので、シルビーは自分が競馬場という不快な場所にいることを忘れそうになった。

「わたしもまったく同じ気持ちよ」しばらくしてルーシーが打ち明けた。「今日のようなときはできるだけ我慢するようにしているけれど。夫は競走馬を何頭も持っていて、大きなレースのときは神経質になるから、つき合いにくくなるの。実際、わたしはここで待っているからって強く言わなければならなかったわ。正直に言わせてもらえば、不安でいっぱいの男性のそばにいるなんてちっとも楽しくないものね。でも、あなたはわたしのような目に遭うことはないはずよ、シルビー。メインが取り乱しているところなんて想像できないもの！」

それにはシルビーも同意見だった。彼女がメインを選んだ大きな理由のひとつは、彼がどんなときでも申し分のない姿をしていることだ。その点ではメインはフランス人も同然だった。母親がフランス人であることを考えると、彼の優雅さは母親から受け継いだものに違いない。とはいえ、当の母親は女子修道院に入ってしまっているので、今でも優雅でいるとは思えなかったが。

問題なのは、メインがそばにいるというのが思っていたのとは違ったことだ。「彼、さっきは少しそんな感じだったわ」シルビーはルーシーに告げた。「一緒にいる人には、もっとわたしに気を配ってもらいたいの。メインの馬がレースに負けたことにわたしが気づかなかったとき、彼ったら少し不機嫌になったのよ」

「馬を持つ男ってそういうものなのよ」ルーシーは慰めるように言った。「わたしはその手の男と結婚してもう三年になるから、よくわかっているの。そしてシルビー、あなたもすぐにそうなるわ。メインはうちの夫よりも多く馬を持っているんだから。アスコット競馬みたいに大きなレースの前には、何週間も前からあれこれ心配しはじめるの。夫なんて、夜中に目を覚ますこともあるのよ。そんなの我慢できる？」

「まあ、あなた、まさか……」シルビーは驚きのあまり、思わず口にしていた。

ルーシーがくすくす笑った。「夫と寝室をともにしているのかって？」シルビーが小さくうなずいたのを見て言う。「もちろん、していないわよ！」

「おかしなことを訊いてごめんなさい」シルビーはあわてて言った。「どうやらイングランドの貴族の方々について知らないことが、まだたくさんあるみたい」

「なんだかあなたのことはずっと前から知っていたような気がするわ」ルーシーはシルビーに顔を寄せた。「だから、これから慎みに欠けることを言うわよ、いい？」

シルビーは慎みに欠けることが大好きだった。

「神経が高ぶって、夜眠れなくなると、夫はわたしの寝室にやってくるの」

「そうやってあなたを起こすの？　なんてあつかましい」シルビーは目をぱちくりさせた。彼女の父親はどんなことがあっても母親を起こしたりはしなかった。母親の寝室は眠りを守る聖域であり、ココアを持っていくのでないかぎり、午前一一時になるまでその部屋には入らないほうがいいとメイドでさえわかっていた。

「ええ、そんなことはやめさせなきゃと思っているわ」ルーシーはため息をついた。「わたしの睡眠のほうが夫の馬より大事だと何度もわからせようとしているんだけど、うまくいかなくて。男の人って、とても自分勝手だから。家庭の平和を守るためには、わたしがおとなしく従うしかないとわかったの。そんなことが許されるのは、アスコット競馬のように大きなレースのときだけだとはっきりさせているけれど」

シルビーはぞっとした。これまで夫婦生活についてはあまり考えないようにしてきた。あいにく母親もそれについてシルビーに話す前に亡くなってしまった。けれども、それは自分にとって結婚生活における喜ばしい点ではなさそうだと、シルビーには本能的にわかっていた。どんな理由があれ、夜中にそんな不愉快なことはしたくない。我慢できて……ひと月にひと晩というところだ。メインを満足させるにはそれで充分だろうと彼女は思っていた。彼には自分の喜びは自分で見つけるという評判があるのだから。シルビーは子供《アンファン》を持つのは楽しみだったが、結婚は彼女があらゆる楽しみを提供することを保証する契約だとは考えていなかった。

「メインはあなたをとても愛しているみたいね」ルーシーがまたくすくす笑って言った。「きっと、すごく情熱的なんでしょうね」

「彼はちゃんと節度を守ってくれているわ」シルビーは改めて考えた。夜中にわたしを起こすなんて無作法なことは、メインは決してしないだろう。するわけがない。かわいそうに、ルーシーの夫はどうやら面倒で――こんなことを思うのは心が痛むけれど――ぶしつけな男のようだ。

「まあ!」ルーシーが叫んだ。「レディ・ジェミマだわ。わたしたち、とても親しくしているのよ。ここに来るよう誘ってあったの」

青紫色のしゃれたプロムナードドレスを着た女性が、ふたりのほうに歩いてきていた。

「レディ・ジェミマはすてきなドレスをたくさん持っているのよ」ルーシーがため息をつく。「結婚はしていないんだけど、お金持ちだから自分の好きなようにできるの」そこまで言うと声を落とした。レディ・ジェミマはミセス・ホミリーという赤ら顔の女性と挨拶をしていた。ミセス・ホミリーはネズミのにおいをたどるテリアのように、ボックス席の前を行ったり来たりしていたのだ。「四年前に一度婚約したものの、お相手の紳士が亡くなってね。確か、侯爵だったと思うわ。一年間喪に服したあと、もう誰とも結婚しないと宣言したの。彼女のお父さまはスミットルトン公爵の弟さんよ。ずっと陸軍大佐としてカナダに駐在していて、輸送業でひと財産築いたんですって。それでご自身も称号を授かったの。レディ・ジェミマのように独身で、しかもカナダで育った女性がすてきなわけはないと思うかもしれないけど、そんなことはないのよ」

シルビーにもそれはわかった。レディ・ジェミマは必ずしも美人とは言えないかもしれない。顔が少し長すぎるし、口は冷静で知的な印象を与える。けれども髪は鼈甲《べっこう》のような複雑な色合いで、彼女がボックス席に入ってきてシルビーとルーシーにお辞儀をすると、緑色の目が髪と同色の濃いまつげに縁取られているのがわかった。ジェミマのドレスはフランス製のようだ。シルビーは――彼女の父親がボクサー犬を評して言うように――ついに自分に釣り合う人間に会えたと感じながら立ち上がった。

それからまもなくして、シルビーはその印象が正しかったことを確認した。ジェミマはとても楽しい女性だった。腰を下ろすやいなや、未婚の女性にはふさわしくないきわどい話をおもしろおかしく語り、ふたりを大笑いさせた。

「驚かせてしまったかしら？」ジェミマは途中まで話したところでシルビーに訊いた。「あなたはメイン伯爵と婚約なさっているのよね。だから、この程度の話では驚かないんじゃないかと思ったの。まだそうでないにしても、じきにそうなるわ」

「もう、とっくにそうなっているわ」シルビーは言ったが、それは本当ではなかった。彼女の嘘はジェミマの温かな笑みで報われた。

「わたしの思っていたとおりね。あなたはデビューしたばかりの退屈な若いお嬢さんたちとは違う」ジェミマは言った。「お嬢さんたちにはもううんざりなの。男の人のほうがはるかにおもしろいわ」

「その意見には賛成しかねるわね」ルーシーが口を開いた。

「わたしもよ」シルビーも言った。「男の人ほど退屈で面倒なものはないわ。こんなふうにして午後を過ごすのがいちばんよ」

「もちろん、女性だけで過ごすのがいちばん楽しいわ」とジェミマ。「でも、レティキュールについて延々と話すのには飽きてしまったの。ペチコートの話をするだけで顔をしかめる人がいるんだもの」

「そういえば、ペチコートのことでおかしな話を聞いたわ」ルーシーがまたくすくす笑った。

「レディ・ウッドリフ本人から聞いたんだけど、あの人、ペチコートを全部薄いグレーのシルクでつくるよう頼んだんですって。上にどんなドレスを着ても似合うように。これから死ぬまで、愛しいパーシーのために半喪服を着て過ごすつもりなのよ」

「ばかげているわ」ジェミマが言った。「だって、彼女のご主人は売春婦の腕のなかで死んだんでしょう？　みんなそう言っているわ。ピンクのひだ飾りのついたドレスを着てもいいぐらいよ」彼女がおかしな具合に片方の眉を吊り上げてみせたので、シルビーは笑いが止まらなくなった。「でも、ご存じ？　去年の春、その品行方正なレディ・ウッドリフは『グリヨンズ・ホテル』から出てくるところを見られているのよ」

「嘘でしょ！」ルーシーがあえいだ。

「間違いないわ。ジュディス・フォーケンダーから聞いたんだもの。ジュディスは頼れる情報源なの。まあ、レディ・ウッドリフは夫の浮気現場を押さえようとして行ったのかもしれないけれど」

シルビーは眉を寄せた。「どうしてそんなことをしなくてはいけないの？　それで、どんなところなの、その『グリヨンズ・ホテル』って？」

「あら、あそこはロンドンで唯一訪れる価値のあるホテルよ」ジェミマが答えた。「大使たちはみんな『グリヨンズ・ホテル』に泊まっているの。わたしも一年前に二週間ほど泊まったことがあるわ。気に入るかどうか試すためにね。けれどワンフロアを貸し切っても、わたしの世話をする人たち全員に行き渡るだけの部屋はなかったの。あなたはきっと気に入るわよ、ルーシー。今でもエジプトのものに目がないの？」

「いいえ。おかしな像やなにかは舞踏室から運び出したわ。あれだけ集めるのにけっこうお金がかかったから、夫はいい顔をしなかったけど、すべて大英博物館に寄贈したの。今では夫もご機嫌よ。博物館に夫の名前をつけた展示室ができることになったから」

「〃フェドリントン家寄贈による怪物その他の間〃ね」ジェミマは笑い声をあげた。「あなたがあの巨大な死者の神を舞踏室の扉の両脇に立たせたときは、ちょっとやりすぎだと思ったものよ」

「あの像は舞踏室に趣を与えてくれたわ」ルーシーは肩をすくめた。「それに結局は役に立ったでしょう？　わたしがハンプティとダンプティを見せると、博物館の館長は気を失いそうになったのよ。ハンプティとダンプティというのは、わたしがその像につけた名前」シルビーに向かって説明する。「とても大きな像だったの。高さ六メートルはあったわね」

「エジプトにはぜひ行ってみたいわ」とジェミマ。「そろそろ旅行にでも出ようかと思っているの」

「ひとりで？」シルビーは尋ねた。

「そうね、傘立て代わりにするためだけに夫を持つのはどうかと思うから」ジェミマは言った。「たぶん、ひとり旅になるでしょう。まあ、正直に言えば、ひとり旅というのはただの言葉の綾《あや》だけど」

ルーシーが笑った。「あなたはまだジェミマのことがわかっていないのよ、シルビー。彼女はわたしが知っている人のなかでいちばん大きな所帯を抱えているの。今、あなたつきのメイドは何人いるの？」

「三人よ。でも、それは単にわたしが気難しい人間だからにすぎないわ。ひとりの気の毒な女性にわたしの世話を頼んだら、その人に苦痛手当を払わなければならないもの」

三人はそろって笑い声をあげた。その瞬間、イングランドの弱い日差しに照らされた競馬場が、賢く感情豊かで美しい女性たちでいっぱいの楽しい場所に変わった。「わたし、イングランドが大好きよ！」シルビーはほがらかに言った。

騒がしい男たちのあいだを縫って戻ってきたメインは、レディ・フェドリントンのボックス席で笑っているシルビーを見てほっと息をついた。ありがたいことに、メインの少しがっかりした顔に彼女は気づいていない。シルビーは彼がこれまで見たことがないほど大きく笑っていた。日傘が傾いてしまうぐらいに。そのとき、向きを変えたレディ・ジェミマの横顔が見えたので、メインは納得した。何人かの口やかましい人間を除いて、彼の知り合いはみなジェミマが大好きだった。少なくともあと三〇分くらいは、シルビーをあのままにしておいてもよさそうだ。

メインはレースを控えたシャロンがいる自分の厩舎に向かった。今日のシャロンはどことなくおかしなところがあった。どうおかしいのかはっきりとは言えないが、とにかくそんな気がするのだ。シャロンはいつもどおりだと騎手は断言していたが。

〝あんまり人が多いんで、少しおびえているのかもしれませんね〟というのが厩舎長のビリーの意見だった。

だが、メインにはそうは思えなかった。うつむきかげんになって人込みのなかを厩舎に戻りかけると、誰かが彼の名前を呼ぶのが聞こえた。目を上げると妹のグリセルダがいた。その横にはジョージーが立っている。あれだけシャンパンを飲んだのに、なんともないような顔だ。きっとまだ若いからだろう。メイン自身はひどい頭痛がしていた。「お兄さま」グリセルダが明るく呼びかけた。とても機嫌がいいようだ。「わたしたちもお兄さまの馬が見たいわ。ボックス席に行く途中だったんだけど、よかったら一緒に厩舎へ連れていって」

ジョージーは少しも恥ずかしがらずにメインに微笑みかけていた。昨夜あんなことがあったのに平気なのだろうか？　いや、平気なはずはないと言うつもりはないが。

「おまえを厩舎に連れていっていいものか、わからないな」メインは妹に告げた。「おまえのドレスにはひだ飾りがたくさんついている。馬たちがおびえてしまうかもしれない」

「ばかなこと言わないで」グリセルダは日傘を振りまわした。怖がりのサラブレッドの心臓に恐怖を植えつけるに違いない仕種だ。

メインは片方の腕をグリセルダと、もう一方の腕をジョージーと組んだ。ジョージーはコルセットをつけておらず、魅力的な曲線がうかがえた。ドレスはおかしなつくりで、体本来の美しさを際立たせるには大して役立っていないように思えるダーツがあちこちに入っていたが。

ジョージーがメインを見上げてなにか言ったが、聞き取れなかったので彼女のほうに耳を寄せた。

「今朝、グリセルダがひいきにしている仕立て屋に連れていってもらったの」ジョージーは彼の耳もとでささやいた。

「きっとレイフを破産させたんだろう」彼女が興奮に目を輝かせているのを見て、うれしい気持ちになった。

「そうかもしれないわ」ジョージーがいたずらっぽく言う。「そういうどうでもいい点までは確かめなかったから、よくわからないけど」

メインはふざけてうなり声をあげた。「レイフが新婚旅行中でよかったよ。なんだったらぼくが——」そこで言葉を切った。いったいなにを考えているんだ？　ぼくが衣装代を払ってやろうと言いかけるなんて。

ジョージーはメインを見て片方の眉を吊り上げたが、三人はすでにシャロンの馬房の前に来ていた。大きな馬房のなかで、その若い牝馬はとても小さく見えた。

グリセルダは柵《さく》の上からのぞくだけで満足し、喉を鳴らす子猫をあやすように小さく舌を鳴らしてシャロンの気を引いた。シャロンはそれを無視した。一方、ジョージーは馬房の扉を開けてなかに入っていった。

「靴を汚さないで」グリセルダが叫んだ。「ほら、その馬のものが——」日傘を振って、もどかしげに言う。

ビリーが鼻を鳴らし、彼がつねに馬房内を清潔に保っていることを知らない貴婦人に無言で抗議した。ジョージーはグリセルダの言葉を無視してシャロンの横に行くと、低い声で話しかけた。シャロンが彼女の腕に顔をこすりつけ、小さくいななきはじめる。メインは馬房の壁に寄りかかり、ビリーがシャロンの頭を押さえようとするのを手で制した。

ジョージーは手袋を脱いだ手でシャロンの横腹を撫でていた。ビリーがふたたび前に出たが、メインは首を振って下がらせた。

ジョージーが目を上げてメインを見た。なにか見つけたのだ。「さわってみて」彼女は静かに言った。メインはジョージーにならって、シャロンの背骨の左側にあたる部分をそっと撫でた。シャロンの毛並みは美しく整えられていた。ビリーが何時間もかけて手入れをしたのだろう。

ジョージーはあるところで手を止めると、その手を脇にずらしてそこをメインにさわらせた。皮膚の下に小さなしこりがいくつかあった。「こいつはなんだ?」

「大したことはないわ」ジョージーは答えた。「父のところにいた厩番《うまやばん》は――」そこまで言って口ごもる。

気づくとビリーがそばに来ていて、爪の短い汚れた指で問題の箇所をさわっていた。表情は曇っている。「悪魔の実と呼ばれているやつですよ」彼は言った。「このお嬢さんが見つけてくれなきゃわからなかった。わたしにはもう、この仕事を続ける資格はありませんね」

ジョージーはビリーに向かって首を振った。「子供のころからしてきたことだから。わたしの父は馬を何頭も持っていて、わたしは一二歳になったときから彼らの健康管理を任されていたの」

「いったいどうしたらいいんだ?」メインが皮膚の上からしこりに触れても、シャロンはそれほどいやがっていないように見える。きらきら輝く湖面にさざなみが立つように、皮膚を小さく波打たせるだけで。

「とりあえずレースには出られない――」ジョージーは言いかけたが、ビリーがさえぎった。

「閣下もわかっていらした。ちょうど一時間前、シャロンは大丈夫かとお訊きになって、わたしは大丈夫だと答えたんだ。それなのに大丈夫じゃなかった」

「ほかの馬も調べたほうがいいわ」ジョージーが言った。「厩舎じゅうの馬にあっというまにうつるから」馬房の脇にかけられている馬用の毛布を顎で示す。メインの紋章と〝猛き心《クール・バイヤン》〟というフランス語が刺繍されている美しい毛布だ。

「毛布でうつるのか？」メインは尋ねた。

「あなたの紋章を毛布に刺繍するのをやめて、代わりに馬の名前を入れたほうがいいかもしれないわ。そうすれば、ほかの馬にうつらずにすむかも。でも、ブラシでもうつるから」

　メインはうなずいた。先ほど最下位でゴールした去勢馬の姿が脳裏に浮かぶ。「くそっ、どうしてわからなかったんだ」

「閣下の馬はロンドンには五頭いるだけだ」ビリーが自分に言い聞かせるように言った。

「このしこりができたのは一週間か、長くても二週間前だろう。そうでなきゃ、気づいていたはずだから。ああ、そうとも」

「きっとそうだったと思うわ」ジョージーが慰めた。「シャロンの調子が悪そうだと気づいたのは、わたしがシャロンのことをまったく知らなかったからだもの」

「残念だったわね、お兄さま」グリセルダが馬房の外の通路から声をかけてきた。「シャロンをレースに出せなくなって、さぞかしがっかりしているでしょう」

「シャロンに賭ける気でいた人たちのほうが、よほどがっかりするさ。倍率は三倍だったんだ。そろそろ、きみたちを連れてボックス席に戻ったほうがよさそうだ。シルビーが、ぼくはどうしたのかと心配しているだろうからね。ビリー、シャロンの出走を取り消しておいてくれないか?」

ビリーはうなずいた。「気づかずにいて申し訳ありませんでした、閣下」

「ぼくも同じだよ」

ジョージーは最後に一度シャロンの鼻を軽く叩いた。「治療法は見つからなかったの。治るまで放っておくしかないみたい。でも薬草風呂に入れれば少しは楽になるらしいから、あとで薬草の分量やなにかを書いて届けるわね、メイン」

ビリーはふたりの背後で馬房の扉を閉めた。自分が寛大な主人を持ったことをありがたく思いながら。伯爵の様子からは、彼がシャロンをレースで勝たせることになにより力を注いでいたとは誰も思わないだろう。健康な状態でレースに出られていたら、シャロンは間違いなく勝っていた。

「おまえをなんとしても勝たせたいと思うあまり、悪魔の実を見落としちまった」ビリーはシャロンに向かってつぶやいた。「首にされなくて、まったく運がよかったよ」

「また別のレースがあるわ」若い女性はそう言うと、扉の上から身を乗り出してシャロンの体を掻《か》いた。「この子はすばらしい馬だし、なによりレースに出たがってる。だからあなたは、本調子じゃないことに気づかなかったのよ。この子は勇敢よ。きっと体調が悪かろうがなんだろうが、心臓が破れるほどの勢いで走ったわ」

「ええ、きっとそうだったでしょうね」ビリーは少し気持ちが楽になって、女性のうしろ姿を見送った。彼女は伯爵の腕を取り、顔を見上げて話していた。そして通路の端を曲がるころには、彼を笑わせていた。

若い女性の誰もが悪魔の実や馬用の薬草風呂を知っているわけではない。男というのは間抜けなものだから、伯爵はそのことに気づいていないだろうが。

当のジョージーは馬小屋で過ごした日々が懐かしいと言って、グリセルダを驚かせていた。

「馬小屋ですって?」グリセルダは金切り声をあげてメインの腕をつかみ、いつ馬に蹴《け》られるかわかったものではないというような仕種をした。「どうして馬小屋なんかに入りたがるのか見当もつかないわ」

「馬小屋のなかは平和なにおいがするの」ジョージーは言った。「この世には悪いことなんて起こらないように思えるのよ」

メインも思わずうなずいた。「馬具や穀物やグリースのにおいだね」

「真新しいロープのにおいも。真新しいロープはいいにおいがするわ。でも、いちばん強いのは干し草のにおいね。そう、干し草と疲れた馬のにおい」

「お兄さまは昔から馬小屋にばかりいたわね」グリセルダが言った。「しまいには厩番の男の子みたいになっちゃうんじゃないかって、お母さまが心配していらしたのを覚えているわ」ジョージーに向かって微笑みかける。「兄が突然着るものに興味を持ち出したとき、母はとても喜んだのよ」

　メインは彼の地所にある大きな赤い厩舎のことを考えた。彼が子供のころに長い時間を過ごしたのはそこだった。最後にあそこで午後を過ごしてから、もう二年は経つだろう。最近はいつもロンドンにいるし、秋や冬のあいだはレイフや別の友人の地所を訪れている。今では馬を買って地所に送り、そこでトレーニングを積ませてから競馬場に送り込んでいるだけだった。だが厩舎を訪れていないわけではなく、しばしば足は運んでいる。それでも、子供のとき人生の一部だったそこは、今ではもうそうではなくなっていた。

「昔は」メインは苦笑いした。「黒猫が子猫を産んだら、その数を正確に知っていたものだった」

　ジョージーがにやりとした。「子猫ですって？　わたしなんて、うちにいた猫がつかまえたネズミの数を知っていたわ。いつも食べる前に死骸《しがい》をわたしに見せに来たから」

　グリセルダが身を震わせた。「お願いだから、詳しい話はしないでちょうだい」

13

『ヘルゲート伯爵——上流社会の夜』第八章より

親愛なる読者よ、親切にもわたしとともに過ごしてくれた愛しいご婦人たちの正体を突き止めたいという衝動を抑えるという約束を、よもやお忘れではないだろう。この一〇〇年のあいだにティターニアを演じた美しい女優を思い出して、あなたの記憶を酷使する必要はない……わたしは彼女の名前を胸に秘めておくつもりだ。死がわたしたちを、わたしたちすべてを分かつまで。

グリセルダはレイフの執事のブリンクリーが差し出したトレイの上から手紙を取った。顔に笑みが広がる。下手な脅迫は本気にはしなかった。もう二度とジョージーをからかわないと誓ったとき、ダーリントンの目には心から自分を恥じている気持ちが表れていたのだから。でも、この誘いは……。

考えてみる価値がある。

グリセルダは腰を下ろして、自分の寝室の薔薇色の壁を見つめた。もしこの恐ろしくも魅惑的な誘いに乗るとしても、そういうことはこれで最後にしよう。夫が亡くなってからの一〇年間で、彼女は二度逢《あ》い引きをし、どちらの相手とも一夜かぎりの関係を楽しんだ。とはいえ、彼らはふたりともグリセルダより年上の独身男性で、ルールを理解し、それに従ってくれた。今もいい友達でいてくれている。けれど、ダーリントンは若い。恐ろしくなるほど。

それに、わたしはもう――。

「グリッシー！」アナベルが寝室の扉から顔をのぞかせた。「一緒に上へ来て、サミュエルの相手をしてくれない？　もう少しでお昼寝から目を覚ますはずなの。あの子と遊びたいと言っていたでしょう？」

「そのいやなあだ名で呼んでいいって、いつ言ったかしら？」グリセルダは顔をしかめる真似をした。「そんなこと言われてないわ。でも、わたしはもう結婚して、あなたはわたしのお目付け役ではなくなったんだから、好きに呼ぶことにしたの」

グリセルダはダーリントンの手紙を袖のなかに押し込み、さっと立ち上がった。「サミュエルはゆうべよく寝たの？」アナベルとともに子供部屋へ向かいながら尋ねる。

「ええ、ぐっすりと。あの子は本当にいい子なの」

グリセルダは心から同意した。この年になって、ふいに子供が欲しくてたまらなくなっていた。そのためなら喜んで夫を持つつもりだ。

だから……。彼女はその考えを頭から振り払った。ふたりが近づいてくるのを見て、サミュエルが喜びの声をあげたからだ。

「さあ」アナベルが笑って言った。「いたずらっ子を抱いてあげて」サミュエルは丸々とした足を蹴り上げ、愛らしく無邪気な笑みを浮かべている。

グリセルダは赤ん坊を抱き上げた。そのとたん袖口から手紙が滑り落ちたが気づかなかった。サミュエルをあやし、体をくすぐって、自分がとびきり重要な人間であることを彼にわからせようと必死になるあまり。

だからサミュエルがぐずり出し、グリセルダのことは好きだが、お乳を出してくれるのは彼女ではないと指摘しはじめてから、ようやくうしろを振り返った。するとアナベルが揺り椅子に腰を下ろし、笑みを浮かべてグリセルダを見ていた。息子の顔に浮かんでいた笑みとは、まったく異なる笑みを。

「グリセルダ?」アナベルは歌うように言って、手にした便箋を振った。

グリセルダはアナベルの膝の上にサミュエルを下ろし、手紙につかみかかった。「返して!」

「『グリヨンズ・ホテル』」アナベルは声をあげて笑った。「わたしの評判が痛ましい死をとげたところね。ねえ、わたしの記憶が正しければ、あのホテルは淑女が足を踏み入れるところではないんじゃなかった? 確か、こう言っていたわよね。〝あんなところ、わたしは一度も入ったことがないのよ!〟って」グリセルダの声音を真似て言う。

「イモジェンのせいでそうせざるをえなくなるまで、あんなところに入ったことはなかったわ」グリセルダは手紙を破いて暖炉の火に投げ入れた。

アナベルは向かい側の椅子を指し示した。「そこにお座りになって、自由奔放な未亡人さん。いったい誰があなたに『グリヨンズ・ホテル』に来るよう頼んでいるのか、教えてちょうだい。そのダーリントンというのは――」そこで声をつまらせる。「ダーリントンね！」

グリセルダは優雅とは言えない動きで椅子に腰を下ろした。「そのとおりよ」

「でも、彼に意地悪をやめさせるためにあなたの貞操を犠牲にしろなんて、誰も言っていないのよ」アナベルは言った。「まあ、グリセルダ、シルビーが彼を誘惑するように言ったのをそんなふうに受け取ったの？　彼女はただ相手の気を引いて、考えを変えさせようと言っただけなのよ」

アナベルのおびえた顔を見て、グリセルダは思わず微笑んだ。「そんなことはわかっているわ。ただダーリントンが……」

「あなたを脅迫しているのね。なんてひどい男！」アナベルの目が険しくなった。「彼はあなたを脅迫しているだけじゃないわ、グリセルダ。わたしたちみんなを脅迫しているのよ。〝道徳心が薄れつつある〟というのはそういうことでしょ？　あなたを脅してホテルに来させ、関係を持とうとしているんだわ。レイフは新婚旅行中でロンドンにはいないけど、わたしの夫がダーリントンを叩きのめすし、フェルトンお義兄さまが彼を経済的に破滅させてくれるわ」彼女は授乳中にもかかわらず、勢いよく椅子から立ち上がった。ダーリントンを今にも破滅に追い込もうとしているように見える。

「じゃあ、ホテルには行くべきじゃないと思うのね？」

アナベルは大きくあえいだ。「そんなこと考えるまでもないじゃない！　絶対にだめよ、グリセルダ。わたしたちの誰ひとりとして、あなたにそんな犠牲を払ってほしいとは思っていないわ。ジョージーもよ。このことを知ったら、ジョージーはそれだけで気分が悪くなるでしょうね。あつかましいにもほどがあるわ。まったく小さな男よ」

「小さな男とは思えないけど」グリセルダは言った。「少なくとも彼はレイフと同じぐらい背が高いわ」

「そういう意味では——」アナベルはそこで言葉を切った。「グリセルダ・ウィロビー」ゆっくりした口調で言う。「いったいどうなっているのか教えてもらえる？」

「まあ、あなたは結婚している女性だものね」

「まさしくそのとおりよ」アナベルはふわふわの毛が生えた息子の頭にキスをした。「それで？」片方の眉を吊り上げる。

グリセルダはアナベルの視線を避けて自分の足首に目を落とした。足首はとても美しい長靴下に包まれている。「この長靴下、とてもきれいだと思わない？」グリセルダはドレスの裾を少し引き上げ、片方の足首を宙でまわしてみせた。薄いシルクが脚をカナリア諸島産のワインのような金色に輝かせている。

「グリセルダ」アナベルが警告の声を出した。

「彼の誘いに乗ってみようかと思っているの」グリセルダはアナベルの表情をそっとうかが

い、彼女が驚いた顔をするかどうか見きわめようとした。

だが、アナベルは驚いた顔をしなかった。むしろ興味をそそられた顔をしている。「ジョージーのこととは関係なく？」

グリセルダはうなずいた。「もう二度とジョージーのことをあれこれ言わないとダーリントンは約束してくれたの。わたしは彼を信じるわ。自分はいやな男だとようやく気づいたみたいな顔をしていたもの」

「どうしてそのいやな男と情事を持とうなんて思うの？」

グリセルダは笑った。「どうやらあなたは結婚した今でも、うぶなままのようね」

「わたしは昔からうぶなんかじゃなかったわ」アナベルはサミュエルをすばやくもう片方の胸に移した。「きっとダーリントンにはなにか——魅力的なところがあるのね」

グリセルダは微笑んだ。

「そういうわけなら、あなたが『グリヨンズ・ホテル』でお楽しみのあいだ、わたしがジョージーの相手をしているわ」

「わたし、彼には年を取りすぎているんじゃないかしら」

「彼は年下すぎるっていうの？　どうしてそれがいけないの？」

「彼はせいぜい二四というところよ」

「そんなの関係ないでしょう。どれだけ多くの男性が二〇も年の離れた女性と結婚しているか、考えてもみてよ」

「この手の過ちはこれで最後にするつもりなの」グリセルダは言った。

「わかっているわ。そろそろあなたも結婚して、あなたのサミュエルを産まなければならないものね」サミュエルが大きなげっぷをした。アナベルは立ち上がり、彼をグリセルダの腕に抱かせた。

「そうかもしれないわ」グリセルダはつぶやいた。

「あなたは生まれながらの母親よ。もちろん結婚して子供を産まなきゃ。ダーリントンとの結婚はありうるの？」

「まさか！　言ったでしょう、彼は三〇にもなっていないって。そんな年齢の男性と結婚なんてできないわ。ダンスはできるかもしれないし――」

「ホテルで会うこともできるけど」アナベルが口を挟んだ。彼女はふたたび椅子におさまり、グリセルダが眠そうなサミュエルを胸に抱くのを見守っていた。

「ホテルになんて行けないわ」グリセルダは驚き、ささやくように言った。

「ほかの過ちのお相手とはどこで会っていたの？」

「わたしは自分のタウンハウスに住んでいたもの」

「わたしたちのお目付け役になったせいで、あなたの私生活が台なしになっちゃったの？」

「いいえ、そんな！　わたしはすばらしい経験をさせてもらっているのよ。あなたたちが現れて、レイフにお目付け役を頼まれるようになる前の人生は……つまらないものだったと思うの。あなたたちが恋に落ちていく様子は見ていて楽しかったわ。きっとジョージーもぴったりのお相手を見つけるでしょうし」

「誰か結婚したい相手がいるの？」

グリセルダは首を横に振った。「それについてはいずれ真剣に考えるつもりだけど、まずは……」しだいに声が小さくなり、ついには消えた。

「結婚前に最後の過ちを犯さなきゃ！」アナベルはけらけら笑った。

「やめてちょうだい！　自分がとんでもない尻軽女になったみたいな気がするわ」

「待って！　わたし、ダーリントンがどの人かようやくわかった気がするの！　金髪で頬がこけていて——放蕩《ほうとう》者を絵に描いたような男でしょう？　グリセルダったら！」グリセルダがあまりにもやましそうな顔をしたので、アナベルは笑いすぎて息が苦しくなった。「あなたの言うとおりだわ。あの人はとびきり魅力的で——なににも縛られていない感じがする。まさに『グリヨンズ・ホテル』で会うのにぴったりの男性よ」

14

『ヘルゲート伯爵——上流社会の夜』第一四章より

親愛なる読者よ、そのころのわたしは肉体的にはまだ若いものの、性的な快楽を得ることに飽きはじめ、快感を得る能力自体も衰えはじめていた。わたしはどこにもないものを強く求めるようになっていた。それまでに経験したどんな感情よりも、やさしくて甘い感情を。だが、ああ、なんということだろう。そうした感情を見つける代わりに……ひとりの若い貴婦人を見つけてしまった。彼女のことはヘレナと呼ぶことにしよう……親愛なる読者よ、あなたはもうわたしの妙な癖に気づかれただろうか？　わたしがこの回想録に登場するご婦人たちになぜそうした仮名をつけてきたのか、おわかりだろうか？

エリオット・ガバナー・サーマンはつらい一週間を送っていた。『コンベント』で午前二時まで待ったのに、ダーリントンもワイズリーもベリックも姿を現さなかった。サーマンは友達だと思っていた三人の男を一度に失ったのだ。

『コンベント』にはその三人以外で友人だと信じていた男たちが何人かいたが、ダーリントトンが来ないとわかるや、彼らはサーマンによそよそしい態度をとった。午前零時になるころには、サーマンはダーリントンの辛辣な言葉やベリックの機知、ワイズリーが難しい顔で打つ相槌《あいづち》がなければ、自分はなんの価値もないことに気づいていた。友人と思っていた男たちにとって、彼は金蔓以外のなにものでもなかったのだ。

ダーリントンが妻を見つけられないことをサーマンは心から願った。ダーリントンと結婚したがる女などいるはずがない。自分の金がまったくないうえに、あれほど辛辣な口をきくのだから。

サーマンは家のなかを暗い気持ちで歩きまわりながら思った。もうダーリントンの仲間ではないとわかったら、どこからも招待されなくなるのだろうか？　今さら上流社会から締め出されるなんてたまらない。ダーリントンのそばにいられないなら、舞踏会に出ても楽しくなくなるかもしれないが。舞踏室で飛び交うゴシップのなかで、いちばんおもしろいものを聞けなくなるのだから。

部屋から部屋へと歩きながら、これからどうしようかと考えた。『コンベント』ではひどくみじめな気持ちになった。サーマンは静寂を求める男でもなければ、ひとり物思いにふけるのが好きな男でもない。大声で笑ってテーブルを叩き、仲間の酒のお代わりを注文して、代金を快く払ってやるのが好きなのだ。

結局、明日のレディ・マクロー主催の舞踏会には行かなければならないと心を決めた。ダーリントンが来るかもしれない。自分だけが家にいて、傷ついていると彼に思われるのはごめんだ。そうとも、マクロー家の舞踏会に行って――サーマンは暖炉の上の鏡に映る自分の首筋に手をやった――〝スコットランド産ソーセージ〟を見つけるとしよう。

ダーリントンがぼくを捨てたのはあの女のせいだ。彼が道徳に目覚め、二度と『コンベント』で楽しく過ごす気をなくしたのはあいつのせいなのだ。

あとでダーリントンに話すためにやるのではない。自分自身のためにやるのだ。ぼくが彼と同じぐらい頭がいいことを証明してやる。とびきり機知に富むことをしてやってもいい。ぼくに求愛されていると〝ソーセージ〟に思わせるとか。そんな気持ちの悪いことをする気にはなれないが。でも、多少のお世辞を言って喜ばせるぐらいはできるだろう。なんならキスをしてやってもいい。そうすれば、あいつはうっとりした目でぼくを見て、とうとう自分に求愛する男が現れたと思うはずだ。そうしたら冷たく振ってやる。そのあと『コンベント』に行って仲間をつくり、ぼくがやってのけたことをおもしろおかしく話してやろう。

〝ソーセージ〟の丸々した頬が、キスされた喜びで震えるのが目に見える気がした。もしかしたら、今ごろ彼女はハイドパークにいるかもしれない。だとしたら、すぐに求愛を始められる。

「クーパー！」サーマンは声を張り上げた。

召使いがサーマンの寝室から駆け出してきた。

「公園に行く。馬車を用意してくれ。ベストは暗褐色のやつにする。上着は赤だ」

クーパーは口を開きかけたが、サーマンの目を見てそのまま閉じた。サーマンは色合わせについての講釈を聞く気分ではなかった。ダーリントンはいつもカジュアルな雰囲気のセンスがいい服を身につけているが、その色合わせはクーパーが選ぶものほど保守的でないことが多い。これからサーマンは上流社会のリーダーになろうというのだから、自分のスタイルを確立しなければならない。

乱暴な手つきでクラバットを結び、糊の利いていたそれをくしゃくしゃにしたところで、ようやくサーマンは自分がどうすればいいかに気づいた。

ダーリントンに取って代わるのだ。

彼は引退した。意気地のない女々しい男に変わってしまったのだ。

サーマンは気おくれしたりしなかった。これからも決してしないだろう。あまりにも長いあいだダーリントンの陰に隠れていたせいで、ぼくがその気になればいくらでも賢くなれることをみんなわかっていないのだ。それは『コンベント』での様子を見てもはっきりしている。気の利いたことを言えるのはダーリントンだけだと誰もが思っていた。

それは大きな間違いだ。

〝ゾーセージ〟かほかの誰かを利用して、そのことをみんなにわからせてやればいい。簡単なことだ。

15

『ヘルゲート伯爵——上流社会の夜』第一四章より

あなたは教養があり、博識で、あらゆる面において賞賛に値する方なのだろう……。わたしは大切な女性たちのひとりひとりに、比類なきシェイクスピアの最も愛されている戯曲の登場人物の名前を与えてきた。この回想録のように、夢のごとく美しい女性たちが登場する戯曲だ……。シェイクスピアが書いたその戯曲は『真夏の夜の夢』という。それなら、不肖ながらわたしがこうして書いているものは『真夏の夜の情事』とでも言えるだろうか……。

『グリヨンズ・ホテル』の最上級のスイートには、大きなベッドが一台と何脚もの椅子やソファがちょうどいい具合に配置されていた。背もたれの硬い椅子は一脚もなかった。ダーリントンは室内を歩きまわり、大理石の炉棚に触れて埃が積もっていないことを確かめた。『グリヨンズ・ホテル』は彼が育ったベッドロック邸とは大違いだった。ベッドロック邸はピンクがかった金色の石でできており、丘の上に立っていたので、夏になると家じゅうの窓ガラスが日差しを浴びて褐色に輝き、まるでイタリアのトスカーナ地方の丘陵に立つ茶色い石づくりの家のように見えた。ふたりの兄と駆けまわっていた日々を思い出すとつらくなった。あのころのダーリントンは、なにひとつ自分のものにはならず、すべて兄のマイケルのものになるとは知らずにいた。

子供のときは、おまえは長兄に万が一のことがあったときのための保険にすぎないとは教えてもらえない。地所を自由に駆けまわれるし、厩舎や林にも好きに出入りさせてもらえる。だが、その林が自分のものになることはない。木の一本すら自分のものにはならないのだ。

与えられる選択肢はふたつある。軍隊に入って人々を殺すか、聖職について人々を埋めるか。いや、もうひとつ。自分で生計を立てる手段を見つけて、少なくとも家族の目から見れば一族の名誉を傷つけるという道がある。

家族に認めてもらえる道に進まなかったのは失敗だった。それどころか、ダーリントンは何年ものあいだ家族を怒らせる道を選んでしまった。父は彼を商売の世界に入らせようとは思っていなかったが、誰も――そう、誰ひとりとして――なにもしなければ収入は得られないと気づいていないようだった。

ダーリントンはその考えを頭から振り払った。

家族が認める道がどういうものかはわかっている。昔からそうだった。身売りだ。金のある相手との持参金目当ての結婚。

殺すか、埋めるか、寝るか。

本当のところ、選択肢などないに等しいのかもしれない。

グリセルダは約束の時間にかなり遅れていたので、彼女はもう来ないのではないかとダーリントンは思った。せっかく取ったスイートが無駄になると。しかし午後一一時を過ぎたころ、部屋の扉をそっと叩く音がした。だらしなく椅子に腰かけていたダーリントンは、弾《はじ》かれたように立ち上がった。ホテルの従業員が、厚いベールで顔を隠した女性を部屋のなかに導き入れて立ち去った。

ダーリントンの胸は躍った。彼は笑いながら彼女のほうに近づいた。「そのベールの下にどなたかいらっしゃるんですか？」

「あら、とんでもない」取り澄ました声がした。「わたし以外には誰もいないわ」

「そして、あなたはシャロット姫の幽霊ですね？」ダーリントンはベールを上げたが、その下からは別のベールが現れた。

「シャロット姫って、裸で馬を走らせた人？」グリセルダは三枚目のベールを顔からはねのけて言った。

「それはレディ・ゴディバです」ダーリントンは微笑みかけた。ミサに来た罪人《つみびと》を迎える聖職者のように嬉々《きき》として、グリセルダの両手を握りしめる。「もしあなたが望むなら、わたしは喜んであなたの馬になりますよ」

グリセルダが一瞬にしてその冗談を理解したことが、ダーリントンにはわかった。目が大きく見開かれたからだ。そのあと彼女はいたずらっぽく笑った。「これだけは覚えておいていただきたいんだけど、わたしは品行方正な未亡人なのよ」厳しい口調で言う。「わたしに対してそんな口をきく人はいないわ」

「今夜のあなたは未亡人ではありません」グリセルダは彼から離れて室内を歩きまわっていた。ダーリントンは彼女のうしろに行き、その体を抱きしめた。

「そうなの？」グリセルダの髪は黄桃のような色をした優雅な巻き毛で、淑女らしく上品に結い上げられていた。何枚もベールをかぶっていたにもかかわらず、少しも乱れていない。

ダーリントンは彼女の耳を軽く嚙んだ。「そうですとも」耳もとでささやく。「あなたはレディ・ゴディバです。偶然、ぼくの部屋に迷い込んだ」

グリセルダはじっとしていた。彼女は空想の世界を楽しむ女性なのか、ひどく常識的な女性なのか、ダーリントンにはわからなかった。

「わたしはなにをするの？　殿方の寝室に迷い込んだあと」グリセルダが尋ねた。ダーリントンの心臓が早鐘を打ちはじめた。彼女の声が好奇心に満ちていたからだ。

ダーリントンはグリセルダの肩に置いていた手を下ろし、マントの前を留めていた紐をすばやくほどいた。彼女の肩からマントを取って言う。「もちろん服をなくすんです」

グリセルダは振り返り、彼に微笑みかけた。まるで美しい磁器の羊飼い女がふいに命を得て微笑んでいるみたいだ。「どうしてそんなことになるの？」彼女はテーブルの前に足を運んだ。その上には冷たく湿ったクロスにくるまれたシャンパンのボトルが置いてあった。

「いいこと、ダーリントン、わたしはめったに服をなくさないのよ」

彼もテーブルの前に行き、シャンパンを注いだ。「そんなことはよくわかっています」そう言って、グリセルダにグラスを渡す。

「こういうことをするのは三度目なの」彼女はダーリントンが自分のグラスを手にするのを待って言った。「そしてこれで最後にするわ」

彼は片方の眉を吊り上げた。

「結婚することにしたの」

ふたりは互いに誘いかけるような笑みではなく、戦闘前夜の兵士が仲間に対して向けるような悲しげな笑みを交わした。「ぼくもです」

「あなたは結婚しなくちゃいけないわ」グリセルダはシャンパンを飲んだ。彼のことを心配するのが楽しくてたまらないようだ。

ダーリントンは身をかがめて、彼女の唇にキスをした。「あなたもですよ」

「あら、そう?」完璧なカーブを描く眉が、片方だけ勢いよく跳ね上がる。

「ご主人が亡くなって、もう一〇年になるんでしょう? それなのに、レディ・ゴディバはまだ三回しか脇道にそれていないんですか?」

「そして、つねに一夜かぎりよ」グリセルダは告げた。「それは曲げられないルールなの。最初にはっきりさせておいたほうが誰にとってもいいでしょう」

「一夜かぎりか」失望のあまり、床にがっくりと膝をつきそうになった。たったそれだけで、あとは結婚相手を見つけるための活動を始めなければならないとは。しかし今、ダーリントンが彼女に抱いている欲望の前では、そんなことはなんでもなかった。

グリセルダが室内を見まわした。彼は自分のルールを言い渡すことにした。「ぼくは結婚したことはありませんが、この手のことは上掛けの下で行われるものだと聞いています」

「そのとおりよ」グリセルダの表情からは、彼女の結婚生活がどんなものだったのかをうかがい知ることはできなかった。

「貴族同士の情事も、そのように活発さに欠けたものになることが多いんでしょうね」

「重きを置く人がいるのかしら……活発さに」

「いますよ。今夜、レディ・ゴディバは開けた場所で馬に乗るんです」その言葉の意味を彼女にわからせようと、ダーリントンは上着を脱いで脇に放り投げ、シャツも同じようにした。

自分は女性にとって魅力的な男だとダーリントンにはわかっていた。確かに女性経験は多いとは言えない。酒場で無料で男に身を任せるような女と関係を持つのはごめんだし、商売女を買う金も持っていなければ、彼が結婚を申し込めるはずもない処女を誘うだけの勇気もなかった。だからといって、ダーリントンの姿を追う女たちの目や、彼の体に興味津々の表情に気づいていないわけではない。

グリセルダのまなざしはダーリントンの胸に注がれていたが、彼女がなにを考えているのかはわからなかった。

「一夜かぎりのことにするなら」彼は静かな声で言った。「レディ・ゴディバは早く馬に乗りはじめたほうがいいと思いませんか？」

だが、グリセルダはせかされて急ぐような女ではなかった。

ダーリントンは彼女の髪を留めているピンを一本ずつ抜いていき、驚きの発見をした。長い巻き毛は女性の財産であり美しさの象徴ともされるが、グリセルダの巻き毛は本物ではなかったのだ。肩の上に流れ落ちた髪は一本一本が絹糸のように張りがあり、まっすぐで、先のほうだけが美しくカールしていた。

「こんなの初めて見ましたよ」ダーリントンは彼女の髪を引っ張って放し、いったん伸びた毛先がふたたび完璧なカールを描くのを驚きの目で見つめた。

「メイドが巻いてくれたの」

「どうやって?」ダーリントンはすっかり魅了され、細かい点まで知りたくなった。「あなたは風呂あがりのほてった体で、裸のまま立っていたんですか?」

グリセルダは笑い声をあげた。「わたしは座っていて、ちゃんとドレッシングガウンを着ていたわ。メイドはうしろで熱したこてを使って髪を巻いてくれたのよ」

「今夜はぼくがあなたのメイドになります」ダーリントンは時間をかけて彼女のドレスを脱がせ、コルセットの紐をほどくと、最後にシュミーズを脱がせた。

グリセルダはランプの火を細くしてくれと言うに違いない。

しかし彼女はなにも言わず、ランプのほうを見ようともしなかった。服を脱いだグリセルダは桃のように熟れていて、おいしそうだった。胸はダーリントンの手からあふれるほど豊かで、彼は思わず声をあげて笑いそうになったが、すぐにそれまで感じたことのない強烈な欲望に襲われて笑うどころではなくなった。

毛先がカールした長い髪に、ダーリントンは夢中になった。その髪をグリセルダの胸に垂らし、彼女を鏡の前に連れていく。鏡のなかには、クリーム色の肌に艶やかな髪をした美しい女性と、金色に輝く肌のたくましい男性が映っていた。「ぼくたちはまるで――」彼はそう言いかけて咳払いした。

グリセルダはダーリントンの肩に頭を預け、鏡のなかの彼を見つめた。

「女性は裸になるのを恐れるものだと思っていました」ダーリントンは彼女のうなじにキスする合間に言った。

「わたしは昔から自分の姿を見るのが好きだったの」グリセルダは鏡に映る自分の体に置かれた彼の手を見つめた。「あなたの姿を見るのも好きよ」

ダーリントンはグリセルダのウエストからヒップへと手を這わせた。彼の熱心な表情がグリセルダは気に入った。

「ウィロビーは鏡が好きじゃなかったの」

「そうですか」ダーリントンは言った。ちゃんと聞いていなかったのは明らかだ。彼の手はゆっくりとグリセルダの体の上を動いている。

「結婚初夜はひどいものだったわ」

ダーリントンが目を上げた。

「ふたりとも経験がまったくなかったの」グリセルダは笑った。初夜のことを誰かに話すのは初めてだ。とてつもなく自由になった気がした。

「お気の毒に。ご主人は一度も経験がなかったんですか?」

彼女はうなずいた。「わたしの知るかぎりではね」

「どんな具合だったんです?」

「うまくいかなかったのよ。まったく。彼のおなかが邪魔になって、ふたりともしらけてしまったわ。彼はその——つまり、二度とその気になれなかったの」

「かわいそうに!」ダーリントンの声には恐怖がにじんでいた。

「何日かあとにまた挑戦して、そのときはうまくいったわ」ダーリントンは美しい。若くたくましい種馬みたいな男。グリセルダがこれまでに関係を持ったふたりは、どちらも四〇代の慎重な男性で、上掛けの下にそっと入ってきて巧みな手つきで彼女を楽しませてくれた。

ダーリントンは彼らとは違う。グリセルダはもっとよく見ようと向きを変え、彼の腰のくぼみや引きしまったヒップ、金色に輝く肌にすっかり心を奪われた。

「あなたはいつもこんなふうにしているの?」

「こんなふうって?」

「裸でいるということよ。女性といるときはいつもそうなの?」

ダーリントンは片方の眉を吊り上げた。「ぼくがベストも着ずに舞踏室から舞踏室へとさまよっているところを見たんですか?」

「そんなわけないでしょう。わたしが言っているのは、女の人と親密な行為に及んでいるときということよ」

「ああ、なるほど」ダーリントンはグリセルダを抱き寄せた。肌と肌が触れ合い、衝撃が走った。「ぼくは女性と親密な行為に及んだことはほとんどありません。本当です」

「そうなの?」グリセルダは驚き、目をぱちくりさせて彼を見た。

ダーリントンはうなずいた。彼の両手に背中を撫でおろされ、グリセルダは自分がとても魅力的で……女らしくなった気がした。

「どうして?」

彼の手がグリセルダの体から離れた。ダーリントンは向きを変え、自分のグラスを手に取った。「ぼくには特別扱いを受けるための金もなければ、過ちを犯せるだけの収入もありません……どうして女性と親密な関係になれるというんです?」

ロンドンにいる人間の半数に卑劣な男だと思われているダーリントンには、どうやら倫理規定があるようだ。

「この部屋の料金はどうやって払ったの?」

彼は振り返った。「ばかみたいに金をつかってですよ。誰だって、家庭に縛られた奴隷になる前に、一度ぐらい愚かなことをしてもいいでしょう?」

「家庭に縛られた奴隷ですって?」

ダーリントンはシャンパンを飲み干した。「結婚生活をほかにどう言い表せますか?」

「伴侶を持つこと」グリセルダはアナベルやテス、イモジェンの結婚について考えた。「情熱を抱き、友情を育《はぐく》み、愛し合うこと」最後につけ加える。「子供を育てること」

「あなたは楽天家ですね。ぼくは結婚とは信用取引だと思っています。結婚相手に提供できるのはベッドにおける技術ぐらいだ。そのことを父は早くからぼくにわからせていた。そういう状況だったから、衝動に任せて女性と親密な関係を結ぶわけにはいかなかったんです」

「あなたの結婚と深いかかわりのある技術を磨くことになるものね」グリセルダはシャンパンを飲み、彼のすらりと長い腿をじろじろ見てしまわないよう気をつけた。

「技術をそこなうことになる、ですよ」ダーリントンが訂正した。「でも、どうやらようやく自分が臆病者であることを認めて、自らの運命を受け入れられる年齢になったようです」

グリセルダは自分の柔らかな髪を背中に感じながら彼に近づいた。ダーリントンは背を向けていたので、両手を広げて彼のたくましい背中にあて、上のほうに滑らせた。ダーリントンは身を震わせたが、なにも言わなかった。

「結婚をずいぶん悲観的にとらえているのね」グリセルダは彼の両肩をつかんだ。

「現実はときにつまらないものですよ」

「今夜は違うわ」そう言うと、彼女はダーリントンにぴたりと身を寄せた。彼が大きく息を吸い込むのが体に伝わってきた。

「ぼくたちは結婚とはかけ離れた領域にいる」

「わたしは情熱的な結婚だってあると思うわ」

「どうか、そんなつまらない考えは捨ててください」ダーリントンがくるりと振り返った。

そして両手を動かして……グリセルダの頭からあらゆる考えを一瞬にして消し去った。

それから一時間後、グリセルダは疲れ果てながらも深く満たされていた。「もう帰らないと」もう一度ベッドに倒れ込みたくなる気持ちと闘いながら言う。身をかがめてダーリントンのドレッシングガウンを拾おうとしたが、彼がせがむような低いうなり声を洩らしたので手を止めた。するとダーリントンは、ふたたび両腕を彼女の体に巻きつけた。

彼が高ぶっているのがグリセルダにも感じられ、それに反応して全身の血が大きな音を奏でながら駆けめぐりはじめた。彼女はぼうっとした頭で、過去の経験と今夜のことはまったく違うと気づいていた。これまでの男たちは礼儀正しいやり方で一度体を重ね、互いに満足できるようにすることにしか興味を示さなかった。

「だめよ――」グリセルダはあえいだ。

「レディ・ゴディバ」ダーリントンが耳もとでささやいた。「ぼくにのるんだ」彼は軽々とグリセルダを抱き上げると、そのまま部屋を横切って彼女を床に下ろし、自分は大きな肘掛け椅子に腰を下ろした。満面の笑みを浮かべ、よこしまな罪深い喜びに顔を輝かせている。

「ベッドに戻ったほうがいいんじゃない？」

「ベッド？」ダーリントンは笑った。「ぼくは開けた場所であなたと愛を交わしたい」

グリセルダは頬が赤らむのを感じた。ダーリントンは彼女を自分のほうに引き寄せ、姿勢を低くさせた。おかしなやり方だった。彼は手をグリセルダの脚のあいだに差し入れて動きを止めた。「あなたを見ていたい」甘い声で言う。「あなたはまぶたを半ば閉じているが、完全には閉じていない。気づいていたかい？　あなたが速く息をすると、それに合わせて胸も動く。あなたの頬はピンク色だ」そう言うあいだも、ダーリントンの指は彼女の脚のあいだで巧みに躍っていた。

「チャールズ」グリセルダはむせび泣いた。するとようやく、ダーリントンは彼女がもたれかかるのを許した。そして話すのをやめ、喉の奥でかすれた声を洩らした。

どうやって彼にのればいいのか、グリセルダには本能的にわかっていた。たぶん、レディ・ゴディバには必要に応じて自然と身につく技術なのだろう。気づくと彼女は髪がダーリントンの膝につくまで大きく上体をのけぞらせ、笑い声をあげていた。

ダーリントンはもう笑っていなかった。顔をこわばらせ、歯を嚙みしめている。「ああ、なんてことだ、あなたは――」そのあとの言葉はどこかに消えた。彼はグリセルダの胸を両手で包むことに意識を集中したが、やがて我慢できなくなり、薔薇色の乳首に親指を走らせた。グリセルダが半ばまぶたを閉じ、ダーリントンはふいに自分もレースに加わって、激しく腰を突き上げはじめた。

次の瞬間、グリセルダは叫び、ダーリントンの腕のなかに倒れ込んだ。彼は汗ばんだ愛しい背中をきつく抱きしめ、彼のレディを両腕で包み込んで、彼女が自分のもとから走り去ってしまわないようにした。

16

『ヘルゲート伯爵——上流社会の夜』第一四章より
ヘレナに会ったとき——親愛なる読者よ、それはオールマックス社交場の舞踏室でのことだった——わたしの情熱の日々は終わったと思った。つまり、結婚しようと思ったのだ。結婚は惰性となった古い情熱や、舞踏室の四方にひとりずつ昔の恋人がいるのを見てうんざりすることとは対極にあるものなのだから。
そう！　わたしはそこまで堕落していたのだ……。

舞踏会を大成功に導くにはなにが必要か、レディ・マクローには正確にわかっていた。ひとつの天才的な思いつきだ。数年前、彼女はバイロン卿を招いて、お得意の愛の詩を朗読してもらい、その年いちばんの話題をさらった。あとになって妹にも自慢したのだが、バイロン卿の朗読を聞こうとロンドンじゅうの奔放な女性たちがひとり残らずやってきて、客たち全員を喜ばせたのだ。紳士には彼女たちにいい思いをさせてもらえるのではないかと期待させ、貴婦人には噂の種にできそうな人物が来ていると気づかせることで。

今宵《こよい》、レディ・マクローはおもしろいパーティーを主催する第一人者として自分の地位が確立されることを確信していた。「まだよくわからないんだが、ヘンリエッタ」彼女の夫が苛立たしげに言った。これで四〇回目になるが、ヘンリエッタ・マクローは自分に言い聞かせた。もしわたしが運よくこの人よりもおもしろい夫を持てていたら、今夜のように想像力に富むパーティーを開くことはなかっただろう。フレディーがフレディーでなければ、ふたりで家にいるときでもなにか共通の話題があり、わたしが自分の時間の大半を奇想天外なパーティーを夢見て過ごすこともなかっただろうから。

「仮面よ、あなた」ヘンリエッタは繰り返した。「到着したお客に召使いが仮面を渡して、全員がそれをつけなければならないの。それがうちに入るにあたっての条件というわけ」

フレディーがなおも当惑した顔をしていたので、彼女はさらに説明した。「オールマックス社交場に入るときには半ズボン《ブリーチズ》をはかなければならないのと一緒よ。あそこにはブリーチズをはいていないと入れないでしょう?」

「ヨーク公はどうするんだ?」ときにフレディーはいい点をついてくることがある。「王族公爵に言えるはずがないだろう。仮面をつけていただけないのなら、お帰りくださいなんて」

「もしかすると、ヨーク公はいらっしゃらないんじゃないかしら」

「今日、彼に会った」フレディーは低くうなって靴下留めを直した。「おまえが開いたいつかの舞踏会はとてもすばらしかったから、今夜も絶対に顔を出すとおっしゃっていたぞ」

「バイロン卿を呼んだのはいいアイデアだったわ」ヘンリエッタは自画自賛してうなずいた。

「それのことじゃない。雉《きじ》料理を出した去年の舞踏会のことだ。うちの料理人は天才だよ」

「あれもいいアイデアだったわね」ヘンリエッタは言った。王族公爵を食べ物で釣れるのならば、喜んでそうするつもりだった。「あなたも仮面をつけるのよ、フレディー」

「なにをつけるって？」

「仮面よ！」

「ああ。わかったよ」

新たに訪れた結婚の危機をどうにか免れ、ヘンリエッタは階下をすばやく見てまわった。黒いシルク（男性用）と薔薇色のシルク（女性用）でつくられた仮面が、玄関ホールに何百枚も用意されていた。蠟燭《ろうそく》には火が灯されて、その傍らには蠟燭をすぐに補充できるよう召使いが立っている。シャンパンのボトルが三〇〇本、冷たい水の入った桶《おけ》に無造作に突っ込まれていた。準備は万端だ。屋敷内はかすかにざわついていた。もうすぐ満潮を迎え、海水があふれんばかりになる直前の海岸の潮だまりのように。

やがて、ふいにすべてが始まった。玄関のほうから、興奮した口調で話すミットフォード伯爵夫人の甲高い声が聞こえてきた。それから一時間もしないうちに、屋敷の前にはいくつもの馬車の列ができていた。執事は見事なまでに断固とした態度を貫き、顔に仮面をつけるまでは誰ひとりとして奥に通さなかった。客たちは屋敷に入って誰もが仮面をつけているのを見るやいなや、それによって起こるかもしれない出来事に気づき、文句を言わなくなった。

お目付け役を務める女性たちは警戒して顔をこわばらせたが、すでに手遅れだった。娘たちはレースをしたくてうずうずしている若い競走犬のように、前へ出ようとした。母親たちは娘の腕をつかみ、小声で指示を与えたが、当の娘たちはみな、今夜はルールなどあってないようなものだとわかっていた。仮面をつけてさえいればワルツを踊れる。相手も仮面をつけていれば、ここにいるなかでいちばんの放蕩者とも踊れるのだ。誰と踊っているのかわからないのに、自分の行動に責任を持つことなどできるだろうか？　とはいえ、彼は最も美しい女性のもとに現れるだろうと誰もが感じていた。

妻たちは頭を高く上げて左右にいたずらっぽい視線を走らせ、愛人の姿を探した。夫たちは今夜ばかりは表情から自分の手がばれることはないと考えてカードルームに急ぐか、ゆっくりした足取りでふたつある舞踏室のどちらかに向かい、若いころ夜をともにしたかつての恋人の面影を探した。

元〝スコットランド産ソーセージ〟ことミス・ジョセフィーン・エセックスほど、仮面をつけるという今夜の趣向を喜んだ者はいなかった。

ジョージーは瞬きひとつせずに、着ていたマントを召使いに渡した。このひと月というもの、彼女は自分の体形を隠してくれ、安らぎを与えてくれるマントを体から引き剝がすようにして脱いでいた。それほど体つきを気にしていたのだ。けれども今日の午後、マダム・ロックの店から一着目のイブニングドレスが届いていて、今はそれを着ていた。コルセットの形に合わせて縫われているのではなく、彼女自身の体の線に沿うようにつくられたドレスだ。

深い青紫色で、デビューしたての娘のドレスとしては少し色が濃すぎたが、ジョージーは気にしていなかった。

「まあ、なんてすてきなの!」届いたばかりのドレスを着たジョージーを見て、グリセルダは言った。それだけで充分だった。ジョージーはこれまでになく幸せな気分になった。

確かに、胸を支えるようにつくられた小さなコルセットだけをドレスの下につけて鏡の前に立ったときは、息苦しくなるほどの不安に襲われた。シルクの布地が、コルセットに包まれていないヒップをこするのが感じられた。鏡に映る自分はひどく大柄に見えた。だらしなく、太って見えるような気がした。

けれども、そこで大きくひとつ深呼吸してから、メインに教えられた歩き方で鏡に向かって歩いてみた。しなやかでたくましい体にピンクのドレスを着ている彼の姿を思い出すだけで、口もとが自然とほころんだ。そして、マダム・ロックのドレスがジョージーを女性らしい体つきに――本来の体つきに――見せていることがわかり、彼女は驚いた。

メインの言うとおりだった。

噂が全部本当なら、メインは一〇〇もの情事を経験しているつわものということになる。イモジェンお姉さまは彼のことをなんと言っていたかしら? 〝堕天使のように疲れ切った顔をしている〟? ジョージーは思わず微笑んだ。きらきら輝くピンクのドレスに身を包み、身をくねらせながら彼女のほうに歩いてきたとき、メインの唇はいつもと違って自堕落な感じにゆがめられてはいなかった。

ジョージーは薔薇色——幸いドレスの色にぴったり合う——の仮面を直し、グリセルダを探してあたりを見まわした。

グリセルダはマダム・ロックの店から届いた、あの大胆な深紅のドレスを着ていた。実際、ジョージーも見違えるほどだった。一昨年初めて会ったとき、グリセルダは典型的なイングランドの淑女で、ふたつの評判を気にする未亡人にふさわしい装いをしていた。その評判とは、品行方正であることと趣味がいいことだ。陽気で魅力的な彼女は、男の人の弱点について熱心に話すとき以外は、男性にほとんど興味を示さなかった。つねにひとりかふたりの男性を引き連れていたが、その多くは感傷的な詩を口ずさむか、夕食の席へ向かう際に腕を貸すぐらいしか能のない愚かな若者だった。

ところがどういうわけか、この何カ月かでグリセルダは変わった。どこが変わったのか、はっきりとはわからない。だが、たった今ジョージーの目に飛び込んできた彼女は、舞踏室に集う女性たちのなかで最もお目付け役らしからぬように見えた。深紅のドレスは身ごろが左右の肩から斜めに下り、交差するようになっている——でも、それはウエストのあたりでのことだ。まさに、デビューしたばかりの若い娘にはふさわしくないドレスだった。

とはいえ、言うまでもなくグリセルダは未亡人だ。「ピンクの仮面なんてつけられないわ」彼女は召使いに言っていた。「申し訳ないけど、わたしは黒いほうをつけさせていただくから」

召使いはレディ・マクローから受けている指示についてもごもごと説明しているようだっ

たが、そんなことをしても無駄だとジョージーは言ってやりたくなった。それから二秒もしないうちに、グリセルダは黒い仮面の紐を頭のうしろで結んでいた。

「とてもきれいよ」ジョージーはグリセルダにささやいた。「その黒い仮面のせいで、髪が銀色に輝いて見えるわ」

「銀色だなんてとんでもない！」グリセルダは悲鳴をあげた。

ジョージーは笑った。「なにも白髪に見えると言っているんじゃないの。まるで月の光みたいってこと。今日は髪を巻いていないのね。すごくいいと思うわ。このほうがドレスに合うもの」

「わたしもそろそろ、少しは変わったほうがいいんじゃないかと思ったの」グリセルダは満足そうだった。「さて、ジョージー、仮面をつけているからといって、不適切なことをしてもかまわないわけじゃありませんからね」

ジョージーは口を開きかけたが、グリセルダが片手を上げて制した。「ジョセフィーン、わたしはばかじゃないのよ。多くの結婚が評判に傷がつくのを恐れた結果だと承知しているし、今日だって、何人かの父親が明日までに結婚の申し込みをするよう愚かな息子に言い渡して、この扉を飛び出していくかもしれないわ。でも、あなたはなにも思い切った手段に出ることはないの。ただ待って、なりゆきを見ていればいいのよ」

「思い切った手段になんて――」ジョージーは言いかけた。

またグリセルダがさえぎった。「一度だけ、あなたのお姉さまがそういう行為に打って出たわ。イモジェンの最初の結婚がそう。あの結婚のことをよく考えてみて、ジョージー。イモジェンとメイトランドは幸せだったと思う？」

「そうは思えないわ」

「わたしの言いたいことはそれだけよ」グリセルダは威厳たっぷりに言うと、肩にかけていたショールの端が肘のところまで来るよう引っ張った。ショールが額縁のような効果を果たし、ドレスの美しさがいっそう際立った。「なかに入りましょう」

ふたりはマクロー邸にふたつある舞踏室のうち、手前にあるほうの部屋の入口で足を止めた。召使いがさっと近づいてきて、シャンパンのグラスを差し出す。ジョージーがグラスに手を伸ばす暇もなく、三人の紳士が彼女たちの前でお辞儀をした。

「わたしは」ひとりが堂々とした口調で言った。「プリンス・オブ・パーパルーセトンと申します」

次いで、客同士が本名を名乗ることはレディ・マクローによって禁じられていると説明がなされ、一同は声をそろえて笑った。そのうち、ジョージーは重大なことに気づいた。この三人の紳士が彼女たちの前に現れたのは、グリセルダと深紅のドレスの身ごろのせいばかりではないらしい。まもなくして、さらにふたりの紳士が加わり、ジョセフィーン・エセックスは生まれて初めて——目もくらむほどの喜びとともに——自分が四人の男性と同時におしゃべりを楽しんでいることに気づいた。グリセルダはプリンス・オブ・パーパルーセトンの腕に抱かれてワルツを踊っていたが、ジョージーは幸せすぎてそれどころではなかった。

それに、自分はダンスがうまくないとよくわかっている。

しばらくして、気づくとジョージーは活発な議論に参加していた。話題は今ロンドンで最も人気のあるヘルゲートの回想録についてだった。「誰が書いたのかはわかりませんが」オレンジ色のベストを着た紳士が言った。大きな鼻の上で仮面が少し斜めになっている。「誰のことを書いた回想録なのかははっきりしています。オールマックス社交場で会った女性について書かれている章を読んだ瞬間にわかりましたよ」彼は声を落とした。「あれはレディ・ローキンとメインのことです。間違いない」

「そんなはずはありません」立派な口ひげをたくわえた、ひょろりと背の高い紳士が言った。「あの回想録はひどくスキャンダラスなものですが、あの章に書かれている女性がレディ・ローキンであるはずがない。注目すべきはウォータースパニエルです」

「なぜですの？」ジョージーは尋ねた。

「よりにもよって、ウォータースパニエルですよ？　あの犬に我慢できる女性をぼくは見たことがありません。いつも水のなかにいて、陸に上がったと思ったらぶるぶる体を震わせる。すると、ほら！　ご婦人はずぶ濡《ぬ》れだ。水しぶきをかけられて、びしょびしょになる」

「わからないな」オレンジのベストを着た紳士が言った。「それがメインやレディ・ローキンと、どう関係あるんです？」

またひとり紳士がやってきて、仲間に加わった。ジョージーは彼にちらりと目を向けたあと、もう一度その顔を見た。仮面をつけていようと、高い頬骨とまっすぐな眉は見間違いようがない。それに着ている服も。メインはまるで今夜仕立てたばかりのように、たくましい体にぴったり合ったガーネット色の上着を身につけていた。

ジョージーは彼に向かってにっこりしてみせた。自分の姿が以前とすっかり変わっていることを一瞬忘れていたが、メインは彼女の体にすばやく視線を走らせ、片方の眉を吊り上げた。メインが例のコルセットを嫌っていたのと同じくらい強く、今着ているドレスを気に入ってくれたことに気づくのに、女の勘は必要なかった。

「犬が好きな女性に違いない」ひょろりとした紳士が勢い込んで言った。「濡れている犬もね。ぼくはヘルゲートはチャールズ・バーディドルだと思います」

チャールズ・バーディドルというのが誰なのか、ジョージーにはわからなかった。彼女はメインに目を向けた。「わたしたち、悪名高い文学作品について話しているんです。ほら、ヘルゲート伯爵の回想録ですわ。あいにく、わたしはまだ読む機会に恵まれていませんけど、姉たちから聞いた話から判断すると、どうやらヘルゲートは男女関係とは守るものではなく挑戦するものだと考えているようですね」

「結婚という枠を超えた男女関係はつねに挑戦であって、守りではありませんよ」メインは言った。堕天使のように疲れ切り、まっとうなことを言うのに飽きた男のなめらかな声で。

「でも、女性でそう考える人はめったにいないわ」ジョージーは指摘した。「それは完全に男性の見方のように思えるけど。誰かこう思った人はいないのかしら？　回想録に書かれていることはまったくのつくり話で、書いたのは女性かもしれないって」

「もしそうなら詐欺もいいところですね。ヘルゲートが次に犯す過ちのお相手になりたいと願っている女性が、きっと何人もいるでしょうから」ひょろりとした紳士が皮肉めかした声で言った。「特に、彼がその経験をきれいな革装の続編のなかで告白するなら」

オレンジ色のベストを着た紳士が深く息を吸い込んでたしなめた。「若いご婦人の前だぞ！」

「当の本人はショックを受けているようには見えないが」メインが言った。

「魅力的とは言えない男性が相手のときは」ジョージーは口を開いた。「親密な関係にならないよう、女性はつねに身を守らなければならないわ」

「女性はいかなるときでも貞操を守らなければなりません」オレンジ色のベストを着た紳士が言った。「ヘルゲートの回想録に書かれているようないかがわしい行為に一度でも及んだら……その女性は尊敬に値しない人になってしまう。汚れた存在になってしまうんです！ヘレナという仮名で書かれている女性がいい例ですよ。まったく恥ずべきことだ！」

「ちょっと待ってください」メインが口を挟んだ。「それではまるで、過去は取り返しがつかないみたいではないですか。過去に犯した過ちから立ち直ることはできないかのようだ」

「できませんよ。その手のスキャンダルは人から尊厳を奪います。それを取り戻すことは二度とできない。ヘレナというのが誰であるにしろ、尊厳や純粋さという真の女性らしさを取り戻すことはないでしょう。彼女は汚されてしまったんです」

「どうやら彼は、汚れは洗えばきれいになるとは思っていないらしい」メインがジョージーにささやいた。「もしかしたら、ヘレナは彼の奥方かもしれないな。踊らないか？」

「いいわよ」ジョージーは初めて感じる軽やかで自由な気持ちでメインのほうを向いた。コルセットから解放され、この三〇分のあいだに投げかけられた多くの賞賛のまなざしから生まれた自信がもたらした気持ちだった。

「ぼくとは踊っていただけないんですか？」ひょろりとした紳士が口をとがらせた。

「あなたは運がいいんですよ」メインは言った。「この方はダンスがすさまじく苦手なことをぼくは知っている。だから覚悟を決めてきたんです――ぼくも、ぼくのつま先も」

「これほど上品で優雅な仕種をする女性が、ダンスが下手なわけがない」オレンジ色のベストを着た紳士が悲しげに言ったが、ジョージーはかまわずメインの腕を取ってその場を離れた。

メインの腕を思い切りつねる。「どうしてあんなことを言うの？　誰もわたしと踊ってくれなくなるじゃない！」

「そのドレスを着ていたら、たとえ杖《つえ》を突いていたってダンスに誘われるよ。ぼくが心配しているのは、ダンスの途中できみをさらわれないかということだけだ」

ジョージーはくすくす笑った。自分が魅力的で美しい女性になったように思えるのはすばらしい気分だった。しかも、彼女が（ひそかに）上流社会で最もハンサムだと思っている男性と腕を組み、笑っているのだ。

「ジョージー」しばらくしてメインが言った。ジョージーが彼の足を二度目に踏んだあとのことだった。「きみには左脚が二本ある。いったいどうしたんだ? ユアンがはるばるスコットランドまで呼び寄せたダンスの先生の言うことを、まったく聞いていなかったのか?」

 彼女はかすかに頬を赤らめた。「どうしようもないの。わたしは救いようがないほど不器用なのよ。ダンスなんて少しも楽しくないわ」

「曲がワルツに変わったら、また誘うよ」メインは踊りながら、ジョージーをダンスフロアから連れ出した。「誰とも踊らずにいて、男たちには胸を眺めさせておいたほうがいいかもしれない。少なくともワルツが始まるまでは」

「ワルツのほうがもっと下手なのよ」

「それなら、ただ男たちの賞賛の言葉を聞いているんだな」メインは陽気に言った。「ぼくはシルビーを探さないと。居場所の見当はついているが」

「どこなの?」ジョージーはあたりを見まわした。「彼女、どんなドレスを着ているの?」

「黄色だ。そして黒い仮面をつけている」

「グリセルダも黒い仮面にしたのよ」

 茶色い髪を額に垂らした背の高い男が、ふたりの横で足を止めた。「やあ、スケビントン」メインは言った。「ミス・エセックスのお相手を頼めるかな? ぼくは婚約者を探さなくてはいけないんだ。それにミス・エセックスのお目付け役も、どこに行ったのかわからなくなっているんでね」

 スケビントンの笑顔はとても魅力的だった。「これ以上の喜びはありません」彼はお辞儀をして言った。

「スケビントンは少々着飾りすぎるんだ」メインはスケビントンの刺繡が施されたベストを手で示した。「でも、それは大罪ではない」

ジョージーは新たなお相手の顔を見上げて微笑んだ。「自分の考えに固執しすぎるより、はるかにいいですわ」

「なにかに熱中しすぎるのは間違いなく大罪でしょうね」スケビントンは言った。自分のベストを悪く言われても少しも腹を立てていない。ジョージーは好感を持った。「あなたに熱中しすぎていることを見破られる危険を冒して言いますが、ミス・エセックス、わたしと踊っていただけませんか？」

「それより、この部屋から連れ出していただけないかしら」

スケビントンは面長で知的な顔にやさしい目をしていた。ふたりはメインと別れた。ジョージーはうしろを振り返らずに、メインが見てくれていればいいと思いながら、新しく習得した腰をくねらせる歩き方で足を進めた。

やがて、どうにも我慢できなくなって振り返った。

メインの姿は消えていた。

17

『ヘルゲート伯爵――上流社会の夜』第一五章より

親愛なる読者よ、わたしはヘレナに結婚を申し込んだ。彼女は断った。わたしを彼女の真珠だと、金色に輝く真珠だと、大切な夢だと言いながらも、わたしの手を取ることを拒んだのだ。

仮面をつけるなんて実にくだらない、とサーマンは思った。誰にも自分だとわかってもらえないのに、どうやって評判を築けばいいのだろう？

ダーリントンの姿が見えた。仮面をつけていてもすぐにわかる。彼は舞踏室の壁に寄りかかっていた。注意して見ると、ダーリントンがミスター・リフルと踊っているレディ・グリセルダ・ウィロビーを見ているのがわかった。サーマンは思わずにやりとした。グリセルダと結婚できると思っているのなら、ダーリントンはどうかしている。なるほど彼女はハンプシャーのこちら側では最もいい地所のひとつを持っているが、ダーリントンのような放蕩者に興味を抱くはずがない。

期待するだけ時間の無駄だとサーマンは思った。だが、ダーリントンにかまっている時間はなかった。彼は過去の人間であり、サーマンはその後継者になるという野望に燃えているのだから。すでにその野望に向かって、いいスタートを切っていた。ゆうべコベント・ガーデン劇場に行き、気の利いた言葉をいくつも書き留めてきたのだ。そして今朝は、法曹界の面々が噂話をしに来るセント・ポール大聖堂の中廊に行き、さらに機知に富んだ言葉を仕入れてきた。サーマンは早くもそのうちのふたつをつかい、大きな効果をあげていた。

もちろん、彼が誰なのか相手にはわからないので、今夜は練習みたいなものだと考えるしかない。だが、それはそれでかまわなかった。冗談はタイミングを見て言わなければならない。サーマンは今夜ここに来てすぐ、レディ・マクローに、近ごろでは幸せな結婚生活を送っているのは使用人だけのようだと言った。それは昨夜、劇場内に大きな笑い声をもたらした台詞《せりふ》だったが、どういうわけかレディ・マクローにはおもしろさが伝わらず、彼女はサーマンをまじまじと見て言ったのだった。「お若い方、あなたが誰なのかわからなくてよかったわ。あなたを招いた自分を責めるようなことはしたくありませんから」

自分が誰だか知られずにすんでよかったとサーマンも思った。だが、そのあと何人かの男たちの前で、セント・ポール大聖堂で耳にしたふたつの冗談を披露すると大いに受け、「おい、うまいことを言うじゃないか!」と言われたのだ。

サーマンは求愛にぴったりの台詞も仕入れていたので、それを披露する場を求めてうろついているうちに、庭に出る窓のそばに人だかりができているのを見つけた。そんなところに立っているなんて、彼には感心できなかった。サーマンの母親は、夜の空気は愛する息子の肺を冷やしてしまうと言い張っていたし、彼は昔から母親の言うことをよく聞く子供だった。だが自衛本能より強い野心に突き動かされて、サーマンは人だかりのほうに向かった。

人の輪の中心には若い女性がいた。大きな書き物机に座り、片方の足首をドレスの裾からのぞかせている。

サーマンはちらりと見て、形のいい足首だと思った。でも、あんな座り方は行儀がいいとは言えない。女性が不適切な行いから身を守るには行儀作法を学ぶのがいちばんだと、サーマンの母親は言っていた。

たぶん彼女なら、きわどい冗談のひとつやふたつ気にもしないだろう。サーマンは女性の魅惑的なドレスとあざやかな栗色の髪、白く輝く肌やラズベリーのように赤い唇に目を留めた。彼女は低くハスキーな声で笑っている。汚れなき乙女とは思えない笑い声だ。

彼らはハイドパーク劇場で上演されているシェイクスピアの戯曲について話していた。

「ぼくは観《み》たいと思いませんね」サーマンは割って入った。「シェイクスピアの名前を聞いただけで背筋が寒くなるんです。ほら、ラグビー校でのことを思い出して」

「ぼくは学生時代、怠けてばかりいたもので」スケビントン（その身長から彼だとわかった）が言った。「一行か二行、暗唱するのがやっとじゃないかと思います」

もちろん、スケビントンはイートン校の出身だ。「紳士は必要なことを本以外から学ぶものです」サーマンは言った。「そして、そもそも紳士でないのなら、なにを学ぼうがそれは役に立ちません」

若い女性が首をめぐらせてサーマンを見た。彼女は濃いまつげに縁取られた大きな目をしていた。くそっ、仮面をつけていてもたまらなく美しい、とサーマンは思った。普段はそうしたことに無関心なほうだったが。ぼくの好みより少し太めだろうか。彼は女性の体に遠慮のない視線を向けた。淑女でないことは明らかなのだから。

「庭に出たいわ」女性はそう言って、誰かが手を差し出すのを待たずに書き物机から滑りおりた。しつけが悪い証拠だ。

一同はそろって庭に出た。彼女は男たちを花びらのようにまわりにはべらせている。サーマンは別のグループのもとに行って、手持ちのネタを試したほうがいいのではないかと思いはじめた。母親の愛に関するいいネタがあるのだ。そのとき、スケビントンが口にした言葉がサーマンを凍りつかせた。

スケビントンは女性の腕を取って、いちばん前を歩いていた。ふたりの男がすでに姿を消しており、あとには三人の男が続いていた。「ミス・エセックス」スケビントンがはっきりと言った。「そろそろ戻って……」

残りの言葉はサーマンには聞こえなかった。スケビントンが最初に口にした名前が耳のなかに大きく響いていたからだ。あれが〝ソーセージ〟？　あれが？　彼女はどうしたわけか見事に変身をとげていた。

〝ソーセージ〟ではなくなり――スケビントンがつま先にキスしたくなるような曲線を持つ、

魅惑的な女性になったのだ。

サーマンは足を止め、スケビントンが彼女を屋敷のなかに連れ戻すのを見守った。ふいに、ここ数日のあいだ感じていた激しい怒りがよみがえった。〝スコットランド産ソーセージ〟はシーズンの花形になろうとしている。それは一目瞭然《りょうぜん》だ。

とはいえ、彼女は今でも〝ソーセージ〟だった。改めて見直してみると、これまでどおり太っている――いや、前より太っているぐらいだ。なんてみっともないんだろう。母上はいつも、女性はついばむ程度にしか食べてはならないと言っている。男のように強くなる必要はないのだから、と。

前より太ったことを気づかれていないと信じ込んで、そんなふうに悠然と歩くのは思い違いもいいところだと、誰かが彼女に言ってやらなければならない。

なんなら、ぼくがその役目を引き受けてもいい。

18

『ヘルゲート伯爵──上流社会の夜』第一五章より

彼女はわたしの期待を裏切って、わたしをP公爵夫人のタウンハウスの裏手にある庭に案内した。いや、親愛なる読者よ、ちゃんとした庭園ではなく、壁に囲まれた公爵夫人の家庭菜園だ。彼女はそこにわたしを連れていき──こんなことを書くのは心苦しく、罪の意識さえ覚えるのだが──石が敷かれた道で……ドレスもシュミーズもつけず……自由奔放に踊った。まるで大空を飛ぶ雀《すずめ》のように大胆に。

一〇分もしないうちに、グリセルダはジョージーを見失った。腹立たしくてならなかった。けれどもそれは、お目付け役をいつにも増してしっかり務めなければならないと思っていたからではない。マダム・ロックの美しいドレスを着たジョージーを見て、みんながどんな反応を示すか見てみたかったからだ。

舞踏会が仮面舞踏会に変更されたことを知ると、ジョージーは目を輝かせた。「誰もわたしが〝ソーセージ〟だとわからないわね」彼女はグリセルダの耳もとでささやいた。

「そのドレスを着ていたら、誰もそんなこと思わないわ」グリセルダは応じた。ジョージーには見事な曲線と美しさと若さが備わっている。その魅力には誰もが衝撃を受けるだろう。少なくとも、グリセルダのように疲れている人間は。彼女は今まで存在すら知らなかった筋肉が自分にあることに気づいていた。それらはずきずきと痛んでいた。

それから二時間後には、グリセルダはさらに疲れを感じていた。ジョージーは大成功をおさめているに違いない。仮面をつけていようと、明日になればジョージーは新たな求婚者たちから追いかけまわされるだろうとグリセルダは信じていた。

「すばらしい趣向だ」廊下ですれ違いざまに、ヨーク公がグリセルダに言った。彼は丸々とした手で、アデルフィ劇場の女優の手を握っていた。もちろん、グリセルダには彼が誰なのかすぐにわかった。ヨーク公は房飾りや金モールがふんだんについた最高司令官の軍服を着て、腰に儀式用の剣をぶら下げていたからだ。どうやらグリセルダを主催者のレディ・マクローと勘違いしているようだった。

グリセルダには、ヨーク公の間違いを正す気などさらさらなかった。「ありがたきお言葉です、殿下」小声で言って、片方の膝を床につけんばかりに深々とお辞儀をする。ヨーク公は女優を追って足早に立ち去った。彼が歩くと下着がこすれるのが聞こえた。そのうしろには金色の長い房飾りや飾りボタン、赤いタフタの裏地のついたマントが波打っている。

「ヨーク公は下着にバス勲章《オーダー・オブ・バス》を刺繍させていると思いますか？」耳もとでハスキーな声がした。

　グリセルダの口もとに自然と笑みが浮かび、心臓が早鐘を打ちはじめた。

「誰かがそうしたものをつくっていると考えるべきですよ」彼は言った。グリセルダは背中に温かい手が置かれるのを感じた。そして知らず知らずのうちに、彼とともに歩いていた。

「つまり、下着《スモールズ》を。殿下の指示《オーダー》で」

　グリセルダはくすくす笑った。

「あなたがなにを考えているのかあててみましょうか」彼がささやいた。「ヨーク公のスモールズはそれほど小《スモール》さくはないはずだ、そうでしょう？」

「あなたは奥さまとなる方を探しに行ったほうがいいわ」

「あなたにもまったく同じことを言いたいですね。もっとも、あなたの場合は夫となる方ですが。それに、ぼくは相続人である女性を見分けられないんです」

「わたしのことはすぐにわかったのね」

「入口を入ったとたん、あなたの髪が見えましたから」

　グリセルダの鼓動は速いままだった。「これでは話が違うでしょう！」

「人生はうっとりするような驚きに満ちているんですよ。あなたはとても美しく魅力的ですが、少々お疲れのようですね」

　彼女は唇を噛んだ。それはわたしが三二だからよ。

「実はぼくもなんです」ダーリントンは続けた。「普通なら考えられないようなところの筋肉が痛むんですよ」グリセルダの耳もとでささやく。「お尻です。ゆうべの行為がそんなところの運動になっていたなんて、誰が思います？」

「わたしよ」グリセルダは思わず小声で答えていた。頬がピンク色に染まるのがわかる。

自分たちがどこに向かっているのか、グリセルダにはわかっていた。レディ・マクロー主催のパーティーには何度も来ているのだから。ゆっくりだがしっかりした足取りで、ダーリントンは彼女を奥の舞踏室に連れていき、人々のあいだを縫って両開きの窓のほうへ向かった。そこから庭に出ようと思っているのだろう。「あなたと庭に出るつもりはないわ」グリセルダは足を踏ん張った。

「誰もそんなこと頼んでいませんよ」ダーリントンは平然として言った。

「あなたとふたりきりにはならないわ」グリセルダはうろたえた。ダーリントンはあまりにも官能的で、自分はあまりにも弱い。いや、もしかすると逆かもしれない。わたしは伴侶を見つけなければならないし、彼もそうだ。「さっき、セシリー・セベリーを見かけたわ」彼女はささやいた。「濃いラベンダー色のドレスを着ていたわよ」

「濃いラベンダー色のドレスに押し込まれたオールドミス」ダーリントンは歌った。すさまじく調子外れだが、なにを言っているのかははっきりと聞こえる。

「静かにして！」グリセルダは吹き出しそうになるのをこらえた。

「自分と違う性の人間と結婚して驚いた。〝なにそれ！　初めて見たわ！〟」

彼女は笑いが止まらなくなった。

「〝はい、指輪を返すわ！〟」ダーリントンは歌いつづけ、今度は命令口調になって続けた。

「〝受け取るもんか〟花婿は叫んだ。〝観念するんだ！〟」

ふたりは廊下にいた。グリセルダが歌は韻を踏まないとおもしろくならないと言おうとすると、彼に抱き寄せられた。

「まあ」グリセルダは笑うのをやめた。ダーリントンがむさぼるように唇を重ねてくる。それでも、彼の口のなかには笑い声の名残があった。つねにあるのだ。

「観念するんだ」彼がうなるように言った。

「だめよ！」グリセルダは激しく息をあえがせた。「わたしはお目付け役なのよ――ジョージーがどうしているか――見てこないと――」

「彼女なら大丈夫だ」ダーリントンは舌でグリセルダの首筋をなぞり、熱い線を描いた。

しかしグリセルダは大きく深呼吸して、彼の体を押しのけた。震える手で仮面をまっすぐに直す。「わたしは舞踏会でキスしたりしないの。絶対に」彼女は告げた。「こんなことはしないのよ。悪いけど、わたしたちが……あんなふうに会うことはもうないわ」

グリセルダは向きを変えて立ち去ろうとしたが、ダーリントンに引き止められた。「それなら、ぼくの運命の人のところに連れていってください」

「誰がいいの？」

彼は肩をすくめた。「あなたが決めてください」

「セシリー・セベリーがいいわ」少ししてグリセルダは言った。「わたしがこんなことを言うのは不適切もいいところだけど、彼女はやさしくてきれいな女性だから」

「あの人は舌足らずなしゃべり方をする」

「わたしが決めていいって言ったでしょう？」

ダーリントンはまたグリセルダを抱き寄せたが、さっきほど近くにではなかった。「それに痩せているし」彼はささやいた。「ご存じでしたか？　ぼくは今日一日、あなたのことしか考えられなかったんです。あなたの体を知ったあとで、あんな痩せこけた若い娘を相手にすることなどできませんよ」

「あなたがまずしなければならないのは」グリセルダは彼の言葉が聞こえなかったふりをして言った。「実際には、大切な思い出としてとっておけるよう記憶に刻みつけていたが。「わたしの大事なジョセフィーンを人気者にすることよ」

「なるほど、ぼくはあなたに対してそうするだけの責任がある」

「彼女に対してよ。そしてあなた自身に対しても」グリセルダはつけ加えた。

グリセルダはダーリントンの先に立って舞踏室に向かい、入口で足を止めた。そこはルビー色やサフラン色、ピーコックブルーのシルクでごった返していた。黒い仮面が振りかけられた胡椒《こしょう》のように散っている。

「やれやれ」ダーリントンがつぶやいた。「これではあえて地味な色の服を選びたくなる」

グリセルダは舞踏室の隅にいるジョージーを見つけた。「ジョセフィーンに会ってもらうわ」ダーリントンが小さくうなるのが聞こえた気がしたが、確信はなかった。自分の罪を突きつけられてうれしい者はいない。

ジョージーに近づくにつれて、グリセルダは頬をゆるめずにはいられなかった。どういうわけかジョージーは神から与えられた体をそのまま受け入れると決め、徹底的に愛することにしたようだ。輝く髪をほかの娘たちのように下ろすのではなく、頭の上に大きく巻きつけて、テスからもらったダイヤモンドの髪留めで留めている。あのマダム・ロックのドレスはデビューしたての娘には確かにきわどすぎる、とグリセルダは思った。ジョージーに着させるべきではなかったのかもしれない。

深い青紫色のドレスは彼女の体をしなやかに包んでいた。大きく開いた襟ぐりを小さなひだ飾りが縁取っている。マダム・ロックはジョージーを流行りの細い体形に見せるのではなく、女らしい体つきを前面に押し出すように仕立てていた。ジョージーのドレスと比べると、誰もが着ている胸の下でリボンを結ぶようになっているふわりとしたドレスは、なんの魅力もなかった。

ジョージーは情熱的で危険で官能的であると同時に、若く生き生きとしていて美しかった。まるで罪深い女が若返ったみたいだ。

「驚いたな」ダーリントンがぴたりと足を止めて言った。

グリセルダはわれに返った。わたしはいったいなにをしているんだろう？　ダーリントンをジョージーに紹介しようとするなんて。当然、彼は――ジョージーを――。だが、ダーリントンは欲望の虜になった様子は見せず、グリセルダに向かって顔をしかめた。「いったいあの子になにをしたんです？」彼はささやいた。

ジョージーは一度に四人の紳士とおしゃべりを楽しんでいた。結婚市場にもう何年もいて、生まれてからずっと美しさを讃えられている女性のように落ち着き払っている。

「なにもしていないわ」グリセルダはささやき返した。「あのきれいな娘をよくごらんなさい！　あなたはあの子をソーセージ呼ばわりしたのよ！」

「ずるいな。レディ・ゴディバ、あなたは嘘をついている。罰を受けてもらわないと」ダーリントンは含みのある口調で言った。グリセルダは身をくねらせて彼から離れた。

「ごめんだわ！」

「前のあの子とはどこか違っている。もうなにかに押し込まれているようには見えない」

グリセルダは唇を嚙んだ。

ダーリントンはかぶりを振った。「ぼくは女性の服やなにかのことには詳しくありませんが、そのぐらいはわかりますよ」彼女の耳もとで言う。「もし彼女がシーズン最初の月にあんなふうだったら、ぼくがソーセージと呼ぼうが、牛と呼ぼうが、誰も耳を貸さなかったでしょう」

「じゃあ、あの子とダンスを踊ってちょうだい」グリセルダは言った。彼を逆方向に引っ張っていきたくなる衝動と闘いながら。

ダーリントンはジョージーのほうを見た。彼女はひとりの紳士の手の甲を笑いながら叩いていた。「それは遠慮したいな。彼女はもう人気者ですよ、グリセルダ。右にいるのはスケビントンだ。もしかすると彼女は彼と結婚するかもしれない。スケビントンにはちょっとした財産があるし、おじ上が亡くなったら爵位も手にする」

グリセルダは目をしばたたいた。

「ぼくに彼女をスケビントンから引き離すような真似をさせたくないでしょう？　彼はすっかり夢中になっているようですよ」

「ジョージーはそうは見えないわ」

「それはまた別の問題です。でも、彼女はきっとぼくにも夢中になったりしませんよ」ダーリントンはそう言うと、グリセルダを逆の方向へ引っ張っていきはじめた。

「なぜジョージーがあなたに夢中にならないと思うの？」グリセルダは尋ねた。おかしな質問だと思ったが、率直になったほうがいい気がした。「彼女には多額の持参金があるのよ」

「それはシーズンが始まる前に父から聞きました」ダーリントンは廊下への出口に向かって足早に歩いた。「父はフェルトンが用意している以上の金額をぼくが引き出せるんじゃないかと思っていたようです。あいにく、ぼくは退屈には耐えられない人間なので」

「ジョージーは退屈なんかじゃないわ！　あの子はわたしが知る若い女性のなかで、最も賢くて機知に富んだ女性のひとりよ」

「そういうのがいちばん質《たち》が悪いんです。若い女性の生意気な言葉に返事をさせられるほど疲れることはない。彼女たちは多くを期待しますからね」

「でも、あなたなら」グリセルダは反論した。「すぐになにか言ってあげられるでしょう？」

「その点については、ぼくは素人も同然ですよ」彼は廊下に出ると歩調をゆるめた。

「いったいどこに向かっているの？」グリセルダは尋ねた。なにか気の利いたことを言おうとしたが、なにも思いつかなかった。

「前回この屋敷へ来たときに見つけた場所です。ほら、何年か前、バイロン卿が詩を朗読したときですよ」

「それは聞き逃したの」グリセルダは言った。大勢の人がいるパーティーでダーリントンと手をつないでいるのは胸がどきどきした。もちろん、誰も彼女が何者かはわからないだろう。仮面をつけているうえに、いつもと違って髪を巻いていないのだから。しかもスキャンダラスなドレスを着ているし。われながら自分でなくなったみたいだ。

でも、彼がダーリントンであることは誰にでもわかる。巻き毛や引きしまった体は見間違えようもない。

ふたりは今や廊下を小走りに進んでいた。どうやら使用人用の通路のようだ。「チャールズ」グリセルダは息を切らさないようにして言った。息を切らすのは年老いた女だけだ。

「いったいどこに向かっているの？」

「キッチンに決まっているじゃないですか」ダーリントンは答えた。やがて、彼らは床に石が敷きつめられた天井の低いキッチンに入った。そこでは何人もの使用人たちが足早に動きまわり、午前二時に饗《きょう》される軽食を用意していた。誰もふたりを見ようともしなかった。

「こっちです」ダーリントンはグリセルダの手を引いて、料理長らしき男と部下ふたりとメイド四人のあいだを縫って歩いた。「裏口から出ますよ」

ふたりは外に出た。あたりは奇妙なほど静かだった。閉じた扉の向こうからキッチンの喧騒がかすかに聞こえてくる。まるで扉の向こうに海があるかのように。

「まあ、すてき」グリセルダは言った。そこは古い庭だった。屋敷の裏に広がる庭園とは高い煉瓦《れんが》の壁で仕切られている。白い薔薇がキッチンの窓から洩れる明かりを浴び、古びた赤煉瓦を背景にぼんやりと浮かび上がっていた。

グリセルダは家庭菜園のあいだの細い道をそろそろと歩きはじめた。道の両側ではにんじんやレタス、なんだかわからない青紫色の葉物が収穫されるのを待っている。

ダーリントンがうしろからついてきた。「ホースラディッシュが豊作だ」右に目をやって言う。

ふたりは庭の奥まで歩いた。薔薇の枝が絡まり合い、レースに入賞したサラブレッドにかけられる布と同じぐらい厚みのあるマットのようになっている。庭のいちばん奥には木のベンチが置かれていた。

「こんな庭のことをどこかで読んだ気がするわ」グリセルダはゆっくりと言った。「そうよ！　ヘルゲートは家庭菜園で逢い引きしたんじゃなかった？　まあ、ダーリントン、あれはあなたのことだったの？　ヘルゲートのモデルはうちの兄だと思っていたわ」

「違いますよ！」ダーリントンは言った。「ぼくは家庭菜園で過ちを犯したことなどありません。それに、さっきはチャールズと呼んでくれたのに」

「一度うっかり口を滑らしたからといって、また同じ過ちを犯すとはかぎらないのよ」

「でも、ぼくは同じ過ちを犯してほしい」

「人はなにかを求めてばかりいるものだわ」

ダーリントンが指の長い手でグリセルダの顔を挟んだ。「黙って」そう言って、彼女の顔に自分の顔を寄せる。グリセルダは目を閉じて、されるがままになった。頭のなかでは、さまざまな思いが罠にかかった小鳥のように飛びまわっていた。だめよ！　こんなこと、いけないわ！　誰かに見られるかもしれないのに！

「仮面を外しますよ」ダーリントンが彼女の口に向かってささやいた。彼のキスにはどこか怒っているようなところがあった。所有権を主張するキス。男性が言葉をつかわずになにかを伝えようとするときのキスだった。

グリセルダはキスから逃れてあえいだ。

しかしダーリントンは無言のまま、ふたたび彼女を引き寄せた。〝やめて〟と言う時間を与えるかのようにゆっくりと。でも、グリセルダはなにも言えなかった。ただ顔を上げ、彼の口の前で口を開いた。「チャールズ」それで充分だった。ふたりはいつしか木のベンチに座っていた。

「だめよ――」彼女はあえいだ。

「わかっています」ダーリントンは目を輝かせた。「ここは真っ暗とは言えませんからね。でも、ぼくはあなたが分別をなくすまでキスしますよ、レディ・ゴディバ」グリセルダに顔を寄せ、唇に向かって話す。「今夜、夫を見つけるというくだらない考えをあなたが忘れるまでキスします」

「わたしは――」彼女は言いかけたが、そのときダーリントンに片方の胸をつかまれた。

グリセルダは決して言葉を失わない女性だった。絶好のタイミングでやさしい言葉をかけ、状況に応じてきわどい噂話もできる女性と見なされていて、ほとんどの場合はくすくす笑いでことなきを得てきた。それなのに今、まともな言葉がひとつも思いつかない。

「やめて」ようやくグリセルダは言った。まるでふしだらな女みたいに背を弓なりにして、彼の手に胸を押しつけていたが、そうしながらもどこか泣きたい気持ちになっていた。

ダーリントンは彼女の額に唇を滑らせ、眉や鼻にもキスをした。

「どうしてそんなにやさしいの？　わたしはあなたのことをよく知りもしないのに」

それを聞いたダーリントンの体に衝撃が走るのがグリセルダにはわかった。「ぼくは」しばらくして彼は口を開いた。「あなたのことをよく知っている気がする。ゆうべは――」

「男性はこういうことをしょっちゅうしているんでしょう？」グリセルダは言った。責めるわけではなく、ただ事実をはっきりさせようとして。

「ぼくはしていない。結婚して妻とぼくがお互いに飽きたらするかもしれないが」その声はひどく疲れているように聞こえ、グリセルダは思わず胸が痛くなった。

「そんなことにはならないわ！」彼女はダーリントンの頰を手でそっと撫でた。彼は仮面を額の上まで上げていた。豊かな金髪が仮面に押し上げられて立っている。「あなたの奥さまはずっとあなたを好きでいるはずよ。あなたから決して目を離さないわ」

ダーリントンがまつげにキスしてきたので、グリセルダは目を閉じた。鼻が悪ければよかったのにと思いながら。彼はすぐそばにある薔薇や、どこからか漂ってくるタイムやローズマリーの香りよりもいいにおいがしたからだ。

「それでも、いつかは飽きる」ダーリントンが言った。

「いいえ。わたしがお目付け役を務めた若い女性は三人とも、幸せな結婚生活を送っているわ。残っているのはジョージーだけよ」

「それにあなただ。あなたも伴侶を見つけなければならない。自分のために」

グリセルダはそのことについて考えたくなかったので、ふたたびダーリントンに身を寄せた。彼はその無言の誘いに応じた。

19

『ヘルゲート伯爵——上流社会の夜』第一五章より

今では、わたしのヘレナはほかの男からもらった指輪をはめ、ほかの男のベッドに寝て、ほかの名前を名乗っている。だが、彼女の心の一部はまだわたしのものであると思いたい。彼女が心の片隅では、自由奔放に踊ったことを覚えていると……もちろん、わたしはやめさせようとしたが、彼女はかまわず踊りつづけた。あのとき、すでにわかっていたのだ。親愛なる読者よ、彼女にはわかっていたのだ。自分はもうすぐ結婚すると。

ああ、愛しいヘレナ、もしきみがこの拙い回想録を読んでくれているなら、どうかわたしのことを思い出してくれ！

メインはようやく婚約者を見つけた。彼女はレディ・マクローの書斎で、小さなパイでいっぱいの皿とシャンパンらしきボトル三本を前にして、若い女性たちとおしゃべりを楽しんでいた。彼が書斎に入っていったときは、誰もが仮面を外していて、ハイエナのような笑い声をあげていた。

メインは激しい苛立ちを覚えた。なぜぼくはしょっちゅうシルビーを探さなければならないのだろう？　どうして彼女は舞踏室にいられないんだ？　いつもぼくの目の届かないところにいるじゃないか。

だが公平に見れば、シルビーはなにも不適切な行為に及んでいるわけではない。彼女にかぎって、そんなことをするはずがないのだ。シルビーがあまりにも強く〝わたしに触れないで〟という雰囲気を漂わせているので、彼女が結婚を承諾してくれたことが信じられなくなるときさえあるのだから。

シルビーと結婚できると思うと、自然と唇に笑みが浮かんだ。その笑みは彼女がメインを見て、あからさまに不機嫌そうな顔をしたときも揺るがなかった。

「メイン」シルビーが言った。

「ダーリン」メインは彼女の手を取ってキスをした。「ずっと探していたんだよ。一緒に軽食をとりに行こうと思ってね」

レディ・ジェミマがメインに微笑みかけた。「その方を連れていっておしまいになるの、メイン？　わたしたち、あなたの婚約者はとても楽しい女性だとようやくわかったばかりなのに」ジェミマのことをどう考えたらいいのか、メインにはわからなかった。美しいのはもちろんだが、あまりにも知的すぎて人を当惑させる。無言で男たちに自分の犯した罪を自覚させるようなところがあるのだ。

ふたりで廊下に出たとき、シルビーの目はきらきらと輝いていた。「このロンドンでお友達ができそうよ。うれしいわ！」

メインは彼女の顔に目をやった。「それはよかった。ジェミマは——」

「あら、彼女を知っているの？」シルビーは彼の腕を放し、胸の前で両手を握りしめた。「あの方、とてもおもしろい人ね。すごく個性的だわ。今日着ているドレスは男性の仕立て屋につくってもらったんですって。信じられる？　その仕立て屋は……」

シルビーは話しつづけた。メインはほかのことを考えはじめた。しばらくのあいだ、ジョージーの姿を見ていない。グリセルダが見覚えのある金髪の男と踊っているのを見たが、仮面のせいで誰かはわからなかった。そのあと廊下の角を曲がると、アナベルが夫のアードモアとキスしているところにでくわした。彼女はかまわずメインに向かって微笑んでみせた。

ジョージーのことを心配するのがお門違いだとはメインには思えなかった。なぜか彼女が不適切な行為に及んでいる気がしてならない。なんといっても、彼女の姉たちは不適切な行いをしたせいで幸せな結婚をすることができたのだ。ジョージーがその事実に目を留めているのは間違いない。

そこまで考えて、メインははっとわれに返った。いつしかシルビーが黙り込み、彼をじっと見つめていたのだ。

「すまない、シルビー。少しのあいだ、心がどこかをさまよっていたみたいだ」

「わたしが大事なことを話しているときにかぎって、あなたの心はどこかをさまようのね」

メインは驚いた。シルビーはなにか大事なことを言っていたのだろうか？「もう一度話してくれないか。今度はちゃんと聞くと約束するから」

彼女は口をとがらせたものの、メインに微笑みかけた。「ミセス・アングリンの過ちについて話していたの。今いちばん大きな話題なのよ。あなたも同意してくれると思うけど」

「きっとそうだろうね」

「例の回想録に彼女が登場するって、もっぱらの噂なの！ どうやら、マスタードシードとかなんとかいうおかしな名前で呼ばれている女性がそうみたい。わたしも回想録を読んだほうがいいのかもしれないわ。でも、英語の本はゆっくりとしか読めないから」

「それはありそうもないな」メインは言った。「ミセス・アングリンが生きる喜び《ジョワ・ド・ビーブル》を謳歌するために、その手の行為に走るとは思えない」それにシルビーに明かすつもりはないが、彼はお粗末な文章で書かれた自分の人生に登場する女性たちを完璧に見分けることができた。彼の記憶によれば、マスタードシードはミセス・トマシン・シモンズだった。

シルビーは大きく身を震わせた。「もう二度と彼女の手に素手で触れたりしないわ。あんな話を聞いたあとですもの。どうしてそんなふうに自分を貶《おとし》めることができるのかしら！」

「詳しいことはあまり書かれていないんだろう？」回想録は最後まで読まずに途中で放り投げてしまったが、覚えているかぎりでは、高鳴る胸と押し殺した声のことがあれこれ書いてあるだけのはずだ。

「たくさん書かれているわ。それがいちばんいやなところよ。少なくともジェミマはそう言っていたわ」

　メインはシルビーに目をやり、その完璧な美しさに改めて驚いた。まるで誰にも触れられず、あらゆる意味で汚されていない純白の薔薇みたいだ。彼女は手袋をしていない手でさわられるのをいやがる。シルビーならぼくの前で、ほかの男への愛を涙ながらに告白するなどという醜悪な場面を演じたりしないだろう。ぼく（もしくはヘルゲート）の若者版に誘惑されて、その男のベッドに入ることなどないだろうから。

　シルビーはぼくのものだ。ぼくだけの。

　そう考えると全身に情熱の炎が走った。

「庭を歩かないか？」メインは言った。声がかすれているのが自分でもわかる。

　シルビーは目を上げて彼を見たが、どうやら不都合なことはなにもないと思ったらしくうなずいた。「おなかは少しもすいていないわ」彼女は小鳥のように少ししか食べず、その食事もかなり奇妙な時間にとっているようだった。シルビーが実際にものを食べるのをメインは見たことがない。皿のなかで食べ物を動かしたかと思うと、それを隠すようにナイフやフォークを上に置くところを見たことがあるだけで。

　メインは庭の奥まで歩いた。浮かれて外に出ていた客も、ほとんどは屋敷のなかに戻っていた。少なくとも午前二時にはなっているはずで、あたりは暗く、どこか神秘的だった。

「なんだか落ち着かないわ」シルビーがささやいた。

「ここは安全だよ」

「あなたと一緒なら安全だとわかっているわ」彼女はにっこりした。「あなたを好きな理由のひとつがそれなんだもの、メイン」

「ギャレットと呼んでくれないか？　せめて、ふたりきりのときは」

シルビーは首を横に振った。「だめよ。そんなことをしたら、わたしたちが親密な関係にあるという印象を与えてしまうでしょう。なぜそんなふうに思わせなきゃならないの？　本当はそうではないのに」

説得力のある意見だった。

「ぼくたちはもう少し親密な関係になってもいいんじゃないかな」メインはそう言って、ジョージーとのキスの思い出を心のなかから追いやった。あのときは気づかなかったが、あれはシルビーに対する重大な裏切り行為だ。彼女が知ったら、ひどくいやがるだろう。

シルビーはメインに向かって顔をしかめ、ほんの少し冷ややかな声で言った。「それはどういう意味？」

「こういう意味だ」彼はキスをしようと身をかがめた。シルビーはとても小さかった。メインは彼女の美しい顔を両手に挟んだ。まるで子供の顔みたいな手触りだ。シルビーはキスをされながら話した。唇など重ねられていないかのように。

「こういうのは好きじゃないわ」

「おっと」メインは身を起こした。

彼女は眉間《みけん》に皺を寄せていた。「結婚前に親密な関係になるのはいやなの。そんなことはとうにわかってもらえていると思っていたわ」

「でも、たかがキスじゃないか」メインはどうしていいかわからずに言った。

シルビーは顎をつんと上げた。「わたしは庭で不名誉な目に遭って喜ぶような女ではないのよ、メイン」

「きみは――」だが、彼女の目が話はこれで終わりだと告げていた。

実際、シルビーがくすくす笑って彼の腕のなかに倒れてくるような尻軽女だったら、こんなふうに神聖で毅然とした女神のような存在でいられるはずがない。

メインは彼女に今のままでいてほしかった。彼はもう二年近く情事を持っていない。徐々にだが自分を取り戻し、上着に香水のにおいをつけ、袖に涙を染み込ませて帰宅した日々から清められつつあるように感じていた。人生の次の段階に進み、ただひとりの女性と人生をともにしたいと思っていた。

ふたりは無言のまま屋敷へ戻りはじめた。「次の競馬シーズンに備えて厩舎を整備したいと思っているんだ」メインは言った。

「ひと月前にもそう言ってなかった？」シルビーがつれなく応える。「誰か人を雇わなければならないの？」

メインは彼女に話したことをすっかり忘れていた……もちろん厩舎のことは何カ月も前から考えていたが。「簡単に決められることではないんだ。ぼくも向こうに行かなければならないだろうし」

「大事なスタッフを雇うのに人任せにしてはいけないわ」シルビーはうわの空で言うと、同じく軽食をとりに行くらしい友人に手を振った。「ミス・ターンと一緒のテーブルにつきましょうよ、メイン。彼女はとても流暢《りゅうちょう》なフランス語を話すの。三年間、家庭教師について習ったんですって。どうしてもっと多くのイングランド人がちゃんとフランス語を学ぼうとしないのか、不思議で仕方がないわ」

メインは重要な決断を迫られていた。彼はその手のことを言うタイプの男ではなかったが、もし今それを口にすれば人生が——間違いなく——変わるような気がした。少なくとも、シルビーのこれからの人生は変わるに違いない。

「いや」メインはぶっきらぼうに言った。「ぼくはきみとふたりで話がしたい。きみはいつも誰かと一緒だからね」

「そんなことをしたら変に思われるわ」シルビーはミス・ターンに向かって手を振ると、唇を〝ノー〟の形にした。メインが横目で見守るなか、彼女は眉を小さく動かして、彼に不満を抱いていることを示した。いや、彼をあざ笑ったのかもしれない。

「ぼくたちはじきに夫と妻になるんだぞ」

「あなたが〝夫と妻〟と言うと、ひどく清教徒的に聞こえるわ。わたしは妻にはならないから。月並みな意味ではね。わたしは妻である前に淑女よ。そしてあなたは夫である前に紳士だわ」

メインはため息をついた。「小さめのテーブルを頼む」目の前でお辞儀をした召使いに告げる。「いや、誰かと同席は困る」

まもなく、ふたりはそれぞれの椅子に腰を下ろした。シルビーの席からは室内が見渡せた。彼女はレティキュールやショールや扇を満足がいくように並べると、メインに目を向けた。

「メイン、いったいどうしたの？」

彼はなにかに胸をつかまれた感じがしていたのが、少し楽になった。「ぼくは自分の人生をめちゃくちゃにしてしまったんだ、シルビー」芝居がかった口調ではなく淡々と言う。

「どういう意味で？」シルビーの眉間に魅力的な小さな皺が現れた。「財産を失いでもしたの？」彼女はメインの手に自分の手を重ねた。「わたしには多額の持参金があるわ、メイン。全部あなたのものよ」

その言葉に彼は泣きそうになった。これまで長いあいだひとりでいて、ついにこの問題を話せる相手が見つかったからに違いない。しかもシルビーはとても気前がよかった。

「心配いらないわ！　わたしの父も多くの資金を持っているのよ。娘にその資金を持たせないで嫁がせたりしないわ」

「金の問題ではないんだ。そうだったらどんなにいいかと思うよ」

「じゃあ、なんなの？」

「ぼくの人生はつまらない情事や無意味な友人関係を続けているあいだに、いつしか過ぎ去ってしまった。ぼくは今までなにもしてこなかった。貴族院にも一度も登院していない。正直に言って、ぼくは大金持ちだが、それだってぼくはなにもしていないに等しい。友人のフェルトンがぼくのところの者に助言をしてくれているんだ。ぼくにはもう、自分にどれだけの財産があるのかもわからない」

「フェルトンって、ルーシャス・フェルトン？」シルビーは尋ね、メインがうなずくのを見て言った。「それは賢いやり方だわ。彼はその方面では天才なんでしょう？」

「地所も問題なく管理されている。ぼくが一度も貴族院に登院しないのは、議席についてもなんの役にも立たないことがわかりきっているからだ。ぼくは囲い込み法にも、オーストラリアにすりを送ることにも、まったく興味がないからね」

「でも、そういう人生のなにがいけないの？」シルビーは好奇心に満ちた目で彼を見つめた。

「どんな人生だって？」

「そういう人生よ。英語ではなんと言えばいいのかわからないけど、フランス語で言うところの色男《ガラン》の人生」

「楽しいことしかしない紳士の人生か。その手の紳士がなにをするのか教えてあげよう、シルビー。ほかの男の奥方といちゃつき、ときには寝る。馬車レースやボクシングの試合に愚かな賭けをする」

シルビーはうなずいた。「ええ、そうね。それから地所を管理して、自分より下の階級の人々に親切にする」（シルビーの父親は、少なくとも最初のうちは革命を支持したのだ）「子供を持ち、彼らを立派な社会の一員に育てる。自分の立場や、人生においてすべきことがわかっている聡明な人間に」

「ぼくの問題はそれだよ。自分の立場がわからないんだ。人生においてするべきことも」

彼女は眉をひそめた。「あなたは……今していることをすればいいのよ。あなたはいい人だわ、メイン。友達もいれば財産もある。それ以上なにを望むの?」

「ぼくはなにかをつくりたい」彼はもどかしい思いで言った。「なにかを建てたいんだよ」

シルビーはメインをまじまじと見た。「つまり、どこかのおかしな侯爵みたいになりたいの? 風をとらえるために地所に風車を建てたっていう」

「いや、違う。ぼくが発明好きなら、田舎に引っ込んで風車を建てると思うけどね」

「あなたがその手のタイプじゃなくてよかったわ。発明家なんて、かかわりを持ちたくないもの。そういう人たちって、とても変わっているんでしょう? もちろん、それがなにかの役に立つこともあるわよ。父のところにいた鍛冶屋《かじ》は、おかしなところが曲がっているパイプをつくるのが得意だったわ」

メインは自分の両手に視線を落とした。

「わたしたちに子供ができたら、あなたの気持ちも変わるんじゃないかしら」シルビーの口調は同情的でありながらも途方に暮れていたので、メインは思わず微笑んだ。身を乗り出して、彼女の鼻にキスをした。人前でキスされるのを彼女がいやがるのはわかっていたが。

「きみは本当にきれいだ。自分でわかっているかい?」

「いいえ、そんなことないわ。運がいいだけよ。わたしはそのままの自分、つまり淑女でいるのが好きなだけ。舞踏会に行って親しいお友達とおしゃべりするのが好きなの」

「確かにそうらしいな」メインはシルビーの手を取った。「きみはいつも姿を消している。

ほとんどの時間、化粧室にこもっておしゃべりをしているんだからね」

彼女はにっこりした。「舞踏会でのおもしろい出来事は、すべてそこで起こるのよ」

「一年の大半をぼくの地所で過ごすのは楽しいと思わないかい？」メインは答えを知りながらも尋ねた。

シルビーの笑みは揺らがなかった。「思わないわ。でも、あなたが田舎に住むほうがいいなら、わたしは自分の面倒は自分で見られるから。ロンドンのあなたの家は便利な場所にあるし。わたしがフランス風に改装したら、すごく住みやすくなるわ。お友達もたくさんできるはずよ。家にお客さまを招いて――英語でなんて言ったかしら――そう、ハウスパーティーを開いたら、さぞかし楽しいでしょうね。わたしがあなたの足かせになっていると感じるのは、きっとたまらない気持ちがすると思うの」

「詩的なたとえだね」メインは顔をしかめた。「ぼくはきみが恋しくなるに決まっている」

「でも、わたしたちはこれから何年も一緒にいられるのよ。ある時期を別々の場所に住むのも悪くないと思うわ。そうやってうまくいっている夫婦を何組も見てきたの。わたしたちのどちらかが幸せだと思えなくなったら、おしまいだもの」

「子供たちはどこに住むんだ？」

シルビーは片方の眉を吊り上げた。「それは子供たちが住むべきところによ。田舎にしろ、ロンドンにしろ、住みたいほうに住めばいいでしょう」

メインは笑った。「自分の希望を口にするなんて、当分のあいだは無理だと思うが」

「ねえ、メイン」彼女は言った。「わたしは子供のことなんてなにひとつ知らないの。でも、わたしたちの子供はきっとたまらなくかわいいと思うわ」

シルビーは明るくほがらかに礼儀正しく、ぼくと一生離れて暮らしたいと言っている。ぼくと彼女の子供とも。それは間違いない。それでも――メインは彼女の顔を見直した――穏やかな目に知的な光をたたえたシルビーは、鬼のような人間には見えなかった。

「人生には、ほかにもっとなにかあったほうがいいとは思わないのか？」

「思わないわ」シルビーはきっぱりと答えた。「正直に言っていいかしら？」

「もちろんだとも！」メインは彼女の両手を握った。

「わたしが生まれた国では、たくさんの人が、まだ若かったわたしの母と同じぐらいの年の女性が、その身分だけを理由に殺されたわ。働くためではなく支配するために生まれてきた人々よ。苦労ではなく喜びを味わうために生まれてきた人々。わたしは運がよかったの。父がナポレオンの敵ではなく友人になってくれて――少なくともナポレオン政権の真実に気づくまでは。わたしは今でもその恐怖をありありと覚えてる。牢獄に入れられた人がどうなったのかも知っているわ。虐待されて死んでいったのよ。本当にむごい死に方で」

メインの手のなかで、シルビーは両手を拳《こぶし》に握りしめた。「人生にはほかにもっとなにかあったほうがいいと思わないかなんて、どうしてわたしに訊けるの？　今みたいな人生を送れるだけでも運がいいのに！　わたしのお友達や身内がかつて着ていたような優雅なドレスを着てここに座り、命の危険もなくおいしいものを食べていられるんだから。それなのに、これで満足なのかとわたしに訊くの?」

ふたりのあいだに沈黙が降りた。

「ああ、なんてことだ」メインは言った。「すまない、シルビー。きみにそんなことを訊くなんて、ぼくはどうかしていた」

だが、シルビーは落ち着きを取り戻した。目から険しさが消え、独特の冷静なまなざしに戻る。彼女はメインの手からそっと手を引き抜き、最初に彼を魅了した知的で自信たっぷりの笑みを浮かべた。「わたしはとても幸せよ。今以上の生活なんて考えられないの」

「わかるよ。ただ、こういう話はきみとするのがいちばんじゃないかと思ったんだ」

「お友達と話をするのはいいことよね。わたしもいろいろな人と話して、ものの見方が変わることがあるわ」

「お友達か」メインは言った。「でも、ぼくたちは友達以上の関係だろう、シルビー?」

彼女の笑みは友情以上のものも、以下のものも示してはいなかった。「お友達でいるのは、人間関係における最も大きな愛の形よ。恋人になるなんて——夜だけのことじゃない。そうした感情は長く続かないと、あなたは誰よりも知っているでしょう? わたしはずっと前に、そんな感情とは無縁でいようと決めたの。正しい決断だったと思っているわ」

メインは彼女のほうに身を乗り出し、頬を指で撫でおろした。「愛しているんだ、シルビー。ぼくはきみに夢中なんだよ」

「友情が深まれば、わたしにそんな感情を抱くこともなくなるわよ。こんなことは言うべきじゃないのかもしれないけど、あなたと例のヘルゲートの過去には明らかな共通点があると聞いているわ。あなたの気持ちを疑うつもりはないけれど、回想録によると、あなたは定期的にそうした感情を抱いていたみたいね……その感情が続くのは、せいぜい一週間か二週間だったんでしょう？」

メインは歯をきしらせた。「あの回想録を書いたのはぼくじゃない」

「もちろんよ」シルビーは驚いたように言った。「でも、本の中心になっている女性との関係の多くは、あなたの体験そのままなんでしょう？」

彼女はメインの目に浮かぶ表情を見て取った。「なにもうしろめたく感じることはないのよ！」叫ぶように言う。「こんなふうにお互い正直になっていれば、親密な関係が続いたあとであなたの情熱が薄れてしまっても、ふたりとも傷つかずにすむもの。避けられないことが起こったからといって、嘆く必要はないわ。あなたがほかの女性に興味を抱いても、わたしは泣きわめいたりしない。あなたは昔からそうしたことに慎重だったんでしょう、メイン？　誰もが言っているわ。あなたは申し分のない紳士だって」

「ぼくは……」彼は口を開いたが、どう続けたらいいのかわからなかった。

シルビーは片手を上げた。「わたしがあなたの名誉を傷つけるんじゃないかと思っているなら、そんな心配は無用よ。男性の欲望は理解できるけど、それを共有するつもりはないから。わたしには向かないの。寝室をこっそり出たり入ったりする生活は」かすかに身を震わせる。「つまりね、メイン、あなたの子供は間違いなくあなたの子だし、わたしはどんなスキャンダルも起こさないわ」
シルビーに礼を言うべきなのだろうか？
だが、彼女はすでに向きを変え、隣のテーブルに手を振っていた。「あら、ジョージー
よ！　気づいていた？　今夜の彼女はとても魅力的だって。仕立て屋を変えると女の人生は
変わるわ。それに、あなたの妹さんはうまくダーリントンの興味をほかへ向けさせて……」
シルビーはしゃべりつづけたが、メインは聞いていなかった。なんの味もしないロブスタ
ーのパテを見つめ、自分が半分フランス人ではなく正真正銘のフランス人だったらよかった
のだろうかと考えていた。少なくとも、死刑囚護送車に続く道を歩んでいれば、今ごろは死
んでいただろうから。
くそっ、そんな陰気なことを考えてどうするんだ。
顔を上げるとジョージーと目が合った。彼女はスケビントンと一緒のテーブルについてい
る。スケビントンは一週間もしないうちに大いなる決意を抱き、ポケットに指輪を忍ばせて
レイフのもとを訪れそうな様子を見せていた。
「お兄さま」グリセルダが声をかけてきた。「お兄さまの馬もアスコットに出るんでしょ
う？」
メインはうなずいた。シャロンはまだ悪魔の実が治っておらず、今朝の段階では出走登録
を取り消されたままでいたが。もっとよく厩舎に目を配っていたら、こんな事態は避けられ
たかもしれない。そうすれば病気がほかの馬にうつることもなかっただろう。メインの馬の

なかで無事だったのは一頭だけだった。

「みんなで一緒にレースを観ない、シルビー?」グリセルダが言った。「ねえ、そうしましょうよ。アスコットにはすてきなボックス席がいくつもあるの。ぜひ、ごらんにならなくちゃ。フェルトン家はロイヤルボックスと同じくらい広々としたボックス席を持っているのよ。昨日テスから聞いたんだけど、彼女とご主人はレースを観に来られないんですって。あのボックス席を誰も使わないなんて、もったいないわ」

シルビーが鼻に皺を寄せた。競馬場は埃だらけなうえに退屈だから嫌いだと、メインは彼女に言われたことがあった。

「アスコットは普通のレースとは違うのよ」グリセルダは続けた。「王妃殿下もいらっしゃるわ。ケンブリッジ公も、結婚されたばかりの奥方と一緒にいらっしゃるはずよ」

「わかったわ」シルビーはうれしそうではなかったが、ともかくも誘いを受け入れた。それから逆方向に勢いよく手を振った。

「あれは誰だい?」メインは尋ねた。

「ダーリントンよ」

彼は顔をしかめた。

「もう心配ないわ」シルビーが言った。ダーリントンはテーブルのあいだを縫って、ふたりのほうに近づいてくる。「あなたの妹さんが彼を止めたから」

「いったいどういう意味だ?」

「彼はもうジョセフィーンを侮辱したりしないってこと」ダーリントンは、メインから見ても女性が興味を持ちそうな顔をした長身の男だった。蛇の舌を持つと言われているにもかかわらず、外見はまともな男に見える。とはいえ、彼がジョージーを笑い物にしたことをメインは許すつもりはなかった。メインが殺意のこもった目を向けると、ダーリントンはかすかにひるんだ様子を見せたが、気を取り直したように身をかがめてシルビーの手を取った。

いつのまにか、彼女はアスコットで一緒にレースを観ようとダーリントンを誘っていた。

「どういうつもりだ？」ダーリントンが歩み去るやいなや、メインは言った。「あんな悪党を誘うことはないじゃないか」

「なにもわかっていないのね」シルビーは、まるでメインが五歳の子供であるかのように手を軽く叩いた。「少しばかり問題のある人間は、すぐそばにいさせておいたほうがいいと昔から決まっているの。ダーリントンはグリセルダの相手をするのに忙しくて、ジョセフィーンのことをあれこれ言う暇なんてないわ」

「ジョージーは自分で問題を解決した。まともな男なら、二度と彼女をソーセージと呼んだりしないだろう。ジョージーはとても魅力的だ。ダーリントンは彼女の足もとにひれ伏すに違いない」

「スケビントンも呼んだほうがいいわね」シルビーは言った。「人が多ければ、ボックス席でちょっとしたパーティーが開けるかもしれないわ。それほど退屈しなくてすむかも」

メインはレースが大好きだった。胸躍る興奮も、観衆の多さも、渦巻くエネルギーも、馬も、厩舎のにおいも……。彼がロンドンに連れてきている競走馬のなかで悪魔の実にやられていないのは、オイスターグレーの毛に鋭敏な耳を持つジーグという名の神経質な牝馬だけだ。メインがもっと一緒にいるか、腕のいい調教師を雇っていれば、ジーグは明日のレースで勝てたかもしれない。ジーグはレースが大好きだった。尻尾《しっぽ》を振り立て、ほかの馬たちをするすると追い抜くのが大好きなのだ。

しかし、ジーグは充分な訓練を積んでいない。メインにはそれがわかっていた。ジーグには毎日一緒にいて訓練してやる人間が必要だ。その役目は自分以外の人間に任せたほうがいいのかもしれないが、少なくとも地所には行って、事態がいい方向に向かうのを見届けなければならない。

メインがロブスターのパテをつつきまわしているあいだに、シルビーはテーブルの横を通りかかった人間をさらにふたり、フェルトン家のボックス席に誘っていた。

ジョージーが近くのテーブルからメインに微笑みかけてきた。彼はどうにか笑みを浮かべたが、まるで心がこもっていなかったらしく、ジョージーはいぶかしげに目を細めた。そこでメインは皿のロブスターに目を戻し、それがちょうど食べたいと思っていたクリームトライフルだと思い込もうとした。

20

『ヘルゲート伯爵——上流社会の夜』第一六章より

親愛なる読者よ、わたしは今度こそ妻を見つけようと心に決めていた。それまであまりにも情熱的な日々を送ってきたために、寿命を前にして早くも老け込んでしまっていた。ひたすら情熱に身を任せた、静寂とは無縁の日々だった。だが、わたしが静寂を求めて教会に行くと、わたしの人生における定めとも言うべきことが起こった。そう、口にするのもためらわれるが、真実を告げなければならない。親愛なる読者よ、ある朝わたしは教会に行き、祭壇に突っ伏した。すると柔らかな手がそっと肩に置かれ、物静かな声がした。「どうかなさいましたか？」

馬車がアスコット競馬場に入った瞬間、どうやら今日は楽しめそうだとシルビーにはわかった。当然ながら、メインは朝の早い時間に競馬場へ来ていた。彼は見ていて愛らしく思えるほど、レースに出す馬のことを心配していた。シルビーは彼の馬が出るレースを観るのを忘れないよう、着ている服に合うとは言えないピンクのリボンを片方の手首に結んでいた。

「これからメインの馬が走るって、どうしたらわかるの？」シルビーはグリセルダに尋ねた。

「確かギーグという名前だったと思うけど」

「ああ、その手のことが書かれた本があるのよ」グリセルダは関心がなさそうに答えた。シルビーはグリセルダのそういうところが大好きだった。メインの馬や、人生に対する大げさな危機感、それにシルビーに対するばかげた愛情宣言に興味が持てないことで、彼女は罪悪感を抱かずにはいられなかった。けれどもグリセルダは、そんなことより新しいプロムナードドレスのほうがはるかに大事だとわかっている。

メインにグリセルダという妹がいなかったら、彼は今ほど結婚相手に望ましい男ではなかったかもしれない、とシルビーは心のなかで考えた。わたしが結婚相手に求める条件をメインほど多く満たしている人には、これまで会ったことがなかったけれど。でも、ときに彼はうんざりするぐらい退屈な男になる。

男性はみんなそうよ。彼女は自分に言い聞かせた。

「この帽子、もう少しうしろにずらしてかぶったほうがいいかしら？」グリセルダが小さな金縁の鏡をのぞき込みながら尋ねた。彼女はつばの広い帽子をかぶり、デルフィニウムの花のように淡い青色をしたプロムナードドレスを着ていた。

「そのままでいいと思うけど」シルビーは真剣に考えてから言った。「待って！　やっぱりちょっと右にまわしてみて。そう、それでいいわ。その淡い青色の服を着ると、あなたの髪はまるでお日さまのように輝いて見えるわね。ダーリントンもボックス席に来るの？」

「ええ、そのはずよ。でも、なにも彼を呼ぶ必要はなかったのに。あの件はもうすんだんだから」

「そうね、後悔しているわ。あのときはわからなかったのよ。だけど、そのあと彼がじっとあなたを見つめているのに気づいたの」

「まあ」グリセルダは顔をしかめた。

実際、ダーリントンはグリセルダを見つめていた。そして彼女も、彼を目で追わずにはいられなかった。こんなことは初めてだ。過去の二度の情事では、グリセルダはそれなりに興奮を味わい、相手と会っているあいだは存分に楽しんだが、また同じことがしたいとはまったく思わなかった。

それがダーリントンが相手だと違う。夜中に目が覚めると、それまで見ていた夢で体が疼《うず》いた。夢の内容は思い出せないが、本能的にわかる気がしてどぎまぎした。こんなことは一刻も早く終わらせて、夫探しに気持ちを集中しなければならない。わたしは子供が欲しいのだから。そうでしょう? ええ、もちろんよ。わたしは自分のかわいいサミュエルが欲しい。

グリセルダはつねに自分に自信を持っていたが、ダーリントンとの情事はそれをさらに裏づけた。彼女は上流社会で最もハンサムな若い男性のひとりをものにしたのだ。

「ダーリントンはいくつなの?」グリセルダの心を読んだかのように、シルビーが尋ねた。

「さあ、知らないわ」彼女は肩をすくめ、大して興味がないふりをした。

「紳士録を見ればわかるでしょう」

「貴族年鑑のことね」グリセルダはすでにその方法を思いついていたが、それはあまりにも月並みであからさまな行為だと思い直していた。まるで、どこかの公爵の息子に目をつけて彼の誕生日を知りたがっている若い娘みたいだ。

「でも、あなたなら知っているはずよ、グリセルダ」シルビーは食い下がった。

「男の人は女とは違うのよ。デビューするわけじゃないから、それぞれの都合に合わせてロンドンに現れるの」

「彼が最初に現れたのはいつなのか覚えていないの？」

あいにくグリセルダは覚えていた。ダーリントンのようにしゃれた雰囲気を漂わせた長身の男性は、毎年そう現れるものではない。彼女は身震いした。部屋の隅に座り、大学を出たばかりの若い男を見てくすくす笑う中年女性にはなりたくないものだ。

「グリセルダ？」シルビーが促した。目にはおもしろがるような笑みが浮かんでいる。

「確か、彼が最初にロンドンに現れたのは四年ほど前だったと思うわ。もし大学を出てすぐに来たとしたら、今は二四ぐらいのはずね」恐ろしいほどに若い。

「そして、あなたは三〇にもなっていないんでしょう？　大した違いはないわ」

「まあ、お世辞はやめて！　わたしはとっくに三〇の誕生日を迎えているのよ」

「それでも、せいぜい三一というところよね？」シルビーが心からそう思っているように聞こえたので、グリセルダの気持ちもおさまった。「ダーリントンはあなたを食べてしまいたいと思っているみたいに見えるわ」

グリセルダは曖昧に微笑んだ。

「あんなに情熱的なのもどうかと思うけど」シルビーはそう言って、思い出したように扇を取り出した。「あなたを見る彼の目は熱く燃え上がっているわ。レディ・マクローの舞踏会で、彼があなたをじっと見つめていたことに気づいたでしょう？」

もちろん、グリセルダは気づいていた。「ばかみたいよね」

「男って、そういうところがあるのよ」シルビーはためらいがちに続けた。「グリセルダ、メインのことでひとつ訊いてもいいかしら？」

「ええ、どうぞ。でも、兄があなたに対してばかみたいな真似をして困ると言うつもりなら、そんなことはもうわかっているから。哀れにも、兄は恋に夢中になっているわ」

「そうね」シルビーは言った。「でも、わたしが話したいのは、彼が抱いている不満についてなの。彼は幸せな男じゃない。もしかすると昔からそうだったのかもしれないわね。生まれてからずっと、ちょっとした不満を抱えていたんじゃないかしら？」

「そうは思えないけど」グリセルダは驚いた。「兄は明るい子だったし、いつも楽しそうに見えたわ――」そこで言葉を切る。「けれど、確かにここ二年あまりで変わったわね。それまでは上流社会をすいすいと泳ぎまわって、行く先々で小さなスキャンダルを起こし――とても楽しくやっていた。でも、やがて兄は恋に落ちたの」

「まあ」シルビーは身を乗り出した。「問題の中心には女性がいると気づくべきだったわ。詳しく話して」

「話すことなんてなにもないわよ」グリセルダは応えた。自分はすでに約束を破っていることになるのだろうか、と思いながら。

「兄と妹のあいだに忠誠心など必要ないわ」シルビーは、相手がなにを考えているのかわかるという例の不可解な能力を発揮して言った。「真の忠誠心が存在するのは女友達のあいだだけ。どうか話してちょうだい、グリセルダ。そうすれば、なにが彼を苦しめているのかわかるから」

「相手の名前はレディ・ゴドウィンよ」グリセルダは仕方なく答えた。

「音楽家の、すごくほっそりした女性？」

「あなたがまだ会ったことのない人が上流社会にいるのかしら？」

「もちろんいるわよ。レディ・ゴドウィンにも直接お目にかかったことはないわ。でも、できるだけ多くの人のことを知りたいの。そのほうが人生が楽しくなるから。じゃあ、メインはレディ・ゴドウィンと恋に落ちたのね？」

グリセルダはシルビーの表情をうかがった。だが彼女の目は明るく、少しの翳《かげ》りも見られなかった。なるほど、シルビーは根っからのフランス人なのだ。「兄は確かに彼女に恋をしたわ」グリセルダは認めた。「でもレディ・ゴドウィンのほうは、兄と逢い引きするのもいいかもしれないと冗談半分に考えていただけなのよ。そして結局はご主人を裏切らないことにしたの。おふたりは今でも仲がよくて、もうすぐふたり目の子供が生まれるそうよ。いえ、もう生まれたんだったかしら。思い出せないわ。彼女とは久しく会っていないから。確か、今は田舎にいるはずよ」

「それなら、まだ妊娠中なのよ」シルビーは指摘した。「もう子供が生まれていたら、ロンドンに出てきてシーズンを過ごしているはずだもの」

「そうかもしれないわね」グリセルダは、シルビーがあまりにも冷静な口調で話していることに少し驚いていた。「レディ・ゴドウィンはきっと子供にべったりのはずよ」

「それでも赤ん坊を連れてロンドンに出てくることはできるわ」シルビーは言った。「つまり、メインは大きな失恋をしたというわけね？」

「まあ、そんなところよ。それ以来、兄は一度も情事を持っていないの」

「レディ・ゴドウィンとの一件があったのは、どれぐらい前のこと？」

「二年ほど前かしら」グリセルダは考えた。「たぶんそのぐらいよ。レイフがエセックス姉妹の後見人になる前だもの」

「メインはもう二年も愛人をつくっていないの？」シルビーはひどく驚いたようだった。

「まあ、あなたが気づいていないだけかもしれないけれど」

「そうかもね。でも、わたしは兄のことをよく見てきたのよ。兄はフェルトンと結婚したテス・エセックスと婚約していたし、そのあとはレイフと結婚したイモジェン・メイトランドのエスコート役を務めていたから」

「公爵がみんなにファーストネームで呼んでもらいたがるなんて、めったにないことよね」シルビーは言った。「ホルブルック公爵はわたしにもレイフと呼んでくれと言ったの。信じられる？」

「ええ」

「メインがふさぎ込んでいるみたいで心配なの。同情はするわ。でも白状すると、沈んでいる人って生理的にだめなのよ。わたしの父は母が亡くなったあと、すっかり気落ちしてしまったの。母を埋葬してすぐにこちらへ来て、父の友人や親戚《しんせき》と遠く離れてしまったから」

「大変だったでしょうね」

シルビーはため息をついた。「わたしが二六になるまでロンドンに出てこなかったのは、かわいそうな父を置いてこられなかったからなの。父は毎日暗い顔で過ごしていたわ。ようやく去年、未亡人の女性と出会って再婚して、今ではかなり明るくなったのよ。それでも、わたしにはとても賛成できないことをして一日のほとんどを過ごしているけれど」

「なにをしていらっしゃるの？　確か、ノーサンプトンシャーにお住まいなのよね？」

「ええ、サウスウィックよ。そこで犬を一〇頭以上も飼っていて、そのうちの何頭かは家のなかにも入らせているの。わかるでしょう？」

グリセルダはうなずいた。

「ただの家じゃないのよ。父がフランスの田舎に立つミランド城に似せて建てた家なの。とても美しいのに――そこらじゅうに犬がいるのよ」絶望に満ちた声だった。

「まあ」

「父は犬を家から出すと、自分も外に出て犬の居場所を確かめて、そのあとまた犬を家に入れるの。犬を家に入れなければならないとしても、面倒を見てくれる召使いはいくらでもいるのに。だけど父は犬が大好きなのよ。自分には犬の気持ちがわかると思っているの」シルビーはふたたびため息をついた。「シーズンを過ごしにロンドンへ来るよう父を説得することはできなかったわ。幸い、わたしのお目付け役は母親代わりの女性が務めてくれているけれど、父もときには犬を置いてどこかに出かけたほうがいいんじゃないかしら」

「あなたは犬が嫌いなの？」

「子供のころはプードルを飼っていたわ。お行儀のいい動物は大好きよ。でも、父が飼っている犬には大きな尻尾があるの。吠《ほ》えるし、くさいし、池で泳いだりもするのよ。父の再婚相手は動物好きな人でね。彼女がわたしに代わって父の相手をしてくれることになってどんなに感謝しているか、口では言い表せないわ。ちょうど、自分があのお城で無駄に年を取っていくように思いはじめていたところだったから。父と妹と犬だけを相手にね！　妹は父に似て――」シルビーは間を置いて強調した。「犬の毛がドレスについても気にしないの！」

「なんてひどい話でしょう。そんな暮らしはあなたらしくないわ、シルビー」

「そうなのよ。とにかく、父みたいにふさぎ込んでいる人のそばにいるのはたまらないわ」

「わたしが知るかぎり、兄は犬が好きじゃないわよ」グリセルダは急いで言った。

「そうかもしれないけど――」

「すぐにまた明るくなるわよ。今は少し落ち着いて考える時間が必要なだけ。結婚したら、きっと事情が変わるわ」

「そろそろメインに結婚の日取りを決めさせるべきなのかしら」シルビーはつぶやいたが、その顔には納得していないようなところがあった。

グリセルダはパニックに襲われた。愛しい兄が二度もつらい思いをするなんて耐えられない。「間違いなくそうするべきよ。兄がふさいでいるのは、先の予定がちゃんと立っていなくて、楽しみなことがないからだと思うの。家族を持てばすべてが変わってくるわ」

そのとき、ふたりの乗った馬車がカーブを曲がり、ふいに速度を落とした。あちこちで馬車が止まり、なかからひらひらしたドレスを着て、風に揺れるボンネットをかぶった若い娘たちが降りてきていた。そろってコースに向かう姿は、まるで動く牡丹《ぼたん》の花のようだ。馬車のなかにいるグリセルダのところにも、コースの喧騒がかすかに聞こえてきた。

「けっこう歩くの?」シルビーが尋ねた。

「あら、その必要はないわ。ボックス席の前まで行けるのよ」

シルビーはにっこりした。

グリセルダは大きな不安を覚えながら座席の背にもたれた。シルビーは必ずしも幸せではないようだ。心から愛した女性に二度もふられたら、お兄さまはどうなってしまうのだろう? 考えただけで気分が悪くなった。

21

『ヘルゲート伯爵――上流社会の夜』第一七章より
親愛なる読者よ、わたしは彼女をシェイクスピアが生んだ妖精の名で呼ぶとしよう。彼女はわたしにとって妖精のようにつかまえにくく、魅力的な存在だったからだ。こんなことを書くと嫌われるかもしれないが……彼女のやさしい顔を見たとき、わたしはこの女性を自分のものにしたいと強く思った。けれども彼女と結婚することはかなわなかった……彼女はすでに立派な市民と結婚していたからだ。これを書きながらも、体が震えるのを止められない――夫婦の絆《きずな》をもってしても、わたしを止めることはできなかった。

ルーシャス・フェルトンのボックス席は、間違いなくアスコット競馬場で最も豪華なものだった。王室のボックス席は赤いベルベットが張りめぐらされ、まるで王座のごとく見るからに座り心地の悪そうな椅子が置かれているだけの簡単なつくりだ。だが、結婚して初めてアスコットにボックス席を持とうと決心したフェルトンは、周囲を囲われた席を特に好んでいた。アスコットではそうした席はつくれないことになっていたので、彼は責任者を多額の金——噂では翌年の運営費をすべてまかなえるほどだという——で買収し、雨や日差しを防ぐ屋根のある優雅なボックス席をつくらせた。そのボックス席にはコースに面した大きな窓があったが、奥行きも充分にあったので、夫たち（ミスター・フェルトンもそのひとりだが）がレースに夢中になっているあいだ妻たちがそこでくつろげるよう、小さな部屋がいくつか用意されていた。

さらに長椅子が置かれた化粧室もあり、それを知ったジョージーは大喜びした。「テスお姉さまはなんてすてきな人生を送っているのかしら」彼女は室内の美しさに思わずため息をついた。化粧室は、ぶなの若葉のような色をしたシルクが壁に張りめぐらされた、ゆったりとくつろげる部屋だった。ジョージーが入っていくと、そこにはすでにシルビーがいて、ピンク色の唇を慎重な手つきで濃い赤に塗っていた。

「あなたのお姉さまは本当にお幸せな方ね」シルビーが同意した。「お姉さまより早くミスター・フェルトンに出会えなかったのが、残念でならないわ」

シルビーの率直な言葉にジョージーは微笑んだ。「あなたは彼を好きにならなかったかもしれないわ」

「彼ほどのお金持ちなら、きっと好きになったわよ。それはそうと、わたし、あなたが現れる前に結婚市場を出られて本当によかったと思っているの」シルビーはジョージーを上から下まで見た。「あのおかしな下着を脱ぎ捨てた今、あなたは強力な競争相手だもの」

ジョージーは吹き出した。「あなたほど人をいい気持ちにさせてくれる人はいないわ、シルビー」

「わたしは本当のことを言っているのよ」シルビーは例によってフランス風に小さく肩をすくめた。「わたしのほうがあなたよりほっそりしているし、鼻も少し小さいと思うけど、わたしには――」両手を振って言う。「魅惑的な雰囲気がないもの。あなたにはそれがあるわ」

「あいにくフランス語はわからないの」ジョージーはシルビーにならって口紅をつけた。

「つまり、あなたはいいベッドの友になりそうに見えるということよ」シルビーはあからさまに言った。それを聞いたジョージーがくすくす笑うのを見て続ける。「間違った言い方をしたかしら？　頑張って英語を勉強しているんだけど、なかなか難しくて」

「あなただって、とてもすてきなベッドの友になりそうに見えるわよ、シルビー！」

「あら、そんなはずないわ。そういうことに興味がないもの。幸い、男性のなかにもわたしと同じ気持ちの人がいるのよ」

「メインがそうだというの？」ふいに話題が変わったことにジョージーは驚いた。

「ええ」シルビーは口紅を置くと、小さなエナメルの箱を手に取って、鼻におしろいをはたきはじめた。

「もしかして知らないの？　メインが、その……」

「あら、そういう方面では彼の評判が最悪だってことは知っているわ」シルビーはふたたび両手を振った。「でも、男性は行きずりの相手に求めるのと同じことを妻に求めるわけじゃない。たぶん、わたしが性的興味を示したらメインはびっくりするはずよ。でもわたしはそんな興味がないから、ふたりはきっとうまくいくわ」

ジョージーは唇を噛んだ。シルビーがジョージーの顔を見てやさしく微笑んだ。

「自分のブラシで人に色をつけてはだめよ」シルビーは言った。「どういう意味かわかる？」

ジョージーが首を横に振るのを見て続ける。「つまりわたしが言いたいのは、メインは手に入れられない相手しか好きにならないってこと。男の人にはよくあることだわ。グリセルダから聞いた話では、彼はこれまでに一度しか女性を好きになったことがなくて、その人は幸せな結婚をしていたそうよ」これで話は終わりだというように、彼女はおしろいの箱を閉めた。

シルビーは足取りも軽く化粧室を出ていった。ジョージーは椅子に腰かけたまま、鏡をじっと見つめていた。本当にメインは手に入れられない相手しか好きになれないのかしら？そう思うと胸が痛んだ。たぶん結婚すれば、シルビーの――彼女自身の言葉をつかえば――性的興味も募るだろう。

いや、そうはならないかもしれない。ジョージーはシルビーの冷静な横顔を思い出して考えた。シルビーがメインと婚約していながら、彼に興味を抱いていないとすれば……結婚したからといって、なにも変わるはずがない。

22

『ヘルゲート伯爵――上流社会の夜』第一七章より

わたしとの戯れの関係によって、彼女がなんの害も被らなかったことは保証する。親愛なる読者よ、わたしは彼女にわが汚れた魂を清められるのはあなただけだと言い、彼女――わたしの愛しい妖精、美しきピーズプロッサム――はその言葉を信じてくれた。彼女はわたしの馬車のなかでわが魂を清め……体のほかの部分をなだめてくれた。ある日の午後――その午後のことは決して忘れないだろう――わたしは廃墟《はいきょ》と化した教会で彼女と会い、野の花や崩れ落ちた石のなかで……。

アスコット競馬場

ダーリントンは妻となる女性を見つけるはずだったが、グリセルダが見るかぎり、彼は効果的な方法をとっているように思えなかった。それどころかグリセルダのまわりをうろうろして、機会を見つけては彼女に背徳的なことを言った。そういうことがあったほうが人生は楽しくなるが、彼を追い払わなければならないとグリセルダの道徳心は告げていた。

「さっさとどこかに行ったらどうなの」グリセルダはダーリントンに小声で言った。みんなで特別観覧席に向かっている途中のことだった。彼女のもとに、クラレンス公爵夫人が到着したとの情報が入ったからだ。なぜかグリセルダはダーリントンとともに、シルビーとジョージーを左右の腕につかまらせたメインの少し前を歩いていた。

「いやです」ダーリントンが彼女の耳もとで言う。「そんなことはできません」

「求愛する相手を見つけるはずでしょう？」彼の目に宿るなにかがグリセルダの意識を朦朧《もうろう》とさせ、自分が自分でないように感じさせた。わたしも夫を見つけるはずじゃなかった？

「ぼくはあなたのそばにいて、あなたが未来の夫を見つけるお手伝いをしますよ」ダーリントンが彼女の心を読んだかのように言った。「ほら、グレイストック卿がこちらに歩いてきます」

グリセルダは彼が指し示すほうに目を向けた。グレイストックがゆっくりと近づいてくる。にこやかな顔に細い鼻をした、くしゃくしゃの髪の男だ。

「まるで人なつこいアナグマみたいですね、あの髪にまじる白いものが」ダーリントンが言った。「結婚したらふたりで田舎に引っ込んで、アナグマレースを始められますよ」

グレイストックはすでにお辞儀をして挨拶の言葉を口にしていた。その態度からは、グリセルダとともにアナグマレースを開催するのも悪くないと思っていることがうかがわれた。

だが彼女はグレイストックの黄ばんだ歯を見て、すばやく手を引っ込めた。

「彼はそう悪くないですよ」グレイストックが立ち去るのを待って、ダーリントンが言った。「レディ・グリセルダ・グレイストックでは気の利いた名前じゃないと思う人もいるかもしれませんが、そのうちあなたも慣れます」

「あなたって、思いやりのかけらもないのね」

「今に始まったことではありません」ダーリントンはにやりとした。「ほかにあなたに結婚を申し込みそうな人はいないんですか?」

「わたしの結婚相手は立派な男性じゃないとだめよ。あなたの結婚相手が立派な女性じゃないとだめなのと同じで」グリセルダは日傘をうしろに傾けて、ダーリントンの顔を見上げた。

「あなたの夫はアナグマのように立派だと示さなければならないんですか?」

彼女はダーリントンに微笑みかけた。彼が言っていることは、おそらく本人が思っているほど辛辣ではない。その目には、兄のメインが子供のころ、お気に入りのおもちゃを友達に貸すよう言われたときに決まって浮かべた失望の色が見て取れた。「ヘルゲートの回想録は読んだ?」

「例のくだらない本ですか? もちろん読んでいません」

「わたしはとてもおもしろいと思うわ。ねえ、ご存じ? あの本のモデルはわたしの兄だと思われているのよ」

「あなたは前にもそう言いましたよ」

「あの本のモデルが兄でなければよかったのにと思うわ」グリセルダはため息をついた。

「あれを読むと、兄がひどく卑劣な男に思えるんだもの。兄は二〇年以上かけて、ああいうことをしてきたのよ。でもそれを一度に読むと、兄はすごく卑怯《ひきょう》で幼稚な人間に見えるわ」

「あの本のモデルはあなたのお兄さんだと、なぜそんなにはっきり言い切れるのかわかりませんね」ダーリントンは戸惑いの表情を浮かべていた。「ぼくはヘルゲートは結婚しているという印象を受けました。あなたのお兄さんは、まだ結婚していませんよね？」

「あなたはただ、わたしの言うことを信じてくれればいいの」グリセルダは言った。「ヘルゲートはジョン・ダンの詩を引用しているんだけど、兄もその気になれば朝から晩まで詩を朗読していられるわ」

「予想外に深い読みだな」ダーリントンはつぶやいた。「少し暑くないですか？　それに疲れているのでは？　どこかもっと涼しくて静かな場所に行ったほうがいいんじゃないですか？」

「いいえ、けっこうよ」

「ずいぶん暑そうな顔をされていますけど」

グリセルダは目をしばたたいた。本当に暑くないのに。彼はわたしの顔がほてっていると言いたいのかしら？　でも、レディが鏡で顔を確かめるほどみっともないことはない。「これ以上はないぐらい快適よ」

「とてもそうは思えませんが」ダーリントンは心配そうな顔でグリセルダを見つめた。いったいどうしたのだろうと彼女も不安になってきた。念入りに施した化粧が、日差しを浴びて崩れてしまったのだろうか？　いいえ、そんなはずはない。薄くしか塗っていないのだから。

「こいつは大変だ」彼が顔をのぞき込んで言った。

グリセルダの鼓動は速くなっていたが、それは顔が悲惨な状態になっているのを恐れたからではなかった。「本当に？」彼女は弱々しく尋ねた。ダーリントンの顔は、彼女の唇からほんの数センチしか離れていないところにある。でも、まさかここでキスしてくるはずはない。まわりにはたくさんの人がいるし――。

「あなたは病気にかかっている」

「わたしが？」

「とても重い病気だ。なんだかおかしな気分がするでしょう？」

もしかするとそうかもしれない。心臓は激しく打っているし、膝にも力が入らない。頬も熱くなっている。グリセルダは口を開いた。

「しゃべらないで」

それでも彼女は言葉を発しようとしたが、すぐにダーリントンの瞳に注意を引かれた。なんて変わった目の色をしているのかしら。美しく冷たいグレーから緑へと徐々に変化している。

「あなたは今にも気を失いそうだ。その青白い顔を見ればわかる」

青白いですって？　そんなはずはないのに。今朝、念入りな手つきで薄く頬紅をはたいていた自分の姿が脳裏をよぎった。

グリセルダは顔をしかめてダーリントンを見た。そのときなにかが膝の裏にぶつかって、右足が前に滑った。

はっと息をのみ、日傘を取り落としたが、気づくとメロドラマのヒロインのようにダーリントンに抱き上げられていた。「大丈夫です」彼がやさしいまなざしで言った。グリセルダの鼓動はいっそう速くなった。「ぼくがあなたの面倒を見ますから。暑さにやられただけですよ」ダーリントンはうしろを振り返り、心配そうな顔をしているジョージーに告げた。「なにも心配はありません」メインにも言う。「ぼくがレディ・グリセルダをお宅までお送りします。めまいがされているようですから」

メインは妹への愛情と馬とのあいだで板挟みになっているようだった。「わたしなら大丈夫よ」グリセルダはじっとしたままで言った。ダーリントンはわざとわたしをふらつかせたのだから、このまま筋肉を酷使して抱いていてもらおう。めまいなどしていないと抗議したところで、どうなるというの？　実際、本当にめまいがする気がしてきた。とにかく、今とても幸せな気分なのは間違いない。

グリセルダの表情に気づいたらしく、メインがいぶかしげに目を細めてなにか言いかけたが、ダーリントンはすでに向きを変えて人込みのなかを歩きはじめていた。グリセルダは彼の肩に頭をもたせかけた。こんなふうにわたしを抱いて運べるなんて力が強いのね。

「転びそうになったら下ろして」

「なぜ転んだりするんです？」

グリセルダは目を上げた。ダーリントンの顔には、男の子がお気に入りのおもちゃを友達からうまく隠せたときと同じ得意気な表情が浮かんでいた。「恥を知りなさい」

「それはいつものことですから、今さらなんとも思いませんよ。これからあなたをぼくの家に連れていきます」

ふたりは辻馬車乗り場の近くまで来ていた。ダーリントンは長い脚を最大限に速く動かして人込みのなかを進んだ。「あなたのお宅には行けないわ」グリセルダは言った。彼はグリセルダを座席に下ろし、両手を彼女の脇に置いて身を寄せてきた。馬車に差し込む陽光をダーリントンの体がさえぎった。間違いなく、外からはなかが見えないはずだ。

「いや、行けますよ。頭から毛布をかぶって、鉢植えのふりをすればいい」

「そんなの無理よ！」

「無理ではありません」

グリセルダは反論しようと身を起こしたが、ダーリントンの唇からわずか数センチのところに顔を近づけるはめになっただけだった。彼が顔を寄せてくる。しばらくしてわれに返ると、彼女はダーリントンの両肩をつかんだ。「わたしはこんなことをする女じゃないのに」

「それはぼくも同じです」その言葉は真実だとダーリントンの目が告げていた。「ぼくは女性と寝るのを楽しむような男ではないし、母以外の女性を家に招いたこともない。でも、あなたには来てほしいんだ、エリー」

「エリーなんて、使用人みたいだわ」グリセルダは彼に見せつけるように下唇を突き出した。

もちろん、ダーリントンは唇を見ただけではすまなかった。そしてキスが終わるころには、グリセルダは彼とならどこに行ってもいいと思っていた。ダーリントンにもそれがわかったらしく、うっとりした目で彼女を見つめると、ようやく自分も馬車に乗り込んだ。

グリセルダは座席の背にもたれた。心臓が今にも胸を突き破って飛び出すのではないかと思うほど激しく打っている。「あんなふうにずっと馬車に頭を突っ込んだままでいるなんて、御者にどう思われたかしら」息が荒くなっているのが自分でもわかった。

ダーリントンはただ微笑んでみせた。

「誰が馬車の横を通ってもおかしくなかったのよ」グリセルダはわずかにずれたドレスの身ごろを直しながら言った。

「男性の住まいに入ったことはありますか？」

「もちろんないわ！」

「それなら、どちらにとっても初めてのことですね」

23

『ヘルゲート伯爵──上流社会の夜』第一九章より

親愛なる読者よ、わが忌まわしき人生における最も罪深いひと幕に話を進めるにあたって、再度お願いしなければならない。どうか今すぐにこの本を閉じ、脇に置いて、代わりに祈禱書を手に取るようにと。祈禱書のなかには、あなたの内なる心や現実の生活を豊かにする言葉が書かれているに違いない。ところが、この本には……。

さあ、くれぐれも心してお読みあれ。

自分はこの世で最も幸せな男に違いないとメインは思った。ギーグはレースに勝ち、彼を数千ポンド裕福にしただけでなく、レイフの馬を完膚なきまでに打ち負かした。親友に勝つほどうれしいことはない。

そのうえ、傍らには美しい婚約者がいて、その婚約者はアスコットを心から楽しんでいるように見える。メインはシルビーに目を向けた。彼女はラベンダー色のサテンでできたフランス風の大胆なドレスを着ている。彼はそのドレスについて詳しく聞かされていたので、ウエストまわりのライラック色の刺繍や黄水仙色のブロケード織り（それがどんなものかはよくわからないが）のリボン、裾の縁飾りのことまでよく知っている気がした。装いの目玉《ピエス・ド・レジスタンス》は、細かい房飾りのついた白い日傘と対になっている、インドのターバン風の帽子だった。

その帽子をかぶって歩くシルビーの姿が気に入らないわけではない。彼女は可憐でフランス人らしく、いかにも当世風《オ・クーラン》に見える。おそらく自分はターバンが好きではないのだろう、とメインは思った。あるいは、シルビーの胸がフランス風の服で押しつけられて（こんなふうに思っていることは決して悟られてはならないが）平らに見えるせいかもしれない。女性の服装は、ときに男性の目から見るとまったく理解できないことがある。

ジョージーのドレスはそれよりはるかに飾り気のないものだった。縁飾りもなければ房飾りもついておらず、オ・クーランでもない、深紅のプロムナードドレスだ。彼女はボンネットを脱ぎ、メインと腕を組んでいないほうの手に持っていた。シルビーがなにを言おうとまったく注意を払わず、コースを駆ける馬たちを首を伸ばして眺めている。

シルビーが競馬に興味を示さない一方で、ジョージーは初めて馬を見るかのようにレースに引きつけられていた。それは単に、彼女が子供部屋を出てまもないような年齢だからかもしれない。醜悪なコルセットを脱ぎ捨てた今、ジョージーを見てそんなふうに思う者はいないだろうが。彼女は女らしい曲線に富む美しい姿をしている。あのコルセットも含めて、どんな衣類もジョージーの胸を平らに見せることはできないだろう。実際、行き交う男たちの誰もが物欲しげな目で彼女を見ていくことにメインは気づいていた。

「メイン！」

彼は首をめぐらせて婚約者を見おろした。シルビーは問いかけるような目を向けている。

「ベルベットで縁取りされた、緋《ひ》色の布でできた靴よ」彼女が誇らしげに言った。

「なるほど」長年にわたってグリセルダの相手をしてきた経験を生かして応える。

「それに金糸で刺繍がされていて真珠の飾りがついているの」シルビーは鼻に皺を寄せた。

「ごてごてしすぎよね。そう思わない？」

「そうだな」メインはまた注意をそらされた。ジョージーが足を止めてつま先立ちになり、コースを駆け抜けていく馬の群れを眺めている。「見て！」彼女はメインの腕を引っ張った。

「わたしの思い違いじゃなければ、レイフの馬が勝ったわ！」

メインはゴールのほうに目をやった。確かに、優勝した馬の騎手はレイフの厩舎の色を身にまとっている。まあ、ときには彼に勝たしてやるのもいいだろう。

「額によ。まるで角みたいに」シルビーが言った。

「そうだな」もう戻ってもいいのではないだろうか？　メインは早くボックス席からレースを観戦したかった。

「メイン！」彼ははっとわれに返った。シルビーが笑い声をあげている。「わたしの話をまったく聞いていないのね。ピドルスワース公爵夫人が額に真珠の角をつけているって言ったのに、そうだな、なんて！」

「悪かった」メインは言ったが、内心では少し苛立っていた。「そろそろボックス席に戻らないか？　ここからではレースがよく見えないから」

「そんなのつまらないわ」シルビーは顔をしかめた。「それよりミットフォード伯爵夫人を探したいのよ。客間をフランス風にするにはどうしたらいいか、教えてさしあげるって約束したの」

ふいにメインは猛烈にシルビーから離れたくなった。「ああ、ミットフォード伯爵夫人を探すとしよう。きっと息を殺してきみを待ち構えているぞ」

シルビーはわずかに目を細めたが、なにも言わなかった。人前で喧嘩を始めるようなみっともない真似はできないのだろう。「悪かったよ」メインはふたたび彼女を見て言った。

だが、シルビーは彼に微笑みかけた。「あなたはわたしの父にそっくりだって考えていたの」鼻に皺を寄せて言う。「ほら、父は犬のことで頭がいっぱいだから。元気にしているか、体を壊していないか、大麦湯を飲ませなくていいかってね」

「大麦湯だって？」

彼女はうなずいた。「白目が黄色くなった犬には、蒸したブロッコリーと大麦湯の食餌《しょくじ》療法をさせるのよ」

メインは身震いした。「お父上とぼくのどこが似ているのかわからないな」ジョージーはすでに彼の腕を放して柵の前に立ち、新たに始まったレースに出ている馬たちが最初のコーナーを曲がるのを見ていた。

「ジョージー！」シルビーが叫んだ。「うしろにお下がりなさいな。顔や服が埃まみれになるわよ」

しかしジョージーはシルビーの声が聞こえなかったらしく、栗毛の馬が集団から飛び出すのを手を叩いて眺めていた。馬は小さな耳をうしろに倒して疾走している。その馬が勝利に向かって走っているのが、メインのところからでもわかった。

「あの馬の名前は？」ジョージーが彼に向かって声を張り上げた。

メインは首を振った。「あれはパルモントの馬だが、名前までは――」

ひとりの紳士がジョージーの隣に来て熱心に話しかけ、一緒にレースを観はじめた。細身の去勢馬が内側からぐんぐん伸びてきた。

「だめよ、だめ！」ジョージーは絶叫した。

シルビーがとがめるような声を出した。「ジョセフィーンの隣にいるのはどなた？」

「トールボーイズ卿だ」メインは答えた。トールボーイズはレースよりもジョージーを熱心に見つめている。だが彼女は頬を上気させ、手袋をした手で柵をつかんでレースに夢中になっていた。

「ちゃんとした方なの？」

メインは顔をしかめてシルビーを見た。「ぼくがそうじゃない男とジョージーを一緒にいさせると思うのか？　トールボーイズ卿は充分な財産がある立派な男だ」

「独身なの？」シルビーは声をひそめて訊くと、メインがうなずくのを見て言った。「すばらしいわ！」

ちょうどそのとき、栗毛の馬が最後の力を振り絞るように首を伸ばしたかと思うと、ゴール板の前を駆け抜けた。ジョージーは歓声をあげてボンネットを振りまわしている。トールボーイズはそんなジョージーを見て楽しそうに笑い、彼女の手を取って踊りはじめた。

シルビーが笑い声をあげた。「どうやらジョセフィーンは見事勝利をおさめたみたいよ」

「そのようだな」メインは、巻き毛を揺らしてトールボーイズと踊るジョージーを見つめた。彼女はとても楽しそうに笑っていた。トールボーイズはジョージーには若すぎる。せいぜい二四歳というところだろう。

いや、彼女の相手にちょうどいい年ごろか。

シルビーがふたりのほうに近づくと、トールボーイズは足を止めて、少年らしさの残るお辞儀をした。「どうかお許しください。ミス・エセックスとぼくは、この場の雰囲気に舞い上がってしまったようです」

シルビーは頬にえくぼをつくってトールボーイズに微笑みかけた。メインは黙って見守った。トールボーイズはシルビーの魅力的な訛りを聞いて目を輝かせるに違いないと思いながら。「あんなふうに興奮を表せるなんてすてきだわ」彼女が言った。「今のレースにさぞかし頭が躍ったのね」

「胸が躍った、ということです」メインはシルビーの言葉を訂正した。

トールボーイズは彼女が言おうとしたことを理解したようには見えなかった。すでにジョージーに向き直り、レースに関する情報が記された本を取り出している。「ほら、見てごらんなさい。今勝った牝馬の名前はファイヤーブランドです。いい名前じゃありませんか、ミス・エセックス？」

「松明《ファイヤーブランド》なんて無骨な名前、あの馬には似合わないわ」ジョージーは言った。「あの馬がゴールを切ってスピードを落としたとき、耳をさっと動かしたのを見た？　まるで自分が勝ったのがわかっていて、笑っているみたいだったわ」

「きっとわかっていたんですよ。いい馬というのはそういうものです」

「父の馬のなかにも、負けたあとひどくがっかりしている馬がいたのよ」ふたりはジョージーの父親の厩舎について話しながら歩きはじめた。

シルビーがメインに向き直ってささやいた。「どうやらトールボーイズ卿は、人生において新たに情熱を捧げられるものを見つけたようよ。スケビントンに強力な競争相手ができたわね」

「そうかな？」メインは自分がまるで六〇歳の老人のように気難しくなっていることに気づいた。「彼は若すぎると思わないか？」

「ふたりは一緒に遊べるわ。二匹の子猫みたいに」

あの男がジョージーに向けている目は子猫の目とは程遠いが。「そろそろボックス席に戻らないと」メインは言った。トールボーイズを招待するつもりはないことをはっきりさせながら。

トールボーイズはどうしようもない愚か者だ――今初めて気づいた。ジョージーがどうして彼のくだらない言葉に大笑いしたのか、不思議でならない。彼女はまるで摂政殿下と話しているかのように楽しそうな声を出していた。

自分もトールボーイズに負けず劣らず愚か者だと気づき、メインは腹立たしくなった。そもそも愚かなふるまいをする人間には我慢ならなかったが、自分がそうしたふるまいをしているときにそれと気づけるだけの正直さはあった。つまり、ぼくは婚約していることを実感できていないのだ。婚約中というのは、ふいに相手の唇を盗んだり、視線を絡め合ったりするものだと思っていたから。

もちろん女性の唇は過去に何度も盗んできたし、これまでに寝た女たちみたいに身持ちが固いとは言えない女性を妻にしたいとは思わない。はっきり態度を決めなければならなかった。婚約者とキスするのか、しないのか。

ジョージーは、どことなく苛立っているようなメインとシルビーのうしろを歩いていた。すると、ふいに彼女を呼ぶ声がした。「ミス・エセックス?」

声のほうを見ると、太った若者が親しげな笑みを浮かべて立っていた。

顔には見覚えがあったが誰かわからなかったので、とりあえず言った。「こんにちは」

「ぼくはエリオット・サーマンです。先週、舞踏会でお会いしました。腕をお貸ししてもよろしいですか?」

メインはジョージーが立ち止まったのに気づかず歩きつづけていたので、彼女は若者の腕を取った。やがてふと気づくと、ジョージーたちはテスのボックス席とは離れた、軽食を提供するテントのほうに向かっていた。

半ばどうでもいいような気持ちになって、ジョージーは歩きつづけた。よく知らない若者と腕を組んで歩くぐらい、大したことではない。メインは情熱のかけらもない婚約者を愛しているし、グリセルダはダーリントンと帰ってしまった。男性とのあいだに保つべき安全な距離があるとしても、グリセルダは教えてくれなかった。

アナベルお姉さまがいてくれたらよかったのに！　でも、お姉さまはサミュエルを人の多い競馬場に連れてくるのをいやがった。イモジェンお姉さまは新婚旅行中だし……ジョージーはため息をついたが、やがて気を取り直した。せいぜい礼儀正しくしなければ。

「あなたの馬もレースに出るの、ミスター・サーマン？」ジョージーは尋ねた。

「いいえ。母はいつも、紳士はなにか仕事を持つべきだと言っています。ぼくは少々怠け者で、煙草《たばこ》を吸うような威勢のいいことはできないので、もっぱら賭け事に時間を割いているんです」サーマンは高らかに笑った。

自分はなにか聞き洩らしたに違いない、とジョージーは思った。「あなたのお母さまはあなたが煙草を吸うべきだと思っていらっしゃるの？　お仕事として？」

「ちょっとした冗談ですよ」サーマンはわずかに不満げな声で言った。

冗談というのはおもしろいものじゃなかった？　あるいは少なくとも筋が通っているか。

ふたりは軽食のテントのそばを通り過ぎ、厩舎とコースを取り巻く庭園に入っていた。

「もう戻ったほうがいいんじゃないかしら」ジョージーは身をかがめ、植えられている花を見た。けれども誰かが間違って待宵草を植えたらしく、日の光のもと、ほとんどの花がしぼんでいた。

サーマンが立ち止まり、喉の奥で奇妙な音をたてた。ジョージーは彼に目をやった。サーマンがまた同じ音をたてる。なにかの発作に襲われているのではないかと、ジョージーは心配になった。あんなふうに頬が赤くなっている人は心臓発作を起こしやすいと聞いている。彼女は眉をひそめてサーマンを見た。確かに見たことのある顔だ。それも不愉快な状況で――。

次の瞬間、サーマンがジョージーをぐいと引き寄せて、無理やりキスしてきた。彼の唇は驚くほど冷たく、ぶよぶよしていた。彼女は驚きのあまり一瞬凍りついたが、サーマンが分厚い舌を唇のあいだに割り込ませてきたので、逃れようともがきはじめた。

彼は驚くほど力が強かった。ジョージーはいつしか厩舎の張り出した屋根の下に追いつめられていた。口のなかを舌でかきまわされ、息がつまりそうになる。ドレスの背中がなにかに引っかかり、布地が裂けるのがわかった。ジョージーは必死に抵抗し、相手のすねを蹴ったが、彼女の靴は柔らかいうえにサーマンは両足を固く踏ん張っていた。もっと上のほうを蹴ろうとしたが、あまり余裕のないスカートに邪魔されて足が上がらなかった。そこで横に体をひねり、やっとのことで彼から逃れた。

サーマンが身を引いて言った。「威勢がいい女だ」まるで酔っ払っているみたいな、はっきりしない声だ。ジョージーは大きく息を吸って悲鳴をあげようとしたが、ふたたび唇で口をふさがれ、危うく窒息しそうになった。そのとき、恐ろしいことにドレスの裂け目が大きくなりつつあることに気づいた。このままでは脱げて下に落ちてしまうかもしれない。

このままでは――。

ジョージーは行動に出た。

ドレスの上からこすりつけられていた彼の股間に、すばやく膝蹴りを食らわせる。そのとたん、つかまれていた両腕が自由になった。ジョージーはふらつきながら横に逃れた。またドレスが裂ける音がして、背中に空気が触れるのがわかった。

サーマンは腰を深くかがめて、よろよろとあとずさりした。「くそっ――よくも――」

ジョージーはくるりと向きを変えて逃げようとした。だが、そのとき厩舎の裏口に目が留まった。いつ誰が厩舎を訪れてもいいように馬房を清潔に保ち、悪臭が漂わないようにするために馬丁が集めた馬の糞《ふん》が、裏口の外に出してある。明日の朝にはどこかへ運ばれていくのだろうが、今は――。

シャベルが一本、壁に立てかけられていた。糞の山はジョージーの膝ぐらいまで高さがある。茶色い糞の山にシャベルを突っ込んでサーマンのほうに振りまわすのに、一秒とかからなかった。シャベルは腰の高さまでしか持ち上がらなかったが、それで充分だった。勢いがついたシャベルから、湯気を立てている馬の糞が飛び出し、ちょうど頭を上げて悪態をつこうとしたサーマンの顔に命中した。ジョージーが裏口から厩舎へ駆け込む前に最後に目にしたのは、彼の大きく開かれた目と赤い口が、一瞬にして茶色の糞に覆われるところだった。

彼女は厩舎の長い通路を走った。ちょうど昼食時で、午後になるまでレースは予定されていなかった。きっと馬丁も厩舎の外をうろついているのだろう。助けを求められる人は誰もいない。このままではサーマンに見つかってしまう。ジョージーは今にも彼の大きな手に肩をつかまれそうな気がした。

そのとき、メインの紋章が入った赤い毛布が馬房の横にかかっているのが見えた。ジョージーはうしろを振り返ったが、幅の広い通路には誰もいなかった。そのまま息もつかずにジーグの馬房に入り、馬体の横を通って奥まで行くと、藁の上に身を伏せて息を殺した。なにも聞こえず、足音もしなかった。ジーグの鼻息と不安げに足を踏み鳴らす音がするだけで。

「しーっ、静かにして」彼女はささやいた。「お願いだから」

ジーグが小さくいななき、尻尾を振った。その先端がジョージーの顔にあたり、何匹もの蜂に刺されたような痛みが走った。目に涙がわいてくる。レティキュールはどこかにいってしまったし、ドレスは破れていた。ひとまず起き上がって馬房の隅に体を寄せると、背中がじかに板にあたった。先ほど聞こえたのはドレスとシュミーズが一度に裂ける音だったのだ。

いったん泣きはじめると涙が止まらなくなり、ジョージーは全身を震わせて泣きじゃくった。ようやく気持ちが落ち着いてから、シュミーズを少し破ってハンカチ代わりにし、どうやって厩舎を出ようかと考えはじめた。馬丁たちの声が通路の先から聞こえてくる。あと三

○分もすれば、誰かがジーグの様子を見に来るだろう。厩舎長のビリーも昼食から戻ってくるに違いない。
干し草置き場に上がるための梯子《はしご》が壁に打ちつけられていた。干し草置き場に身をひそめて、全員が仕事を終えて家に帰るのを待とうか？

狭い馬房のなかでいつしか向きを変えていたジーグが、ジョージーを慰めるように顔の前で小さく鼻を鳴らした。「さっきのレース、勝ててよかったわね」彼女は馬にささやいた。「ねえ、どうやってここから出たらいいと思う？」

自分が置かれた状況の深刻さが徐々にわかってきた。どうやらサーマンは悪臭を放つ体をどうにかしようと家に帰ったらしい。厩舎に駆け込んだ瞬間、ジョージーの身は安全になったのだ。サーマンが彼女と結婚したがるはずがないのだから。はっきり思い出したが、彼はイモジェンの結婚披露パーティーでジョージーをからかった、ダーリントンの友達とかいういやな男だった。とはいえ、もし誰かに――特にレイフに――今あったことを知られたら、無理やりサーマンと結婚させられてしまうだろう。

わたしは汚されてしまった。汚された女性に残された道は結婚しかない。まあ、正確には汚されたわけではないのかもしれないけれど。だがサーマンに腕をつかまれたことを思い出すだけでふたたび体が震え、ジョージーはシュミーズをさらに破って涙を拭《ふ》いた。

どうしてお姉さまたちは、すぐに愛せるハンサムな紳士の手で汚されることができたのかしら？　一方、わたしは結婚を承諾するぐらいなら殺してやりたい最低の男とおかしなことになってしまった。不公平もいいところだわ。

ジーグがふいに頭を上げて耳をそばだてた。ビリーが戻ってきたに違いない。彼はきっとメインを呼ぶだろう。メインは馬車を厩舎の裏につけるか、ジョージーが気を失ったことにして毛布でくるんで運び出すはずだ。

でもわたしの体重を考えると、メインは厩舎から運び出せないかもしれない。毛布をかぶっていれば、彼が重さに耐え切れずに顔を真っ赤にしてうなるのを見ずにすむだろうけれど。またしても頰を伝いはじめた涙を、ジョージーは苛立たしい思いで拭った。

馬房の隅に座ったまま背筋を伸ばし、体についていた藁を払い落とす。ジーグはまた向きを変え、馬房の外に首を伸ばしていないいていた。ジョージーは自分の恰好を見た。こんな姿でここにいるのを見られたら、間違いなく説明を求められる。そして説明したら最後、サーマンと結婚しなければならなくなる。

次の瞬間には彼女は梯子をのぼり、干し草置き場に上がっていた。そこはすべての馬房の上に広がる広々とした場所だった。金色の藁の山がいくつもある。しばらくここに隠れて、家に帰る方法を考えよう。

それとも、今すぐメインに助けを求めようか？　下から聞こえるのは間違いなく彼の声だ。ジョージーは梯子の横から下をのぞき込んだが、見えたのはジーグの背中だけだった。メインは低い声でジーグをなだめていて、ジョージーがぞっとしたことに、その声は彼女の全身をほてらせた。

メインを好きになるなんてとんでもない！　彼はわたしにとって、太陽神アポロのように手の届かない存在なのだから。しかも、ほかの女性を愛している。

そう自分に言い聞かせながらも、もっとよく下を見られるように床の上に腹這いになった。思ったとおりメインがいた。彼の姿を見ただけで心が落ち着く。あの自然な優雅さは長い時間をかけて身につけたものに違いない。なめらかで艶やかな巻き毛が、完璧な曲線を描いて額にかかっている。広い肩を包む上着には皺ひとつない。

　わたしとは大違いだわ！　ドレスは破れ、すっかり汚れている。あの男に揉みくちゃにされたせいで。メインが今のわたしみたいな姿になったら、さぞかし見ものだろう。泥まみれで、着ている服は皺だらけ。それも、ただの布切れにすぎないようなぼろぼろの服。唇にかすかな笑みが浮かぶ。ううん、身につけているのは下着一枚よ！

　けれどもふいに自分が、メインに受けさせたい報いのことではなく、彼の脚について考えていることに気づいた。下では彼が身をかがめていた。

「ここにはいないみたいだ」メインは言った。「くそっ、グリセルダが暑さにやられてさえいなければ」どうやら彼はジョージーを探しに来たらしい。シルビーも一緒にいるのが、ジョージーにはすぐわかった。彼の声が明らかにいつもと違っていたからだ。婚約者に話しかける声が妙に甘ったるく、熱に浮かされたようになっているのを聞いて、ジョージーはすっかり気分が悪くなった。

「この子、ずいぶん大きな歯をしているのね」シルビーが言った。「それにとても黄ばんでいるわ」

「これでも馬にしては白いほうなんだよ」

「誰かに言って歯を磨かせたほうがいいわ。そのほうが、この子も気持ちがいいはずよ」

彼は笑いもしなかった。シルビーにうっとりしている証拠だ。ジョージーのところから、シルビーのターバン風の帽子のてっぺんが見えた。彼女自身と同じぐらい魅惑的な帽子だ。

「シルビー」メインが言った。その口調にひそむなにかに、ジョージーはごくりと唾をのみ込んだ。「きみは本当に美しい。自分でわかっているかい?」

シルビーが自分の価値をわかっていなかったら、わたしは帽子を食べてみせるわ、とジョージーは思った。今は手もとにないけれど。レティキュールと一緒に、ボンネットもどこかにいってしまったから。

「ありがとう」シルビーは素直に応えた。ジョージーが同じことを言われたら卑屈になっていただろうが、シルビーの声には卑屈なところなどみじんもなかった。

「きみのそばにいると、ぼくは自分を抑えられなくなる」メインが言った。だが、それはメインではなくギャレットの言葉だった。恋をしている男が、恋人とふたりきりのときに口にする言葉だ。頰を伝う涙をジョージーはぼんやりと拭った。彼女にはメインの片方の肩しか見えなかったが、見えないところで彼は腕を伸ばし、シルビーを抱き寄せていた。

ジョージーは身震いした。もしメインに抱き寄せられたら、わたしは——雷に打たれた木のように彼の腕のなかに倒れ込むだろう。

だが、シルビーは違っていた。ジョージーが炎だとしたら、彼女は灰だった。「メイン、こんなところで――」

メインがシルビーに覆いかぶさった。ジョージーは固唾《かたず》をのんだ。もちろん、こうなることはわかっていた。メインはシルビーをきつく抱きしめ、彼女は彼の胸にぴたりと身を寄せるだろう。ミネルバ書房の小説のヒロインみたいに。そのとき、シルビーがふたたびジョージーの視界に入ってきた。

シルビーの声は真冬の朝の空気よりも冷え切っていた。「なんてことをするの！　こんなふうに襲いかかるなんてとんでもないわ、メイン卿！」

もう一度キスするのよ、とジョージーは思った。もっとうまく、その気にさせなきゃ。あなたはせっかちすぎるのよ。シルビーが内気すぎるのかもしれないけれど。

「わたしたちの関係をはっきりさせておいたほうがいいみたいね」シルビーがなおも冷たい声で言った。「もう二度とわたしに迫ったり、襲いかかったりしないでちょうだい」

シルビーはフランス人だからあんなことを言うんだわ。イングランドの女性にはメインを拒むことなどできやしない。ああ、彼がシルビーに対する言葉ひとつに込める情熱の半分でもわたしに向けてくれたら――。

「ぼくはきみを愛している。結婚しても、きみの妻としての権利は尊重する」

ジョージーは思わずあえぎ、あわてて手で口を覆った。

「わたしの言ったことがわかったの？」シルビーが苛立たしげに尋ねた。「わかったのなら、はっきりそう言ってちょうだい、メイン。あなたはずっとイングランドに住んでいたから、嘆かわしい習慣に染まってしまったのも無理ないわ。でもわたしには、あなたのお母さまに接するのと同じように接してもらいたいの」

「母に接するのと同じように、か」ようやくメインは言った。

ジョージーの心は沈んだ。彼の声にはもう幸せそうな甘い響きはなかった。

「当然よ！　言うまでもないけれど、あなたの人生において最も大切で最も尊敬すべき女性は、あなたのお母さまと妻なんだから。まったく、なんてばかげた会話なのかしら」

「ぼくにはとても興味深い会話に思えるけどね」

「だって、信じられないもの。あなたがお母さまに最大限の気づかいと敬意を持って接していないなんて。お母さまは修道女でいらっしゃるんでしょう？　なぜあなたがお母さまに接するようにわたしに接することができないのか、さっぱりわからないわ」

「ぼくの母は確かに修道院に入っている」メインは言った。「でも、シルビー、きみは修道女じゃない」

「わたしにもお母さまと同じぐらい礼儀正しく接してもらう権利があるわ。礼節の欠如がフランスの君主制の崩壊を招いたのよ」

「ぼくのしたことが、きみに対する礼儀に欠けていたとは思わないが」

一瞬の沈黙のあと、シルビーがためらいがちに言った。「こんなことを話すのはあまり気持ちのいいことじゃないけど、この手の問題ははっきりさせておいたほうがいいと昔から思ってきたから」

ジョージーは梯子の端を指が白くなるほど握りしめた。

「同感だ」メインは言った。

それ以上聞くべきではないとジョージーにはわかっていた。盗み聞きしていい話ではなかった。シルビーが魅惑的なフランス訛りで、メインがいつでもその気になったときに彼女を襲うようになるのはいやだと言ったからだ。そうしたことは前もって予定を立てて――。

ジョージーは唇を嚙んだ。笑いたいのか鼻を鳴らしたいのか、自分でもわからない。アナベルがこの話を聞いたら、きっと大笑いするだろう。

だからといって、私的な会話を盗み聞きしたことを打ち明けるつもりはないけれど。ジョージーは少し体の位置をずらした。干し草が何本かジーグの背中に落ちた。

「シルビー」メインが彼女の話をさえぎった。「ダーリン、きみには男と女のことがわかっていないだけなんだ」

「そんなことは――」シルビーが反論した。ジョージーのところからはメインの頰が見えた。彼はシルビーの顔を両手で挟んだ。その指は長くて力強い。メインがシルビーに身を寄せるのを見て、ジョージーは喉をごくりと鳴らしそうになった。彼は男とは思えないほど長いまつげをしている。きっと――。

きっとシルビーはメインの腕に抱かれているのだ。ジョージーの目にまた涙がわいてきた。のぞき見している自分が恥ずかしく思える。ふたりはあんなにも愛し合っていて、あんなにも美しい。シルビーもいつかは彼のキスを受け入れるだろう。何年かすれば、ふたりは彼女がキスをいやがったことを思い出して笑うに違いない。子供たちに囲まれて。

ジョージーはぎゅっと目を閉じ、シルビーのほうに傾けられたメインの頭や肩、やさしい手を視界から追い出した。わたしは彼女みたいな女性には決してなれないだろう。メインのような男性から深く愛される女性には。閉じたまぶたを覆う指のあいだから、熱い涙が流れ落ちる。わたしは男性に襲ってもかまわないと思われる女なのだ。厩舎の裏で、壁を背に押さえつけられるのが関の山の女。優雅で美しいシルビーはメインに愛されているというのに。

ジョージーは激しく身を震わせて泣いたが、両手を口に押しあてているおかげで声は洩れなかった。

サーマンの顔に茶色い糞がかかるのを見たときの興奮は、すでに冷めていた。どうやって帰ればいいのだろう？　どうすればこの先――。

彼女ははっと目を開いた。

ぴしゃりというその音にジーグもひどく驚いたらしく、抗議するように壁を蹴った。

24

『ヘルゲート伯爵——上流社会の夜』第一九章より

彼女に仮の名前をつけるにあたって、シェイクスピアが生んだアマゾン国の勇ましい女王の名前であるヒッポリタ以外にふさわしいものをわたしは知らない。だから彼女のこともまた、ヒッポリタと呼ぶことにしよう。わたしは愛しいピーズブロッサムが彼女の小さな住まいに飛んで帰ってしまったことを嘆きながら、どこへ行くあてもなくロンドンの街をさまよっていた。その日、わたしはハンプトン・コートを訪れ、そこにあるヘンリー八世がつくったテニスコートに立って、悲しみに暮れていたにもかかわらず、公正な勝負の末に知り合いのさる紳士から三セットを奪っていた……。

「女性を家に招くなんてどきどきしますよ」馬車がスピードを落として止まると、ダーリントンは言った。

いくら彼がどきどきしているといっても、グリセルダほどではないはずだった。彼女は生まれてからずっと適切とされるふるまいしかしてこなかったのに、ここに来て覚悟を決め、紳士の家に入ろうとしているのだから。しかも……。

グリセルダはダーリントンのたくましい体と、人を惑わす美しさに目を向けた。わたしはこの人の家に行こうとしているのだ。礼儀作法や伴侶探し、それ以外のつまらないことについては明日考えよう。

「独身の若い男の人というのは、女性を住まいに招くのに慣れているんじゃないの？」グリセルダは尋ね、自分もそうした女性――おそらくはお金で雇われた女性――と同じなのではないかという思いを頭から振り払った。

「そうは思いませんね。ぼくの母はときどきここにやってきますが、家のなかに入ろうとはせず、召使いにぼくを馬車まで連れてこさせますから」

「どうして？　あなたのほうがお母さまのもとを訪れることを望んでいらっしゃるから？」

「ぼくの母に会ったことがあるんですか？」

「前に紹介していただいたことがあるの」

ダーリントンはにやりとした。「それなら、母には決断力がないことをご存じでしょう」

「そんな判断を下せるほど、お母さまをよく存じ上げているわけではないわ」

「父から家族全員に命令が出ているんです。ぼくとは絶対かかわらないようにと。少なくとも、ぼくがまともな結婚相手を見つけるまでは」

「まあ――そんな――」グリセルダは言葉につまった。

ダーリントンは少しも気にしていないようだった。「母はぼくを愛しているので、父の命令に背いて来てくれるんです。父はそれを知っていて、見て見ぬふりをしているんですよ」

「お父さまはあなたをどうしたものか、おわかりにならないのね」

「ぼくのことなんて、とっくに見捨てているんですよ」馬車の扉が勢いよく開けられた。

ダーリントンはポートマン・スクエアに立つ小さな家に住んでいた。どんなところに連れていかれるのかグリセルダには想像もつかなかったが、おそらくアパートメントあたりではないかと思っていた。彼は公爵の三男坊だし、聞くところによるとほとんどお金を持っていないようだから。けれども連れてこられたのは、黒いくるみ材の扉の上にアーチ形の凝った彫刻が施されたすてきな家だった。彼女の家ほど大きくはないが、こちらのほうが魅力的だ。

ふたりが小道を家まで歩いていくと、厳格そうな年配の男性が扉を開けてお辞儀をした。

「ありがとう、クラーク」ダーリントンはグリセルダのマントを受け取って執事に渡した。

彼女はますますわけがわからなくなった。独身の若い男性のところには執事がいるものなのだろうか？　どうやらそうらしいけれど。

「書斎でお茶を飲むよ」ダーリントンが執事に告げた。

独身の若い男性というのは、立派とは言えない理由で家を訪れた女にお茶をふるまうものなの？　これまたそうらしい。気づくとグリセルダは落ち着いた足取りでダーリントンの前を歩いていた。まるで公爵夫人とお茶を飲みに行くみたいに。

書斎の壁は深紅に塗られていた。壁には一枚の絵もかかっていなかった。どの壁も本で覆われていたからだ。グリセルダはぽかんと口を開けそうになった。もちろん、本を見るのはこれが初めてではない。レイフの屋敷の図書室にはかなりの蔵書がある。もっとも、彼が本を読んでいるのを見たことは一度もないけれど。それにグリセルダの家にも本はあった。だが、ここでは壁という壁にずらりと本が並んでいて、床にも積まれていた。大きな机や肘掛け椅子の上にもある。

「あなたは大変な読書家のようね」

「ぼくの欠点のひとつです」ダーリントンは応えた。

グリセルダは手袋をした指で、近くにあった何冊かの本の背をなぞった。それは彼女が想像していたような本ではなかった。レイフの図書室の本棚には革装の古典がずらりと並んでいる。それらの本から落ちる埃をもとに考えるなら、何世紀も前からそこにある本だ。ダーリントンの本棚に並ぶのは……どう言えばいいのだろう？　いわば使用人が読む本だった。グリセルダがひそかな喜びを味わうために読む本。図書館から借りて読む本だ。『夜の宴』や『血なまぐさき極悪人たちの記録』といった題名がついている。机の上に積まれているのも同じ類の本だった。彼女はそのうちの一冊を手に取った。

「これ、読んだわ」肩越しに振り返って言い、ハーバート・クロフトの『愛と狂気』を開く。「おもしろい本よね。マーサ・レイと彼女を殺した男とのあいだで交わされた手紙が載っているの」

「それはクロフトの創作ですよ」ダーリントンがグリセルダのうしろに来て言った。

「そんなことは大した問題じゃないわ。そうでしょう？　もちろん手紙は作者がつくったものよ。でも、とても感動的なの」

「どこがです？」

グリセルダは彼から逃げるようにして椅子に腰かけた。すぐそばに来られたせいで心臓が早鐘を打っている。「彼女を殺した男の言葉よ。なんていう名前の男だったかしら？」

「ジェームズ・ハックマンです」

「そうだったわ。マーサに愛人のサンドイッチ伯爵と別れるよう頼むとき、彼、とてもいいことを言っているの。あなたはサンドイッチの所有物じゃないって。もちろん」あわててつけ加える。「スキャンダラスな話だし、マーサはふしだらな女に違いないけれど」

ダーリントンが近づいてきて、グリセルダの座る椅子の背に寄りかかった。彼女の髪をひと房、手に取るのがわかる。「ふしだらな女か」彼は夢見るように言った。「男はそういう女が大好きです。ハックマンはマーサを愛するあまり、ついには憎むようになってしまったんですよ」

「ハックマンはマーサを憎んでいたから殺したというの？　わたしは、彼女と同じ世界にいながらすぐ隣にいられないのが耐えられなくなったからだと思うわ。彼女と離れていることに我慢できなくなったのよ」

「あなたはロマンティックな心の持ち主ですね」

「いいえ。ただ、上流社会で過ちを犯す人たちをたくさん見てきたから」

「自分は別として」

今日まではね、とグリセルダは思い、改めて自分自身に驚いた。頭をうしろに傾けて、ダーリントンを見上げる。男らしくてたくましい体。引きしまった顔に、実際の年齢より大人びて見える目。「恋をしていると人は愚かなことをするものよ。情熱に駆られているときも」

「あなたもそうなんですか?」

「ぶしつけなことを訊くのね。わたしは自分が愚かだとは思わないわ」

「それなら、あなたは恋をしていないんだ」

グリセルダは彼の美しさに目を開けていられなくなっていた。「もちろんそうよ!」

「ぼく自身はそうではないと思いはじめているんですが」

彼女は瞬《まばた》きをしてダーリントンを見た。「じゃあ、あなたは——」

「恋をしています。あなたに。だからといって、ぼくが哀れなハックマンのようにあなたの心臓に銃を突きつける心配はありませんよ」

「あなたはハックマンと同じぐらいどうかしているわ」グリセルダは言った。ダーリントンは椅子の上に身をかがめ、髪を額に垂らしている。彼女は我慢できなくなり、手を伸ばして彼の頬に触れた。

「マーサがどんな容姿をしていたかご存じですか?」ダーリントンが尋ねた。

「いいえ」

「あなたとは似ても似つかない。彼女は伯爵の悪名高き愛人で、いわば高級娼婦《しょうふ》のようなものだった。彼女の顎は割れていたんです」

「わたしの顎は割れていないわ」

彼はグリセルダの顎を指で軽く叩いた。「ええ、そうですね。あなたの顎はこのとおり美しく完璧な丸みを描いている。それにマーサの髪は黒っぽかった」

グリセルダは思わず笑みを浮かべた。すぐうしろにいる男性に、自分の髪が生まれつき金色であることを知られているのは奇妙な気分だ。彼女は全身の毛が金色だった。

「マーサは明るい目で、大らかそうな温かみのある顔をしていたそうです」

「誰がそう言っていたの？」

「『ウェストミンスター・マガジン』の一七七九年四月号に書いてありました」

「どうやってそんな昔の雑誌を――」

「ぼくは学者だと言ったら信じてもらえますか？」

「一瞬たりとも信じないわ」グリセルダはダーリントンに微笑みかけた。学者のことならよく知っている。レイフの腹違いの弟は学者で、しかもケンブリッジ大学の教授なのだから。

「あなたはアラム語が読めるの？」

「なんですか、それは？」

「聖書を書くのにつかわれた言葉よ」

「ぼくは、聖書はイングランド人によってイングランドの言葉で書かれたという教育を受けたもので」ダーリントンはグリセルダの髪を放し、温かい手で彼女の腕を撫でおろしていた。

そのとき扉が開き、執事が紅茶のトレイを持って現れた。

「あなたにお茶をいれているなんて、なんだかおかしな気分だわ」少しして、グリセルダは言った。「あなたのもとを訪れている未婚のおばになったみたい」ふたりは向かい合って座り、彼女は美しい青色のティーポットから紅茶を注いでいた。

ダーリントンは大声で笑った。「あなたはぼくが知っている未婚のおばの誰とも似ていませんよ」熱っぽい口調で言う。

頬が染まるのが自分でもわかったが、これだけは言っておかなければならなかった。「でも、わたしはあなたよりずっと年上なのよ」ティーカップに砂糖を入れて彼に渡す。「自分の年齢を考えると、あなたとこうしていることがとても不適切に思える反面、なぜかそれほどでもないようにも思えるの。そうはいっても、勢いに任せて情事を持つには、わたしは年を取りすぎているわ」

「相手は自分より若い男ですしね」ダーリントンはティーカップの縁越しに、グリセルダをからかうような目で見つめていた。

「人になんて言われるかと思うとぞっとするわ」胸の奥でうじうじ悩んでいるより、口にしたほうが楽になる。

「あなたはなりふりかまわなくなっていると言われるでしょうね」

彼女は鼻に皺を寄せた。「最悪ね」

「なりふりかまわず、美を求めていると」

グリセルダはティーカップをやや乱暴に置いた。「ますます悪いわ」

「それなら、ぼくがもっといいように考える方法をお教えしますよ。マーサとハックマンと同じだと考えるんです。ハックマンはマーサよりだいぶ若かった」

「命を失う前に、早くこの家を出たほうがいいような気がしてきたわ」今さら無駄とは知りつつも、彼女は話題を変えようとして言った。

「ふたりは七歳離れていました」ダーリントンはティーカップを脇に置いた。

彼がグリセルダの年齢を探っているのだとしても、教えるつもりはなかった。本当にもう帰ったほうがいい。先ほど感じていた強い衝動はすでに消えていた。

「あなたがそんな大昔の殺人事件のことをよく知っているなんて驚きだわ」

「ぼくは過去に起きた興味深い出来事をたくさん知っているんです」ダーリントンはグリセルダの声が少し冷ややかになったことに気づいていないようだった。「ところで、あなたはマーサとハックマンの恋愛に関して、いちばんの驚きはなんだと思います？　ハックマンのほうが若かったことですか？　それとも彼がマーサを殺したこと？」

「殺人というのは驚くほど陳腐なものよ」グリセルダは言った。

ダーリントンの口もとにかすかな笑みが浮かぶ。彼女は思わずレモンビスケットを一枚手に取った。おなかは少しもすいていなかったが。

「では、この件で最も興味深いのはふたりの年齢差だというんですか？」

「なにかほかのことを話さない？　その話はもう充分だと思うわ」

「そうですね。じゃあ、ぼくの家のなかをお見せしましょう」ダーリントンはそう言うと、彼女が立ち上がるのを待って椅子から腰を上げた。

グリセルダはすでに上の階には行くまいと決めていた。先ほどは大胆なことを考えていたが、その気持ちも今ではすっかり薄れ、冷静さを取り戻していた。「この家はあなたのものなの？　あなたには自分のお金がほとんどないと聞いていたけど。お父さまのお情けで、ここに住まわせてもらっているの？」

ダーリントンが彼女の腕を取った。「仕返しのつもりですか？」

「あら、なんのことかしら。こちらもすてきなお部屋ね」グリセルダはこぢんまりした食堂の入口で足を止めた。黒いくるみ材の古いテーブルや、座り心地のよさそうな椅子が置かれている。彼女は鳥の模様がある淡い金色の壁紙を手で示した。男性的でありながらも、楽しい雰囲気の壁紙だ。「これはお母さまがお選びになったの？」

「いや、妹のベッツィが選んだんです」

「そう」グリセルダは居間に続く扉を開けているダーリントンに言った。「でも、あなたにはベッツィなんて妹さんはいないじゃない！　男ばかりの三人兄弟のはずでしょう？」

ダーリントンはにやりとした。「貴族年鑑でぼくのことを調べたんですね。ぼくと寝る前に。どうやら女性というのはホテルへ向かう前に、相手の血筋に問題がないか確かめるものらしい」

「本当にひどいことばかり言うのね」グリセルダはぴしゃりと言った。「そんなふうに、いつも思ったことをそのまま口にしているの？」

「そのせいで、ぼくは一緒にいて楽しくない相手だと言われているんです」

「それで、誰なの？　ベッツィというのは」

「ベッツィなんて女性はどこにもいませんよ」

グリセルダは向きを変えてダーリントンを見た。彼は戸口の側柱に寄りかかり、例によって熱っぽい目で彼女を見つめている。「言ったでしょう。ここに来たことのある女性は母だけで、その母もめったに家のなかには入らないって」

「じゃあ……」

「壁紙はぼくが選んだんです。自分のことは自分でするのに慣れているんですよ。あなたもそうじゃありませんか？　誰があなたの面倒を見ているんです、レディ・グリセルダ？　確か、あなたの母上は修道院に入っておられるんでしょう？」

「自分の面倒ぐらい自分で見られるわ。困ったことがあったときは兄が助けてくれるのよ」

「メインが？」

「たったひとりの兄弟だもの。それにベッツィとは違って、ちゃんと存在しているし」

「彼は面倒見のいい人間には見えませんけどね」

グリセルダは鋭く目を細めた。兄を侮辱することは誰にも許さない――これまでの兄の女性関係に関することなら、なにを言われても仕方がないけれど。「兄は昔から、わたしのことをあれこれ気づかってくれたのよ。さあ、もう帰らないと」

「まだ上の階を見ていないじゃないですか」

「そんなこと、不適切もいいところだわ」

「だからこそ」ダーリントンはにっこりした。「あなたの面倒を見る者が必要になるんです、レディ・グリセルダ」

「わたしは――」

その二秒後には、グリセルダは気絶したヒロインのようにダーリントンに抱き上げられていた。「あなたにこうされるのが習慣になりつつあるみたい」彼女は抵抗して暴れたりはしなかった。そんなふるまいは優雅とは言えないからだ。

「ぜひそうなってほしいですね」彼はグリセルダを抱いて階段をのぼった。

「執事に見られていないかしら?」

「彼は帰らせました。本当の執事じゃないんです。ここに住んでいるわけではないので」

「執事でないなら、なんなの?」グリセルダは努めてさりげない口調を保った。ダーリントンはかすかにインクのようなにおいがする。なぜか彼女はそのにおいにうっとりした。

「彼は殺人の罪に問われているんですよ。でも無実だ。それはぼくが保証します」

グリセルダは口を開いたが、そこはすでに寝室のなかだった。彼女はふいに気づいた。ダーリントンは――わたしを――。

「文句を言っても無駄ですよ」彼が言った。

「下ろしてちょうだい」グリセルダは厳かに命じた。

「そのとたんに部屋を飛び出して、階段を駆けおりたりしないと誓うなら」

「どこであれ、わたしは走ったりしないわ」

　ダーリントンはグリセルダを下ろしたが、彼女の足が床についたとたんにキスをした。今話していたと思ったら、次の瞬間には執事と殺人に関する会話とは無縁の激しさで唇を奪っている。執事の話も冗談に違いない、とグリセルダはぼんやり思ったが、やがてあらゆる考えが消え去った。頭のなかに官能的な靄《もや》がかかり、彼の味と香りと息づかい以外のことはどうでもよくなった。

　メイドがグリセルダの服を脱がすのに、最低でも一五分はかかる。ダーリントンは一五秒でそれをやってのけた。彼の手にかかるとホックはすぐに外れるようだ。ダーリントンは手を動かしているあいだもキスを続け、そのせいで彼女はなにも考えられなくなった。服が一枚床に落ちるたびに、〝淑女〟の部分が剝ぎ取られていくみたいだ。シュミーズを脱がされるころには、グリセルダは堕落した愛人のように奔放な気分になっていた。長い髪が肩に落ちているのがわかる。もう未婚のおばになった気はしなかった。

「ああ、あなたはなんて美しいんだ」ダーリントンがささやいた。

　グリセルダもそう感じていた。

25

『ヘルゲート伯爵——上流社会の夜』第一九章より

彼女は威厳のある女性で、まるで自分はヘンリー八世の不幸な妃《きさき》のひとりであるかのようにふるまっていた。わたしはそういう女性に目がない。当分のあいだ女性には近づかないと誓っていたし、悲しみに暮れる日々を過ごしていたのだが……。

メインとシルビーがいなくなってから三〇分は経ったと思われるころ、ジョージーは梯子を下りはじめた。すでに空の穀物袋を見つけて肩に羽織っており、ドレスの破れたところは隠している。メインのもとで働いている馬丁が来るのを待って、辻馬車をつかまえてくれるよう頼み、そこまで連れていってもらうつもりだった。

できるだけ速く梯子を下りて、ジーグの馬房の通路側の隅に隠れた。ここなら姿は見えないはずだ。レースが終わってからも人の流れはやまなかったが、やがて誰も通路を通らなくなった。ジョージーは立ち上がって身震いした。疲れと恐怖と不安にすっかり打ちのめされていた。頭のなかには不吉な考えが渦巻いている。

ジーグの馬房の前で足音が止まった。馬丁に違いない。ジーグは何度も飼い葉桶に鼻を突っ込んで、先ほど食べ終えた餌がどうにかしてまた現れないかと探っている。ジーグの知能はかなり低いとジョージーは判断を下した。

思ったとおり、厩舎長のビリーが馬房の扉を押し開けた。「こんばんは」ジョージーは彼を驚かさないよう、できるだけ静かに言った。それでもビリーは飛び上がった。「わたし、きっとひどい恰好をしているわね」彼女は無理やり笑みを浮かべた。

「ああ、どうも。ええと、そうですね」ビリーは目をしばたたいた。「いったいどうなさったんです？」

ジョージーは唇がまた震え出さないようにきつく嚙んだ。「辻馬車をつかまえてきてほしいの。そのあと、わたしを馬車のところまで連れていってほしいのよ。家に帰らなくてはいけないから」

ビリーの目が彼女の顔からドレス、胸もとでしっかり前を合わせている穀物袋へとすばやく動いた。

「ひどい恰好なのはわかっているわ。お願い、手を貸してちょうだい。助けてくれたら、充分なお礼を払うから」

「金なんていりませんよ。まあ、お座りになってください。今にも倒れそうな顔をなさってますよ。馬車をつかまえてきますが、すぐには難しいかもしれません。今の時間はあまり走っていないでしょうから」

ジョージーは足もとの藁を見た。喜んで座らせてもらおう。もうくたくただもの。「通路にいる人にわたしの膝が見えないかしら？」

「大丈夫ですよ。隣の馬房から穀物袋をもう二、三枚取ってきますから、そいつを膝にかければいい。そうすればなにも見えません」

ジョージーは馬房の隅に腰を下ろしてまぶたを閉じた。すぐにビリーが何枚かの穀物袋で彼女の体を覆った。その袋は穀物のにおいがした。彼女はぼんやりと目を開けた。「この袋に入っていた穀物は馬に食べさせていないわよね？　なんだか変なにおいがするわ」

ビリーは顔をしかめてジョージーをまじまじと見た。「おっしゃるとおりですよ。中身がだめになっているやつが三袋あったんで、ちょうど捨てたところだったんです」

彼女はふたたびまぶたを閉じた。

メインが馬房に着いたとき、ジョージーはぐっすり眠っていた。彼は立ち止まってジョージーを見おろした。これまでに感じたことのない激しい怒りがこみ上げてくる。ビリーの言うとおりだ。彼女が暴行を受けたことは一目瞭然だった。ジョージーの顔は真っ青で、頬には涙の跡がついていた。髪は乱れて肩に落ち、ドレスには茶色い泥がついている。きっと押し倒されて、必死に抵抗したのだろう。一瞬、メインは息ができなくなった。

ビリーがうしろに来て言った。「早く連れて帰ってさしあげないと」

その言葉がメインの体を動かした。

彼は扉を押し開けて馬房のなかに入り、ジョージーの前にしゃがんだ。美しい茶色の髪が片方の側に垂れている。服は破れていて、なめらかな白い肩がのぞいていた。泥がドレスのあちこちについている。地面に倒されたときについたに違いない。メインはマントを脱いで彼女にかけ、顔が見えないようにしてすばやく抱き上げた。

その瞬間、ジョージーに片方の目を強く叩かれ、思わず彼女を取り落とした。

「大丈夫、閣下ですよ」ビリーがそう言うのが聞こえた。

だが無事だったほうのメインの目は、ジョージーのドレスに釘づけになっていた。背中から剝ぎ取られ、大きく破れている。彼は吐きそうになった。「どうしてこんなことに?」犬がうなっているような声が出た。「誰にやられたんだ?」

「ごめんなさい」ジョージーは言った。

「誰にやられた?」

「わたし――」ジョージーの目に涙が浮かんだ。そのとき、人の足音が聞こえてきた。ビリーがジョージーの肩にマントをかけ、体をそっと押して馬房の片側に動かした。

「話はあとにしたほうがいいですよ」ビリーはメインに言った。

だが、メインはとうてい話ができる状態ではなかった。ジョージーのスカートに血がついていることに気づいたのだ。それほど多くはないが、量の問題ではない。目の前が文字どおり真っ暗になり、一瞬足がふらついた。動くことも話すこともできそうにない。無理やり視線をほかのところに向け、胃を落ち着かせようとした。

「メイン？」ジョージーが不安げにつぶやいた。「家に連れて帰ってもらえる？　シルビーを待たせているの？」

彼はジョージーに向き直った。「マントを頭からかぶるんだ」彼女は素直に従った。

「今なら通路には誰もいません」ビリーが告げた。

ジョージーを自分の馬車に乗せるとメインはようやくひと息ついたが、まだ言うべき言葉が見つからなかった。「誰にやられたんだ？」という問い以外は。

彼女は座席の隅に身を縮めていた。その姿は一四歳の少女のようだ。メインはまた気分が悪くなってきた。ジョージーは答えようとしない。

「まさか」メインはゆっくりと言った。「相手はひとりじゃないのか？」

ジョージーが首を横に振った。涙がひと筋、頬を伝う。

メインはひざまずき、彼女の両手を取った。手は涙で濡れていて、ひんやりと冷たく、とても小さく感じられた。「その男の名前を言うだけでいい、ジョージー。あとはわたしがきみの面倒を見る」そいつの面倒も、と心のなかでつけ加える。

彼女はまた首を振った。「あの人とは結婚しないわ」

「あたりまえじゃないか！」メインは息をつまらせた。そいつが誰であれ、結婚式をあげるまで生きてはいないと言いかけたが、やめておいた。

「名前を言ったら、きっと結婚しなければならなくなるもの」ジョージーはささやくように言い、メインの手から片方の手を抜いて涙を拭った。「だから言えない」

「その前にぼくがそいつを殺してやる」

彼女は震える唇をかすかに曲げて奇妙な笑みを浮かべた。「そして街のまんなかで心臓を食い尽くすの？」

メインは立ち上がって座席に腰を下ろし、ジョージーを膝の上に抱き寄せた。褒められたことでないのはわかっているが、彼女は強姦《ごうかん》されたというのにシェイクスピアを引用している。あまりにもジョージーらしいふるまいに、彼は胸がいっぱいになった。「その台詞を口にしたベアトリスは、自分が男だったらよかったのにと思っていた。ぼくはその男だ」彼女の耳もとで言う。「まずそいつを殺してやる。臓器の処分については、そのあと考えればいい」

ジョージーはメインに身を預けたが、相手の名前は言おうとしなかった。「こんなこと、誰にも知られたくなかったのに。あなたにもよ、メイン」

彼はジョージーの体を揺さぶりたくなるのをこらえた。彼女は大変な目に遭ったばかりなのだから。「とにかく、そいつの名前を言うんだ」

「なにも殺す必要はないかもしれない。どんな罰がふさわしいか、よく考えてみないと」ジョージーはそう言うのが精いっぱいだったらしく、メインがなおも男の名前を聞き出そうとすると泣きはじめた。彼は口を閉じ、熱した油をかけて殺す方法について考えをめぐらせた。

やがて馬車がテスの屋敷に着き、メインはジョージーをなかに運んだ。執事が腫れ上がったメインの目を見てなにか言いかけたが、彼は執事を押しのけるようにして奥に進んだ。その数秒後にはメインはジョージーを床に下ろし、彼女は姉のもとに駆け寄っていた。マントが床に落ちる。抱き合う姉妹にメインが目をやると、同じく彼女たちを見ていたフェルトンと視線が合った。ジョージーはまた泣いていた。テスは取り乱した様子でなにかを言いながら、震える手でジョージーの背中を撫でている。

フェルトンがメインのそばに来た。その目は蛇のように冷たかった。「誰の仕業だ?」

メインはかぶりを振った。「どうしても言おうとしないんだ。どうやら」やっとのことで言う。「相手はひとりのようだが。厩舎にいるところを見つけた」

フェルトンは彼女たちのほうを見た。テスはジョージーを長椅子に座らせ、低い声で言葉をかけていた。「どうしてジョージーはひとりでいたんだ?」

「わからない。グリセルダはめまいがして帰った。ジョージーはぼくのうしろにいたのに、いつのまにかいなくなっていた。ぼくとシルビーはあらゆる場所を探したんだ。厩舎にも行った」

ジョージーは首を横に振っていた。

「彼女は決して言おうとしないだろう」メインは言った。「言ったら、そいつと結婚させられると思っている」フェルトンがふいに手を動かし、メインはその仕種の意味を正確に読み取った。「ジョージーにはわかっていないんだ」ふたりは互いの殺意を確かめるかのように視線を交わした。

「誰の仕業か、テスがきっと聞き出すよ」フェルトンが言った。

「どうしてそう思うんだ？」

「ぼくはテスの夫だぞ」

メインはうなずいた。「グリセルダを連れてくる」ジョージーの面倒はテスとグリセルダが見てくれるだろう。それで問題が解決するかどうかはわからないが。

26

『ヘルゲート伯爵——上流社会の夜』第一九章より

親愛なる読者よ、わたしが呆然《ぼうぜん》としているあいだに、麗しきヒッポリタは壁に巧みに配置されたフックと髪を覆っていたスカーフで、わたしを——書いていて恥ずかしいが——壁にくくりつけた。その程度ならすぐに自由になれるだろうとわたしを責める方もいるかもしれないが、この本を読んでいる男性なら誰でも、わたしがそうすることをためらった理由を理解してくれるのではないかと思う。つまり、わたしには彼女の感情を傷つけることなどできなかったのだ。やがて彼女はうっとりするような行為を始めた……。

グリセルダが〝もう帰らないと〟と言うのは、これで四回目だった。本当は帰りたくなかった。なにもかもダーリントンが悪いのだ。どうして彼はあんなうっとりした顔でわたしを見るのだろう？　わたしが言うことは——それがどんなにばかげたことでも——とてもおもしろいというように。それに、なぜ彼はただのシーツをあんなにも優雅に見せられるの？

「あなたの淑女のお友達が今のあなたを想像できると思いますか？」

グリセルダは思わず身を震わせた。「そんなこと言わないで」

ダーリントンの目が曇った。「そう悪いことではないでしょう？」

彼女は横向きになり、片方の肘をついて上体を起こした。ダーリントンと向かい合わせになるように。シーツは彼の腰まで滑り落ちていて、広い胸にたくましい肩、乱れた金髪や傲慢そうな頬骨があらわになっている。彼が由緒正しい家柄の出であることが、その頬骨に表れていた。

「あなたは砂糖菓子みたいだ」ダーリントンは言った。「あなたを朝食に食べて、そのあとも食事のたびに食べたい」

グリセルダは声をあげて笑った。髪が胸に落ちかかる。シーツを腰のところでたるませてベッドに横になるのは、ひどく退廃的な気分がした。胸のふくらみはドレスにもコルセットにもシーツにも覆われておらず、ただそこにあった。そしてダーリントンはそれを食い入るように見つめている。

「そんなに美しくて、なぜ平然としていられるんです？　ぼくがあなたなら、神話に出てくるナルキッソスのように一日じゅう自分を愛《め》でて過ごすに違いないのに」

「あなただって、とてもすてきよ」グリセルダはそう言って、ダーリントンの顔を胸に刻み込んだ。

彼は肩をすくめた。「妻を見つけるのに有利になる程度にはね」

「誰か心当たりの方がいらっしゃるの？」

「あなたと一緒にいるときに、そんな気が滅入《めい》るようなことは考えられませんよ」

「ミス・メアリー・パリッシュなんてどうかしら？」

「顔ににきびがある女の子ですか？」

「にきびがあるといってもほんの少しだし、一年もしないうちにきれいに治るわ」

ダーリントンは首を振った。「ごめんですね」

「外見の美しさにばかりこだわってはだめよ」グリセルダは手を伸ばして、ダーリントンの胸の筋肉の線をたどった。彼の肌は温かく、薄く生えた毛で少しざらざらしている。「やっぱりレディ・セシリー・セベリーがいいわ。彼女のお父さまは公爵よ」

「それに彼女はこれが三度目、いや、四度目のシーズンだから、金のない三男坊と結婚するのはいやだなんて言うはずがないですしね」

その声に皮肉な響きがあることに気づき、グリセルダは彼の胸をてのひらでそっと撫ではじめた。「あなたにはあげられるものがたくさんあるわ」

「なにもないですよ。ぼくは気の利いたことは言えるかもしれないけど、怒ると本当にいやなやつになる。ぼくにはなんの技術もない。いずれ聖職につくだろうという父の勝手な思い込みのせいで。あらゆることが、その逆を示していたのに」

「教会にも基準というものがあるでしょうからね」彼女はダーリントンに微笑みかけた。

だが、ダーリントンは笑みを返してこなかった。「ぼくが聖職につきそうもないとわかると、父は社交界にデビューしたばかりの娘たちのリストを家に持って帰りはじめた。多額の持参金がある、きちんとした家の娘たちのリストをね。もちろん、あらゆる点において最高の花嫁候補というわけではありませんでした。もしそうなら、ぼくのような男と結婚したがるはずないですから。よく考えられたリストでしたよ。財産はあるものの、未来の義理の息子が公爵の息子だというだけでなんの能力も持っていない役立たずだと気づきそうもない親を持つ娘たちが載っていた」

グリセルダは口に手をあてた。「〝ウーリー・ブリーダー〟もそのひとりだったのね」ささやくように言う。

ダーリントンは自己嫌悪の浮かんだ目をしていた。「かわいそうに、彼女はシーズンが終わるまで結婚相手を見つけられなかった」

「でも去年、幸せな結婚をなさったわ」

「ぼくと結婚しても幸せにはなれなかったでしょう。彼女の父親とぼくの父は最高の縁組だと思っていたようですが」

グリセルダはダーリントンをまじまじと見つめた。「あなたはただ気の利いたことを言って有名になろうとしていたわけじゃないのね。お父さまが選んだ結婚相手から逃れようとしていたんだわ。たぶんジョージーも、運悪くあなたのお父さまに目をつけられてしまったんでしょう」

「父の目から見れば願ってもない花嫁候補ですよ。ミス・エセックスの生まれは非の打ちどころがないし、彼女には莫大な持参金があると言われている。しかも父親はいなくて、容姿は完璧には程遠いという噂だ。だから、ぼくのような男との結婚も承知するかもしれない」

「まさか、お父さまがそうおっしゃったんじゃないわよね」

「まさにそう言ったんです」

「たとえそうだとしても、あなたはジョージーをソーセージ呼ばわりする必要はなかったわ」

「あなたにこんな話をしているのは、あなたにもぼくと同じぐらいぼくのことを嫌いになってほしいからです」ダーリントンは落ち着いた声で言った。「ぼくは彼女たちの人生を台なしにした。単に父から彼女たちを、ぼくにふさわしい花嫁として勧められないようにするために」

「ずいぶん卑劣なことをしたのね。気持ちはわからないでもないけど」グリセルダはためらいがちに言った。「でも、もう二度とそんなことはしないわよね……結婚する気になったんだから。そうでしょう？」

「デビューしたばかりの女性と？」

「ええ」

「結婚などしませんよ」

「でも――」

「気が変わったんです。つい最近」

グリセルダの頭のなかをいくつもの質問が駆けめぐり、それに合わせて心臓が激しく打った。どうして――どうして。彼女はなにも言わなかった。わたしには関係のないことよ――。

「なにも訊かないんですか？」ダーリントンはグリセルダの目の前に横たわっていた。たくましい体となめらかな髪が完璧な調和を保っている。

わたしにはまったく関係のないことだわ。

「あなたの結婚について？」グリセルダは言った。クレオパトラが今も生きていたとしたら達しているはずの年齢と同じぐらい年老いた笑みが、自分の唇に浮かぶのがわかる。「訊くことなどないわ。でも、重要な質問をいくつか思いついたの……代わりにその質問をしてもいいかしら？」

ダーリントンは目にかかる髪越しに微笑みかけてきた。彼女はその髪を払った。

「最初の質問はこうよ」グリセルダは言った。「どうか、よく考えて答えてね。わたしの体のどこがいちばん好き？」

彼は口だけでなく、手や体のほかの部分も使ってその質問に答えた。どういうわけか、グリセルダは二番目の質問をいつになっても口にできなかった。

27

『ヘルゲート伯爵――上流社会の夜』第一九章より

親愛なる読者よ、彼女に服を脱がされているあいだ、わたしはまだキスによって命を与えられていない大理石のように静かに立っていた。こうして書いていても頬が赤らむが、わたしは彼女の言いなりになった。輪舞曲が流れているあいだに彼女がわたしをそばに呼びたがれば、わたしは彼女のもとに馳《は》せ参じた。上流社会の人々のまんなかで――オールマックス社交場で、彼女がわたしの服を脱がせたがれば、わたしは……親愛なる読者よ、今にも気を失いそうだ……震える指のあいだからペンが落ちていく……。

グリセルダはレイフの屋敷に帰っていなかった。彼女は競馬場にいるはずだと言う執事の顔を、メインは啞然として見つめた。グリセルダは競馬場にはいない！　何時間も前にダーリントンと一緒に帰ったのだから……彼女は気を失って……ダーリントンが――。

ダーリントン。

とはいえ、一応確認だけはしておこうと、メインは馬車でグリセルダのタウンハウスに向かった。彼女はエセックス姉妹のお目付け役を引き受けた二年近く前から、そこには住んでいなかったが。家の窓は暗く、玄関のノッカーは音が出ないようにしてあった。

メインは馬車のなかに座り、彼が行き先を告げるのを御者が待っているという事実を無視した。自分のまわりの世界が音をたてて崩れていく気がした。

妹は情事を持っている。

婚約者は指輪を突き返してきた。いや、ぼくにはもう婚約者はいない。シルビーはぼくのもとを去ったのだ。

そして、ジョージーは強姦された。

メインは頭がどうかなりそうだった。だが、その三つの出来事のなかで、本当に問題なのは最後のひとつだけだった。

グリセルダは……そもそも、ぼくには人の情事を非難する資格などない。これまで自分も数え切れないほど同じことをしてきたのだから。

ぼくはシルビーを愛している。しかし、ぼくは本当に人を愛することができるのか？　おそらくできないのだろう。もしぼくが彼女を本当に愛しているのなら、拒絶されたことにもっと深い悲しみを覚えているだろうから。

でも、ジョージーは……ジョージーは……。目に涙がこみ上げてくる。メインは激しく目をしばたたき、大声でウィグルズを呼んだ。

「どこへ行きますか？」叫び声が返ってきた。

「フェルトンの家だ」ふいになにもかもがはっきりした。ジョージーは強姦された。汚されてしまった。すでに子供を身ごもっているかもしれない。

ぼくが彼女と結婚しよう。

もちろん、ぼくは結婚相手としては最悪だ。放蕩者で堕落した心の持ち主と言われているのだから。だが、誰もいないよりはましだろう。ジョージーが子供の父親と結婚したくないのなら、ぼくと結婚するしかない。

馬車のなかに座っているあいだも決心は強くなるばかりだった。哀れで卑しむべき人生において、ぼくは初めて人に必要とされているのだ。

数ブロック走ったところでメインはウィグルズに声をかけ、行き先を主教であるおじの屋敷に変更した。おじには前に一度、特別結婚許可証を書いてもらったことがある。フェルトンがそれを彼の手から奪い取り、まんまとテスと結婚してしまったが。

しかし、今前に進み出てジョージーと結婚しようとする者は誰もいない。彼女は上流社会の笑い物にされたうえ、どれほど多額の持参金があろうが結婚相手としてふさわしい女性ではなくなってしまった。女性というのは、無理やり結ばれた関係の末に生まれた子供をどうするものなのだろう？

それ以上は考えられそうになかった。ジョージーの身に起こったことを考えるたびに目の前が暗くなり、汗が噴き出して、気づくと両手を固く握りしめて荒く息をついていた。

セント・ジェームズ通りを走る馬車の暗い車内で、メインは自分自身に誓った。

ぼくはジョージーと結婚する。そのあと、彼女をひどい目に遭わせた男がどこの誰なのか突き止めて、そいつが誰であろうとこの手で殺してやる。

ゆっくりと時間をかけて。

メインは何時間かぶりに笑みを浮かべていた。

28

『ヘルゲート伯爵――上流社会の夜』第二〇章より

彼女はわたしの女王であり、恋人であり、苦痛であった。彼女のためなら、わたしはなんでもしただろう。命を捧げるのも厭《いと》わなかったに違いない。わたしたちの関係はゆっくりと変わっていった。彼女はそれほど命令的ではなくなり、愛と欲望に溺《おぼ》れる女性らしくなった。彼女を愛撫するようわたしに命じるのではなく、自らわたしを愛撫するようになったのだ。親愛なる読者よ……。

「わたしが今の話のどこをいちばん気に入ったかわかる?」アナベルが尋ねた。彼女はテスの呼び出しを受けたときのままに髪を肩に垂らした姿で、テスの部屋に置かれたスツールに腰かけていた。「あなたが糞を投げつけたとき、その男の口が開いていたってところよ」

「わたしがあなただったら、糞じゃなくてシャベルを顔に投げつけてやったわ」テスが厳しい声で言った。

ジョージーはジャスミンの香りがする風呂から上がったところだった。今ではすべてが過ぎ去った悪夢のように思える。結局、誰にも姿を見られずにすんだのだから。メインのおかげで。「メインがわたしを馬車まで連れていってくれたの」ジョージーは言った。すでに語った話を繰り返しているのは承知のうえで。「わたしに叩かれたあとで！」

「かわいそうに」テスは考え込んだ。「どうやらメインの人生は、わたしたちの人生とおかしな具合に絡み合っているようね。まるで彼はわたしたちのものみたい。最初、わたしは彼と結婚するはずだった。ねえ、アナベル、あなたもそうしたがっていたわね。イモジェンがメインと結婚したがったことは一度もないけど」彼女はベッドの端に腰かけていた。栗色の髪を顔の前に垂らしてブラシで梳《と》かしているせいで、声がくぐもって聞こえる。

アナベルにじっと見つめられているのがジョージーにはわかった。彼女はドレッシングガウンのベルトを結び直すふりをした。

テスが室内に流れる空気に気づかずに続けた。「それにジョージーがそうしたいと言ったこともないわ。ねえ、ジョージー、あなた確か、二五歳以上の男性とは結婚しないって言っていたわよね？」

あたりに沈黙が降りる。頬が染まるのがジョージーにはわかった。アナベルが鋭く目を細めた。

そのあいだもテスは話しつづけていた。「メインと結婚したがらない女性がいるなんて信じられないわ。彼と結婚することになって、わたしはとても幸せだった。彼はすばらしくハンサムだし——」

「いつも疲れているような顔をしていても」アナベルが口を挟んだ。

「お金持ちでもあるわ」

「お姉さまの旦那さまほどではないけれど」

「ばかなこと言わないで」そう言うと、テスは髪を一方の側にまとめて背筋を伸ばした。顔がピンク色に染まっている。「ルーシャスがいちばんよく知っているわ。メインはつかい道に困るほどのお金を持っているって」

「あなたの野望はすばらしいと思うけど」アナベルがジョージーに言った。「あいにく彼には婚約者がいるのよ」

「なんですって？」テスが叫び、ジョージーに向き直った。「あなた、まさか――」

「違うわ！」ジョージーは言った。「ねえ、もっとまともな話をしない？」

「そういえば、どうしてあなたがその卑劣な男とふたりきりで歩くことになったのか、よくわからないんだけど」テスが言った。「グリセルダはどこにいたの？」

アナベルはテスに向かって顔をしかめた。「そんなこと、今はどうだっていいじゃない。ジョージーがメインに恋しているのは顔を見ればすぐにわかるわ。お姉さまは気づいていないのかもしれないけど、わたしはそこまで鈍くないの」

「そんなの嘘よ！」ジョージーは必死になって言った。

テスはブラシを置いた。「ねえ、アナベル、あなたのほうこそ恐ろしく鈍いわね。メインは婚約しているのよ。しかも婚約者のシルビーに夢中だわ。ジョージーが本当に彼のことを好きだったとしても——彼はあんなにすてきなんだもの、好きにならない人がいる?——そのことをあれこれ言ってどうなるの? 彼はシルビーと結婚するのよ」

「そのことなんだけど……」ジョージーは言った。

ふたりの姉がすばやく彼女のほうに向き直る。

「まさか……」アナベルがあえいだ。

ジョージーは頬がゆるむのを止められなかった。「シルビーはメインに平手打ちを食らわせたの」

「メインに平手打ちを食らわせた?」テスが繰り返した。「シルビーが? シルビー・デ・ラ・ブロドリーがメインに平手打ちを食らわせたですって?」

「いったい彼はなにをしたの?」とアナベル。「きっと、そうされて当然のことをしたのよ」

「そんなことないわ!」ジョージーは言った。「決してそんなことは——」

「どうしてわかるの?」テスが訊く。

「聞こえたから」

「盗み聞きしていたのね!」

「もちろんそうよ」アナベルが苛立たしげに言った。「お姉さまったら、まるで口うるさいおばあさんみたい。メインが頬を叩かれそうになっているところにでくわしたのに、こっそりその場を離れろっていうの? それでつまり、シルビーは婚約解消を言い渡したというわけ、ジョージー?」

ジョージーがうなずくのを見て言う。「最高じゃない！」

「でもテスお姉さまが感心しないというなら、詳しいことを話すのはやめておくわ」

テスは目をぐるりとまわした。「もうしてしまったことでしょう？　かまわないから教えてちょうだい」

「メインがシルビーにキスしたの」

アナベルが眉を寄せた。「それで？」

「それでシルビーが彼に平手打ちを食らわせたのよ」

「それだけ？　一回キスされただけで、伯爵夫人になるのをやめたというの？　ほかにもなにかあったんじゃない？」

「なにが言いたいの？」テスが尋ねる。

「たとえばメインがシルビーの胸をつかんだとか」アナベルは楽しそうに言った。「彼女は胸をつかまれたり、さわられたりするのを喜ぶタイプには見えないもの」

「メインはそんなことしていないわ」ジョージーは言った。「そんなことをするはずないもの」

「あら、あなたはきっとしてほしいと思うはず――」

「思わないわよ！」ジョージーはぴしゃりと言った。アナベルの言葉がサーマンのことを思い出させた。彼はまるで雪に埋まった草を掘り出そうとするヘラジカのように、ジョージーの胸につかみかかってきたのだ。

アナベルがジョージーをじっと見た。「サーマンが糞を浴びせられたわけがわかったわ」

「胸をつかまれたの？」テスが声をあげる。

ジョージーは鼻に皺を寄せた。「大したことじゃないわ。ただ――」

「大したことよ」アナベルが言った。「若い女性がお目付け役と一緒に行動しなければならないのには、それなりのわけがあるの」

「なんだかずいぶん騒がしい午後だったようね」とテス。「一部始終をあなたに見られるなんて、メインはいったいどこでシルビーにキスしたの？」

「厩舎のなかよ。わたしはふたりから見えないところにいたの」

「メインに平手打ちを食らわせたあと、シルビーはなんて言った？」アナベルが尋ねた。

「わたしもキスをしてきた無礼な男に平手打ちを食らわそうといつも思っていたんだけど、どういうわけか決まってそうするのを忘れていたわ」

「メインがシルビーにキスをして、彼女がメインに平手打ちを食らわせたの。すごい音がしたわ」

「そのあとは？」テスが尋ねた。すっかり興味を引かれているようだ。

「これ以上は――」

「言わないとひどい目に遭わせるわよ」アナベルが脅した。

「お義兄さまたちには言わないでね」ジョージーは言った。

ふたりはそろってうなずいた。

「ええと、メインがこんなふうなことを言ったの。〝シルビー、いったいどういうつもりなんだ？〟罵《ののし》りの言葉も口にしていたかもしれない。わたし、もうびっくりしちゃって」

「そうでしょうね」アナベルが片手を振った。「それで、シルビーはなんて？」

「シルビーはこう言ったの。こっちは彼女の言葉どおりよ。〝カナール（ならず者《カナイユ》の聞き間違い）に乱暴に扱われたらどうするべきか、わたしにははっきりわかっているのよ、メイン。あなたは堕落した生活はもう卒業したものと思っていたわ――でも、本当はそういう生活にわたしを引きずり込もうとしていたのね〟」

「カナール？」アナベルが言った。「それってフランス語で鴨《かも》という意味じゃなかった？」

「じゃあ、わたしが聞き間違えたのかもしれない。シルビーは鴨の話をしているようには見えなかったもの。ひどく怒っている口ぶりだったわ。ううん、怒っていたというより、うんざりしていたと言ったほうがいいかしら。いやでたまらないって感じだったの。それははっきりわかったわ。シルビーはぶるぶる震えていたのよ」

「普通じゃないわね」とテス。「でも、もしかするとメインの息がくさかったのかもしれないわ。歯が悪いとそうなるんですって。レディ・デイトンから聞いたんだけど――」

「メインの息はくさくないわ」ジョージーはきっぱりと言った。

「問題は歯なのよ」テスはなおも言ったが、アナベルが手を振って黙らせた。

「ジョセフィーン・エセックス」アナベルは言った。「メインがいつあなたにキスしたのか教えてもらえる？」

一瞬の沈黙のあと、ジョージーは答えた。「たった一度だけよ」

「一度だけ？」姉たちはそろって声をあげた。

「本物のキスでもなかったわ。わたしに正しい歩き方を教えるためのキスだもの」

「なんですって？」テスが言う。

「すてきだった？」アナベルが尋ねた。

ジョージーは頬が熱くなるのがわかった。「そうでもないわ。ただのキスだもの」こともなげに肩をすくめてみせる。毎晩のようにそのキスの夢を見てなどいないというように。

「ただのキス、ね」テスが言った。「ねえ、おもしろいと思わない、アナベル？　わたしは一度メインにキスされたの」

ジョージーは顔をしかめてテスを見た。

「それほどすてきではなかったわ。メインもそう思ったんじゃないかしら。結婚すると決めたときに、ごく軽いキスをしただけなの。なにも特別なことはなかったから、キスに関するいろんな話はどれも大げさすぎるんじゃないかと思ったものよ」

「ルーシャスのキスとは違ったわけね？」アナベルがからかう。

「お黙りなさい。それから、イモジェンもメインにキスされたことがあるのよ」

ジョージーはごくりと唾をのみ込んだ。どうやらわたしは、メインにキスされるという名誉にあずかったエセックス家の女性たちの最後のひとりにすぎないらしい。

「イモジェンもさほどすてきだとは思わなかったみたい。あの子の話では、メインがキスしたのは単に、お互いに対する欲望がないのに情事を持っても仕方がないとわからせるためだったそうよ」

「そして今、メインのキスはすてきでもなんでもないと思った三人目の女性が現れたというわけ。シルビーよ」アナベルが言った。「かわいそうに！　彼はきっとその方面の能力に欠けているんだわ」

「ばかばかしい！」ジョージーは声をあげた。「彼は――彼は――」

「彼は、なんなの？」

「からかうのはおやめなさい」テスがアナベルをたしなめた。「ジョージーがメインのキスはすてきだと思ったなら、なによりだわ。でも考えてみれば、メインはつらい目にばかり遭っているのね。確か、レディ・ゴドウィンを愛していたのに拒絶されたんじゃなかった？」

「レディ・ゴドウィンを愛していた？　メインが？」アナベルが繰り返した。「そうは思えないけど。でも、シルビーのことは愛していると思うわ。かわいそうに」

ジョージーは唇を嚙んだ。「ええ、彼はシルビーを愛しているわ。わたしにそう言ったもの」

「それはあなたにキスする前？　それともあと？」

「あとよ。ううん、前にも言ったわ。メインはわたしがそのキ――じゃなくて、それを真剣にとらないよう、はっきりさせておきたかったみたい」

「まあ、おやさしいこと」アナベルは言った。「男性についていろんな話を聞くけれど、メインほど報いを受けて当然の男はいないわね。自分はほかの女性を愛していると警告したうえでキスするなんて、どうしてできるの？」

「彼はわたしの力になってくれようとしただけよ」ジョージーは言った。「それに報いならもう受けたわ、アナベルお姉さま。シルビーを失ったんですもの」

「結局は彼のもとに戻るんじゃない？」

「そうは思わないわ。説明するのは難しいんだけど、シルビーは本当にいやでたまらないという感じだったもの。声でわかったの」

「かわいそうなメイン」とテス。

「まったくだわ」アナベルが威勢よく言った。「わたしたちは彼のキスをすてきだと思わなかった女を四人知っている。レディ・ゴドウィンにテスお姉さま、イモジェン、シルビー。でも、すてきだと思った女もひとり知っているわ」

ジョージーは頬がますます熱くなるのを感じた。「そんなことはなんの関係もないわ」

「関係あるわよ。あなたがメインと結婚したいと思っているなら、それを実現させるのは姉であるわたしたちの役目だもの」

「頭がどうかしちゃったんじゃないの？」ジョージーは叫んだ。「わたしがメインと結婚できるはずないじゃない。わたしは若くて彼は——それにわたしは——太っているし」

「太ってなどいないわ」テスがぴしゃりと言った。「あなたはきれいよ。まだそれがわからないの？　卑劣なサーマンがあなたにいやらしいキスをしてきたのはなぜだと思う？　あなたがきれいだからよ。それに例のコルセットをつけるのをやめてから、男性たちはよだれを垂らさんばかりにしてあなたを見ているわ。メインがそれに気づいていないと思うなら、それこそどうかしているわよ。彼があなたを見ていることに、わたしだって気づいたんだから」

「ばかげたことを言わないで。メインがわたしに結婚を申し込むなんて、一〇〇万年経ってもありえないわ」

「どうして？」

「わたしは結婚について、いろいろ勉強してきたの。お姉さまも知っているでしょう。ここ数年のあいだに出版されたミネルバ書房の小説は一冊残らず読んでいるわ。男性が結婚を申し込むのは、女性の優雅な美しさに心打たれたときか、策略によって追い込まれたときよ。メインはわたしの優雅な美しさに――そんなものがあったとしてだけど――なんの興味も示していないし、策略を成功させるのは簡単なことじゃないわ」

「策略って？」アナベルが興味津々の顔で訊いた。

「たくらみとか計略よ。普通じゃない結婚はどれも策略によるものだわ。たとえばアナベルお姉さまの結婚がそう。お姉さまはスキャンダルをおさめるために結婚したんだから」

「わたしの結婚もそうね」テスが割って入った。「わたしがルーシャスと結婚したのは、彼が策略を講じて邪魔者のメインを追い払ったからだもの」

「イモジェンお姉さまの二度目の結婚は普通のものだったけど――」

「ある意味ではね」アナベルは笑い声をあげた。

「最初の結婚は策略によるものだった」

「こうして考えてみると、そういう策略に効果があるのは明らかね」テスが言った。「メインに近づいて、どんな策略を講じればいいか考えてみましょう」

「無理よ。お姉さまたちみたいに魅力的ならうまくいくでしょうけど、わたしは――」

「いいかげんにして。わたしもアナベルに賛成よ。あなたがメインを欲しいと思っているのなら――そう思っているのはあなたひとりみたいだし――彼はあなたのものになるわ」

「お姉さまたちをその気にさせるつもりなんてなかったのに」ジョージーは動揺した。「こんなふうに無鉄砲なやり方で結婚したくはないの。お姉さまたちの結婚がうまくいっているからといって、策略がいつも成功するとは限らないわ。そんな危険を冒すのはいやなのよ」

「メインと結婚するためでも？」アナベルが尋ねた。

ジョージーは口を開いたが、すぐには答えられなかった。

「じゃあ、決まりね」アナベルがテスに言う。

「やめて」ジョージーは絶望的な気分になった。「だめよ！」

「まあ、見てなさい」アナベルは請け合った。

29

『ヘルゲート伯爵――上流社会の夜』第二〇章より

親愛なる読者よ、今やあなたは、わたしと同じぐらいわたしのことをよく知っている。だから、わたしに対する彼女の気持ちが募れば募るほど、彼女に対するわたしの気持ちは冷めていくことも理解してもらえると思う。まもなく、わたしは彼女の忠実な恋人ではなくなった。そして……ああ、愛しいヒッポリタ……どうかわたしを許してほしい。最初のころの関係があまりにも刺激的だったため、あとになってあなたが与えてくれた楽園の日々にわたしは満足できなくなっていたのだ。

ルーシャス・フェルトンのロンドンの屋敷で、スマイリーは長年にわたって召使いを務めてきた。彼は静かな生活に慣れていた。ミスター・フェルトンが結婚して以来、家のなかは少々騒がしくなったものの、奥方は主人と同じぐらい落ち着いた女性で、夜ふかしをすることもなかった。

それが今夜はどうだろう！　今は夜の一〇時で、スマイリーは自分が少々憤りを感じていることに気づいていた。まず初めはメイン伯爵がミス・エセックスを連れてきた。そのあとアードモア伯爵と奥方が到着した。ミス・エセックスやアードモア伯爵夫妻はミスター・フェルトンの家族だが、身内のあいだにもけじめは必要だとスマイリーは考えていた。だが、そんな思いはいっさい顔に出さずに、彼はふたたび玄関の扉を開けた。「これは閣下」そう言って、メイン伯爵にお辞儀をする。

「やあ、スマイリー。ぼくとおじのロチェスター主教が着いたと取り次いでもらえないか？」

スマイリーは伯爵のコートと主教のマントを受け取った。今からここで結婚式が行われるのだろうか？

主教をベッドから引きずり出すのに、それ以外の理由があるはずがない。スマイリーが書斎の扉を開けると、アードモア伯爵がキスについてなにか言っているところだった。

「メイン伯爵とロチェスターの主教がおいでになりました」スマイリーはいくらか納得して重々しく告げた。なるほど、キスがかかわっているのか。キスにもいろいろある。夜も遅くに主教が屋敷に現れるようなことになるキスは、ただのキスではない……。

スマイリーは扉の右側に移動した。案の定、メイン伯爵は彼が部屋を出るのを待たずに話しはじめた。

「おじを連れてきた――」

「わたしがいやだと言うのもかまわずに」主教が口を挟み、糸の切れた操り人形のようにどさりとソファに腰を下ろした。

「今回の災難を乗り切る方法はひとつしかない」

「方法というものはいつだって――」主教が言いかけたが、甥に睨まれて口を閉じた。あの目で睨まれたら、わたしも口を閉じたことだろう、とスマイリーは思った。いつもさっぱりした姿をしているメイン伯爵が、今夜はいささか荒れているように見える。まるで船着き場に住みついている男たちみたいだ。髪はいつもと違って優雅にカールしておらず、うしろに撫でつけられていた。いかにもあわてて撫でつけた感じで。顔には無精ひげが生え、片方の目のまわりには黒い痣《あざ》ができている。

だがスマイリーがなにより奇妙に思ったのは、伯爵が顎と肩をこわばらせていることだった。これから結婚するというより、誰かを殺そうとしているかのようだ。

それでも、メイン伯爵が結婚しようとしているのは間違いなかった。主教を連れてきたのはミス・エセックスと結婚させてもらうためだと、伯爵は今まさに説明しているからだ。誰に反対されようが思い直す気はないらしく、婚礼は午前八時から正午までのあいだに行う決まりになっているという主教の言葉を聞いても、彼の決心は揺らがなかった。

メイン伯爵は主教に向き直り、鋭い目で見据えた。「太陽がすでにのぼっていることにすればいいのではないですか？」その声は低かったが、開かれたままの扉のそばに立つスマイリーにもはっきり聞こえた。「さもないと母上に話さなければならなくなります」

偶然にも、スマイリーはメイン伯爵の母親を知っていた。女子修道院の院長で、聞くところによれば何百エーカーもの土地を管理し、王妃にも顔が利く実力者だという。

そろそろミセス・フェルトンを呼んだほうがよさそうだった。ミスター・フェルトンは体をわずかに揺らして立ちながら、いつもどおり静かな笑みを浮かべているだけだ。その笑みを見れば、彼がこの結婚を悪くない考えだと思っているのがわかった。一方、アードモア伯爵は雷に打たれたような顔をしている。

スマイリーは廊下に出て、ほかの召使いに奥方付きのメイドのガッシーを呼んでこさせた。彼の短い説明を聞くと、ガッシーは目を大きく見開いた。その二秒後には、ミセス・フェルトンと妹のアードモア伯爵夫人がドレスの裾をひるがえらせて階段を駆けおりてきた。

スマイリーはふたたび書斎の扉を開けたが、夫よりはるかによく気がつくミセス・フェルトンが、もう下がっていいというように微笑みかけてきた。

布張りの扉が、スマイリーの背後で音をたてて閉まった。

30

『ヘルゲート伯爵――上流社会の夜』第二一章より

ついに結婚するときがきた。わたしはいっときの欲望に駆られたふるまいはもうやめようと固く決心した。これからは妻の寝室にしか入らないようにするのだ。少なくとも、わたしはそう自分に言い聞かせた。

「ジョージーを呼んでくれさえすれば」メインはもう一度言った。できるだけ丁寧な口調になるよう気をつけて。「おじ上が式を挙げてくれる。それで終わりだ」

「でもね、メイン」テスが応えた。「アナベルもわたしもあなたの親切な申し出はありがたく思うけど、あなたはシルビー・デ・ラ・ブロドリーと婚約しているんじゃなかったの？」

メインは奥歯を噛みしめた。「ミス・ブロドリーは気が変わったんだ。今日の午後」

「いくらメインだって、ほかの女性と婚約しているのに結婚を申し込んだりはしないだろう」ルーシャスが言った。「でも、だからといって、きみがジョージーと結婚する必要はあるのかな？」

「あるとも」くそっ、誰もジョージーと話していないのだろうか？　彼女の様子やドレスの状態に気づかなかったのか？　ジョージーの身に起こったことについて、メインは誰とも話をしたくなかった。

「ジョージーを助けに来てくれたことは心から感謝しているわ」アナベルがメインに微笑みかけた。「あの子には助けてくれる人が必要だもの。もちろん、あんなひどい目に遭ったあとだから、男性のやさしい心づかいもすぐには受け入れられないでしょうけど」

ようやく事態の深刻さを正しく理解しているらしい言葉が聞けた。「そうだろうね」メインは言った。「とにかく、階下《した》に下りてくるようジョージーに言ってくれないか？　さもなければ、ぼくが自分で行って彼女を連れてくる」

「シルビーとやり直す気がないのは確かなの？」テスが尋ねた。

「彼女はぼくに指輪を突き返してきたんだ」声が冷たくとがっているのが自分でもわかった。

「あなたはミス・ブロドリーを心から愛しているように見えたけど」テスは食い下がった。

「そういう状況にある男性は小さな諍《いさか》いは乗り切って、翌日の晩には愛する女性の心を取り戻しているものよ」

「たとえジョージーと結婚するつもりでなくても」メインは苛立った。「飼い慣らされた小型犬のようにシルビーのあとを追うつもりはない。これはシルビーとぼくの問題だから、彼女がぼくを好きでなくなったとだけ言っておこう。ぼくがどう思っているかは関係ないんだ」

「関係あるわ。あなたはわたしたちの妹と結婚しようとしているんだから」

メインは歯を剝き出して、テスを怒鳴りつけそうになった。

アナベルが前に進み出て、彼の腕に手をかけた。「どうかお姉さまを許してちょうだい。妹のことが心配なだけなの」穏やかな声で言う。「お姉さまはなにも、あなたが今でもミス・ブロドリーを愛していながらジョージーと結婚しようとしていると言ったわけではないのよ」

「シルビーを愛してなどいない」メインはぶっきらぼうに言った。

アナベルはにっこりした。「こんなふうにジョージーに結婚を申し込むなんて、あなたはとてもやさしいのね。騎士道精神にあふれていると言ってもいいわ」

アナベルの無神経なふるまいを前にして、メインは言葉がなかった。自分の妹があれほど恐ろしい目に遭ったばかりだというのに、どうしてそんなふうに笑えるんだ？　辛辣な言葉を口にしてしまわないように、彼は唇をぎゅっと引き結んだ。

そのままお辞儀をして向きを変え、廊下に出る扉を開ける。みんな意気地なしもいいところだ。ジョージーが強姦されたというのに、なにもしないで愛や名誉について話しているのだから。なぜ犯人を探しに行かない？　どうして泣いている彼女の手を握っていてやらないんだ？

しかし、ジョージーは泣いてなどいなかった。

メインが階段をのぼり終えたとき、寝室の扉が開いてジョージーが出てきた。彼はぴたりと足を止めた。

「ジョージー」おかしなたとえかもしれないが、沼地に深く沈んでいた心が泥から浮き上がったような気がした。ジョージーは青白い顔をしているものの落ち着いていて、とても美しかった。メインは愕然《がくぜん》とした。これほど美しいのだから、誰もが触れたがるのも当然だ。彼女の姿を見ただけで、頭がどうかなりそうだった。

「きみと結婚しに来た」うまい切り出し方ではない、とメインは思った。ジョージーの首に目をやり、痣がないか確かめる。もしあったら、彼女を襲ったろくでなしの同じところに痣をつくってやるためだ……そのあとで殺してやるが。

「わたしと結婚しに？」ジョージーの顔がいっそう青白くなった。

メインは咳払いをした。彼女はこれから先、どういうことになるかわかっていないのかもしれない。子供が生まれる可能性に気づいていないのだろう。

「なぜわたしと結婚したいの？　まさか、お姉さまが――アナベルお姉さまと話した？」

彼は顔をしかめた。「アナベルとなんの関係があるんだ？　きみには夫が必要だ。ぼくがきみと結婚する。おじの主教がここに来ているんだ。彼が式を挙げてくれる」

ジョージーは無言でメインを見つめていた。彼は髪に手を走らせた。「ジョージー」うなるように言う。「ぼくが最高の結婚相手とは言えないことはわかっている。シルビーに捨てられたばかりだしね。それ以外にも、いくつもの傷を持つ人間だ」彼は自分を罵った。どうして〝傷〟などという言葉を持ち出したんだ？

だがジョージーは泣き出したりせず、黙って彼を見つめていた。メインは肩を怒らせた。

「きみは結婚しなければならない、ジョージー。きみは——汚されてしまったのだから」

「そうなの？　本当に？」

ジョージーはあまりにも無垢《むく》だから、汚されるというのがどういうことかわかっていないのだ。自分の身に起きたことを表す言葉さえ知らないのかもしれない。メインはまた髪に手を走らせた。「そうだ」

彼女はわずかに眉をひそめた。「お姉さまたちがあなたにそう言ったの？」

「ジョージー、きみの姉さんたちに事情を話す必要はない。口にするのもつらいだろうから」

「わたしはシルビーとは違うわ」少しして、ジョージーが言った。「彼女はきれいだし——」片手を上げ、口を挟もうとしたメインを制する。「わたしたちが結婚するとしたら、それはあなたが輝く鎧《よろい》を身につけた騎士を演じたくなったからでしょう。でもあなたがシルビーと結婚しようと思ったのは、彼女を愛していたからよ。あなたは自分でそう言っていた。それと同じ気持ちになれる相手を、またどこかで探したくなるんじゃない？」

「そんなことにはならない」

「わたしはお客さまをうまくもてなせるとは思えないわ。あなたは洗練されていて都会的だけど、わたしは上流社会のことはよくわからないし、知ってのとおり、社交界でうまくやれていないのよ」

「うまくやれるよ。きみがその気になれば」そんな話はどうでもよかった。深い悲しみで胸に大きな穴が開いている今は。ジョージーがあんな目に遭うなんて。今ではぼくのものとなった彼女が。「ぼくのほうこそ、きみの夫になるには年を取りすぎている」

それを聞いて、ジョージーはかすかに笑みを浮かべた。メインはほっとした。長年、女性の目を見て心を読んできた彼には、ジョージーの気持ちがわかったからだ。彼女はメインが年を取りすぎているとは思っていない。

「さあ、早く結婚しよう」メインはジョージーの手を取って踵《きびす》を返した。彼女の返事は待たなかった。イエスと言うに決まっている。こうするのが正しいと、これまでになく強く確信していた。

彼がジョージーを連れて書斎に戻ると、主教はソファで眠っていた。ジョージーの姉とその夫たちが、いっせいに振り向いてメインを見た。その目に不安が浮かんでいることに気づき、彼は軽蔑《けいべつ》すら覚えた。もちろんルーシャスは違った。長年の友人である彼の気持ちは手に取るようにわかる。ルーシャスの目にはメインを支持する気持ちが表れていた。ほかの三人はどうであれ、ルーシャスだけはメインとジョージーがなぜ今夜結婚しなければならないのか、正確に理解していた。

メインはおじの体を揺さぶった。主教は聖職者にあるまじき言葉をもごもごとつぶやいて目を覚ました。

「おまえの母親のことがなかったら、たとえ国王陛下の頼みでもこんなことはしないぞ」主教がうなるように言った。

「母がさぞかし感謝することでしょう」メインは応えた。

まもなく、誰もが彼の希望どおりの位置についた。主教は祈禱書を前にあくびをしながら、特別結婚許可証を手もとに用意していた。アナベルと夫は手を取り合い、ルーシャスはメインの傍らに立った。

「グリセルダはどこにいるの?」ふいにテスが言った。「そうよ、メイン、あなたの妹さん抜きで結婚することなんてできないわ。彼女は絶対にわたしたちを許さないわよ」

「妹は今、忙しいんだ。あとでぼくから事情を説明するよ」

メインがうなずきかけると、主教は式を始めた。「愛されし者たちよ、わたしたちは今夜ここに集まり……」

それ以上、メインの耳にはなにも聞こえなかった。彼はもうすぐ妻となる女性の茶色い髪に目を落とした。彼女はメインとつないだ手をじっと見つめていた。

「病めるときも、健やかなるときも」主教が厳かに告げた。メインはジョージーの手を握る手に力を込めた。ぼくがきみの面倒を見る、と心のなかで誓う。ぼくがきみを守る。もう誰にもきみを傷つけさせない。

式が終わると、ジョージーがふいにメインの顔を見上げた。彼の心臓は早鐘を打っていた。ジョージーは、ぼくの妻は、驚くほど美しい。風呂上がりでまだ湿っている、頭の上に無造作にまとめられた茶色い髪。蠟燭の光を浴びて真珠のように輝く肌。だが自分の鼓動を激しくさせているのは外見の美しさではないと、メインにはわかっていた。

彼の心臓を大きく波打たせているのはジョージーの内面だった。スコットランドまで行くあいだに、彼女がしばしば見せていた知性や機知だった。ジョージーの身に起きたことの責任はすべてぼくにある。競馬場で見失ったのはもとより、コルセットをつけるのをやめるように言い、キスの仕方を教えたのだから。彼女はぼくやロンドンじゅうの男の目の前で変わった。うっとりするような変身ぶりだった。内にひそんでいた官能的な美しさが表に出てきたのだ。

どこかのろくでなしがジョージーを強姦したのはぼくのせいだ。強姦という言葉とそれが示す冷酷な事実に、激しく打っていたメインの心臓は静かになった。

ジョージーにキスをするべきだろうか？　いや、だめだ！　彼女はあんな目に遭ったばかりなのだから……。メインは彼女の手を自分の唇に近づけ、手の甲にキスをした。

なにかがジョージーの目をよぎった。失望かもしれない。けれども彼女はそのまま向きを変え、姉たちに駆け寄った。アナベルは歓声をあげていた。メインの傍らに立つルーシャスが微笑みかけてきた。

「こうする必要があったんだ」メインは低い声で言った。なぜか自分の行為を正当化しなければならないような気がして。

「さまざまな理由からね」ルーシャスはそう言って――まったく彼らしくないことに――メインを荒っぽく抱きしめた。

「おもしろい夜だったな」アードモアが言った。

「ある意味ね」メインは応え、女性たちのほうに目をやった。ジョージーがなにか言うのを聞いて、アナベルが体を揺すって笑っていた。あれには慣れなければならない。ジョージーが行くところ、笑い声がついてまわるのだから。「誰の仕業かわかったのか？」

とたんにルーシャスが冷静な顔になった。「ジョージーはテスに打ち明けたようだが、ぼくはまだなにも聞かされていない」

メインは思わず拳を握りしめた。「それなら、その話はまた明日だ。おじ上を家に送り届けないと」気の毒な主教は目を閉じて、ふたたびソファに座り込んでいた。その顔色が悪いことはメインも認めざるをえなかった。

「本人から聞いたんだが、きみのおじ上は夕食のときに赤ワインを三本空けたそうだ」アードモアがにこやかに告げた。「今まで立っていられたのが不思議なぐらいだよ。なんなら、ぼくが送っていこうか？」

「けっこうだ」メインはそう言ってから、はっとした。ふたりの男は彼をからかうような目で見つめている。「いや、やっぱり頼む。危うく妻を置いて夜の街に出るところだった」

「すぐに結婚したことに慣れるよ」アードモアが言った。

「レイフがここにいなくて残念だな」ルーシャスが言う。

「きっと今の失態を見て大喜びしただろうに」メインは妻のほうを向いた。妻のほうを！

本当にぼくには妻ができたのだろうか？

目の前には確かに、艶やかな茶色の髪によく動く眉をした若い女性がいた。笑っているような目に愛らしい唇。もうすぐ世界じゅうの人間が、彼女がメイン伯爵夫人だと知ることになるのだ。彼は口がきけなくなるほどの衝撃を覚え、思わずシャンパンの入ったグラスをつかむと、なにも考えずに中身を飲んでいた。

31

『ヘルゲート伯爵――上流社会の夜』第二一章より

わたしたちは互いの家族の参列のもと、簡単な式を挙げて結婚した。わたしは悪名高き放蕩者が結婚してついにおとなしくなったと、上流社会に広く知らせようと思った。だが、その晩、静かな寝室で妻とふたりきりになってみると……。

ああ、親愛なる読者よ、わたしは愛する妻が最もわたしを求めていたときに、彼女を失望させてしまったのだ。

アナベルは階段をのぼりながらも笑いが止まらないようだった。低い声で勇ましく言う。

「エセックス姉妹は無敵よ！」けれどもジョージーは、ふいに怖くなってきた。

メイン伯爵が下にいる。

メイン伯爵が。

しかも、彼はわたしと結婚した。いや、わたしが彼と結婚したとも言える。いずれにせよ、わたしたちが結婚したのは――。だが、今はふたりが結婚した理由について考えられなかった。

テスの寝室に入るやいなや、ジョージーはアナベルのほうを向いた。「お姉さまに訊きたいことがあるの。とても大事なことよ。わたしが強姦されたとメインに言ったの？　彼が〝汚された〟と言っているのはそういう意味？」

アナベルの顔から笑みが消えた。「あなたが強姦されずにすんで本当によかったわ」

「でも、それならメインはいったいどうしてそんなふうに思ったの？」テスに目を移す。「お姉さまたちが彼にそう言ったんじゃないの？　わたしに結婚を申し込まなければならないと思わせるために」

「ジョージー、そんなことはしていないわ」テスは姉の威厳を込めて答えた。「絶対に。誠実さに欠けることだもの」

ジョージーは眉をひそめた。「それなら、なぜメインはわたしが汚されたと思っているの？　あんなふうにキスされたら、汚されたことになるのかもしれないけど。汚されるというのは、キスよりもっとひどいことをされることだと思っていたわ」

「男の人というのは」アナベルが言った。「間違いを犯すために存在しているようなものなの。自分では気づいていないけれど、それが事実なのよ。どうやらメインは小さな間違いを犯したみたいね。あなたが実際よりもひどい目に遭ったと誤解したんだわ。でも、そもそもその気がなかったのなら、あなたと結婚なんてしないわよ」

だが、ジョージーは息ができなくなりそうになっていた。こんな状況での結婚は無効にされてしまうんじゃないかしら？　すべては彼を罠にかけるための策略だったとメインに思われるのでは？

テスがジョージーの肩を抱いた。「わたしたちの誰ひとりとして、普通の方法では結婚していないのよ。それでも、とても幸せだわ」

ジョージーは完全にパニックに陥っていた。「わたしは頭がどうかしていたんだわ！　メインは——メインはわたしが強姦されたと本気で思っているのよ。ああ、なんてこと。わたしは嘘の理由で結婚してしまったわ」

「あなたが強姦されていないとわかったら、メインはきっと大喜びするわよ」アナベルが言った。まじめな顔をしようと努力しているようだが、ちっともうまくいっていない。

「お姉さまたちには道徳観念が欠けているのよ！」ジョージーは叫んだ。「わたしはいったいなにを考えていたのかしら？」

「あなたはメインと結婚したいと思っていたのよ。彼のファーストネームはなんていうの？」アナベルが尋ねた。

「ギャレットよ」

「ほらね！　グリセルダ以外で彼のファーストネームを知っているのは、あなただけだと思うわ。あなたはギャレットと結婚したくて、彼はあなたと結婚したかった。彼が結婚する理由になにを挙げたかなんてどうでもいいわ」

「ルーシャスだって、わたしがメインに捨てられたことを結婚する理由にしたわ」テスが言った。

「それと今回のことでは深刻さの度合いが違うわ」ジョージーは涙をこらえた。「わたしは夫に嘘をついたのよ――そう、嘘を。わたしと結婚してもらうために」

アナベルがジョージーを抱きしめた。「明日の朝には、なにもかもうまくいっているわ。きっとそうよ」

「わたしは彼に愛されるようにならなければならないのよ。明日の朝までに!」

アナベルはベッドに腰を下ろした。テスは暖炉のそばの肘掛け椅子に座っている。だが、ジョージーはとても座ってなどいられなかった。波のように押し寄せてくる恐怖と闘いながら、部屋のまんなかに立ち尽くしていた。

「メインの勘違いをどうするか考えるのは、初夜がすんでからにしましょうよ」しばらくしてアナベルが言った。

「それこそまさに、わたしが知っておかなければならないことだわ」ジョージーは引きつった声を出した。「初夜。どういうことをするのかは知っているけど」

「それで充分よ」アナベルが言った。今にも笑い出しそうな顔をしている。

「まじめに聞いて」ジョージーは怒りの声をあげた。「わたしはもう子供じゃないのよ。もうすぐ結婚するんだから――ううん、すでに結婚したんだったわ! 何人もの女性と寝てきた人と。だから知っておきたいの。その――」なにを知っておきたいのか言葉にできなかった。ほかの女性よりもすばらしいとベッドでメインに思ってもらえるような技術や策略を知りたいのだ。

テスがジョージーに微笑みかけた。「ただ楽しめばいいのよ」

「そのとおり。楽しめばいいの」アナベルが同意する。

「もう少し詳しく言ってもらえないかしら」

「詳しく言えないこともあるのよ」

ジョージーはアナベルに向き直った。「とにかく言ってみて」

「想像力を働かせるの」テスが言う。

「想像力？」ジョージーは驚いた。どうやら、わたしには想像もつかない世界があるらしい。

「いったいどこに想像力がかかわってくるの？　男の人が妻の上にのって——するべきことをするんでしょう？　想像力を働かせる余地なんてどこにもないと思うけど。聞くところによると、とても痛いのよね？　村に住んでいたミセス・フィドルは血が出ることもあると言っていたわ」ジョージーは顔をしかめた。

「まあ、初めてのときはね」テスが言った。「心配しなくても大丈夫よ。わたしはほとんど痛くなかったわ」

「わたしもよ」とアナベル。「ほんの少し痛かっただけで、血なんて出なかった。ミセス・フィドルはちょっと大げさに言ったんじゃないかしら」

「お姉さまたちはわかっていないのよ。わたしが直面している問題の深刻さに気づいていないんだわ。メインは美しくて官能的な女性たちと寝てきたのよ。それなのにわたしは——わたしでしかない。なにか特別な技術が必要なのよ」ジョージーは追いつめられていた。「アナベルお姉さま、お姉さまならきっとなにか知っているでしょう！」

アナベルは顔をしかめた。「特別な技術なんてないわ。もしそういうものがあるとしても、それはあなたが自分で見つけるものよ。あなたとメインが」

「怖がらないで」テスが言う。

「すばらしいわ」ジョージーはつっけんどんに言い放った。「わたしはなにもわからないままに初夜を迎えなければならないのに、お姉さまは怖がらないでと言うだけなの？　もっと役に立つことを教えてよ！」

「わたしにできる助言は、夫があなたを喜ばせようとするのを拒んではいけないということね」アナベルが言った。「結婚してわかったんだけど、妻が自分と同じように喜びにひたっているのを見て、男性は大きな喜びを感じるものなのよ」

ジョージーは肘掛け椅子に腰を下ろし、考えをめぐらせた。喜びにひたっていたに違いない女性たちのベッドから逃げ出してきたメインを、それだけで傍らにとどめておけるだろうか？

「グリセルダがいてくれればよかったのに」アナベルが言った。「彼女なら詳しく知っているだろうけど、確かメインはひとりの女性とせいぜい一週間しか関係が続いたことがないのよね。それとも二週間だったかしら？　お姉さま、知っている？」

テスは顔をしかめた。その手のゴシップをアナベルが大好きなのと同じぐらい大嫌いなのだ。「わたしが聞いたところでは、確か一週間だったと思うわ」

「だったら、ジョージー」アナベルは言った。「あなたはメインを一週間以上、ベッドにとどめておけばいいのよ。それであなたの勝ちだわ」

ジョージーはそれについて考えた。

アナベルが歩いてきて、ジョージーの座る椅子の肘掛けに腰を下ろした。「あなたとメインはきっと幸せになれるわ」にっこりして言う。

テスがもう片方の肘掛けに座り、ジョージーの髪を撫でた。「メインは今日、アスコットで大勝ちしたのよ」

ジョージーはどうにか弱々しい笑みを浮かべてみせた。ふたりとも、メインがほかの女性を愛していることを忘れているらしい。シルビーのことを持ち出す勇気はなかった。メインの既婚者の愛人たちに勝利をおさめるのと、彼のシルビーへの愛を永遠に消し去るのは別のことだ。

「わたしは彼の最高の妻になるわ」ジョージーは硬い声で言った。

「もちろんよ！　しかも、あなたは彼の最初で最後の妻なんだから、競争相手の心配をする必要もないわ」アナベルが言った。

「わたしは――」ジョージーは大きく息を吸い込んだ。「いい人間になるわ」

「あなたはいい子よ」テスが言う。

だが、ジョージーはお世辞には興味がなかった。「ほとんどのときはそうじゃないわ」姉たちの顔を見ながら言う。「わたしは皮肉屋だもの。お姉さまたちに何度も言われてきたように。本当にそうよ。わたしはいやな人間なの」彼女はなんとか涙をこらえた。「お姉さまたちはわかっていないのよ。わたしをソーセージと呼んだ人たちや、それを聞いて笑った人たちを、わたしがどんなに憎んでいるか。自分はロンドンにいる人のほとんどを憎んでいるんじゃないかって思えるときもあるの」

「そういう気持ちは表に出さないほうがいいかもね」アナベルが助言した。

「わたしは本当の自分よりずっといい人間になるわ」ジョージーは宣言した。「やさしくてかわいらしい女性になるの。わたしが読んでいる小説のヒロインたちみたいに」

テスが疑うような顔をした。

「そんなことは無理だと言いたいの？」

「もちろん、あなたは望みどおりの人間になれる――」

扉を叩く音がした。ルーシャスが戸口から顔をのぞかせた。「主教がお帰りになるそうだ」

ジョージーは両脇に姉たちがいてくれるのを心強く思いながら立ち上がった。「今、行くわ」

どうやらアードモアが主教を家まで送っていくようだった。ということは――ジョージーとメインはもう帰っていいということだ。メインの家に。

「ナイトガウンがないわ」ジョージーは怖くなってテスにささやいた。

「わたしのメイドに必要なものを詰めさせて、召使いに持たせてあるから」テスはジョージーをやさしく抱きしめた。「本当によかったわね、ジョージー」

アナベルもやってきて、姉妹は抱き合ってキスをした。「イモジェンがここにいないことだけが残念だわ」

「ふたりとも大好きよ」ジョージーは少し感傷的な気分になっていた。

「きっとうまくやれるわ」アナベルがジョージーの耳もとでささやいた。「いいわね？　とにかく――」

「わかっているわ！」ジョージーはあわてて言った。初夜のことについて姉に助言をもらっているのをメインに聞かれたら大変だ。気難しい性格についての助言なら、なお悪い。彼はジョージーの傍らに来ていた。ロンドンじゅうの美しい女性たちと寝て、一週間後には相手のもとを去っていたと言われているメイン。そんな彼を夫として自分のもとに引き止めておこうとしているなんて。

目の前にいるメインは女たらしには見えなかった。その瞳には深い苦悩が浮かんでいるように思えて、ジョージーはたまらない気持ちになった。「わたしは大丈夫よ」彼女は思わずそう言った。

「そろそろぼくたちも……」メインは口ごもった。

どうして彼と一緒に行けるだろう？　そんなこと、できるはずがないわ！　だが、気づくとジョージーはマントを着せられていた。ふたりで馬車に乗り込むと、彼女は口をきくこともできなくなった。だからメインとともに黙って座り、どうしたらいいのか途方に暮れていた。わたしが本当のことを言ったら、彼はどうするだろう？　なんて言うかしら？　きっと――。

「ジョージー、ひとつはっきりさせておきたいんだが、ぼくはきみに準備ができるまで、どんな性的な行為も強要したりしないよ」少なくとも五分は続いた沈黙のあと、ふいにメインが言った。

ジョージーにはメインの顔がよく見えなかったが、彼が身を乗り出し、馬車の横にかかっているランプの明かりに顔が照らし出された。メインはいかにもやさしく誠実そうで、ジョージーの心は深く沈んだ。わたしは彼にふさわしい人間じゃない。

「女性にとって、これ以上つらいことはないだろう」メインがジョージーの手を取った。彼女は罪の意識を覚えながらも、鼓動がさらに速まるのを止められなかった。「ぼくにできることはなんでもする。もし子供ができていたら――」

ジョージーはかぶりを振った。

「まだわからないだろう？」メインがあまりにもやさしい声で言ったので、ジョージーは思わず彼に握られていた手を引っ込めた。

「ギャレット――」だが、どういうわけか告白の言葉が彼女の口から出ることはなかった。ジョージーは彼の妻でいたかった。どこよりもこの馬車のなかにいて、彼をファーストネームで呼んでいたかった。犯した罪の重さのために地獄に落ちることになっても……。

「もちろん、きみもぼくもこんな状況に置かれるのは初めてだ。ぼくたちの結婚は少し変わった形で始まったかもしれないが、ぼくはウェストミンスター寺院で荘厳な式を挙げて始まった結婚と同じようにとらえているつもりだよ。ぼくの評判がよくないことはわかっているが、そんな暮らしにはしばらく前に別れを告げた。ぼくは決してきみを裏切らない」

「ええ」ジョージーは言った。「わたしもあなたを裏切らないわ」

「ぼくは本気できみを守る。競馬場で演じたような失態は二度と繰り返さない」メインはジョージーの手を取った。「きみが性的な関係を受け入れられるようになるまでには、しばらく時間がかかるだろう。どうか気を楽に持ってほしい。ぼくはいくらでも待つよ。なんなら一年待ってもいい」

ジョージーはごくりと唾をのみ込んだ。シェイクスピアの悲劇『オセロ』のなかで、オセロが戦場に送られることになり、せっぱつまったデズデモーナが口にする台詞が頭に浮かぶ。〝わたしはせっかく手に入れた愛の務めを奪われてしまいます〟婚礼の床入りをすませる前に、夫を引き離さないでほしいと巧みに頼んでいるのだ。でも、どうしてわたしにそんなことが言えるだろう？　サーマンに乱暴されてショックを受けていると思われているのに。

もちろん、わたしがもっとしとやかな女性だったら、きっとひどく動揺していたに違いない。サーマンはわたしの胸につかみかかってきたのだから。あのろくでなし。

気持ちが顔に出たのだろう、メインがジョージーの横に移ってきた。

「誰の仕業なんだ？」彼は尋ねた。

ジョージーはうまく息ができなくなった。そんなことは言えるはずがない。言ったらきっと、メインはサーマンを殺すだろう。サーマンはキスをしてきただけなのに。まあ、さわってもきたけれど、でも……。サーマンにさわられたことでメインの妻になれたのなら、いくらでも耐えられる。「もう自分で片をつけたから」ジョージーは言った。

「なんだって？」

彼女は大きく息を吸い込んだ。こうなったら仕方がない。本当のことを話そう。「わたしたちは厩舎の裏にいたの」

メインがジョージーの体に腕をまわした。彼女はうっとりして、メインの肩にもたれた。

「どうして厩舎の裏なんかにいたんだ？」

「彼がどこに向かっているのか気づかなかったのよ」シルビーのすてきなターバン風の帽子やほっそりした体、メインの腕につかまって歩く姿を見るのにうんざりしたからだとは言えなかった。

彼はジョージーの体にまわした腕に力を込めた。「じゃあ、そいつはきみを厩舎の裏に連れていって――」

「わたしにキスや――ほかのことをしはじめたの。そのときドレスが破れたのよ」メインがくぐもった声を洩らした。ジョージーは続けた。「必死にもがいてなんとか逃げたんだけど、また向かってこられて。そうしたら、そこに糞の山があったの」

「糞の山？」

「それにシャベルも」

「ああ、なんてことだ」

「だから糞を投げつけてやったの」ジョージーはメインの上着に向かって言った。

「どこにあたったんだい？」

「顔よ」

一瞬、沈黙が降りた。「それでもまだその男には死んでもらわなければならないが、ぼくはきみを誇りに思うよ。いったいそいつは誰なんだ？」

どう答えればいいのだろう？　ジョージーは黙ってメインの顔を見つめた。彼の屋敷の小塔の部屋でキスされて以来、これほど近づくのは初めてだ。心臓が早鐘を打ちはじめ、服の上からでもそれがわかるようになった。彼女はメインを見つめつづけた。自分より長いまつげや、疲れた表情の美しい顔を。体じゅうが燃えるように熱くなり、激しい渇望を感じた。

ごくりと唾をのむと、喉にさざなみが立つのがわかった。全身の皮膚の動きが目に見える気がする。まるで誰かほかの人間の皮膚であるかのように。

メインの目にはなにかがあった。馬車を引く馬の足音はいつしか聞こえなくなり、ジョージーも彼もじっと息をひそめているように思えた。いや、息をひそめているのはわたしだけかもしれない……。

「ジョージー」長い沈黙のあと、メインが言った。

「なに？」彼女はささやいた。

「きみはぼくの妻だ」メインは滑稽なほど驚いているように見えた。

打ち明けるなら今だとジョージーは思った。強姦されたとメインが思い込んだのは彼女のせいではないが、はっきり否定しなかったのは事実だ。「結婚しているのが気になるの？」

結局、ジョージーは勇気を奮い起こせずに言った。

「まだ実感がわかないんだ」馬車が徐々に速度を落として止まった。「きみは結婚してよかったと思っているかい？　ぼくと？」

「ええ」ジョージーはメインの男らしい香りや美しさ、自分が寄りかかっている広い肩や魅力的な瞳を心に刻み込んだ。「あなたと結婚してよかったわ」震える声で言う。

彼はジョージーをまじまじと見た。長いあいだ見つめられて、体が不安で震えてきたころ、馬車の扉が開いた。彼女はひんやりとした夜の空気のなかに降り立った。ジョージーはもうジョセフィーン・エセックスではなかった。

メイン伯爵夫人になったのだ。

32

『ヘルゲート伯爵——上流社会の夜』第二三章より

親愛なる読者よ、あなたはわたしを結婚生活には向いていないとお思いだろうか？　わたしの哀れな愛しいマスタードシード。シェイクスピアが生んだ別の妖精にちなんで、彼女をそう呼ぶことにする。彼女については多くを語るつもりはない。彼女とともに過ごした時間は短かったからだ。それでも、ときに甘いひとときを過ごしたこともあった。

サーマンはよく眠れずにいた。彼は悪臭を放ちながら家に帰ると、自分で顔や体を洗った。そして召使いを怒鳴りつけ、夕食を二度つくり直させることで鬱憤を晴らした。

真夜中、彼はベッドの上ではっと身を起こした。悪態が口をついて出そうになる。

ふいに気づいたのだ。明日、自分は長い剣の冷たい切っ先を体に受けることになるかもしれないと。サーマンは両手で上掛けをきつく握りしめ、部屋に差し込む灰色の光を凝視した。

「くそっ」小さく罵りの声をあげる。〝ソーセージ〟が義兄たちのもとに行って、ぼくの名前を告げたら、逃げる間もなく太ったスコットランド女と結婚させられてしまう。サーマンは上掛けをはねのけて、よろよろとベッドから出た。寝巻きの下の剝き出しの脚が寒い。

「そんなのいやだ」うなるように言った。「絶対にいやだ」

父親も今回ばかりは助けてくれないだろう。いったいぼくはなにを考えていたんだ？　抵抗されて、ついわれを忘れてしまった。だいたい向こうが悪いのだ。ぼくにキスされるのがどれほど光栄なことかあいつがちゃんとわかっていれば、こんなことにはならなかったのに。最後に見た彼女の姿がよみがえってきた。ドレスは破れ、髪は乱れて肩に落ちている。ドレスを破ったのはぼくじゃないと言っても、誰にも信じてもらえないだろう。本当のことなのに。なぜ破れたのかさえわからない。ぼくは彼女の胸をつかんだだけなのだから。見た目どおり大きいのか確かめようとして。

自然と顔がにやける。なにかに夢中になっているサーマン家の人間をおとなしくさせておくことはできない。わが家の人間はみな行動力があるのだ。でも、村の娘には注意している。彼女は村の娘ではないが、それがかえって問題だった。ぼくはあの太った女と結婚させられるかもしれないのだ。弟たちにどれほど笑われるだろう。そう思っただけで、誰かを殺してやりたい気分になる。

結局、サーマンはまた眠るのはあきらめて、冷たい水を顔にかけた。召使いのクーパーに二度促され、自分が愚かにも、彼女の義兄たちも服を着ていない男を襲ったりはしないだろうと思っていたことに気づいてから、どうにか自分で服を着た。

午前一〇時になるころには、書斎のなかを一〇〇周はしていた。当然、彼女は姉や義兄たちに話すだろう。大地主の長男と結婚できるチャンスに飛びつかないわけはない。くそっ。彼女には莫大な持参金がある、とサーマンは自分に言い聞かせた。それに彼女はそう悪くない胸をしている。暗闇のなかでは女なんてみんな一緒だ。我慢できないこともない——。いや、我慢などできるものか！　サーマンは大声でわめきたくなった。このぼくが——ダーリントンの親友であるぼくが——〝スコットランド産ソーセージ〟と呼ばれている女と結婚するなんて、考えただけでも胸がむかむかする。

クーパーが現れて客の到来を告げたときには、安堵《あんど》感さえ覚えた。「客人たちをここに通してくれ！」サーマンはぶっきらぼうに言った。

「お客さまはおひとりです。ハリー・グローンという男の方ですが」

つまり紳士ではないということか。彼女の義兄が来たのではなさそうだ。サーマンはうなずいた。使者でもよこしたのだろうか？　もしかすると弁護士かもしれない。

サーマンは暖炉の前に脚を開いて立った。「用件を言え！」クーパーが部屋を出て扉を閉めるやいなや、大声で言う。あくまでも攻勢に出て、断固とした態度を崩さないようにしなければならない。なにを言われても否定しよう。やってみる価値はある。

でも、この男はどう見ても伯爵の弁護士には見えない。むしろ……。

「お願いしたいことがあって来ました。大したことではありませんが」男が言った。しなびた李《すもも》のような男だ。歯も機知もほとんどないに違いない。

「答えはノーだ」

「お願いを聞いていただけましたら、大金をお支払いする用意があります」男は袋を取り出し、なかのソブリン金貨を見せた。

鼓動が正常な速さに戻るのがサーマンにはわかった。彼の父親は跡取り息子に必要なものはなんでも存分に与えてくれている。「さっさとこの家から出ていけ」サーマンは怒鳴った。

「あなたのご家族が経営しておられる出版社から、情報を手に入れていただきたいだけなんです。少しばかりの情報です。若旦那さまなら、簡単に手に入れられるに違いない」

このばかは、ぼくが出版社に足を踏み入れるとでも思っているのか？

「このような暮らしをなさっていると、なにかと物入りでしょう」男は猫撫で声で言った。「わたしからの贈り物は賭けの借金や……仕立て屋の代金にでもあてられたらいい」

「ぼくは賭け事はしない」サーマンは男のほうに歩きはじめた。ぼくにはこの無礼な男を叩きのめす権利がある。こいつはぼくが信義にもとる行動をとると思っているのだ。

男は老人らしからぬ機敏な動きでうしろに飛びのいた。「名刺を置いていきますから」甲高い声で言って、テーブルの上になにかを放り投げる。「悪くない話だと思いますよ」彼はサーマンがつかまえる間もなく部屋を出ていった。

サーマンは名刺がのったテーブルを持ち上げて、壁に投げつけることで満足した。ヘップルホワイト様式の木のテーブルはばらばらになった。まるで爪楊枝《つまようじ》でできているかのように。

33

『ヘルゲート伯爵――上流社会の夜』第二三章より
彼女は月曜日にわたしのもとへ来て、その週の金曜日に亡くなった。これほど悲しいことがあるだろうか。彼女はわたしの腕のなかから旅立ち、神のふところに還《かえ》ったのだと思いたいが、事実はいささか散文的で、傷んだ鰻《うなぎ》のパイを食べてすぐに亡くなったのだ。

ふたりはダーリントンの家のキッチンで、白いテーブルを挟んで座っていた。「キッチンで食べるのは初めてですか?」彼が自分で薄く切ったりんごをグリセルダに渡して尋ねた。

「ええ」彼女はスツールに腰かけ、ココアの入ったカップを手にしていた。

「キッチンメイドと料理人もいるんですが、どちらも住み込みではないので」

「よくわからないんだけど」グリセルダは言った。「どうやら、あなたにはお金がないわけではなさそうね」

「幸運にも、そのとおりです」ダーリントンはチーズを完璧な四角に切り、りんごと一緒に食べるよう彼女に手渡した。

「わたしがなにを言いたいのか、わかっているはずよ」グリセルダは言った。「お父さまがおこづかいを下さるの？　そうだとしたら、かなりの額に違いないわ」

「あなたは本当に詮索《せんさく》好きですね」

　グリセルダは背中を撫でる髪を感じながら、ダーリントンに微笑みかけた。家のなかには自分たちしかいないとわかっているのは、とてもわくわくする。これまで家でひとりきりになったことは一度もなかった。ウィロビーと一緒に住んでいた屋敷には、つねにふたりのほかに少なくとも一五人の人間がいた。けれども、この家は静まり返っている。通りを走る馬車の音が、ときおり遠くから聞こえてくるだけで。「わたしが今いるレイフの家では、いつも廊下を歩く足音や火をおこす音、お皿を洗う音が聞こえてくるわ」

「ぼくはひとりで住むのが好きなんです」ダーリントンはチーズをもうひと切れグリセルダに渡した。「この家にも使用人部屋がいくつかあるんですが、みんな夜には自分の住まいに帰ってもらっています」

「どうしてあんなにたくさん本があるの？」

「読むのが好きだからですよ。あなたはどんなものを読んでいるんです？　つい最近出版された、バイロン卿の『チャイルド・ハロルドの巡礼　第四巻』は読みましたか？」

「前にも言ったとおり、今はヘルゲートの回想録に夢中なの。わたしには彼の恋人たちの正体がすべてわかっているのよ。たとえばハーミアが誰なのかも。わかっているのはわたしひとりみたいだけど」

「本当に？」

「ヘルゲートはこう書いているわ。ハーミアは公爵夫人で、出会ったのはセント・ジェームズ宮殿。そして物置のようなところで愛を交わしたって。それでね」グリセルダはテーブルの上に身を乗り出した。「何年か前、ギグスブライズ公爵夫人がそういうところから出てくるのを見たの。そこはセント・ジェームズ宮殿で、わたしは王室礼拝堂に行こうとしていた。大蔵省から続く途方もなく長い廊下があるでしょう？　彼女はわたしの行く手にある物置からこっそり出てきたのよ！」

「なぜそこが物置だとわかったんです？」ダーリントンは興味を引かれたような顔はしているが、グリセルダが披露したとっておきのゴシップにさほど驚いた様子はない。

「扉を開けてみたからに決まっているじゃない！」

「まったく、なんて大胆なんだ。彼女の恋人がまだそこにいたら、どうするつもりだったんです？　下着だけの姿で。もしかすると、それすらつけていなかったかもしれない」

「なかにはバケツやなにかがあるだけだったわ。ねえ、チーズもりんごも切るのはそれぐらいにしたら？　わたしはもうおなかいっぱいよ」

ダーリントンは目の前の皿に山盛りになったチーズやりんごを見て驚いた顔をすると、皿を脇へ押しやった。「でも、グリセルダ、もし王族公爵のひとりが靴下をまっすぐに直しているのにでくわしたら、どうするつもりだったんです？」

彼女はくすくす笑った。「実を言うと、その物置が逢い引きに使われたなんて思ってもみなかったの……ヘルゲートの回想録を読むまでは。読んだあとはすぐに、彼が誰のことを言っているのかわかったわ。きっとギグスブライズ公爵夫人は定期的にあそこを使っているのね。あの人がそんなことをするなんて想像もつかないけれど」

「嘘つきですね。上流社会の人間なら誰だって、ギグスブライズ公爵夫人が気に入った物置を情事に使うのを想像できるはずです」

グリセルダは声をあげて笑った。

「さらに興味深いのは、彼女がそこで会っていたのがヘルゲートだとなぜわかるのかということです。その物置のことを知っている人間は、ほかにもたくさんいるかもしれませんよ」

「あなたは知っていたの？」

「ええ」ダーリントンは言った。「ヘルゲートと違って、ぼくの過去はきれいなものですがね。その物置やそれと同じような場所のことは、上流社会の人々のほとんどが知っていると思いますよ。あなたは」手を伸ばして、グリセルダの鼻を軽く叩く。「貞淑な人だから知らなかったのも無理はないが」

「わたしは貞淑な女じゃないわ。どうしてそんなことが言えるの？　あなたの家で、こうして向かい合って座っているのに。お目付け役もいないところで！」

「しかもシュミーズも着ていない」ダーリントンが彼女の視線をとらえた。

「コルセットも」グリセルダはささやいた。柔らかなコットンが胸をこするのを感じながら。

「召使いもいない」

どうしてそうなったのか、グリセルダにはわからなかった……自分からテーブルの上に仰向けになったのか、彼にそうさせられたのか。ただひとつわかっているのは、今夜まで自分にあった貞淑さはすっかり失われたということだけだ。

ダーリントンは経験不足と口で言うわりには想像力が豊かだった。グリセルダがテーブルの上に横たわるとドレッシングガウンが左右にはだけ、曲線に富む体があらわになった。彼は上にのってこようとはしなかった。

そうする代わりに、ひんやりとしたりんごの薄切りをグリセルダの体の上に並べた。「まるでフランス風のアップルタルトみたいだ」

彼女は小さく身を震わせて笑い、自分はアップルパイであって売春婦《タルト》ではないと反論した。するとダーリントンはテーブルに両手をつき、グリセルダの肌には触れずにりんごを全部くわえて食べてみせると言った。

笑い声とともに始まったその試みは――ダーリントンは救いようがないほど不器用で、りんごを取りそこねてばかりいた――三〇分後にはまったく違うものになっていた。

なにもかもりんごのせいだ。

そしてチーズの……。

いや、それはまた別の話だった。

34

『ヘルゲート伯爵——上流社会の夜』第二四章より

絶望の淵に立たされたというぐらいでは、わたしの苦悩の深さはとうてい表せない。愛しいマスタードシードはわたしの汚れた魂を救い、わたしの目がほかの女性に向かないようにして、人として正しい道を歩かせてくれるはずだった。その代わりに、親愛なる読者よ、彼女は寝具の下でもぞもぞする以上のことをわたしが教える前に亡くなった。つまり、女性としての喜びを知らずに亡くなったのだ。そのことは、わたしが暗闇のなかで待望の死を迎えるまで背負いつづけなければならない重荷となった。

ジョージーは眠れずにいた。今夜は彼女が結婚して初めての夜だ。それなのに、自分がこれまでになくだめな人間に思える。メインに本当は強姦されてなどいないと打ち明けようとするたびに怖《お》じ気《け》づいてしまい、いまだに誤解を解けずにいるのだ。

言いにくいことをはっきり口にできる女性がこの世にいるとしたら、それはわたしだ。ジョージーにはそれがよくわかっていた。言い方はいくらでもある——数え切れないほど。

上品にこう言ってもいい。〝わたしはあの忌まわしい男に手をつけられてはいないの〟あるいはもっとはっきり。〝シャベルに山盛りの糞を投げつけてやったら、その男はあわてて逃げていったわ〟さらにこうも言える。〝わたしの体はきれいなままだから、あなたに結婚してもらう必要はないのよ〟

いちばん明快なのはこれだ。〝わたしはまだ処女なの〟

いくつもの文章が頭をよぎる。〝わたしは強姦されていないの〟と言えば、確実に伝わるだろう。〝胸をつかまれただけで、それ以上のことはされていない〟とか。

男性をだまして自分と結婚させる方法を何年間も考えてきて、とうとうそれを実行に移した今、ジョージーは犯した間違いの大きさに息がつまりそうだった。ミネルバ書房の小説はしょせん小説でしかない。ヒーローをだまして結婚させたあと、ヒロインが彼になんと言うかなど、誰も気にしないのだ。

自分の行いを振り返り、犯した罪の重さを考えると、頭がくらくらした。わたしは嘘の理由で結婚したのだ。もう結婚できない体になったとメインに思わせて――でも、実際わたしは結婚する資格のない女だ。人をだますような恐ろしいことをしているのだから。

けれど、わたしはメインを誰かから盗《と》ったわけではない。シルビーは決してよりを戻そうとはしないだろう。彼女はさもいやそうにメインと話していた。

とはいえ当然ながら、彼はシルビーのように小柄で美しい女性と結婚したかったに違いない。ジョージーは涙があふれそうになるのを必死でこらえた。シルビーに比べれば、わたしは肉ばかりの醜い女だ。

しばらくすると、ジョージーはため息をついて額を揉んだ。頭痛がして、当分おさまりそうもなかった。このなじみのない家の持ち主は、明日にでもわたしとの結婚を無効にするだろう。明日はこれまで経験がないほどの屈辱を受けるはめになりそうだ。

遅くても朝食のロールパンを食べているときには、はっきりさせよう。わたしは触れられ《ビルゴ・》ざる処女《インタクタ》だとメインに伝えるのだ。この手のことは外国語を使ったほうが言いやすい。部屋に召使いがいても、わたしがなにを言ったのかわからないだろう。問題は、その言葉で正しいのかどうか自信が持てないことだ。汚れなき処女《ビルゴ・イマキュラータ》という言葉も、どこかで聞いた気がする。わたしはそっちかもしれない。ジョージーはふたつの言葉のあいだで迷った。イマキュラータと言うべきか、インタクタと言うべきか。

それから三〇分後には、ジョージーはこのままでは頭がどうかなってしまうと確信していた。ここがレイフの屋敷なら、ラテン語の辞書ですぐ確認できるのに。結局、階下にあるメインの書斎に行き、適切な言葉を見つけようと心を決めた。英語で〝わたしは処女なの〟と言うことだけはできなかった。

そっと廊下に出ると、屋敷のなかは静まり返っていた。屋敷の二階はとても美しく、玄関ホールから吹き抜けになっている天井は優雅なアーチ形になっている。おそらく階段のすぐ前にある部屋がメインの寝室だろう。ジョージーは息を殺し、つま先で歩いた。彼が目を覚まして寝室から出てこようものなら、きっと恥ずかしさのあまり死んでしまう。

彼女はドレッシングガウンを着た体を両手で抱きしめるようにして階段を下りた。あいかわらずなにも聞こえない。玄関ホールは広い円形で、床には大理石が敷きつめられており、まわりの壁には肖像画がずらりとかけられていた。

メインの母親らしき肖像画が月の光に浮かび上がっている。その姿はぼんやりとしか見えなかったが、ジョージーの目は細いウエストに引きつけられた。この女性にはコルセットなど必要ないだろう。あんなにほっそりしているのだから。彼女の顔には完璧な女性――にきびなどできたこともなく、バターたっぷりのマフィンをもうひとつ欲しいと思ったこともない女性――にふさわしい、自信たっぷりの表情が浮かんでいた。

メインの母親の肖像画を見たことで、ジョージーの決意は固まった。彼の母親はフランス人で、シルビーもそうだ。フランス人の女性はみなほっそりしていると誰もが知っている。この屋敷の女主人にはシルビーのような女性がふさわしい。

左手の扉は居間に続くものだろう。ここのつくりがロンドンにあるレイフの屋敷と同じなら、二番目の扉は食堂で、三番目が……。

ジョージーは三番目の扉をそっと押し開けた。室内は真っ暗だった。暗闇のなかを手探りで進み、壁に向かう。伸ばした手に最初に触れたのは、ずらりと並ぶ本の背表紙だった。ひんやりとした革の感触は間違いようがない。彼女はほっとひと息ついた。

本の背を横にたどっていき、ベルベットのカーテンが指に触れると、それを引き開けた。カーテンを吊る輪がたてる音に思わず身をすくめる。両開きのガラス扉の外では、石の手すりが月光を浴びて銀色に光っていた。手すりの向こうに広がる庭は神秘的で、どこか恐ろしくも見える。そこでは願い事がかなったり、妖精がダンスをしていたりするみたいに。

「そんなのばかげているわ」ジョージーは小声で自分に言い聞かせた。

月はとても明るく、まるで昼間のようだった。明るい琥珀色の昼の光に比べて、月の光はどこか狂おしく、揺らめいているけれど。まるで芝生全体が水中に沈んでいるみたい。

ジョージーはすっかり魅せられて前に進み、扉の取っ手をまわして外に出た。一瞬、ぎくりとして屋敷の窓を見上げたが、メインは眠っているに違いなかった。苦境に立たされた乙女を救うべく結婚した慈悲深い男にふさわしい、高潔な夢を見ているのだろう。建物のなかからはなんの物音もしなかった。

芝生を横切る月の光は銀色の帯に見えたが、その帯は触れてみると、まるで生きているような感じがした。庭の奥には木が何本か立っていて、まだ夏の日差しに焼かれていない柔らかな葉の上を月光が躍っている。小さな木立ちは、芝生から星がちりばめられた夜空まで、妖精の住む街か森に見えた。

ジョージーは目をしばたたいて芝生の奥を見た。そこには山査子《さんざし》の小さな木が一本にオークの木が一本、その隣に一本ずつ、りんごとおそらく梨《なし》の木がある。それらの木々のあいだで、一瞬なにかが光ったように見えた。

怖がるのが普通だと彼女は思った。子供のころから妖精など信じていないのだから。こうしてそれらしきものを実際に目にしていても、まだ半信半疑だし、この先もずっとそうだろう。妖精——それもできれば背中に羽のある姿をこの目で見るまでは。

なのに、どういうわけか少しも怖くなかった。メインとの結婚やサーマンに襲われたことから来る不安や苦痛も、いつのまにか消え去っている。外は初夏の夜にふさわしい暖かさで、ドレッシングガウンを着ていると暑いぐらいだった。ふいに自分の肌や骨格や体つきが、とても心地よく感じられた。子供のころ、間違った体形で生まれてきてしまったと気づくまで、そう感じていたように。

ジョージーは声をあげて笑いたくなったが、代わりに室内履きを敷居に残して走り出した。もう何年も裸足《はだし》になっていなかったが、柔らかな芝生につま先を下ろすと、とても正しいことをしている気がした。揺らめく月光が、目の前の芝生を海に変えている。うっとりするほど美しい光の帯が、踊りなさいと誘いかけていた。もちろん踊ったりはしないけれど。わたしはもう大人の女性なのだから……。

でも、ほんの少し腰を揺らしたり、駆けまわったりするぐらいならいいわよね。

ジョージーは芝生を突っ切って山査子の木陰まで行き、振り返って屋敷を見た。動くものはなにもなかった。屋敷は眠りについている。どの窓も暗く、蠟燭の薄暗い光さえ見えなかった。

またなにかが光るのをジョージーは目の端でとらえた。まるで妖精が光ったみたいに。光が見えたほうに手を伸ばすと、髪が木の枝に引っかかった。それを取るために、髪を結んでいたリボンをほどいて頭を揺らす。そのあとまた手を伸ばし、枝に吊り下げられたものをつかんで強く引っ張った。

取れたものを月の光にかざして見る。

これは妖精ではない。

ガラスの玉。丸いガラスの玉が枝にリボンで吊り下げられていたのだ。ジョージーは眉をひそめた。どうしてこんなものが？　メインが吊るしたのかしら？

ガラス玉にはエッチングが施されていたが、月の光ではよく見えなかった。それでも美しい玉であることには違いない。彼女はそのまましばらくガラス玉を掲げて左右にまわし、揺らめく月光が手や腕、乱れた髪の上で躍るのを眺めた。木々の枝には同じようなガラス玉が大小いくつも吊り下げられていて、芝生の上に美しい光と影を投げかけていた。

ジョージーはさらに踊りながら木立ちの奥へ進んだ。あらゆる苦痛はなくなり、悲しみや自己嫌悪や憎しみも月の光が消し去ってくれた。明日は明日の風が吹く。その言葉が天の恵みに思えた。メインの屋敷の木立ちには本当に妖精たちがいるような気がした。

そう考えるとおかしくなった。わたしの夫は上流社会の既婚女性たちとさんざん寝てきたと言われている……そんな彼の屋敷の裏庭に妖精《ニンフ》の森があるなんて。そこに住む妖精はきっと、バッカスの遊び友達のみだらな妖精に違いない。

木立ちはまるで謎めいた夢のごとくジョージーを奥へと導いた。どこかで薔薇が咲いているらしく、強い香りが漂っている。彼女はその香りにも誘われ、屋敷のほうを振り返りもせずに木立ちの奥へと進んだ。手に月の光を持って。

メインは書斎のガラス扉の前に立っていた。やがて、ジョージーが木立ちの奥にある薔薇を伝わせたあずまやに向かったのを確信すると、あとを追って歩きはじめた。自分の目が信じられないというおかしな感覚を抱きながら。

髪をなびかせて踊りながら木立ちに入っていったのは、本当にぼくの若い妻——その言葉は胸のなかに奇妙に響いた——なのだろうか？　メインがなおも見ていると、彼女はガラスの玉を月の光に掲げた。月を崇める儀式を行う、いにしえの異教徒の巫女《みこ》のように。

いや、ジョージーは女性らしさが凝縮された異教徒の女神なのかもしれない。メインはその場に立ち尽くし、月の光に浮かび上がるクリーム色の肌を見つめた。芝生を挟んでいても、喜びを感じる能力が彼女にはふんだんにあるのがわかった。

ジョージーはドレッシングガウンを着て、ウエストをベルトで締めている。魅惑的にくびれたウエストを見ていると、自分の鼓動が激しくなったことにメインは気づいた。彼女はまるで、ラファエロが恋人をモデルに描いた絵のなかの女性のようだ。ラファエロに心から愛されたその恋人と同じように、柔らかそうな腕と丸みを帯びた胸をしている。

今すぐ芝生を駆け抜けてジョージーを腕に抱きたい、とメインの全身が叫んだ。彼女はもはや強姦されて悲しみに沈む娘には見えなかった。裸足で髪を垂らした姿は、うっとりするほど官能的だ。

メインのなかに強い確信が生まれていた。それがあまりにもうれしいことだったので、危うく声をあげて笑い出しそうになった。ジョージーは強姦されてなどいない。なにが起きたにせよ、ぼくの愛しい人は地面に倒されて処女を奪われはしなかった。おそらく相手の男のほうを地面に倒して、その場から逃げたのだろう。糞を投げつけてやったということからしても……メインは笑みが浮かぶのを止められなかった。

その代わりにポーチの上で足を止めてブーツを脱いだ。彼はまだベッドに入っていなかった。寝室の暖炉のそばに座り、傷ついた妻にこれからどう接しようかと思い悩んでいたのだ。彼女は傷ついてなどいなかった。

体じゅうに喜びがあふれた。ジョージーはぼくのものだ。全身で脈打つ血が、踊りながら木立ちに入っていった美しいニンフをどうするべきか、メインにはっきりと告げていた。

蠟燭の明かりのなか、メインは安っぽい情事では感じたことのない喜びを覚えながら、裸足で芝生を走った。木立ちに着くと、枝から吊り下げられているガラスの玉に目を向けた。どの玉も枝にしっかり結びつけられていて、風にかすかに揺れている。おそらく、おばのセシリーが最初に思い描いたときのままの美しさを保って。

メインは木々のあいだを静かに歩いてあずまやに向かった。ジョージーはそこにいるはずだ。奇妙にも、すべてが必然のことに思えた。この二四時間の恐怖や不安は、花嫁のもとへ歩いていくこの瞬間のためにもたらされたものだったのだ。あずまやは庭のいちばん奥にあり、隣の屋敷との境である古い石づくりの壁を背にしていた。まわりに伝わせてある薔薇はぐんぐん伸びて絡まり合い、壁の上にまで達している。

ジョージーはあずまやのまんなかに座っていた。石のベンチに腰かけるのではなく、水面から飛び出すイルカの像を背に座っている。膝の上に薔薇の花を大量にのせていて、その甘く優雅な香りが夜の空気に漂っていた。

「薔薇を摘むときに手を傷つけなかったかい？」メインはそう言って静かに近づいたが、遅まきながら、いきなり声をかけるべきではなかったと気がついた。

しかし、ジョージーは悲鳴をあげなかった。

ただ彼を見上げて笑みを浮かべた。彼女のアーチ形の眉やわずかに吊り上がった目、カールした髪を見ただけで、メインの胸はかっと熱くなった。

「なんて奇妙なのかしら」ジョージーが言った。「一瞬、ディオニュソスが森に現れたのかと思ったわ」

メインは髪に手を走らせた。確かに彼女から見れば、ぼくはギリシアの神と同じぐらい年を取っているのだろう。「それは褒められているのかな？　ディオニュソスというのは、ローマ神話のバッカスに相当するギリシアの神だろう？」

「ワインと豊穣《ほうじょう》の神よ。蔦《つた》を巻いた杖を持っていて、その女性信者《マイナス》たちは夜を徹して踊り狂うの」

メインは前に進み出た。薔薇の花がズボンにこすられて、あたりに濃厚な香りを放つ。

「きみがそのマイナスのひとりであることは間違いないな。きみもひと晩じゅう踊り明かすつもりかい?」

「わたしはダンスが下手なのよ」ジョージーはくすくす笑った。「知っているでしょう?」

メインは敷石の上に彼女と並んで腰を下ろした。オールマックス社交場の舞踏室が別の世界のものに思える。頭上のイルカが敷石の上にアーチ形の影を落としていた。

「このあずまやは、あなたのおばさまのものだったんでしょう?」ジョージーが尋ねた。

「そのとおり。父によれば、おばは小塔の次にここが好きだったそうだ。具合が悪くなる前に薔薇を植えたんだよ。かなり衰弱してからも、天気のいい日には召使いに連れてきてもらっていたらしい」

「ここにいると、妖精は本当にいるんじゃないかと思えてくるわ。わたしは想像力に乏しい人間なのに」

「そうは思えないな。きみが読んでいる小説のことを考えると」

「でも、そうなの。子供のころ、お姉さまたちとよくままごとをしたんだけど、アナベルお姉さまはお話をつくるのがうまくて、イモジェンお姉さまもすぐに調子を合わせていたわ。でも、わたしには想像力のかけらもなくて。わたしははっきり説明がつくことが好きなのよ」

メインは頭をイルカの像の台座に預けて夜空を見上げた。空は手に届きそうなほど近くに見える。柔らかなベルベットがすり切れて薄くなり、その向こうにある星が透けて見えているようだ。「セシリーおばさんは、この木立ちには妖精が住んでいると本気で思っていたらしい。あのガラスの玉は、おばが妖精を喜ばせようとして吊り下げたものなんだ」

「そうじゃないかと思ったわ。ずっとそのままにしてあるなんてすてきね」

「父が生きていたら、そう望んだだろうからね。父が亡くなったのは突然だったから、実際にはなにも言われていないが、きっとそういう気持ちでいたと思う」

ジョージーがなにも言わずにメインの手を取った。恐ろしいことに、彼は少し息苦しくなった。メインの手を包む彼女の手は柔らかく、温かかった。

「ジョージー、きみには未亡人になることを覚悟してもらったほうがいいかもしれない。うちの家系はどうやら短命らしいんだ」

「そんなのばかげているわ」

「ぼくはきみよりずっと年上だしね」

「女性のほうが男性より早く死ぬことが多いのよ」彼女は言った。「お産もあるし」

「気が滅入るような話だな」

「それにあなたはそれほど年上ではないわ。いくつだったかしら？」

「きみは？」

「一七」

「ぼくが一七歳だったときは」しばらくしてメインは言った。「既婚女性をすでにふたりものにしていて、三人から足蹴にされていた」

「わたしは上流社会のほとんどの男性から足蹴にされていたも同然なのよ」ジョージーは明るい口調で言った。「そしてわたしがあなたをものにしたら、あなたはわたしがものにした初めての既婚男性になるわ」

メインは彼女のほうを向き、顔をじっと見た。「どうやら聞き間違いをしたようだ」

「あなたが聞いたとおりよ」

「天使みたいな顔をして、悪魔のようなことを言うんだな」

「夫婦のあいだで欲望を示すのは不適切なことじゃないわ。それに、わたしは昔から誰かを誘惑してものにしてから、その人と結婚しようと思っていたの」

「それはもう手遅れだ」

「実は、この結婚は無効にできるのよ」

メインは黙ってジョージーを見つめた。ナイトガウンの前を留めている真珠貝のボタンが、月の光を浴びてかすかに輝いている。その上に着ていたドレッシングガウンはどこかで脱いでしまったらしい。彼女はメインの視線をとらえながら、いちばん上のボタンに手を伸ばして外した。

「ジョージー」

「わたしは無分別な行動をして結婚にこぎつけようと昔から思っていたの。ものすごく無分別なことをしようとは思っていなかったけど――」次のボタンを外す。「明日になれば、きっとあなたはこの結婚を無効にするでしょう。自分は年を取りすぎていると言って」

「それは事実だ」

「あなたは五〇歳なの？」

メインはふいを突かれたように笑った。「いいや」

「それなら四〇歳？」

「まだそこまでは」

「三〇をいくつ過ぎているの？」

「五つ」

「三五歳は男の人にとって、とてもいい年齢だわ」

もしメインが本当にディオニュソスなら、わたしを誘惑してくるはずだ、とジョージーは思った。ディオニュソスは処女にも、その処女性にも敬意を払ったりしないのだから。じれったいことに、メインはわたしが七歳の女の子であるかのように、ただじっと手を握っている。

だが、このどこか狂気じみた夜のなにかが、ジョージーの気持ちをあらわにさせていた。彼女はメインが欲しかった。それは恐ろしいほどに強い渇望で、男性をだまして結婚させるという行為に女性を走らせる厄介な感情だった。

「メイン」彼女は心を決めて言った。

「ギャレットだ」彼はすでにジョージーの手を放し、どことなくうわの空な様子で、ふたりの足のまわりに薔薇の花びらをまいていた。

「わたしは」ジョージーはいったん間を置いて強調した。「バージン・イマキュラータなの」

メインの反応は彼女の期待どおりだった。まるで村いちばんの間抜けのように口をぽかんと開け、目をしばたたいている。「そうなのか?」

彼女はにっこりした。「すばらしいと思わない?」

「そうかな?」

「ええ、そうよ」

「バージン・イマキュラータって、つまり聖母マリアと同じだということかい?」

「そうだと思うけど」ジョージーは不安になってきた。

メインは奇妙な表情をしていた。今にも吹き出しそうなのをこらえているような。「きみは、その……新しい立場の重圧に苦しんではいないのか?」

ジョージーは顔をしかめて彼を見た。「ねえ、わたしは今、自分のことをどう言ったの?」

「きみは自分を神聖な処女だと言ったんだ。生きている聖櫃《せいひつ》と言ったようなものかな。ぼくの母はフランス人でカトリック教徒だから、聖母マリアを深く敬っている。バージン・イマキュラータというのは、原罪を免れている聖母マリアを指す言葉なんだよ」

一瞬、沈黙が降りた。

「ぼくは昔から聖人と結婚しようと思っていた」メインの顔には、おもしろがっているような表情がはっきりと見て取れた。「それに母がこのことを聞いたらどんなに喜ぶか。母が修道院長なのは、きみも知っているだろう?」

メインの言葉があまりにもおかしかったので、ジョージーは思わずくすくす笑った。彼が声をあげて笑いはじめると、一緒になって笑い声をあげた。

「聖人と結婚するですって？　あなたが？」ジョージーは笑いながら言った。

「この世では、もっと奇妙なことが起こっている」メインは両手で薔薇の花びらをすくい、ジョージーの頭からかけた。「もっとも、今夜のきみは特に異教徒のように見えるけどね」

彼の目にひそむなにかが、ジョージーを笑うとともに黙り込みたい気分にさせた。「神が自分の子供の母親にするためにきみを取っておいたとわかったら、ぼくはひどく動揺するだろうけど」

彼女は笑うのをやめた。シルクのような肌触りの薔薇の花びらが一枚、頬を滑り落ちる。

「ぼくはきみを自分の喜びのために取っておこうと思っているから」

「でも」ジョージーは言った。今こそすべてをはっきりさせるときだ。正直にならなくては。

「あなたがわたしと結婚したのは、わたしが処女ではなくなったと思ったからでしょう、ギャレット？　だけど――わたしは処女なのよ」

「襲われる前に、シャベルに山盛りの糞を投げつけてやったから？」

彼女はうなずいた。「あなたはわたしと結婚する必要はないの。この結婚は無効にできるのよ」メインをせかすつもりはさらさらなかった。でもこれまでの経験からすると、男性には自分でじっくり物事を考えさせたほうがいい。

「きみはスケビントンのような若い男と結婚したほうがいいかもしれないな。あるいはトールボーイズとか」

もし今夜メインを手放してしまったら、もう二度と自分のものにはできないだろう。ジョージーは心の奥底でそれがわかっていた。さらには自分の気持ちも。今、それを突きつめて考えるつもりはないけれど。

真っ暗な寝室でこんなふうに身をさらけ出すのは、とても勇気がいることだったろう。けれども暖かい夜の空気のなかでは、自分の肌はなめらかで美しく、体は性的魅力に満ちた曲線を描いているように思える。しかも、メインのまなざしが何度も背中を押してくれている気さえした。

「今夜はとても暖かいわね」ジョージーはそう言って、ボタンをもうひとつ外した。

メインの目が彼女の手に落ちたかと思うと、ふたたび顔に戻った。その瞳に宿るかすかな笑みが、彼は誘惑したりされたりすることに慣れているのに比べて、自分にはそんな経験がほとんどないことをジョージーに思い出させた。

それでも彼女は、まるでディオニュソスに耳もとでなにかささやかれたかのように立ち上がり、低い壁の前まで行って振り返った。

もちろんメインも立ち上がっていた。彼は女性が立っている前で、自分だけ座っていたりはしない。とはいえ、ジョージーのあとを追おうとはせず、その場に立ったままイルカの像に寄りかかっていた。黒い巻き毛が皺になったシルクのように額にかかっている。目はまつげの陰になっていて見えず、すっきりした頰の線と貴族的な顔立ちの美しさがわかるだけだった。なぜか少しも恐ろしくはなく、ただひたすら魅力的に見える。

ジョージーは自分がごく薄い生地の衣類しか身につけていないような気がした。

「きみは一秒ごとにディオニュソスのマイナスらしくなってくる」メインは言ったが、ジョージーのほうに歩いてこようとはしなかった。

もしメインがわたしを誘惑したいと思っているなら、今がそのときだとはっきりわからせるようなことを言うのよ。

「わたしを口説きたいなら、そうしてもいいのよ」

彼の瞳に浮かんでいるのは明らかに笑みだった。

「でも伯爵夫人、ぼくがきみを口説いて、それがうまくいったら、ぼくたちの結婚はもう無効にできなくなる」

メインの目の表情や周囲の静けさ、自分には力があるという奇妙な確信がジョージーに勇気を与えた。「わたしがあなたに、したくもないことをさせようとしているとは思わないでほしいんだけど」彼女は今にも吹き出しそうなのを隠さずに言った。実際、声をあげて笑いたかった。笑って……それからほかのことがしたい。いつもの自分からは考えられないぐらい、優雅で官能的な女になったような気がする。

ジョージーは微笑み、腰を揺らしてメインのほうに戻った。彼に教えられたとおりに歩けていることはわかっていた。

彼はなにも言わず、神秘的な笑みを浮かべて、じっとジョージーを見つめていた。まるで世界じゅうが息をひそめているようだった。

彼女は手を伸ばし、メインの唇を自分の唇まで引き寄せた。

メインとキスをするのは、レイフがかつて好きだった黄金色の酒——年代物のブランデーを飲むようなものだ。メインはわたしより年上で知識も豊富だし、キスのことならなんでも知っているのだから。

けれどもどういうわけか、ジョージーは自分のほうが経験豊かに思えた。メインの唇からは驚きと不安が伝わってきた。彼女は自信たっぷりでキスにすべてを注ぎ込み、両腕をメインの首に巻きつけて、自分の胸が彼の胸に押しつけられる感触を楽しんだ。ジョージーは曲線に富む体をした異教徒の女神だった。どこから見ても完璧な体を持つ美しい女神。

メインが彼女の唇の前でうなり声をあげた。

「ギャレット」ジョージーはささやいた。あらゆる方向に小さな火花が散るのが見えたような気がする。「向こうの隅にある小さな建物もおばさまのものだったの？」

「ジョージー、きみは本気でぼくを誘惑したいのか？」メインが言った。酔っ払っているようでいて、強い責任感もうかがえる声だ。「スケビントンはきみに結婚を申し込む気でいる。ぼくたちの結婚の記録は、おじがきれいさっぱり消し去ってくれるだろう。きみはなにも、ぼくのような男と結婚する必要はない」

「あなたのような男って？」彼女は興味を引かれて尋ねた。

「たくさんの女性と寝てきた三五歳の男だよ。ぼくはなんの病気も持っていないが、それは単に運がよかっただけだ。ぼくはなにもしていないし、何者でもない。それだけは承知しておいてもらわないと。ぼくは何年か前に自分の道を見失って、ずっと見つけられずにいるんだ。そんなものがあるとしての話だが」

「わたしはあなたの気持ちを楽にすることはできないかもしれないけど、道は見つけてあげられるわ」

メインが片方の眉を吊り上げた。

「あなたはわたしの足もとにひれ伏すだけでいいのよ」ジョージーは笑ってしまわないようにこらえながら、澄まして言った。

「どうやらきみは、ぼくが泣き言を並べていると思っているみたいだね?」メインの口もとにはかすかな笑みが浮かんでいた。

「あなたは馬の生産者になるように生まれついているのよ。厩舎も馬も持っているし、ありあまるほどのお金もある。もちろん、わたしはあなたのことを愚かだと思っているわ」間を置いてから、つけ加える。「使用人に厳しい態度をとらないから」

「スケビントンはきみの足もとにひれ伏すに違いない」

「実を言うと、わたしは足もとにひれ伏してほしいと思っているわけじゃないの」

メインは待った。

「わたしがどうされたいと思っているかわかる、ギャレット?」ジョージーは彼のシャツの裾をズボンから引っ張り出した。「求められたいのよ」

「もうとっくに求められているよ」メインは少しかすれた声で言った。

「あなたはよく退屈そうな顔をしていたわ。人生に退屈して不満だらけのような顔をして、ぶらぶらしていた。それがある日、あなたはわたしを見た。本当のわたしを」

「それで？」

「あなたは突然、狼のようになった」ジョージーはささやいた。メインのシャツは温かく、ベルベットのような手触りだった。彼女はその下に手を這わせたくなった。「あなたは生き返ったの。そうさせたのはわたしなのよ」

「ぼくのような年の男がそんなことになるなんて、滑稽で愚かなことだ」彼はそう言ったものの、ジョージーの手を押しのけようとはしなかった。

「いいかげんに年のことを言うのはやめて。もう聞き飽きたし、わたしたちには年齢なんて関係ないでしょう？　ふたりのあいだにあるのは強い感情だけよ。その感情がわたしを小塔の部屋まで行かせ、ほかの女性と婚約しているあなたにわたしのドレスを着させて、わたしとキスをさせ、さらにはわたしをあなたと結婚させたのよ。自分は強姦されていないとわかっていながら。わたしはあなたをだましたの」

メインの目の表情が変わりはじめた。彼に触れられ、ジョージーは嵐のなかの木の葉のように震えた。「きみはぼくをだましたのか」

「あなたはわたしを救った気でいたんでしょうけど、それは男性によくある愚かな勘違いにすぎなかったのよ」

メインはかなりの頑固者だった。彼がもう一度抵抗を試みようとしているのが、ジョージーにはわかった。だから、これ幸いとさらにメインに近づいた。清潔で男らしい香りがした。

「ぼくはきみを愛せるとは思わない」メインが必死に言った。「戦いに負けたのはわかっているが、白旗を揚げる気にはなれない男に特有の熱心さで。「ぼくたちは互いに正直にならなければならない。ぼくはシルビーを愛していた。自分にきみを愛するだけの情熱が残っているとは思えないんだ」

ジョージーの背中を冷たい風が撫でた。「あなたは彼女を愛していた……それとも今も愛しているの？ 彼女を取り戻したいの、ギャレット？ あなたがそう思っているなら、わたしたちはこれ以上先に進まないほうがいいわ」彼女は地面に目をやった。メインの目に、ほかの女性への愛情が浮かぶのを見るのは耐えられなかったから。

「シルビーとぼくが、この先一緒になることはない」

つまりメインはまだ彼女を愛しているのだ。だがジョージーは、その事実が自分にもたらした苦痛を心の外に押しやった。わたしは彼を愛してなどいないのだから、そんなことを気にする必要もない。

「わかったわ。それなら短く終わった婚約期間の思い出の品を箱に入れて、屋根裏部屋にしまうのね」

メインが笑みを浮かべたのが気配でわかった。「ときどきは見に行ってもいいかな？」

「ええ。たそがれどきの屋根裏部屋で、彼女が髪につけていたブルーのリボンを手にしているあなたを、ときどき見ることになりそうね」

「なんてすてきな光景なんだ」

「実際、あなたは彼女のリボンを箱から出したくなるかもしれない。たとえばそれはあなたたちが初めてキスした晩に彼女がつけていたリボンで、あなたはつねにポケットに入れて持っているの。あなたが亡くなって、遺体が棺《ひつぎ》におさめられるときに、わたしはそのリボンを見つけて捨てようとするんだけど、結局――」

「胸が張り裂けんばかりの悲痛な声で泣きながら、それを棺のなかに戻し、夫はほかの女性を愛していたと知りながら自分の墓に入る」

「気に入ったわ。特に、わたしが一度はリボンを捨てようとして思い直すところが」

メインがジョージーをさらに抱き寄せた。彼女はメインの硬い体が自分の体に押しつけられるのを感じた。「ひとつ問題がある」

ジョージーは棺を前にした悲痛な場面について、もう一度考えていた。「やっぱり、わたしはそのリボンを捨てると思うわ、ギャレット。だから気をつけて。もしかすると燃やしちゃうかもしれないわよ」

「ぼくはリボンなんて持っていない。最初にキスした晩にシルビーが髪につけていたリボンもね」

「きっとなにか持っているはずよ」

「なにも持っていない」

「残念ね」メインは彼女をじっと見つめていた。その目にひそむなにかが、シルビーのリボンを取っておくという考えをばかげたものに思わせた。もちろん彼はシルビーを愛している。でも……。

「わたしはつねづね、欲望と愛はとても似ていると思っていたの」ジョージーは言った。わたしがひどくスキャンダラスな女であることを、メインにわからせておいたほうがいい。

「欲望は愛と同じではないなんて、誰にわかるの？」

「ぼくはこれまで強い欲望は何度も感じてきたが、愛していると思ったことはわずかしかないよ」

ジョージーは髪を勢いよくうしろに払った。「あなたの言うとおりだと思うわ。もし欲望が愛と同じだったら、未婚の売春婦はいないはずだもの」

彼は笑い声をあげたが、さらにジョージーを引き寄せた。メインの手は彼女の背中にあてられ、すぐ目の前に彼の体がある。

「わたしが欲しい、メイン伯爵ギャレット・ランガム？」

月明かりのなか、彼の目は謎めいて見えた。「きみは売春婦ではない、メイン伯爵夫人ジョセフィーン・ランガム」

「もしそうなら、もっとうまく誘惑することができたでしょうに」ジョージーは言った。

「あなたが教えてくれない？」

「誘惑の仕方を？」

「あなたはその道の達人だもの」ジョージーはふたたび髪に手をやった。まるで妖精の女王のような異端の存在になった気がする。「もしあなたがこのまま屋敷に戻ったら、この結婚を続けるにふさわしいほどには、あなたはわたしに欲望を抱いていないと判断するわよ」

彼女はうしろを向くと、庭の隅に立つ小さな家に向かって歩きはじめた。

「ジョージー！」メインの声はベルベットのようになめらかで甘く、それでいて荒々しかった。

ジョージーは振り返った。薄い布地越しに胸が透けて見えるのを承知のうえで。生まれて初めて、いかにも重そうに揺れるふくらみが男性の目には欠点に見えないことに気づいていた。

「わたしが妖精の女王だったら、どうすると思う？」

「どうするんだ？」

「ここにとどまるよう命令するの。〝この森から抜け出そうなんて考えないで。あなたの気持ちがどうであろうと、ここにとどまっていただくわ〟って」

「なんだかロバの頭をかぶせられているような気がしてきたよ」メインはそうつぶやいたものの、ジョージーのあとを追って歩きはじめた。

彼女はうしろを見ずに歩きつづけ、小さな家の前の階段をのぼって扉を押し開けた。

「鍵《かぎ》がかかっているはずなのに」彼もジョージーに続いてなかに入った。

そこは隅にソファが置かれているだけの狭い部屋だった。ひとつしかない窓から月の光が差し込んでいる。

「わたしがロバの頭を取ってあげたら、キスしてくれる？」ジョージーはささやいた。

メインは扉のそばに大きな影となって立っていた。顔は見えなかった。

「もうあと戻りはできないぞ」

「かまわないわ」体じゅうを興奮が駆けめぐる。メインにキスをされ、どうすれば女になれるか教えられたそのときから、わたしにはこの人しかいなかった。ギャレットは思いのままに、わたしを不恰好な女から魅惑的な体つきをした女に変えた。誰にも見向きもされない女から、強く求められる女に変えたのだ。

わたしがベッドと人生をともにしたいのは彼だけだ。

35

『ヘルゲート伯爵――上流社会の夜』第二四章より

わたしは何週間ものあいだ静かに涙を流し、食べ物を口にするのも拒みながら、マスタードシードの墓を幾度となく訪れた。わたしは、ひと睨みで人を殺したという伝説の動物バシリスクのように女性の魂を傷つける、ひとでなしではないからだ。親愛なる読者よ、あなたはわたしがすぐに元気を取り戻し、欲望の炎をふたたび胸に抱いたと思われるだろう。それはとんでもない間違いだ！　何日経っても……。

「もう家に帰らないと」

「だめだ」ダーリントンは眠そうに言った。その声がいかにも満足げだったので、グリセルダは思わず吹き出しかけたが、どうにか身を起こしてベッドを出た。

「体も痛むし、もうくたくたなの。こういうことをするには、わたしは年を取りすぎているのよ」

ダーリントンが片肘をついて上体を起こした。

「ぼくと結婚してくれませんか？」

グリセルダは寝室の床に脱ぎ捨てられた長靴下を拾おうとして、身をかがめたところだった。ダーリントンの言葉がささやきのようにゆっくりと漂ってくる。彼女は長靴下を手に体を起こして振り返った。「その必要はないわ」にっこり笑って言う。恋人が信義を重んじる男であることを喜びながら。「そう言ってくれたことはとてもうれしいのよ。わたしはずっと、こういう形で情事を持つというのは道徳的によくないと――」

グリセルダは言葉を切った。ダーリントンの顔に浮かんでいるのは、義務として結婚を申し込み、とりあえず猶予期間を与えられた男が浮かべる安堵の表情ではなかった。彼女は部屋の中央で凍りついた。「言わないで、お願いだから」

「そういうわけにはいかない。ぼくはあなたのことしか考えられないんです、グリセルダ。毎晩あなたの夢を見る。あなたがいないときも、あなたの香りがする。もう気の利いた台詞も言えない。ぼくが話をしたいのはあなただけだから」

「あなたは――」グリセルダはごくりと唾をのみ込んだ。「あなたは熱に浮かされているだけなのよ。若い男の人にはよくあることなの」きびきびした口調でそう言うと、ダーリントンは若いのだと自分に言い聞かせた。若すぎると。

ベッドから出て近づいてくる彼は、若すぎるようには見えなかった。「年なんて関係ない」

「関係あるわ。大ありよ！　もっと若いときにあなたと出会えていたらよかったのに。あるいは、あなたがもっと年を取ってから……とにかく今とは違う状況で。それならどんなによかったか。そうしたら、わたしはどこまでもあなたにつきまとっていたわ。あなたと結婚するためなら、どんなことでもしたでしょう。ええ、どんなことでも！」

「じゃあ、ぼくを自分のものにすればいい」

「誰かを自分のものにするのと、その人の人生を奪うのとは違うわ。わたしはあなたの人生を奪いたくないの。あなたは同じ年ごろかもっと若い女性と結婚して、その人に子供を何人も産んでもらえばいい」グリセルダは手を伸ばし、ダーリントンの顔にかかっていた髪をうしろに払った。「結婚披露パーティーでは喜んで一緒に踊ってあげるわ、ダーリン。でも、あなたの花嫁にはなれないのよ。プロポーズしてくれたことは本当にうれしく思うけど」

ダーリントンは燃えるような目で彼女を見つめた。「あなたはぼくを愛している」

グリセルダは顎を上げた。彼はわたしの心に土足で踏み込んでこようとしている。「わたしはあなたを愛してなどいないわ」落ち着いた声で言った。「あなたには感謝しているし、あなたを誇りにも思っているけれど」

彼はたじろいだ。「ぼくを誇りに思うだって？　まさか……」

ダーリントンの勘違いに気づき、グリセルダは目をしばたたいた。思わず吹き出しそうになる。「そうじゃないわ！　あなたの技術について考えたときに、わたしの心に浮かぶのは尊敬の念ではないわよ」

「それなら、あなたにはぼくを誇りに思う資格などない。まるで――ぼくの母親にでもなったみたいに」ダーリントンが吐き捨てるように言う。

若い男性はかっとしやすいから、気をつけなければならない。グリセルダはそう自分に言い聞かせたが、彼女自身も怒りがこみ上げてきた。「わたしはあなたのお母さまではないわ。そうであってもおかしくない年齢だけど」

「いいかげんにしてくれ！」ダーリントンが叫んだ。グリセルダは頬を打たれたような気がした。「あなたはいったいいくつなんです、グリセルダ・ウィロビー？　なんの権利があって、ぼくより一八歳も年上のような態度をとるんです？」

「まあ、一八歳までは離れていないかもしれないわね」グリセルダは努めて冷静に告げた。

「たぶん一〇も離れていませんよ」ダーリントンは言った。明らかにとげのある声で。「もしかすると五歳も離れていないかもしれない」

「そんなばかな！」

「それなら、もう一度訊きます。あなたはいくつなんです？」

グリセルダは体の最も秘めやかな部分にもダーリントンのキスを受けている。それでも、これだけは言うわけにはいかなかった。彼女は身じろぎもせずに立ったまま、唇をぎゅっと引き結んだ。自分の年齢は明かさない。絶対に。

「グリセルダ」ダーリントンが低い声で言った。彼が怒っているのがグリセルダにはわかった。

ダーリントンがくるりと背を向けた。彼女の答えを待つのに疲れたとでもいうように。

「グリセルダ、あなたは三二歳だ。あなたには、その気になれば何人もの子供をぼくに与えられるだけの時間がある。そしてぼくは二七歳。もうすぐ二八になる。今の時点では、ぼくたちの年齢差は五歳だ」

「知っていたのね」グリセルダはささやいた。「二七ですって？」

「いったい何歳だと思っていたんです？　一八とでも？　そんなわけはないとわかっていたはずだ」

「わたしはあなたのことをよく調べなかったから」

「ぼくは調べました。それにたとえあなたが三九歳だったとしても、ぼくの気持ちは変わらない。四九だったとしても。でも、グリセルダ、あなたはぼくの母親になれるような年齢ではない。ぼくが生まれたとき、あなたはまだ四歳だったんだから」

「五歳よ」

ダーリントンは肩をすくめた。「ぼくには年齢よりもはるかに大きな問題がある。あなたがぼくとの結婚をためらう理由はいくらでもあるし、おそらくぼくの年齢は、そのなかでもいちばん小さなことだ」

グリセルダは彼の背中を見つめた。「どうしてわたしがあなたとの結婚をためらうの、ダーリントン？」

「ぼくは物書きなんです」

「なんですって？」

「ぼくは物書きなんですよ」ダーリントンは繰り返してから振り返った。「前に、どうやってこの暮らしを維持しているのか訊いてきましたよね？　文章を書いて維持しているんです」

「小説を書いているの？」

「いや。もっと下世話なものです。実際に起きた事件のことを書いているんです。センセーショナルな読み物や殺人犯の告白なんかを」

「そういう告白をどうやって聞くの？」

ダーリントンは肩をすくめた。「その筋に知り合いがいるんですよ。ぼくはいいネタには気前よく大金を払いますからね。物書きは金になる仕事です。あなたと結婚しても充分にやっていける。あなたにその気があればですが」

グリセルダは彼の顔をまじまじと見た。やがて、ダーリントンは唇をゆがめて彼女に背を向けた。「ぼくの生活手段が人に自慢できるものじゃないことはわかっています。ぼくは労働者だ。正直に言うと、自分でも恥ずかしいと思っているし、家族にも強く反対されています。父はぼくの仕事のことは口にしようともしません。父がぼくを少しでも条件のいい相手と結婚させようとやっきになっているのは、それが原因でもあるんです。父にしてみれば、ぼくはすでに金のために名誉を売っているのだから、もっとまともな目的のために身を売るぐらいなんでもないだろうというわけです」

グリセルダは深く息を吸い込んだ。しだいに腹が立ってきた。どうしてダーリントンは、わたしが物書きとの結婚に難色を示すような人間であるかのようにふるまっているのだろう？　わたしは下世話な本を読むのが好きだと打ち明けたばかりなのに。わたしがそうした本を楽しみながらも、それを書いている人間に敬意を払わない卑劣な人間だと思っているのかしら？

ダーリントンは話しつづけていた。「ぼくは、ゆうべぼくたちの話に出たセンセーショナルな雑文を書いているんです。殺人犯の母親は息子がつかまったと聞くと決まって気絶するし、被害者の母親は事件のことを聞くと決まって気絶する。ぼくはどんな被害者のことも、そのまま生きていたらすばらしい夫や父親になっていたに違いない健全な若者として描くんです。実際はどんなに卑怯な男だったにしても」

グリセルダはあいかわらず黙っていた。ぼくに言う言葉がないのだと思うと、ダーリントンは胸が張り裂けそうになった。彼はサイドテーブルの天板を見つめ、肩をこわばらせて、扉が開いて、そして閉まる音がするのを待った。だが、いくら待ってもそんな音はしなかった。彼女は育ちがいいから、黙って部屋を出ていくようなことはできないのだ。きっとなにか言い訳を口にするに違いない。そして——。

かすかな音がした。ダーリントンがはっとして振り向くと、グリセルダが手を額にあてて体を揺らし、気を失いかけていた。

彼女はダーリントンの腕のなかに倒れ込み、小さくため息をついて気を失った。そのため息が彼の胸に突き刺さった。「グリセルダ！」

いったいどうしたというのだろう？　気絶するほど驚かせてしまったのだろうか？　ダー

リントンはあわててあたりを見まわした。気絶した女性には気つけ薬を嗅《か》がせればいいと言われているが、そんなものは置いていない。なにかにおいの強いものを嗅がせれば意識が戻るだろうか？　キッチンに玉ねぎがある。

ダーリントンはグリセルダをベッドに寝かせた。彼女は目を閉じてぐったりしている。顔は真っ青だった。彼が思っていた以上にショックを受けたに違いない。

「グリセルダ」ダーリントンは呼びかけた。「目を開けるんだ」

彼女は死んだように動かなかった。そうだ、水だ！　顔に水をかけるんだ。くそっ、こういう場面はこれまでに何度も書いてきたじゃないか。寝室に水はなかったので、ダーリントンは部屋を飛び出して階下のキッチンに急いだ。

水差しを手に寝室へ戻ると、グリセルダはまだ横たわっていた。女性というのは気絶しても、数秒で気がつくのではなかったか？　彼は水差しを掲げた。

そろそろ目を覚ますころだと判断して、グリセルダは魅力的に聞こえるはずの苦痛の声をあげた。彼女がほっとしたことに、ダーリントンは水差しを置いた。

「グリセルダ、気分はどうです？」

彼女はうめき声を洩らし、芝居がかった仕種で手を額にあてた。「ねえ、嘘よね？」

ダーリントンがグリセルダの両手をこすった。小声で悪態をついている。彼女は頬がゆるみそうになるのを息を吸ってこらえた。「あなたは本当に……まさか……違うわよね？　そんなことあるはずないわ！」

「グリセルダ、あなたにつらい思いをさせて本当にすまないと思っています。でも――」

「わたしの恋人が」彼女は目を開けてダーリントンの顔を見た。「わたしの恋人が、ただの――労働者だったなんて！」

「それは――」

グリセルダはその先を言わせなかった。「ああ、どうかひと思いにわたしを殺して！」彼女は叫んだ。「わたしは自分を汚してしまった。人生はもうおしまいだわ。わたしの評判も、人生も、体も……」そこで言葉を切り、ふたたび気を失うべきかどうか考えたが、そうするのはやめてダーリントンを盗み見た。

彼は笑みを浮かべてグリセルダを見ていた。少年のような荒々しさのある、彼女の大好きな笑みだ。ダーリントンのそういうところが、グリセルダは大好きだった。

「どうやらあなたは自分のことを女優だと思っているようですね」

「わたしにも、あなたが書くのと同じくらいおもしろい実録物が書けそうよ」

「ありきたりのものでしょう」彼はばかにするように言った。

「自分のことは棚に上げて！」

「ぼくの書く気を失った女性はうめいたりしない」

「その人たちは愚かね」グリセルダは言った。「ああ、楽しかった。あなたに水をかけられる前に、お芝居をやめなくてはならなかったことだけが残念だわ」

「好きなだけばかにするといいですよ。でも、グリセルダ、どうして気絶するふりなんてしたんです？」

「気絶した女性を介抱した経験があるか確かめるためよ」グリセルダは身を起こして楽な姿勢になり、乱れた髪を直した。「そういう経験はなさそうね。そうでしょう？」

「ええ、まあ」

「あなたが書いたもののほとんどは創作だということに賭けてもいいわ」

「ほとんどというわけじゃない」

「でも、誇張はしているのよね」

「それは……」

グリセルダは彼に微笑みかけた。「わたしをばかだと思っているの？　あなたとの会話から、あなたのお仕事に気づいていなかったと」

「でも、あなたは――その――」

「自分の恋人が多くの人に楽しまれている刺激的なお話を書いている物書きだと知って、わたしがいやな気持ちになると思う？　自力でお金持ちになれたから、父親に頼る必要も、持参金目当てに若い女性と結婚する必要もないとわかって、がっかりすると思うの？」彼女はまっすぐにダーリントンの目を見つめた。「あなたがお父さまの言いなりになって結婚していたら、わたしたちがお互いを知ることはなかったのよ」

「それは聖書における〝知る〟ということ、つまり〝深いかかわりを持つ〟ということですね。ええ、そのとおりです」ダーリントンはベッドの傍らに膝をつき、彼女の手を握った。

「ぼくと結婚してください、グリセルダ。ぼくたちはもう、ほかの相手にはふさわしくない人間になってしまった。それはあなたにもわかっているはずだ」

「わたしはほかの相手にはふさわしくない人間だから、あなたと結婚するべきだというの?」

「ぼくはあなたを汚してしまった」ダーリントンの目はグリセルダの目をとらえて放さず、彼女にそれ以上ばかなことを言わせなかった。「あなたはぼくのものだ。ほかの誰のものでもない」

「まあ――」

彼はすぐにグリセルダの唇をふさいだ。今この瞬間は答えなど必要ないというように。それにおそらくふたりとも、彼女の胸のなかにある答えがわかっていた。

36

『ヘルゲート伯爵――上流社会の夜』第二四章より

わたしがマスタードシードの墓に別れを告げられたのは、それから何週間も経ってからのことだった。さらに少なくとも一週間は経ってから、ようやくふらつく足で社交の場に赴く気になれた。ご想像どおり、わたしの服装は黒一色だった。親愛なる読者よ、それが大きな間違いだった。

不幸にも、わたしは昔から黒い服がいちばん似合うからだ。

「このあとのことはよくわからないの」ジョージーは小さく笑って言った。「小説には寝室に入るところまでしか書かれていないから」

メインは彼女のすぐ前まで来て、足を止めた。

ジョージーはなおも話しつづけた。とにかく不安で、なにかしゃべらずにはいられなかった。「もちろん、あなたはヒーローよ」

「本当に？」メインがゆっくりと言った。「きみはぼくを描写できるかい？」

「たくさん小説を読んでいるんだから、誰のことでも描写できるわ」彼女は自信たっぷりに答えた。

彼は笑い声をあげた。「だったら、ぼくを描写してくれ。さあ、早く。きみが大好きな小説に書かれているような凝った表現を使って」

ジョージーは手を伸ばしてメインの眉に触れた。彼は小さく身を震わせた。初めての女性を前にした若者のように。けれども今夜にかぎっては、どういうわけか実際にそうであるような気がした。この世にいる男と女は自分たちふたりだけに思えた。

「真っ黒な眉が二本」ジョージーは指をそっと下に滑らせた。「男性にしては長すぎるまつげに、ああ！　ひどく疲れているような目……何世紀にもわたって放蕩のかぎりを尽くしてきた疲れが色濃く出ている目」

「何世紀にもわたって？」メインは笑った。「ぼくはギリシアの神じゃないんだぞ」

「何世紀にもわたってよ」ジョージーはうなずいた。「もともとはとても立派だった鼻。その鼻を見た者は嘆かずにはいられない。かつてはゴシック風の重厚さを誇っていたそれが

――読者よ、ご想像あれ――ただの鼻になってしまっているのを見て」

「ただの鼻だって？」メインは侮辱されているような気がしてきた。「なんなんだ、それは？　ただの鼻になってしまったというのはどういう意味なんだ？　もう何年も前から、ぼくの鼻はこのままだぞ」

「濃いさくらんぼ色の哀愁を帯びた唇」ジョージーの目は彼に微笑みかけていた。「月の光

を浴びてなお荒々しさが残っている……まるでバッカスの信者のような――」

メインは彼女のほうに身をかがめていた。体じゅうに力が満ち、細胞のひとつひとつが欲求に疼いている。「確かに」彼は言った。「バッカス信者の唇だ。でも、育ちのいい若い女性がバッカスについてなにを知っているというんだい？　今度はぼくがきみの顔を描写する番だ。だが、ぼくにはきみの助けが必要だ。小説は大して読んだことがないからね」

「大丈夫」ジョージーはにっこりした。「わたしのことは馬について言うように描写してくれればいいわ。馬に関して書かれているものなら、いろいろ読んでいるでしょう？」

「きっと、すてきな牝馬ができあがるだろうな」メインは月の光と美しい妻に酔ったバッカスになった気がした。「きみと同じように長いまつげをした馬がいるんだ、ジョージー。知っていたかい？」

彼女はうなずいた。

「きみの髪と同じ、黒くなめらかなたてがみを持つ馬も」

「わたしの髪は黒くないわ」ジョージーは指摘した。「どうやらあなたは、わたしの髪が何色なのかわかっていないようね」

「スコットランドに向かう馬車のなかで、窓から日の光が差し込むと、きみの髪は深いルビー色に輝いた。でも、月の光を浴びると夜空のような濃い神秘的な色になった」メインは彼女の髪をひと房、指に巻きつけた。

「きみの唇は」さりげない口調で続ける。「きみがぼくの鼻について言ったのとは違って、かつての重厚さを思わせるところはないが、濃い赤い色をしている。男の欲望をあおり、骨抜きにしてしまう赤だ。なぜかわかるかい、ジョージー？」

彼女はメインの目を見つめたまま首を横に振った。

「ふっくらとして官能的だからだ」メインはささやいた。「見ていると味わいたくなるからだ。きみを味わいたくなるんだよ」

わたしは全身がふっくらしているから、とジョージーは言おうとしたが、言葉にはならなかった。メインの目を見ていると、自分の体を恥ずかしく思うのはばかげたことのように思えてくる。彼の目はまるで……。

「きみはティターニアみたいだ。シェイクスピアの戯曲『真夏の夜の夢』に出てくる妖精の女王の」

ジョージーは笑い声をあげた。「女王ですって？」

「ティターニアは普通の妖精ではないんだ。そしてきみも普通の女ではない」

「わたしはごく普通の女よ。ぽっちゃりしていて、小説を読むのが大好きで、馬に乗るのが怖い普通の女だわ」

「なんてことだ」メインは楽しそうに言った。「きみには夫に示せるいいところがないのかい？　この分では結婚を考え直したほうがよさそうだ」

「わたしはほがらかよ」ジョージーは彼に告げた。「ときには気の利いたことも思いつくし、とても正直で、それは長所だと言われるわ。正直すぎて損をすることもあるけれど」

「美しくはないのかい？」メインが悲しそうに言う。

彼女はかぶりを振った。「ほかの女の人たちと比べたら大して美しくはないわ」

「ぼくにはきみがどう見えているか、言ってもいいかな？」

「嘘をつくつもりじゃないのなら。わたしは嘘が大嫌いなのよ、ギャレット」

「きみの唇や髪や目や肌のことは、とりあえず置いておこう。きみの肌はぼくが知るなかで最も美しいけどね。さあ、始めるよ」彼はジョージーを近くに引き寄せた。「ぼくが思っていることを、ぼくの手から感じるんだ」

彼女はメインに向かって顔をしかめた。

「あらゆることに言葉が必要なわけじゃない。ぼくは手を使って自分の気持ちをきみに伝える」

メインはジョージーの頬にそっと手をあてた。赤ん坊のキスのようにやさしく。その手がゆっくりと頬を滑りおりていく。彼女はかすかに身を震わせた。メインの親指がふっくらした下唇をなぞる。そのとき、彼がなにをしようとしているのかわかった。親指がすべてを告げていた。一瞬、唇の上で止まったその指を、ジョージーは口にくわえた。これまでに味わったことのない男性的な味がする。体じゅうが燃えるように熱くなった。

「もう一度」彼の声は荒々しかった。「もっと強く――」

ジョージーはふたたびメインの親指を口にくわえ、今度はからかうように軽く嚙んだ。彼は喉の奥で音をたてると、続いて両手を下に動かしはじめた。彼女の喉をなぞる手が炎の轍《わだち》を残した。

「ぼくのすることを見て」メインが言った。ジョージーは彼の顔を、美しい目を見つめていたが、素直に下を向いた。

月明かりのなか、メインの手はとても大きく、男らしく見えた。ジョージーのナイトガウンの襟はベルギーレースで縁取られている。彼の手が襟もとに下りてきて、開いているボタンのすぐ上で止まった。

ジョージーは固唾をのんだ。いったいどうするつもりだろう？　メインは彼女の腕を撫でおろした。彼の手に触れられていると、自分の腕が完璧な曲線を描く美しい腕に思えてくる。

「ラファエロが自分の恋人をモデルに描いた絵を見たことがあるかい？」

彼女は顔を上げた。頬が染まっているのはわかっていたが、そんなことはなんでもないと自分に言い聞かせた。メインはジョージーの手首を握っている。彼の手は手首を左右同時に握れるほど大きかった。

「ないわ」彼女はささやいた。

「その絵の女性もきみと同じ体つきをしているんだ」メインがささやき返す。「男が心を奪われて、二度と離れられなくなるような曲線に富む体つきをしているんだよ」

彼の手は今度はジョージーの腕を撫で上げていた。その手の動きに、彼女は熱に浮かされたようになり、メインの声がほとんど耳に入らなくなった。ふたたび固唾をのみ、メインの動きを見守ったが、彼はかすかに笑みを浮かべてゆっくりと時間をかけていた。親指をナイトガウンの襟ぐりにかけ、指の背で肌に円を描いている。
ジョージーが親指の動きに合わせて体を動かすのをやめると、彼は襟ぐりに指をかけたま
ま、ナイトガウンを引きおろしはじめた。
彼女の口からぐずるような声が洩れた。とたんに頬が熱くなり、恥ずかしさでいっぱいに
なる。けれども、すぐにまた理性がどこかに吹き飛んだ。メインはゆっくりとナイトガウン
を下ろし、腕や胸をあらわにしていた。夜気で冷えた肌に彼の手はとても温かかった。温か
くて支配的だ。その手にぐいと引っ張られ、ナイトガウンが腰まで落ちて止まった。
「下を見て」メインの声には有無を言わせぬところがあった。だからジョージーは素直に従
ったが、そのとたんに残りの理性も吹き飛んだ。
真珠色の月光を浴びて輝く彼女の肌の上で、メインの手は濃い金色に見えた。手はまるで
新しい大陸を探検するかのように胸へと下りていく。ジョージーが目を上げると、彼はごく
りと唾をのみ込んだ。そのわけが彼女にはわかった。
メインは神からの贈り物を扱うような手つきでジョージーの胸をつかんでいた。彼女は下
を向き、メインの目を通して自分の膨らみを見た。柔らかく官能的に揺れており、彼の手か
らこぼれ落ちそうになっている。先端はメインの親指にこすられて硬くとがっていた。彼の
手がふたたび下に動き、ウエストのくびれから豊かなヒップをなぞりはじめると、ジョージ
ーは腰を彼の体に押しつけたくなるのを懸命にこらえた。
メインは手を止めて彼女の目をのぞき込んだが、どうやらそこに見たかったものを見たら

しく、すばやくナイトガウンを引きおろして床に落とした。それから彼の手はあらゆる場所に動いた。ヒップのカーブをなぞられて、ジョージーはふいにその膨らみの魅力に気づいた。骨張った薄いヒップと豊かな丸みを帯びた自分のヒップを、自らの目で見比べたかのように。腰からヒップにかけての曲線の魅力に気づき、男性が柔らかい女の体に身を沈めたがる気持ちがわかった気がした。

「でも」ジョージーは小さくあえいだ。「あなたの恋人たちはみんな――」

「恋人なんかじゃない」メインはうなった。

だが、彼女はたじろがなかった。「あなたがこれまでに――逢い引きしてきた女性はみんな、ほっそりしているわ。しかもあなたは――」

メインの手が腿をなぞり、秘めた部分に危険なほど近づいてきた。ジョージーは止めようと手を伸ばしたが、そのままの姿勢で彼に抱きしめられ、胸に押しつけられた。メインの服の前で肌が驚くほど白く見える。しかし、腿に置かれた彼の手は動かなかった。

鼓動がどんどん速くなっていくのがジョージーにはわかった。やがて、腿のあいだにメインがそっと触れた。

頭がぼうっとし、胃のあたりが熱くなってめまいがしそうになったとき、メインが口を開いた。「彼女たちはただの痩せっぽちだ」ジョージーの耳もとで言う。「〝この森から抜け出そうなんて考えないで〟」

「あら」ジョージーは鼻を鳴らした。本をよく読んでいるのは彼女のほうだ。メインが戯曲に詳しいとわかって、戸惑いを感じた。「〝あなたの気持ちがどうであろうと、ここにとどまっていただくわ〟」ジョージーは言った。メインが彼女の体を思いどおりにできるように、肩に身を預けて。

「〝わたしはこう見えても卑しからぬ妖精です。いつでも夏がわたしにかしずいてくれるのです〟ああ、ジョージー、きみのここはなんて柔らかいんだ。こうされるのは好きかい？」

彼女は小さくあえいだ。

「どうした？」メインがからかう。「次の台詞を思い出せないのかい？」

次の台詞を口にするつもりはなかった。

メインの目は彼女に微笑みかけている。やがて彼はジョージーの代わりに台詞を口にした。「〝そのわたしがあなたを愛しているのです。だから、わたしのそばにいつもいらして〟」

「くだらないわ」彼女はそう言うと、メインの親指の動きに合わせてまたあえいだ。「あなたはきっと何人もの人を愛してきたんでしょうね」

「そんなことはない」メインは言った。「ぼくは人を愛せるのかどうかよくわからないんだ」

ジョージーは彼に寄りかかり、触れられるままになっていた。繊細な楽器の音色をひとつひとつ確かめるかのように、メインは彼女を奏でつづけた。

「ぼくが愛していると思った女性は、誰ひとりとしてそんなふうにぼくを見なかった」彼が耳もとで言った。

わたしは死に物狂いに見えるのね、とジョージーは思った。たとえばシルビーは決してそんなふうに見えないだろう。あんなにきれいな女性が死に物狂いになるはずがない。

「こんなことを言うのは恥ずかしいんだが、きみにそんなふうに見られると、ぼくは自分が美しくなった気がする」

もうやめさせなければ。本当に。だが、そうはできなかった。彼女は激しくあえいだ。

「きみを見ていると、自分が抑えられなくなってしまう。きみのような女性にこれまで近づこうとしなかったのはそのせいなんだ。それに、なぜきみと結婚することになったのか、ぼくにはまだよくわからないから――」

「わたしたちは結婚していないわ。本当の意味では」

「もう一〇分もしたらそうなるよ」

「まあ」ジョージーはささやいた。

メインは彼女を抱き上げてソファに寝かせた。

「きみはこうしたかったんだ。そうでなければ、そもそもぼくと結婚しなかっただろう」メインはソファの傍らに立ち、服を脱ぎはじめた。ジョージーはじっと動かなかった。息ができなくなっていたからだ。彼のたくましい筋肉や逆三角形の体、引きしまった腰の下の……。

メインは彼女の視線を目で追った。「処女と寝るのは初めてだ」眉間に皺を寄せて言う。

「わたしも男性と寝るのは初めてよ」ジョージーは彼のほうに手を伸ばした。「でも、喜んで初めてのことに挑戦するわ」

けれども、メインは彼女の上に倒れ込んではこなかった。そうする代わりに並んで横になり、目や頬にキスしてきた。ジョージーは身を震わせてキスを受けながら、どうやら愛を交わすというのは——少なくともメインが相手のときは——官能的な宴を何時間にもわたって続けることらしいと気づいた。

　メインはたっぷり時間をかけてキスをしたり、ささやいたり、小さく笑ったりしたが、気づくとジョージーは隣にただ横になっているのではなく、彼の体に積極的に触れたくなっていた。彼女は朦朧とした意識のなかで思った。ギャレットの真似をすればいい。彼はわたしの頬にキスをしてから首筋に、そして肩にキスをしている……。

　ジョージーはメインの唇に口づけ、無精ひげの感触を味わってから、肩や胸にキスをした。そのあいだも彼はジョージーにささやきかけ、全身に手を走らせていた。彼女は体が震えるのを止められなかった。ついには小さく悲鳴をあげ、せっぱつまった口調で言った。「ギャレット、そうされるのがいやなわけではないんだけど、その——そろそろ肩にキスするのはやめてもらえないかしら」

　メインは笑い、ソファに両膝をついてジョージーの上に覆いかぶさると、顔を見おろした。

「次はどうしてほしいんだ？」

　彼女は興奮に身を震わせてなにか気の利いたことを言おうとしたが、なにも思いつかなかった。

「ぼくはこれが初めてじゃない」彼はジョージーの脚のあいだの巻き毛に手を触れた。彼女はなにか考えるどころか、メインの声に耳を傾けるのさえ難しくなっていた。

「そうでしょうね」

「でも、どういうわけか初めてのような気がする」メインは胸に顔を寄せていたので、ジョージーには彼の目が見たくても見られなかった。彼は当惑しているようだ。

「そうなの？」ジョージーはどうにか尋ねた。

メインがどう答えたにしろ、声がくぐもってよく聞こえなかった。彼はジョージーの胸にキスしていたからだ。メインが唇で彼女を賛美しはじめてからも、ジョージーは彼の言葉を聞き取ろうとした。彼が腹部に口づけ、腰にキスマークを残して、さらに下へ唇を移してからも……。

メインはなおも、初めてのような気がする、とか、むしろ彼女はそうでないような気がする、などと言っている。

ジョージーは彼の言葉を頭の外に追いやった。言葉などいらない。彼女が求めているのは、メインが手や口でしてくれていることだけだった。

彼女は背中を弓なりにしながら、空気を求めてあえぎ、その声がはしたなくならないよう低く抑えようとした。けれどもメインが両手をいっそう激しく動かしはじめると、それもできなくなった。ジョージーはあらゆる類のはしたない声をあげた。背中を浮かして彼に身を押しつけずにはいられなかったが、そんなことは気にならなかった。

メインがジョージーの膝を開いて覆いかぶさってきた。その瞬間、彼女の心に一生忘れられなくなりそうな映像が焼きついた。荒々しい目をして顔をこわばらせ、肩を怒らせているメイン伯爵ギャレット・ランガムの姿が。その瞳には……。

ふいにジョージーは彼の言葉を信じた。彼女と同じように、これが初めてのような気がするという言葉を。どうしてかはわからないが、メインが自分と同じように感じていることを。ジョージーのなかに身を沈めながら、彼が荒い息をつき、かすれた声を洩らすのが聞こえたからだ。

ジョージーがあとになってもすべてをはっきり覚えていた理由のひとつは、最初に貫かれてからの二秒間に強烈な思いをしたからだった。貫かれた瞬間はとても気持ちがよかったが、そのあとはまったく違った。一瞬のうちに熱を持った両脚があっというまに冷たくなり、彼女は体をメインに押しつけるのではなく、彼から離れたくなっていた。

ロマンティックとは程遠い悪態の数々が頭のなかを駆けめぐった。体を無理やり押し広げられ、切り裂かれるような激痛を表す言葉が。アナベルが言っていたのとはまったく違う。まるで——地獄だ。それはジョージーが知っている最も辛辣な言葉だったが、それでもまだこの痛みを的確に言い表せているとは思えなかった。

メインが両方の腕をついて体を支え、ジョージーを見おろした。当然ながら、彼女が痛がっていることに気づいたのだ。ジョージーは引きつった笑みを浮かべた。「もう終わりよね?」そう強く願っていることが声に出ないようにして言う。

彼はかすれた声で答えた。「いや、まだだ。ゆっくり時間をかけるより早く終わらせたほうがいいのかな、ジョージー?」

「ええ、そうね」彼女はそう言ってから考えた。結婚を無効にするのはもう無理かしら。いえ、なにもそうしたいわけじゃないけれど、あいにくお姉さまたちと違って、わたしは――。「痛い！」ジョージーは悲鳴をあげた。そして次の瞬間、激しい怒りとともに禁断の言葉を吐いた。「くそっ！」メインに激しく突き上げられ、体のなかでなにかが破れた感じがした。

「すまない、ジョージー」彼があえいだ。

彼女は小さく身をくねらせた。「さっきよりは痛くなくなったわ」これで自分の一生は台なしになったという事実に目をつぶって言う。

「それはよかった」メインは喉を締めつけられているような声で応えた。「もうやめられそうにないから。もう少し我慢してくれ、お願いだ」

ジョージーは目の前のことに意識を引き戻した。

彼女が黙っていると、メインが言った。「頼むよ」

「もちろんよ」ジョージーはやさしい声を出そうとした。「続けてちょうだい」シルビーはいいことを教えてくれた。彼女が言っていたように、一週間に一度では多すぎるかもしれないけれど。ひと月に一度ぐらいがちょうどいいかもしれない。

もうそれほど痛くはなかった。メインの肩はなめらかで、上着を優雅に着こなしている姿からは想像もできないほどたくましい。ジョージーが硬く引きしまっているだろうと思っていた筋肉は大きく盛り上がり、体の動きに合わせて小さく震えている。

ふたりがしていること、あるいはメインがジョージーにしていることは奇妙だった。それほど痛くなったと思ったら、今度は両脚がまた熱くなってきたからだ。彼の美しい肩に両手を這わせると、両脚はいっそう熱くなった。

メインが顔を胸に寄せてきて、彼女はとても気持ちがよくなった。そうやって胸を愛撫されるのは――。

だが、それ以上なにも考えられなくなった。メインが体の位置を変え、今までより深く突き上げはじめたからだ。ジョージーの胃がおかしくなり、全身に炎が広がった。

彼女はメインの腕をつかんだ。

「もうそんなに痛くないだろう、ジョージー?」

ひどくかすれた声。いつもの洗練された口調からは想像もつかないその声が、ジョージーの鼓動を速めた。彼は続けた。「きみはもうぼくのものなんだから」鼓動がますます速くなり、それがなにかの引き金になったかのように、彼女は腰を持ち上げてメインの体に押しつけた。

メインがまた体の位置を変えた。ジョージーはわれを忘れ、ふたたびうめき声をあげた。今度ははしたない声にならないよう心配する間もなかった。強く抱き寄せられ、彼の大きな体が汗で濡れていることに気づいた。どういうわけか、それがますます彼女を興奮させた。そのときふと下を見ると、ふたりがつながっているところが見えた。

とたんに頭のなかが真っ白になり、気づくとジョージーは突き上げられるたびに叫び声をあげていた。メインの体にしがみつき、自分のほうに引き戻す。彼はジョージーの胸にキスするのをやめ、唇をむさぼって、彼女の美しさや味や柔らかさを讃えた。やがて、その瞬間は夏の暑さをやわらげる恵みの風のように訪れた。丸めたつま先から駆け上がってきた強烈な感覚に、ジョージーはメインにしがみついて激しく身を震わせ、戸惑いもあらわに彼の名前を叫んだ。

そのときメインがなにかを口にした。なんと言ったのか、ジョージーはあとになって自信がなくなったが、そのときは感謝の言葉と、神の名前をいくつかつぶやいたのではないかと思った。なぜなら次の瞬間、彼はうなり声をあげ、ジョージーが思いもよらなかったほどすてきなキスをしてきたからだ。

37

『ヘルゲート伯爵——上流社会の夜』第二五章より

親愛なる読者よ、あなたはきっと、わたしの欲望の炎は絶望と深い悲しみによって消されたものと思っているだろう。しばらくのあいだはそうだった。わたしは新しい妻を迎えようと心に決めた。地獄に落ちないようにするにはそれしかないようだったし、マスタードシードを幸せにできなかったことを心底悔やんでいたからだ。そういうわけで、それ相応の服喪期間を置いたあと、わたしはふたたびロンドンを訪れた。妻を見つけようと心に決めて。

そして、彼女を見つけた。

窓から陽光が差し込んでいた。ジョージーはうつ伏せになって枕《まくら》の下に頭を入れようとしたが、上掛けの下になっている片方の腕が動かなかったので、もう一方の手で上掛けをめくった。次の瞬間、獲物を狙う狐《きつね》の目に気づいた子鹿《こじか》みたいに、いっぺんに目が覚めた。

ジョージーの腕は男性の腕の下敷きになっていた。金色がかった肌をした、たくましい男の腕だ。その腕をじっと見つめているうちに、水差しに水が満ちるように昨夜の記憶がよみがえってきた。彼女はもう処女ではなかった。イマキュラータにしろなんにしろ、とにかく処女ではない。ふたりは夜中にこっそり屋敷に戻ってきていた。ソファでは眠れないとメインが断言したのだ。ソファで起きたことを考えただけで、ジョージーの頬は赤くなった。

メインは眠っていた。ジョージーは息をひそめて彼に近づいた。この人はわたしのものだ。ああ……なんて美しいのだろう。眠っている彼の顔にはいつもの疲れたような表情がなく、とても幸せそうに見える。黒い巻き毛は朝の日差しを浴びて、ランプの光にかざされた石炭のごとく輝いていた。彼の唇を見ただけで胃が締めつけられ、つま先が自然と丸まった……初めて感じる強い欲望だったが、これもいつものことになるのだろうという気がした。

わたしの夫はまるで鬼火みたいに、いくら追ってもつかまえられない人だ……だから彼がわたしに興味を抱いてくれているうちに、できるだけ楽しませなければならない。ゆうべふたりで味わったような喜びに、彼がどのぐらいで飽きてしまうのかはわからないけれど。

メインが目を開けたとき、ジョージーはにやけた顔をしていた。あわてて唇を閉じて言う。

「おはよう」

彼は両肘をうしろについて上体を起こした。わけがわからないという顔をしている。上掛けのシーツがウエストのところまで滑り落ち、魅惑的なひだをつくった。

「わたしはあなたの妻よ」彼女はメインに思い出させると、豊かな髪を背中に払った。「ジョージーよ。またの名をジョセフィーン」

メインの顔から戸惑いが消え、代わりに険しい表情が浮かんだ。「くそっ、ぼくというやつは」そう言ってまたベッドに仰向けになり、片方の腕で目を覆う。

少なくとも、彼がついた悪態はジョージーに向けられたものではなかった。「わたしのことは覚えているわよね？」

「もちろん覚えているとも」

「光栄だわ」

「まったく。ぼくは姪《めい》と言ってもいいぐらいの年の女性と寝てしまった。この結婚は無効にしようと心に決めていたのに。いったいぼくはどうしてしまったんだ？」

「わたしの魅力に組み伏せられたとか？」ジョージーは期待を込めて言った。

メインがうなり声をあげる。

「わたしがあなたを組み伏せたというより、あなたがわたしを組み伏せたというのが正確だけど」彼女はベッドの上に膝立ちになった。メインはもうどこへも行けない。この先ずっと。

「なんてことだ。しかもきみは子供のような口をきいている」メインは片腕で目を覆ったまま、もう一方の手を伸ばして彼女を引き寄せた。

ジョージーは例によってあまり優雅とは言えない仕種でメインの胸に倒れ込んだ。彼は刺激的な香りがした。かすかに外の空気のにおいもまじっている。ジョージーは大きく息を吸い込んだ。メインは彼女の髪に手を差し入れて、髪のもつれをほどいた。

「どうしてぼくの胸のにおいを嗅いでいるんだい？」

「そんなことしてないわ」唇が彼の胸にこすれ、くぐもった声になった。「わたしはあなたを味わっているのよ。あなたは」舌の先をそっと胸にあてる。「とてもおいしいわ」

「そうかな」

メインは少し塩辛かった。石鹸みたいな味と、それとは違う味もする……これが男の人の味なのかしら？　それとも彼の味？　ジョージーが小さくて平らな乳首にキスをすると、メインが身を震わせたので、彼女は何度もそれを繰り返した。

彼はなにも言わなかったが、朝起きたばかりの男性がどういう状態なのか、ジョージーは話に聞いていた。目を覚ましてすぐの男は不機嫌なものなのだ。むっつりとして無口ながらも、力はみなぎっている。険しい顔をして、ただ仰向けになり、人にされるがままになっている。だからわたしも……彼を自分の好きにしよう。

ジョージーはメインの広い胸を手と唇でたどった。彼女にキスをされたり、舐められたり、嚙まれたりすると、メインは身を震わせた。まるで冷たい風に吹かれたみたいに。

メインの鼓動が速くなってきたのに気づき、ジョージーは心のなかで笑みを浮かべた。彼には胸毛がほとんどなかった。男の人にしては珍しい、と彼女は思った。少なくとも……。

「どうして胸毛がないの？」ジョージーは尋ねた。彼女の髪で胸を撫でられると、メインが小さな声を洩らすことにジョージーは気づいた。とてもいい声だ。

メインは低い声でゆっくりと答えた。彼女は心のなかでいっそう大きな笑みを浮かべた。

「ぼくに胸毛がないのは……胸毛がないからだ」まったく筋の通らない答えだったが、それは許せた。

でも、彼女が子供のような口をきいていると言ったことに対しては罰を与えなければならない。「そもそもなぜ胸毛が必要なのか、わたしにはわからないけど」ふたたび髪で胸を撫で、メインが歯のあいだから息を洩らすのを聞いて楽しむ。「もしわたしに胸毛があったら、すごく変でしょうね」ジョージーは自分の胸を見おろし、視線を上げて彼の目をとらえた。

彼女のナイトガウンは膝でベッドに押さえつけられ、ぴんと張った薄い布地を胸が押し上げていた。ジョージーの胸のいいところは垂れていないことだ。メインもそれが気に入っているように見える。

「どう思う？」彼女は言った。

メインが目をしばたたいた。

「わたしの胸のことよ。わたしはとても元気がいいと思うわ」

彼は咳払いした。「元気がいいだって？」

「まあ、もう少し小さくてもいいとは思うけど。そのほうがドレスが似合うでしょうから。この胸はたぶん母親ゆずりなの。とにかくわたしは昔から、自分の胸は元気がいいと思っていたのよ。つんと上を向いているでしょう？」

メインが口を開けた。

ジョージーは心から楽しんでいた。わたしは今、役を演じている。でも、誰もがつねに自分とは違う人間を演じているのではないかしら？　それにこれぐらいは当然だわ。彼はわたしを結婚するには幼すぎる、愚かな子供みたいに扱ったのだから。

彼女はナイトガウンを引っ張って、さらにぴんと張らせた。胸がいっそう魅力的になった気がする。もう大きすぎるとは思わなかった。

「さて」ジョージーは言った。「そろそろお粥をもらいに行ったほうがいいかしら……勉強部屋に。そう思わない？」険しい目でメインを見る。「わたしみたいなお子さまにはそれがお似合いでしょう？」

彼は砂漠で水を求める者のようにジョージーに手を伸ばした。「ぼくがばかだった」

「ええ、そのとおりよ」彼女はメインの脚をまたいでベッドを下りようとした。ナイトガウンがふわりとひるがえる。

「きみは意地悪な子だな。こっちにおいで」メインがすばやく動き、ジョージーはあっというまに組み敷かれていた。「ぼくをからかって楽しんでいるんだろう？」

「あなたが先にわたしを子供呼ばわりしたのよ」彼女はメインの重みを楽しみながらなじった。「わたしは結婚するには幼すぎるんでしょう？」自分の言いたいことをはっきりさせようと、背中をわずかにそらして彼の胸に胸をこすりつける。

「うるさい女だ」メインはつぶやき、顔を寄せてきた。

だが、ジョージーは首をひねってキスを避けた。「目を覚ましてわたしを見たとき、どうしてあんなに驚いた顔をしたの？　正直に言って。わたしが誰だかわからなかったの？」

「そんな顔をしたかな？」メインは唇を下のほうに持っていき、ナイトガウンの上から胸にキスをしはじめた。彼女は脚をそわそわと動かした。とても気持ちがいい。

「ええ、したわ。わたしが誰だかわからなかったんでしょう」

「それはわかっていたよ」彼はジョージーの片方の肩からナイトガウンを引きおろした。

「だったら、どうして戸惑った顔をしたの？」

「女性と一緒に朝を迎えたことなど、これまで一度もなかったからだ」メインの唇が肩に炎の轍を残していく。

「ばかなこと言わないで」ジョージーはあえいだ。「わたしに嘘をつく必要はないわ、ギャレット。あなたがロンドンじゅうのベッドで朝を迎えてきたことはわかっているのよ」

メインは否定の言葉らしきものを口にしたが、彼女にはよく聞こえなかった。

彼はジョージーの胸に繰り返しキスしていた。荒々しい波が彼女を襲い、気の利いた返事などできそうもない状態にさせた。

メインが顔を上げると、彼の妻は喜びに身を任せて横たわっていた。彼はもう一方の肩からもナイトガウンを引きおろした。布地が裂ける音がして、ジョージーが目を開けた。親指で乳首をこすると、彼女はまた目を閉じた。

間違いなく、ジョージーの胸はメインがこれまで見てきたなかで最も美しいものだった。彼が寝た女性たちは、まるで小さなりんごのような硬い胸をしていた。ジョージーの胸は豊かで柔らかく、彼の手からこぼれ落ちそうになっている。まさに神からの贈り物だ。ピンク色をした繊細な乳首も、体のほかの部分と同じく美しい。

メインは最初に愛した女性であるレディ・ゴドウィンのことを考えずにはいられなかった。

彼女はほっそりしていて、いつもぴんと背筋を伸ばしていた。どんな胸をしているのか、彼女は知っていた。透き通りそうなほど薄い布地のドレスを好んで着ていたからだ。もしジョージーがあんなドレスを着ようとしているのがわかったら、鍵のかかる部屋に閉じ込めて、ほかの男に胸を見られないようにしてやる。

彼女の胸を見るだけで心臓が痛くなり、その女らしい柔らかな体に身を沈めたいという欲望で股間が熱くなった。

ジョージーの唇はわずかに開いていた。官能的な赤い唇に甘い口もと。メインは我慢ができなくなって抱き寄せた。「ジョージー」

彼女は小さくあえぎ、メインを自分のほうに引き寄せようとしている。

「ぼくは女性と一緒に朝を迎えたことはない……一度も」

「あっ」ジョージーが声をあげた。「ああ——すごいわ」

その言葉が祝福のようにメインには思えた。ジョージーは彼の腰に両脚を巻きつけ、自分の体を押しつけている。目は大きく開かれていた。

「すごくいい気持ちよ——いえ、だめ——痛い——もうやめて！」

メインは吹き出しそうになりながら、命令どおり動きを止めた。

「もう少し近くに来てくれたほうがいいと思うわ」

「そのほうが好きなのか？」メインは尋ねた。なぜぼくは笑いたくなっているのだろうと思いながら。女性とベッドをともにしたときに笑ったことなど一度もない。行為の最中はもちろん、その前後も。

「痛くなければね。でも、ゆうべあなたがしてくれたことのほうがもっと好き」

「なんだって？」

「ゆうべあなたがしてくれたことよ」ジョージーは微笑みかけた。「あれは本当にすてきだったわ。今のは――」彼の下でもぞもぞと体を動かす。「完璧とは言えなかった。とてもよかったけれど、でも――」

メインはついに笑い声をあげた。これまでベッドで彼に指図してきた女性はひとりもいない。概して女性というのは、こういうときに文句を言わないものなのだ。

だがメインはいったん身を引いて体の位置を変え、ふたたび突いた。彼のレディの仰せのままに。ジョージーは叫んだが、その声にはレディらしいところはみじんもなかった。

それでメインには、自分が彼女の望みどおりの角度で突いていることがわかった。そのあと別の角度を試してみると、それも受け入れられた。しかし次に試した角度は気に入らなかったらしく、ジョージーは苛立ったように彼のヒップをつかんで自分のほうに引き寄せた。

全身が震え出し、メインは角度について考えるのをやめた。ジョージーはまったくレディらしくない声であえぎ、彼を駆り立てている。

ふたりの上に日差しが降り注いでいた。メインが過去に寝た女性たちはみな、彼に裸を見られないようにしていたが、ジョージーはクリーム色の肌を惜しげもなくさらけ出している。

メインは必死に自分を抑え、妻が不満の声をあげるのもかまわずに身を引くと、曲線に富む魅惑的な体を心ゆくまで鑑賞し、くぼみのひとつひとつを目に焼きつけた。そして最後に、ゆうべかなり痛かったはずのところにキスをした。

だが、そこはもう痛くないようだった。妻は興奮すると気性が荒くなるらしく、メインがふたたび身を寄せるころにはありとあらゆる類の脅しを口にしていたが、彼がキスをすると腕のなかで静かになった。

そこでメインはまたジョージーのなかに入り、彼女の好きな角度を見つけて、そのあとは自分の思いのままに導いた。彼女は髪を振り乱してメインにしがみつき、やさしい目で彼を見つめていた。

まるでこの世には彼しかおらず、彼女には彼しかいないというように。

実際、メインはジョージーにとってただひとりの男だった。


「女性と一緒に朝を迎えたことがないというのはどういうこと?」しばらくしてジョージーが尋ねた。そう訊かれるだろうとメインにはわかっていた。彼女はなめらかな肌を押しつけて、彼にぴったり寄り添っている。メインは微笑んで天井を見上げ、生きる意味というものは間違いなくあると自分に言い聞かせていた。たった今、それを見つけたのだ。

「いつも夜のうちに帰っていたんだ。朝になる前に」

「そうなの?　帰るときになにも言われなかった?」

「別になにも」

「朝までいてほしいと言われなかったの？　わたしはこんなふうに目覚められて、とてもうれしかったわ」ジョージーが自分を驚かせようとしているのではないかと思い、メインは彼女の顔を見た。だが、そうではなさそうだ。彼の胸に頬を寄せているジョージーは、いかにも満足そうな顔をしている。

「ぼくもだよ」メインは応えた。

「今までの女の人たちはそうじゃなかったの？」

「ぼくはそれを試す機会を彼女たちに与えなかったからね」

「どうして？」

「たぶん、親密すぎる行為だと思っていたんだろう」

ジョージーは微笑んだ。「じゃあ、これはあなたにとっても初体験ね」

「そうなのかな」

「初めて女性と一緒に朝を迎えたんだから」

「とっくにきれいな体ではなかったが」メインはいたずらっぽく言うと、ジョージーの顔が見られるように体の脇を下にした。

「処女を失うのは悲しいことよ」彼女は笑みを含んだ目で言った。

「そうなのか？」

「もう二度とユニコーンをそばに呼べないわ」

「きみは角がある四つ足の動物に知り合いがたくさんいるのかい？」

「ある年、父の牧場にひどく獰猛《どうもう》な牡牛がいたことがあったの。バンブルという名前だった。でも、知り合いだったとは言えないわね。一度、うしろから角で突かれそうになったことはあるけれど」

「牡牛がいる柵のなかに入るなんてばかだな」

「柵のなかに入ったって、どうしてわかったの？」

「ぼくはきみをよく知っているからだよ、ジョセフィーン。きみはこれからも牡牛がいる柵のなかに入るだろう。ぼくはこれまで無駄に費やしてきた人生の残りを、きみの身を守ることに費やすことになるだろうな」

「いいえ、そうはならないわ」

「そうかな？」

「あなたはこれからとても忙しくなるもの」ジョージーは言った。「厩舎の仕事でね。ほら、あなたは馬の生産者になるよう生まれついていると言ったでしょう？」

メインはほかの人間と自分の厩舎の話をするのは嫌いだった。しかし今はなぜか心地よく、いやな気持ちにはならなかった。

「マンダリスとシャロンを交配させたらどうかしら？」

「あまりいい結果にはならないよ。シャロンは膝が曲がっている」

ジョージーはしばらく間を置いてから言った。「でも、長くていい鬐甲《きこう》をしているわ」

「確かに、シャロンのように鬐甲が長く、マンダリスのように速くてスタミナのある馬が生まれたらすばらしいだろうな」メインは同意して、ジョージーをさらに近くへ抱き寄せた。

「ぼくはシャロンとシースウェプトを交配させようと思っていたんだが」

「そうなの？　シースウェプトは背中の湾曲が深すぎると言っていなかった？」

メインはうれしくなった。ジョージーは彼が厩舎について話したことはすべて覚えている。彼がその話をしたのは、もう一年も前のことだった。

「シャロンにちょうどいい相手がもう一頭いるのよ」ジョージーが言った。「レイフのところのハデス」

「ハデスは鬐甲が短すぎる」

「でも、シャロンは鬐甲が長いわ。だからうまくいくかもしれないじゃない。多額のお金を払って、ひとつかふたつのレースに勝った馬に種付けしてもらう以外は自分の厩舎内でしか交配させないなんて、つまらないと思うの。優勝馬は思い切った交配から生まれるものよ」

メインは考え込んだ。「確か、レイフのところにはシースウェプトにちょうどいい若い牝馬がいたな」

「それならレイフと取引すればいいのよ。それからマンダリスをレイフのところのレディ・マクベスと交配させるの。それで生まれる子馬の姿が目に浮かぶわ」

メインの目にも浮かんだ。赤褐色の体に豊かなたてがみを持つ見事な馬の姿が。

「わたしたち、あなたの地所で暮らさなきゃ」ジョージーの声は眠そうだった。「マンダリスとレディ・マクベスの子供の世話を、ほかの誰かに任せるわけにはいかないもの」

「もちろんだ」自分はずっと前からそうしたいと思っていたのだとメインは気づいた。もう厩舎の管理を人任せにするのはごめんだ。馬の繁殖や飼育に関する専門誌を読み、細々したことまで手配してから、出産の時期であるにもかかわらず社交シーズンのために厩舎を離れるのはうんざりだった。

「ロンドンが恋しくならないかい？」彼は尋ねた。

「そうね。わたしがあちこちの舞踏会に出ているあいだ、あなたには田舎でひとり暮らしをしてもらわないと」

ふいに胸にこみ上げてきた感情にメインは唖然とし、黙り込んだ。

「冗談よ」ジョージーはくすくす笑い、やがて眠りについた。

メインは横になったまま、自分にとって大事なものの順位をつけ直していた。厩舎と社交シーズンとロンドン。オールマックス社交場やもっと不健全な場所で過ごす虚《むな》しい日々はリストのいちばん下に移り、厩舎がいちばん上に来た。

いや……いちばん上ではない。

ほかにも大切なものがある。

だが、今はそれについて深く考えたくはなかった。考えるのが怖かった。

38

『ヘルゲート伯爵——上流社会の夜』第二五章より

彼女を見た瞬間、わたしの心を満たしてくれるのはこの人しかいないと思った。既婚女性のみだらな欲望につけ込むような真似をしてきた堕落した年月に、心にぽっかりと開いた穴をふさいでくれるのは、この人しかいないと。彼女は通りの向こう側にいた……優雅で、いかにも純粋そうで、ひと筋の日差しのように澄んでいた。わたしは彼女を見て……次の瞬間には愛していた。

ふたたび目を覚まして窓から午後の日が差し込んでいることに気づくと、ジョージーは恥ずかしくなった。だが、ようやくベッドを出て入浴し、ドレスを着て階下に下りていった彼女に、メイドはいやな顔ひとつしなかった。誰もがとても親切にしてくれることにジョージーは驚いたが、やがて自分はこの屋敷の女主人になったのだと気づいた。

けれども、自分はこの家の客にすぎないような気がしてならない。わたしがメインと結婚したなんてことがありうるかしら？　メイン伯爵夫人？　このわたしが？　とても本当とは思えない。きっとこれは夢なんだわ。

それでも……。

わたしはやってのけたのだ！

ひとりでにやにやして、きっとばかみたいに見えるに違いない。でも、女だって勝利を味わってもいいはずだ。ジョージーは食堂の前を通り過ぎて、庭に出るガラス張りの扉に向かった。天気のいい朝――いや、午後だ――夫がどこにいるか、彼女にはわかっていた。屋内ではないはずだ。

「なんてことなかったわ」ジョージーはひとりつぶやいた。自然と笑いがこみ上げてくる。「最初にテスお姉さまが結婚して、次にアナベルお姉さまが結婚して、そのあとイモジェンお姉さまが結婚して――今度はわたしが結婚したのよ！」

まるでおとぎばなしみたい。本当にそうよ。四人とも結婚して幸せになれるなんて。

メインがびっくりするほどいい妻になろう。彼にはいつもやさしく愛情を持って接しよう。それぐらいはなんでもない。ふと気づくと、ジョージーは屋敷の裏手にある厩舎にスキップしながら向かっていた。

どんな女が男性に愛されるのかはよくわかっている。やさしくてかわいい女だ。わたしはもう二度と怒ったり、毒舌を吐いたりするつもりはないから、彼はもうわたしのものになったも同然だわ。

メインは馬房の壁に寄りかかって、厩舎長のビリーと話していた。ビリーがジョージーに微笑みかけた。

「こんにちは、ビリー」彼女はとりあえず夫を無視して言った。「アスコットで会って以来ね。ご機嫌いかが？　まだ悪魔の実に困らされているの？」

「いいえ、もう大丈夫です」ビリーが答えた。「あなたさまが教えてくださったとおりに、馬たちを薬草風呂に入れましたから。それはそうと、あなたさまが閣下とご結婚なさったことを厩舎の者たちは喜んでいます。イングランドじゅうを探しても、あなたさま以上に閣下にふさわしい方は見つからなかっただろうと、みんな思っているんですよ」

ジョージーは頬がかすかに染まるのがわかった。

「きみはセルキーをどう思う？」メインが尋ねた。セルキーは大きくて脚の長い、がっしりした体つきの栗毛の馬だ。

「とてもかわいいわね」ジョージーは手を伸ばし、セルキーにてのひらを舐めさせた。

メインも手を伸ばして馬の目のあいだを掻いた。「こいつは本当によくやってくれた。小さなレースにいくつか勝ったあと、ダービーで優勝したんだ。でも、もう競走する気をなくしていてね。勝てないと思ったら、うしろに退いて、そのままの順位に甘んじてしまうんだよ。だから引退させて種馬にするつもりだ」

「アラブ種なの？」

「ああ。バイアリータークの子孫だよ」

「バイアリータークがイングランドに連れてこられたのは、確か一六〇〇年代だったわよね？」
「馬に詳しい妻を持つというのは最高だな」
そこまではいかにも和やかで楽しい雰囲気だったので、そのあとどうなるか聞かされても
ジョージーには信じられなかっただろう。それから数分後、なんと彼女とメインは怒鳴り合
っていた。
悪いのはメインだった。彼はどこかで仕入れてきた、種馬は息子に自分の父親の特徴を伝
え、娘に母親の特徴を伝えるという説を披露した。
「それは違うと思うわ」ジョージーは言った。「そんな話、ばかげているわよ。馬の特徴は
性別によって決まると言っているようなものじゃない」
「まさにそうだ。決まってそうなるんだよ。厚みのある体をした種馬の子が牡《おす》なら、その子
も厚みがある体になる。でも、牝《めす》だったらそうはならない。特徴は牡から牡に、牝から牝に
伝わるんだ」
「ばかげているわ」ジョージーは憤然として繰り返した。「誰もが知っている馬を例にとり
ましょうよ。エクリプスの子が気性が荒いのはどう説明するの？　エクリプスからの遺伝で
はなくて、エクリプスと交配した牝馬たちからの遺伝だわ。それにエクリプスの父親はマー
スクだけど、エクリプスの胸幅が広いのは母親のスピレッタゆずりなのよ。誰もがそう言っ
ているわ！」
「気性のような変わりやすいものを母親からの遺伝だと言い切れるはずがない」

「言い切れるわ」ジョージーは言い張った。「そう思っているのはわたしだけじゃないのよ。エクリプスの子供たちは父親より母親に似ていると競馬雑誌にも書かれていたもの。エクリプスの子供たちがどれも父親ほど優れた競走馬じゃなかったのは、どう説明するわけ？」

「交配の組み合わせによっては血統の短所が強く出てしまうこともあるんだ」メインはわずかに目を細めていた。いつもと違って、その顔には物憂げなところはまったくなかった。

「それにキングファーガスが優れた競走馬ではなかったなんて、どうして言えるんだい？」

「だって、そうなんだもの」

「キングファーガスの子孫には、この国で最も優秀な馬が何頭もいるんだぞ！」

「エクリプスの子供たちは気性が荒かった――狂暴と言ってもいいぐらいだったのは、気性の荒い牝馬と交配して生まれた子だったからよ。一頭残らずね！　つまり、どちらからどの特徴が受け継がれるかなんて誰にもわからないってこと。うちにネクタリンという足先が白くて顔に白いぶちがある赤茶色のいい馬がいたの。少なくとも一五〇センチは体高があったわ。繁殖牝馬のジェンシャンはすでに優勝馬を産めることを証明していた。でもネクタリンがジェンシャンに産ませた牡馬《ぼば》は、どれも体高に比べてお尻の高さが低かったのよ。それはネクタリンの母親から受け継いだものだったの」

「つねに例外はあるものだ」メインはゆずらなかった。「さっきも言ったように、交配の組み合わせによっては短所が強く出てしまうこともある。尻の高さが低いのがネクタリンの母親からの遺伝だとどうしてわかる？　ジェンシャンの父方の牡馬はどれも尻の高さが低かったかもしれないだろう？　二〇年前のスコットランドでは、満足に記録もつけられていなかっただろうが」

　ビリーが小さく咳払いをしてそそくさとその場を離れ、厩舎の外に出ていった。

「記録はちゃんとつけられていたわ」ジョージーはメインを睨みつけた。「祖父が厩舎にいたすべての馬について詳しい記録をつけていたの。ジェンシャンの家系にはお尻の高さが低かった馬は一頭もいないと、自信を持って言い切れるわ」

「どんなことにも例外はあるんだよ。だが、繁殖計画は確固たる主義に基づいて立てなければならない。ぼくの考えが正しいことを裏づける事例をこれまでいくつも見てきたから、来年の繁殖計画はそれに沿ってすでに立ててある」

　ジョージーは目をぐるりとまわしてみせた。「あなたのところの馬が、ここ数年ろくに勝てていないのも無理はないわね」

「ずいぶんな言い方だな。まだ計画を立てただけで実行してもいないのに」

「見せてもらえる？」

「辛辣な口をきかないと約束するか？」

「あなたは勝ちたいの？　それともわたしにやさしくしてほしいの？　いいかげん――」ジョージーは言いかけてやめた。

「どうやらぼくは、花嫁に愚か者呼ばわりされるところだったみたいだな」

「そんなことないわ」ジョージーはやましく思いながら言った。どうやら夫というものは、妻に愚か者呼ばわりされるのが嫌いなようだ。いつもやさしくてかわいい女でいようと決めたのを危うく忘れかけていた。

だが、そのあとメインの繁殖計画を目にして、ジョージーは今度はきれいさっぱりその決意を忘れた。「セルキーとティザンを交配させてうまくいくと思っているなら、あなたは夢を見ているんだわ。わたしはティザンを知っているのよ。二年前、ケルソー競馬場で父の馬と同じレースに出たでしょう？　もう少しで勝てそうだったのに、臆病な性格が災いして負けてしまったわ」

「負けたのはそのせいじゃない」メインは反論した。

「いいえ、そのせいよ。ティザンはほかの馬にぶつかられるのを恐れているように見えたわ。戦う意欲のなくなった牡馬と交配させて、いっそう臆病な馬が生まれたらどうするの？」侮辱するようなことを言って申し訳ないと、ジョージーはセルキーの鼻を撫でた。

「子に親の性格が強く出るとは思えないよ。いい成績を残せなかった馬でも大丈夫だ。子供にはその親の性格が遺伝するだろうから」

「まったくばかげているわ」ジョージーはまた言った。「あなたはきっとお日さまにあたりすぎたのね。子供は祖父母にしか似ないと本気で思っているの？　そういうあなたはどうなのよ？　わたしたちの娘はあなたのお母さまに似るとでも？　わたしはそうは思わないわ！」

「ぼくもそうならないことを祈るよ」メインは言った。「母のことは愛しているが、母はウシガエルのような声をしているからね」

「あなたの言うとおりなら、わたしたちの娘もウシガエルみたいな声で生まれてくることになるのよ。娘にとって幸いなことに、あなたの説は戯言《たわごと》にすぎないけど」

メインが吹き出した。「ぼくたちの娘が母親の気性を受け継がないよう、祈りたくなってきたよ」

ジョージーは目をぱちくりさせて彼を見た。そして、やさしくてかわいい妻でいることをすっかり忘れていたことに気づいた。

メインはなおも笑いつづけていたが、その目つきが変わったことにジョージーは気づいた。彼は厩舎の長い通路を見渡した。何頭かの馬がそれぞれの馬房でまどろみ、日の光のなか細かい藁くずが舞っているだけで、通路には誰もいなかった。「干し草置き場を見せるよ」メインが彼女の手を取って言った。

「干し草置き場ですって？」ジョージーは訊き返してから、やさしくふるまうよう自分に言い聞かせた。とてもやさしく。「もちろんよ、ダーリン。あなたのしたいようにして」

メインは壁に立てかけられた梯子の前に彼女を連れていき、そこで足を止めた。「梯子はのぼれるかい？」

ジョージーは目をくるりとまわしてみせてから、メインにお尻をじっくり見られないよう急いで梯子をのぼった。その結果、梯子の最上段につまずき、干し草の山に倒れ込むはめになった。

うしろで大きな笑い声がした。彼女はお尻に痛いほどの視線を感じて、すばやく仰向けになった。

案の定、メインが梯子のそばに両脚を開いて立ち、魅力的な姿であたりを見まわしていた。ズボンが脚にぴったりと張りついている。なんて不公平なんだろう、とジョージーは思った。彼は生まれつきすてきな体をしているのに、わたしは……。

メインはジョージーを助け起こそうとはせず、傍らに腰を下ろした。まるで彼女が干し草の山に倒れ込んだ幼い女の子であるかのように。「なにを考えているんだい？」

「あなたの脚のこと」ジョージーは正直に答えた。

彼は大声で笑った。「ぼくの脚のことだって？　脚なんかについて、いったいなにを考えることがあるんだ？」

ふいにジョージーはおかしな気分になり、下腹部に甘い疼きを感じた。血が全身を駆けめぐり、自分は太ってもいなければ不恰好でもない、正しい体つきをしていると思えてくる。彼女は脇を下にして横になり、メインの膝に手を置いた。「わからないの？」

「ああ」

「あなたは自分の体に関する賞賛の言葉をさんざん聞かされてきたんでしょう？　これ以上、うぬぼれさせたくないわ」

彼はまた笑い声をあげた。低く穏やかな笑い声があたりに響く。「きみは信じないかもしれないが、ぼくの脚を褒めた女性はひとりもいない」

「見る目がない人ばかりだったのね」ジョージーは言った。メインの腿に盛り上がる筋肉を無視するのは難しかった。じっと見ていると、干し草の上でワルツを踊りたくなってくる。彼の目つきを見るかぎり、ジョージーがそう思っているのがわかっているようだ。

「きみは」メインがゆっくりと言った。「ぼくのように一〇〇人の恋人を持つ幸運には恵まれてこなかったんだろう？」

彼女は唇をとがらせた。突き出した唇にメインが目を向けると、これまでにないくらい踊りたくなった。「数多くある、男より女のほうが不利な点のひとつね」

「だからといって、きみはなにか大事なものを手に入れられなかったわけじゃない。ぼくはそう言いたかったんだ。そんなものはひとつもないんだよ。とにかく、ぼくの脚を褒めた女性はひとりもいなかった」

「それなら、みんなどこを褒めたの？」ジョージーは驚き、一瞬欲望を忘れて言った。「これ以上、不適切な会話はないわね」にやりとして言い添える。

「ジョージー、きみは不適切な言動が多すぎるよ。きっと生まれつきなんだろう。ぼくたちがしっかり見張っていなければ、ぼくたちの娘は不適切な言動がもとで上流社会から放り出されかねないな」

メインは折れることにしたのだとジョージーは気づいた。口にはしないものの、彼女の説が正しいと認め、それに従って計画を変更するつもりでいる。そんなことをした人間はこれまでひとりもいなかった。彼女の父親もそうだ。ジョージーがなにか提案すると決まって笑い出し、彼女がやめさせるまで笑いつづけていたのだから。

「あなたの脚はとてもきれいだわ」ジョージーは声をつまらせた。「わたしは――」震える声で言いかけたが、思っていることをどう言葉にすればいいのかわからなかった。メインの体はあらゆる面において彼女とはかけ離れている――余分なものはひとつもなく、優雅でありながら力強い体をしていることについて言いたいのだが。

「奇妙だな。ぼくはきみの脚はとてもきれいだと思うが、自分の脚がそうだとは思わない」メインは心から戸惑っている声で言った。彼の両手がそっとスカートに伸びてきたが、ジョージーはとがめなかった。

「わたしの脚は――」彼女はそこで口をつぐんだ。自分の脚をどう思っているか、詳しく説明しても仕方がない。

「柔らかくてめりはりがある」メインの指が脚にたどりついた。ジョージーはふたたびダンスを踊りたくなり、もう少しで腰をくねらせそうになった。「きみの肌は花びらみたいに白い」彼の両手は腿の上にあった。メインが覆いかぶさってくると、彼女は目を閉じた。

「ぼくがいちばん好きなのはここだ」彼の手はジョージーのお尻をつかんでいる。彼女が梯子を急いでのぼり、メインに見られないようにしたお尻を。「きみは男にうれし涙を流させるヒップをしている。知っていたかい、ジョージー？」

「いいえ」彼女は消え入りそうな声で答えた。

メインはジョージーの首筋にキスをした。「きみの腿を見ると、男はきみのなかに身を沈めたくなる。きみを舐め、隠された甘い蜜を味わい尽くしたくなるんだ」

「まあ」ジョージーはメインの乱れた黒い巻き毛に手を差し入れたが、彼の頭は手をすり抜けていった。気づくと彼はジョージーの甘い蜜を味わい、彼女の体を混沌《こんとん》とした喜びで満たしていた。

それからまもなくジョージーはドレスをウエストのところまでたくし上げた恰好で、身を震わせていた。日の光のもと、メインにすべてを見られていてもかまわなかった。彼の目が激しい欲望に燃えているかぎり。

「これまでにつき合ってきた一〇〇人の女性のなかに――」

かすかな痛みに彼女は身をよじったが、痛みとともに快感も味わっていた。

「なんなの?」ジョージーは言った。「なにも今、そんな話をしなくても――痛いっ!」

「痛むのか?」

「いいえ、大丈夫、痛いのがいいの――ああ、もう!」

メインは動きを止めた。その顔に恐怖の表情がよぎる。「もう少し時間をかけるべきだった。ぼくはなんてばかなんだ。すまない、ジョージー、ぼくが――」

彼女はメインの言葉をさえぎった。「そのままじっとしていて」彼はそれに従い、ジョージーは身をくねらせて体を慣らした。「いいわ」

「いいって?」

「ほら――」ジョージーはひらひらと手を振った。「わかるでしょう?」

メインは凍りついたように動かなかった。

「もう少し奥まで来ても大丈夫よ」彼女はあからさまに言った。「ほかに言い方があるのかもしれないけど」

メインは吹き出しながらも、ゆっくり奥に進んだ。髪が顔にかかっている。あまりの愛しさにジョージーは思わず笑みを浮かべ、彼がさらに奥へ進みはじめたことにも気づかなかった。

「あなたのものは特に大きいの?」少しして彼女は訊いた。

メインは口がきけないようだったが、しばらくして答えた。「さあ、どうかな」

「でも、これまでに寝てきた女の人たちにそう言われてきたはずよ。彼女たちの話はやめたほうがいいと思うけど」

「さっきも言いかけたんだが、これまでにつき合ってきた一〇〇人の女性のなかに——いや、本当に一〇〇人とつき合ったわけじゃないが——とにかくそのなかに……」メインは喉の奥でおかしな音をたてた。「そうするのがいいのかい?」

ジョージーはふたたび背中を弓なりにした。「こうすると気持ちがいいの」

メインが腰の角度をずらした。

「これは」彼女はあえいだ。「もっと気持ちがいいわ」

ふたりはしばらくそれを楽しんだあと、リズミカルに動きはじめた。まるでダンスを踊っているみたい、とジョージーは思った。ダンスは下手だが、これはうまくやれているようだ。

メインが不満を抱いているとは思えなかった。ジョージーは彼の好きなところを次々と見つけた。腰の両脇にあるくぼみもそのひとつだ。

「あなたのお尻、好きよ」ジョージーは彼のヒップをつかんで言った。

メインはうなり声をあげて背を丸め、両腕で体を支えてジョージーを見おろした。髪が汗で湿っているのはわかっていたが、彼女は気にしなかった。ドレスの前はすでにメインが左右に開き、いつでも胸にキスできるようにしてある。ジョージーは背中を弓なりにして誘いかけた。メインは声をあげて笑うと大きくあえぎ、もう一度彼女を味わってから言った。

「お尻なんていう言葉、レディが口にしてもいいのかい、ジョセフィーン?」

「レディと結婚したかったの?」自分を大地につなぎ止めていたものがなくなり、体が宙に浮いていく感じがした。つま先から手の指先へと快感が波のように押し寄せる。メインになにを言われようが気にならなかった。彼がこうして突き上げてくるかぎり。

メインはジョージーを見おろし、彼女の問いに答えるのを忘れた。クリーム色の肌を薔薇色に染めて彼を包み込み、甘いあえぎ声をあげているジョージーを見たら、レディとの結婚などばからしく思えてきたからだ。

だが、彼女に言わなければならないことがあるのは忘れていなかった。やがて、ふたりは重なったまま汗まみれの体をぐったりと横たえた。メインはきれいな肌が干し草で傷つかないようにジョージーを自分の上にのせ、その髪に向かって言った。

「これまでにつき合ってきた一〇〇人の女性のなかに、きみのような体をした女性がひとりでもいたら、ぼくがきみと結婚することはなかっただろう。それは本当だ」

「えっ?」ジョージーが驚いたような声を出した。

「きっとその女性と別れられなかっただろうから。彼女の夫と決闘して彼を殺し、国を追われていたに違いない」

「そんなことにならなくてよかったわ」ジョージーは疑うような声で言った。「あなたはきっと目がくらんでいたでしょうから、決闘をしても負けていたに違いないもの」

メインは彼女の髪に顔をうずめて微笑んだ。「目がくらんでいるのはきみのほうだ」ジョージーは彼がずっと夢見ていた粋《いき》な女性の香りがした。とはいえ、彼女のように知性あふれる女性を夢見られるほど、メインが賢いわけではなかったが。

「そうでなければ、わたしは馬の繁殖のことを本当に理解している人と結婚していたでしょうね」

「まったく、口が減らない女だな」

「わたしは口が減らない女じゃない。あなたのやさしくてかわいい妻よ」

彼は鼻を鳴らした。「ぼくのほかの妻と自分を混同しているんじゃないのかい?」

ジョージーはメインの上になり、肩に顔をうずめて、やさしい妻になろうと考えていた。彼がばかげたことを言うのをやめたらすぐに。「ほかの妻なんてひとりもいないじゃない。これまでずっと、にんじんを探す野ウサギのように女性たちのあいだを跳びまわっていたんだから」

メインが彼女を軽くつねった。「ぼくはきっと野ウサギの穴を探していたんだ」

「なんて下品なの！　わたしはあなたを喜ばせるための野ウサギの穴じゃないわよ」

「ふむ」彼は眠そうな声で言った。「ぼくはきみの好きなにんじんを持っている……」

あまりにもばかげたやりとりだったので、ジョージーはメインがそういうみだらな冗談をこれまでの放蕩生活で学んだに違いないと指摘する気にもなれなかった。その代わりに、彼女はメインの髪を撫でた。彼が今にも眠りこんでしまいそうだったからだ。

ジョージーは彼をそのまま眠らせたかった。

39

『ヘルゲート伯爵――上流社会の夜』第二五章より

わたしは彼女を見て……彼女が欲しくなった。だが、彼女はわたしとなにからなにまで違い、心も体も美しく清らかで、雪のように汚れがなく天使のように徳が高かった。そんな彼女がわたしと結婚してくれるだろうか？　わたしと結婚できるだろうか？　まさに自分への挑戦だった。天使を堕落させるのではなく、妻にしようというのだから。彼女の心を勝ち取り、結婚の承諾を取りつけて、わたしの横を彼女の定位置にしようというのだ。

さて、親愛なる読者よ、わたしが成功する確率はどれぐらいのものだろう？

一週間後

サリー州ホワイトストーン・マナー

ジョージーは目を覚まし、メイン伯爵ならびに同伯爵夫人の邸宅であるホワイトストーン・マナーの寝室の天井を見上げてにっこりした。

今朝で、ジョージーは七晩のあいだ、メインを自分のベッドに引き止めておいたことになる。昨日の書斎での出来事を勘定に入れれば七日七晩だ。彼女は脚を動かしてみて、かすかに顔をゆがめた。あいにく痛みは消えていなかった。もちろん、状況によってはすぐに消えるのだが。

メインが……いや、ふたりがことを始めるたびに、ジョージーは〝痛い〟と声をあげ、彼を押しのけたくなる衝動と闘わなければならなかった。だがメインは初めのうちは決まってゆっくり動き、彼女の耳もとで詫《わ》びの言葉をささやきながら、両手でほかのことをしてくる。そうすると、いつしかジョージーの体は彼の侵入に抗うのをやめるのだった。

自分の体が好きなことや好きではないことを思い浮かべるだけで、彼女の頰は赤らんだ。

寝室の扉が勢いよく開いた。「奥さまはベッドで朝食をおとりになりたいかもしれないと閣下がおっしゃいまして」ジョージー付きのメイドが言った。「それから、奥さまにロンドンから小包が届きました」

「本が届いたのね！」ジョージーはベッドの上に身を起こして手を伸ばした。ただの本ではない。ヘルゲートの回想録だ。ロンドンでは彼女以外のすべての人間が読んでいる不道徳な本。彼女は晴れて人妻になったので、『ハチャーズ書店』からじかに取り寄せたのだった。

赤い革にゴールドの文字が刻まれた美しい装丁の本だった。ジョージーは最初のページを開いた。文字を目で追う。〝わたしは節度に欠けた情熱的な日々を送ってきた〟なんてすてきなのかしら！　メインが書いたとするには少し文章がくどすぎるけれど、でも……。

それからまもなくして彼女がココアに手を伸ばすと、それはすっかり冷えていた。どうやら一時間近く経っていたらしい。

ジョージーがどれほどメインの人生にまつわるゴシップに詳しいか、彼には見当もつかないだろう。知らないことなどないと言ってもいいぐらいだ。メインがオクテイビア・レジーナという美しい女優と情事を持っていたことは、『タトラー』紙に詳しく書かれていた。ジョージーが見るかぎり、そのオクテイビアはヘルゲートの回想録にはティターニアという名前で登場していた。ジョージーとメインが以前『真夏の夜の夢』の台詞を引用したことを考えると、なんだか奇妙に思える……けれど、そもそも偶然というのは奇妙なものだ。

その一時間後にはジョージーは確信していた。彼女が手にしているのは、二〇年以上に及ぶ夫の不埒《ふらち》な行為を詳しく書き記したものだと。

風呂の用意ができたとメイドに二度言われてから、ジョージーはヘルゲートの回想録を持って浴槽に入った。すべての女性の正体を見抜くことはできなかった。たとえばヘルゲートの短い結婚生活は、彼の正体がメインであることを隠すために挿入された完全な創作だ。

やがて昼食の時間も過ぎ、閣下が近くのチョバム村にお出かけになるにあたって奥さまも一緒に来られるかどうか知りたがっているとメイドが伝えてきたときも、黙って首を振った。

夕方の五時をまわったころ、ジョージーはいったん読むのをやめた。彼女は恐ろしい章に差しかかっていた。読んでいて手が震えるほどの。ヘルゲートは雪のように汚れのない天使に出会ったのだ。

シルビーだわ。

そして、もちろん彼は彼女を愛するようになった。


わたしは彼女なしでは生きられない……夜な夜なその美しい姿を夢に見る。親愛なる読者よ、あなたはわたしをとても不愉快な人間だと思っておられるだろう。まさにそのとおりだ！　わたしが通りを挟んで初めて見た彼女は天使のごとく上品で、磁器の人形のようにほっそりとして儚《はかな》げな姿をしていた。いつもそうなのだ。体格のいい女性がわたしの横を弾むような足取りで通り過ぎようが、わたしは気づきもしない。だが――。


ジョージーはぼんやりと宙を見つめた。シルビーは確かに美しい容姿をしている。だからといって、メインはこんなふうに自分の気持ちをくどくど説明したりはしないけれど。彼は自分の気持ちを簡潔に表現する。ジョージーに歩き方を教えてくれた晩、メインは二度シルビーを愛していると言った。

〝スコットランド産ソーセージ〟と呼ばれるという経験をして、自分の体つき以上に大きな苦痛のもとになるものなどないとジョージーは思っていた。でも、どうやらこの世には彼女には思いもよらないほどの深い悲しみがあるらしい。

夫はわたしを体格のいい元気な女性だと思っている。シルビーを美しく儚げな女性だと思う一方で。

男なら誰でも彼女を愛さずにはいられまい。彼女のまわりに漂う、この人を守ってやりたいという男らしい衝動を呼び起こす魅力的な雰囲気を。実際、女性のほうが男性よりか弱い存在だ。そして女性に対する義務を男に思い出させることほど、男の心をつかむ確実な方法はない。

か弱い？　か弱いですって？　誰もわたしをか弱いとは言えないだろう。ジョージーは自分の腿を見おろした。すでに頰を流れていた涙を、新たにあふれ出た涙が追う。

肺病にでもなって死にかければ、もしかしてメインも愛してくれるかもしれない。彼はわたしを胸に抱いてくれるだろう。その場面が目に浮かぶ気がした。わたしは美しく儚げな手――指のあいだから日差しが洩れるほどほっそりした手――を上げて、彼の顔の前に持っていき、震える指でそっと頰に触れる。

メインは泣くに違いない。かつて痩せ細ったフランス人女性を愛していると思っていたことを謝るはずだ。

彼が同じように思っていた女性はもうひとりいる。レディ・ゴドウィン。こちらも痩せていて、弱々しいタイプの女性だ。

シルビーとレディ・ゴドウィンが、体が弱るどころかたくましくなる病気にかかるよう強く願うぐらいしか、ジョージーにできることはなかった。ほどなくして、メイドがトレイを手にやってきた。「閣下は今、服を着替えていらっしゃいます」メイドは紅茶の支度をしながら言った。「こちらでお茶をご一緒されるよう、わたしから頼んでまいりましょうか？丸一日、おひとりで過ごされるなんてよくありませんわ、奥さま」

メイドは返事も待たずに部屋を出ていった。ジョージーはため息をついた。泣いていたのをメインに気づかれないよう、顔を洗ったほうがいいかもしれない。でも、おそらく彼は気づかないだろう。ランプを灯していても、室内は頬に残る涙の跡がわかるほど明るくはない。いいかげん、口やかましくするのをやめなければならない。だからメインはわたしではなく、儚げなフランス人女性を愛しているのだ。どこが腿なのかもわからないような女性を。ジョージーはそれについて考えた。メインはわたしの体が好きだと言ってくれている。

彼に愛されるためだとしても、天使のように儚げに通りを漂う骨ばかりの女にはなりたくない。だって、そんなことになったらこの胸はどうなるの？

メインはわたしの胸が好きだと言ってくれているのよ。

扉が開き、メインが部屋に入ってきてお辞儀をした。「お辞儀なんてしなくていいわ」ジョージーは言った。「わたしたちは夫婦なんだから」

「もしぼくがきみに敬意を払わなくなったら、自分を卑劣な恩知らずだと思うだろう」メインは彼女と向かい合って座り、ティーポットのなかをのぞいた。

ジョージーは彼のカップに紅茶を注いだ。気づくと前かがみになっていた。メインが胸もとをのぞき込めるように――その気になれば。

明らかにメインはその気になったらしく、ティーカップを受け取る彼の目には欲望が宿っていた。わたしの胸は儚くもなければ弱々しくもないのに、とジョージーは思った。

「一日じゅう、どんなことを考えていたんだい？」メインが尋ねた。

「ヘルゲートの回想録を読んでいたの」

一瞬、沈黙が流れた。

「それで本当のところ、あなたとヘルゲートにはどんな関係があるの？」彼がなにも言わないので、ジョージーは訊いた。

「さあね」メインはゆっくりと答えた。「半分読んだところで放り出したから。ぼくが壁に縛りつけられて、本当のぼくにはなんの興味もない喜びを味わう章は、とても最後まで読む気になれなかった」

「自分の夫がヘルゲートみたいな愚か者だとは考えたくないんだけど」

「愚か者だって？　ロンドンじゅうの人間が彼を賞賛しているんだぞ」

「愚か者よ。天使を堕落させるのではなく妻にしたいなんて、くだらない文章を書くぐらいなんだから」

「きみは厳しい批評家だな」メインはふたつめのきゅうりのサンドイッチに手を伸ばした。

「ひとつはわたしに残しておいてよ」ジョージーは、サンドイッチがあとふたつしか残っていないことに気づいて言った。「あなたがあの文章を書いたの？」

「冗談はよしてくれ」

彼女はほっと胸を撫でおろした。

「でも、著者がぼくの人生に詳しいことは否定できない。おそらくゴシップ欄の熱心な読者なんだろう」

胸に嫉妬がわいてくる。「彼はシルビーと婚約したあなたの気持ちを的確にとらえているわ」

「後半は読んでいないんだ。ひとりの人間の人生がくだらない文章で書き記されるとあれほど退屈なものになるなんて、まったく驚きだよ」

「あなたは通りの向こう側に立つ彼女のほっそりした姿をひと目見た瞬間、彼女を深く愛するようになったと書かれているの」ジョージーは言った。「その儚さが、彼女を守り、尊敬したいという男らしい気持ちを呼び起こしたって」

「まあ、シルビーはか弱い女性をとてもうまく演じているからな」

ジョージーは胸のなかの嫉妬を脇に押しやった。いったいどうすればいいのだろう？　わたしの夫はシルビーを愛している。とはいえ、彼はわたしと結婚しているし、どうにもならないことを嘆いている女ほどみっともないものはない。

メインは元婚約者を思って今にも泣き出しそうになっているようには見えなかった。それどころかジョージーの目を盗み、きゅうりのサンドイッチの最後のひとつを食べてしまっていた。彼は彫りの深い、堕落した男みたいな顔をしている。ヘルゲートの名前を聞いて、誰もが思い浮かべるような。

だが、メインが目にかかっていた髪をうしろに払って微笑みかけてくると、ジョージーはそれまで考えていたことをすっかり忘れた。メインがヘルゲートでもそうでなくても、笑みを向けられると彼のためならなんでもしたくなる。

でも、彼は愚か者だ。男はみな愚か者なのだから。

「なにを考えているんだい？」メインはジョージーをまじまじと見つめていた。彼女はまるで服を脱がされているような気分になった。

「男はみんな愚かだってこと」

彼が手を伸ばしてジョージーの手を取った。

「そのとおり」メインは彼女を自分の膝の上に引き寄せた。「ああ、本当にそうだ。教えてくれ。きみはぼくが特に愚かだと思うかい？　それとも、ほかの男と同じぐらいかな？」

「それを判断できるほど、わたしは男の人を知らないわ」ジョージーは考えながら答えた。「でも、あなたは特に愚かだと思う。だって——」肩をすくめる。

「自分の人生を無駄にしてきたから？」

「そうじゃなくて、自分が持っているものを無駄にしてきたからよ」

「実際のところ」メインは物憂げに言った。「地所は唯一、ぼくが無駄にしてこなかったものなんだが」

「そういう意味じゃないわ。あなたの——そう、精神のことを言っているの。恥ずべき放蕩三昧《ざんまい》に精神を浪費することについて書かれた、シェイクスピアの詩があるでしょう？」

彼は微笑んだ。「あれは精液のことだと思っていたよ。精神とはなんの関係もないと」

「そんなことはわかっているわ」ジョージーはぴしゃりと言った。「とにかく、彼は恥ずべき放蕩三昧に精神を浪費することについて書いているのよ。例のマスタードシードみたいな退屈な女性とつき合うのは、まさに恥ずべき放蕩だと思うわ」

メインは彼女の首筋に鼻をこすりつけた。「きみの言うとおりだ」

「なんですって？」

「きみの言うとおりだよ。あれは精神の浪費であり、恥ずべき放蕩だった。なんでもきみの好きに呼べばいい」

ジョージーは奇妙な衝動に駆られていた。まるで痛む歯を指でさわるのをやめられないときのような気持ちだ。「それならヘルゲートが人を愛したときは？　あれも無駄なことだったの？」

「誰かを愛することは決して無駄ではない」メインの両手はジョージーの体の上をさまよっていた。だが、彼女は訊かずにはいられなかった。

「それなら、あなたはまだマスタードシードを愛しているの？」

「誰だって？」彼が顔を上げた。髪は乱れて顔にかかり、目は黒々と燃えている。ジョージーが大好きになりつつある目だ。

「愛は欲望のように消えてなくなってしまう感情じゃないの？」

メインは一瞬戸惑いの表情を浮かべてから言った。「いや、愛は違う。愛は消えずに残るんだ。きみはそう思わないのかい？」

　ジョージーは彼の髪を撫でた。「そうね。愛は消えずに残るわ。癪にさわるけど、ずっと残るのよ」

「きみは誰かを愛しているのか？」

　彼女はメインの目を見ることができなかった。一瞬、自分はある人をどうしようもなく愛していると言ってみようかと考えた。そうすればおあいこになり、メインがジョージーにすまないと思う必要もなくなる。でもそれは、彼女は夫を愛しているという意味だ。ほかの女性を愛している夫を。「いいえ、愛してなどいないわ」ジョージーは冷静な口調を保った。「わたしは誰かを愛するような女じゃないの」

　メインがにやりとした。「やさしくてかわいい妻は夫を愛しているものだぞ」

「そんなことはないわ」考えれば考えるほど腹が立ってくる。いったいメインはなにをしていたのだろう？　盛りのついた牡猫のようにベッドからベッドへと渡り歩くなんて。この二〇年のあいだ、もっとほかにすることはなかったのかしら？

「どうして？」メインが尋ねた。その声にはかすかに警戒の響きがまじりはじめていた。

　ジョージーは自分が誰かのやさしくてかわいい妻だとは思えなかった。わたしはフランス人女性を愛している男に思いを寄せる愚かな女だ。フランス人女性が完璧なのは誰もが知っている。シルビーはそのいい例だ。だから、わたしがメインの胸のなかからシルビーの姿を消し去れる可能性はゼロに等しい。「もっといい生き方をしてくれていればよかったのに」

メインが顎をこわばらせた。「ヘルゲートの人生はぼくの人生ではない。似ているところはあるとしても」

ジョージーは立ち上がり、彼に背を向けて窓の外を眺めた。「あなたは人妻のベッドからベッドへと渡り歩いたの？　甘いお菓子を探す子供みたいに」

「必要以上に批判的だな」

「そうは思わないわ」ジョージーはくるりと振り返った。「わたしが結婚した男性はひとつのベッドにとどまっていられないことで有名で、そのことについて書かれた本がベストセラーになっているのよ。あなたは立派にとは言えないまでも公平に描かれている。もっと意地悪に描こうとすれば――」ジョージーは口をつぐんだ。

「どう描けたというんだ？」メインがぶっきらぼうに言った。

「女性から女性へとにおいを嗅いでまわる野良犬のように描くこともできたわ！」

「悪趣味だな」

彼女は赤い革装の本をぴしゃりと叩いた。「じゃあ、これは悪趣味じゃないというの？」

メインの目の表情はまったく読めなかった。全身を血が駆けめぐる。「わたしがなにがいちばん悪趣味だと思っているかわかる？」

「さあ、なんだい？」

「あなたが愛するのは決まって――ヘルゲートの言葉を借りれば――天使のように汚れのない女性だということよ。自分とは正反対の」

「そのとおりだ」

「最悪だわ」

「彼女たちは汚れなき存在だから、ぼくの不道徳なキスでその手を汚すべきではなかったというのかい？」その声は完璧なまでに落ち着いていたが、彼が怒っているのは明らかだった。

「必ずしもそうではないわ。あなたは――一〇〇人の女性とつき合うほど女性と寝るのが好きなのに、愛する女性は決まってそうしたことに少しも興味がない女性なのよ」

「汚れのないというのは、なにもそういう意味では――」

「レディ・ゴドウィンのことはわからないけど、シルビーのことならわかるわ。わたしは知っているのよ。彼女があなたに欲望を抱いていなかったことを。あなたは自分に欲望を抱いた女性たちには一週間で飽きて、彼女たちのもとを離れた。あなたを欲しいと思わない女性たちのために愛情を取っておいたんでしょう」

メインは黙ってジョージーを見つめていた。

「レディ・ゴドウィンがそうだったと、あなたはわたしに言ったわ。彼女が欲しがっていたのは彼女のご主人であって、あなたではなかったって」ジョージーは猛烈な自己嫌悪に陥りつつあった。自分はやさしい女だなんて、もう二度と言えない。

メインが咳払いをした。「たぶん、きみの言うとおりなんだろうな」

「そうよ」彼女はぴしゃりと言った。「あなたは享楽的な男を演じて楽しんでいただけよ」

「そう思われても仕方がない」

「ヘルゲートの回想録によれば、あなたの恋人たちはみな、あなたに強い欲望を抱いていたんでしょう？　それなのに、どうしてあなたは汚れのない天使のような女性を愛したの？なぜそういう奔放な女性たちのひとりと結婚しなかったの？」

「ぼくはまさにそういう女性と結婚したつもりだが」メインはさらりと言った。

ジョージーは顔を背けた。彼がわたしを不道徳な人妻たちと同じだと思っているなら……もうなにも言うことはない。どうやってこの会話を終わらせればいいのだろう？　始めてしまったことを終わらせ、口にした言葉を取り消すにはどうしたらいいのか、考えることもできなかった。

「きみの言うとおりだ」メインがふいに言った。「ぼくがこの二年間一度も情事を持たなかったのは、きみと同じ結論に達したからだよ。ぼくは人生の大半をくだらない情事に費やしてしまった。まったくシェイクスピアの言うとおりだ。まさに恥ずべき放蕩三昧だよ」

ジョージーは唇をぎゅっと引き結んだ。これは勝利と言えるのだろうか？

「でも、シルビーやレディ・ゴドウィンへの愛までからかいの種にしてもらっては困る」メインは続けた。「彼女たちは清らかすぎて、ぼくみたいな男には不釣り合いだったかもしれないが、ぼくに放蕩三昧の生活から足を洗うきっかけを与えてくれた。欲望をかき立てるものはつねにある。美しい目や、魅惑的な唇……」

メインはジョージーにというより自分に向かって話していた。口のなかに金属的な味が広がり、彼女は飲んだばかりの紅茶を吐きそうになった。メインはわたしのこれからについて話しているのかもしれない。わたしが結婚した男性は、世の中は魅惑的な笑みや尽きることのない欲望であふれていると思っているのだと。

「だがレディ・ゴドウィンを愛するようになってから、そうした喜びにはなんの価値もないとわかったんだ。ある意味、喜びでさえないと。シルビーを愛するようになって、ますますそう思った」メインの目にあるのは怒りではなく自己嫌悪だった。

「ちょっと大げさなんじゃない？」

「どこが？」

「あなたがこれまでしてきたことになんの喜びもなかったとは思えないもの。あなたが恋人たちとしてきたことに、という意味だけど」

「なんだって？」

ジョージーは彼の目に浮かぶ自己嫌悪を消し去りたかった。「あなたと寝るのは、なんの喜びもないことでも愚かなことでもないわ。わたしなんて、もう病みつきになりそうだもの。あなたが二〇年間、女性と寝て過ごしてきたのも無理はないわよ。もしそんな生活が女にも許されるなら、わたしはきっとあなたと同じことをして人生を無駄にすると思う」

メインが驚いたように顔を上げ、彼女をまじまじと見つめた。「きみはわかっていないんだ」

「ギャレット、この一週間にあなたが与えてくれた喜びをまた味わえるのなら……わたしはなんだってするわ。人生や評判はもちろん、あなたがそうしろと言うなら、なんだって犠牲にするつもり。わたしがあんなに怒ったのは、あなたが今までつき合ってきた女性たちに嫉妬しているせいでもあるんだから」

「そうなのか？」

ジョージーはうなずいた。「わたしはあなたと宮殿の秘密の物置で愛を交わしたい。舞踏会が開かれているお屋敷の家庭菜園でも。それから――」

「ぼくは家庭菜園で愛を交わしたことなどない」メインがきっぱりと言った。「あれは著者の創作だ」

「とにかくわたしは、あなたがこれまでにつき合ってきた一〇〇人の女性たちが憎くてたまらないの。彼女たちがあなたと過ごした時間を、すべて自分のものにしたいと心から思っているのよ」

彼は笑い声をあげた。「ぼくが最初に女性とベッドをともにしたとき、きみはまだ揺りかごのなかにいたはずだ」

「わたしより前に彼女たちがあなたとつき合ってくれてよかったとは思うわ。彼女たちは女性の喜ばせ方をたくさん教えてくれたでしょうから」

メインの目にもう自己嫌悪は浮かんでいなかった。「つまり、放蕩三昧の生活にもいい面はあったということかな？」

「わたし、自分のことしか考えていないかしら？」ジョージーはベッドに腰を下ろした。

メインも彼女にならった。「それでいいんだ。女性は自分の喜びをいちばんに考えなければならないんだから」

「わたしはこれまで何度もそう思ってきたわ」ジョージーは満足して言った。

「でも、きみはひとつ思い違いをしている。ぼくときみが感じている喜びは同じものではなくて――」

しかし、ジョージーはその話に飽きていた。気づくとメインの目にまた自己嫌悪が浮かんでいた。彼女の心臓は止まりそうになった。ジョージーは彼の口を手でふさぎ、夫はいつでも妻に従わなければならないと厳しい口調で告げた。そして、彼女に言われたことをメインがきちんと理解したと確信してから手を離した。

それから枕にもたれ、彼がするべきことを正確に告げた。

メインはそれを理解したらしく、疲れ切った口調で言った。「この寝室にはもう何度も来ているから、そろそろ別のベッドで寝ようと思うんだが」

ジョージーは彼に微笑みかけ、ドレスの短い袖のなかに人差し指を入れた。豪華なレースのリボンが胸の下にぐるりと渡されたレモン色のドレスだ。彼女はきつい袖を引っ張るようにして布地をもてあそんだ。「明日になったら、そちらに行かせてあげるかもしれないわ」

メインの目に荒々しい光が宿るのを見て、ジョージーはいっそう深く枕に身を沈めた。レモン色の薄い布地が胸に押し上げられる。乳首の形が浮き出ているのが見なくてもわかった。メインに触れられたくてうずうずしているのだ。

「放蕩者を長いあいだ引き止めておけるレディなどいない」言葉とは裏腹に、彼の声には自信のなさが表れていた。

ジョージーは胸を愛撫してもらいたかったが、メインにその気がないようだったので、自分で愛撫しはじめた。彼が大きく息を吸い込むのが聞こえた。「でも、わたしはレディじゃないわ」彼女は言った。「天使でもない」

「そのようだな」メインがかすれた声で言う。

「霞《かすみ》のように儚い清らかな女でもない」

一瞬、彼はいぶかしげに眉をひそめた。

「ヘルゲートが最愛の人をそう言い表しているの」ジョージーは説明した。

「確かにこの部屋には霞はないな」

「実を言うと、わたしは堕落した女なの」彼女はベッドの上に膝立ちになった。「娼婦なのよ」

娼婦は自分の欲望に正直なものだ。ジョージーもまた、快楽に身をゆだねていた。自分の手で揉むのも、メインに揉まれるのと同じぐらい気持ちがいい——。

だが、どうやらそう思っているのが目に出てしまったらしく、彼はジョージーの手を押しのけて……。

40

『ヘルゲート伯爵――上流社会の夜』第二六章より

わたしは愛というものを今まで誤解していたと、そのとき気づいた。愛は欲望とはなんの関係もない。愛とは、この世にいる神を探すことだ。天国に迎え入れられることが約束されている女性を見つけ出し……その足もとにひれ伏すことなのだ。わたしは生まれ変わった。

サーマンが父親のこんな姿を見るのは初めてだった。年老い、疲れ果てて、どこか自暴自棄になっているようにすら見える。サーマンは笑みを浮かべたくなったがやめておき、お辞儀をして紅茶を勧めた。「突然で驚きましたよ。よくいらしてくださいました」

ヘンリー・サーマンは椅子にどさりと腰を下ろし、手を振ってクーパーを部屋から下がらせると、両手を膝について腕を突っ張った。父親のその仕種が、サーマンは昔から大嫌いだった。ちっとも紳士らしくないからだ。出版業を始めたのは祖父だったが、父親もその業界にどっぷりつかっているように見えた。

「単刀直入に言う」父親が言った。

サーマンは父親と向かい合って腰を下ろした。父親が来たとき、彼はちょうどハイドパークに行こうとしていたところだった。額に汗をにじませている太った父親を置いて、今すぐにでも部屋を出ていきたかった。

「わが家は破産した」

「なんですって？」

「破産したんだ。わたしはいくらかの金を借りた。そのときは……」父親は堰《せき》を切ったように話しはじめた。父親の口から流れ出るみじめな言葉の奔流のなかに、ひとつの名前が繰り返し出てきた。フェルトン。フェルトン。フェルトン。

「そのフェルトンというのは何者なんです？」サーマンは尋ねた。

父親は言葉を切り、目をしばたたいてサーマンを見た。「ルーシャス・フェルトン。ロンドンの大半を牛耳っている男だよ。金融面でな。そのミスター・フェルトンがローンを……」父親はふたたび話しはじめた。

サーマンは話の要点を理解した。ルーシャス・フェルトンが彼の家族を破産させたのだ。フェルトンのせいでケント州の屋敷も手放すことになり――ちょうど今、父親がその話をしている――サーマンはこづかいをもらえなくなって、馬車も取り上げられる。

ルーシャス・フェルトン。

〝ソーセージ〟の持参金を用意している男。

〝ソーセージ〟の姉と結婚している男だ。

サーマンは最悪な気分で腰を下ろしたまま、興奮して赤くなった父親の顔を見つめていた。父親はなおも話しつづけている。わたしが亡くなってからおまえの母親のものになるようにしてある財産はもちろん無事だ。わたしたちはおまえの母親が育った村に引っ込むことにする。向こうに小さな家があるから。おまえのすぐ下の弟は聖職につかせるつもりだ、と。

「ミスター・フェルトンは」父親が口にしたその名前を、サーマンは朦朧とした頭で聞き取った。「親切にもおまえの末の弟に陸軍将校の地位を買ってくれた」

そこで父親は口をつぐんだ。

サーマンは黙って待った。まだ先があるはずだ。フェルトンは父上に話しただろうから。ぼくがしたことを、ぼくの家族に話したに違いない。

だが、そうではないようだった。父親は苦痛と哀れみと絶望が入りまじった表情でサーマンを見つめていたからだ。「いちばん気の毒なのはおまえだ」父親は言った。「おまえの母親とわたしは村で幸せに暮らせるだろう。知ってのとおり、わたしたちは簡素な生活が好きだからな。でも、おまえは……。いずれはおまえのものになった財産をすべて失うようなことになって、申し訳ないと思っている」

「申し訳ないじゃすみませんよ」サーマンは険しい声で言った。「いったいどうしてフェルトンのような人間の手中に落ちてしまったんです?」

「それがよくわからないんだ……彼はいつも本当に親切だったんだが……」その五分後には、サーマンはことのしだいを理解していた。先週、フェルトンはサーマンの父親のローンをすべて買い取り、出版社を乗っ取った。サーマンの父親の死後、母親のものとなる財産には手をつけず、慈善行為と称してサーマンの末の弟に陸軍将校の地位を買ったのだ。


「だから、あとはおまえだけだ」父親が言った。

「ぼくですか?」サーマンには、まだ完全には状況がのみ込めていなかった。

「うちにはもう金がない。この家も——」父親は室内を見まわした。「家賃は来週分まで払ってあるが、召使いには一刻も早く暇を出したほうがいい。これからどうするつもりだ、エリオット? 仕事のあてはあるのか? 学校でいろんなことを学んだはずだから、ひとつぐらいはあるだろう?」

サーマンは黙り込んだ。

「おまえのことは心配いらないと自分に言い聞かせているんだが。おまえにはラグビー校で一緒だった友達がついているんだから。彼らはきっとおまえを助けてくれる。どこかに仕事を見つけるんだ。誰かの秘書になってもいい。おまえは昔から文章を書くのが得意だったじゃないか」

サーマンはやっとのことで唇を動かした。「帰ってください」

「でも——」

「いいから帰ってください! あなたはぼくのものになるはずだった財産を奪い、ぼくの人生をめちゃくちゃにした。せめてもの救いは、もう二度とあなたのような愚かな老人の戯言を聞かなくてもすむことだ! ぼくたちはもう親子でもなんでもない!」

ヘンリー・サーマンは椅子からゆっくり腰を上げた。「おまえには帰る家があるんだぞ、エリオット。おまえがわたしたちより偉くなってしまったことはわかっている。だが、いつだってわたしたちのところに来ていいんだ」

「行くもんか」サーマンは吐き捨てるように言った。「絶対に」

ヘンリー・サーマンは最悪の気分で息子の家をあとにした。彼は息子の人生を台なしにしてしまった。しかしエリオットは家族の希望の星であり、貴族社会の一員になるべく育てられた若き紳士だ。あの子には貴族の友人がたくさんいる。きっとこの苦境を乗り切るだろう。立派な友達が助けてくれるはずだ。たとえば、エリオットの話にいつも出てくるダーリントンとかいう名前の友達が。

家のなかでは、サーマンがクーパーに怒鳴っていた。「例の名刺を持ってこい。名刺だ！」クーパーは扉の外に立ち、必要なことを耳にすると、家の奥に引っ込んで銀器を布に包んでいた。サーマンが言っている名刺のありかはわかっていた。「すぐに探してまいります、旦那さま」クーパーはそう言うと、以前から気に入っていた銀のティーポットと燭台《しょくだい》を包みに奥へ戻った。

そして欲しいものをすべて箱に入れて紐をかけてから、サーマンに名刺を持っていった。クーパーの予想どおり、サーマンは〝タトラー編集部　ハリー・グローン〟と書かれた名刺にちらりと目をやると、急いで家を出ていった。おかげでクーパーには辻馬車を呼んでふたつの箱を積み込み、自分も馬車に飛び乗るだけの時間がたっぷりあった。

クーパーは玄関の扉を開け放しておいた。万が一、誰かが家のなかに入りたいと思ったときのために。

意外にも、家のなかに入ったのはふたりの紳士だった。彼らはサーマンの居間に入り、室内を見まわした。

ふたりのうちのひとり、アードモア伯爵が上着を脱いだ。もうひとりのルーシャス・フェルトンは、炉棚に置かれている数少ない招待状に目を通した。そのあと窓辺に行き、カーテンをほんの少し開けた。

ふたりは夜まで待たなければならなかった。

サーマンはグローンに頼まれたことをするため、経営者が変わったという知らせを受けて混乱している出版社に入り込んで、目的のものを手に入れて立ち去った。

けれども家にはすぐ帰らずに、グローンにもらったソブリン金貨の入った袋を持って『コンベント』に行き、そこにいるみんなに何杯も酒をおごった。明日になれば誰もが彼の家が破産したことを知るだろう、と考えずにはいられなかった。明日になれば、なにもかもが終わるのだ。

だが、この最後のすばらしい夜が終わるまでは、サーマンは金をふんだんに持っている跡取り息子だった。彼がカウンターの上にソブリン金貨を放り投げると、バーテンダーが唇を曲げてつくり笑いをした。金貨を宙に放ると、女のバーテンダーが膝の上にのってきた。彼はダーリントンやワイズリー、今はもうそばにはいないほかの友人たちの真似をした。

グローンからもらった金の残りをポケットに入れて、ふらつく足で家路についたとき、サーマンはもうこれからのことを心配してはいなかった。そんなことは明日になってから考えればいい。

辻馬車を降り、料金は八ペンスだと言う御者にソブリン金貨を一枚渡した。居間のカーテンがわずかに動いたが、それには気づかなかった。

玄関の扉を乱暴に開けてなかに入り、その場で足を止めた。ビールとジンを浴びるように飲んだせいですっかり酔っ払い、体もぶるぶる震えている。サーマンは月に吠える狼のように顔を大きくのけぞらせた。「クーパー!」大声で叫ぶ。「クーパー!」

クーパーは現れなかったが、居間の扉がゆっくり開いたので、サーマンはよろめきながら居間に入っていった。

41

『ヘルゲート伯爵——上流社会の夜』第二六章より

すべての男が彼女のような女性を愛せる幸運に恵まれるわけではない。自分は彼女にふさわしくない男だということはわかっている。けれども、親愛なる読者よ、わたしは幸運にも彼女という希望を胸に抱くことができた。彼女はわたしと結婚してくれるだろう。わたしはもう二度とふらふらしない……わたしの心に開いた穴は、やさしくて美しい彼女が埋めてくれる。

これから死ぬまで、彼女が歩いた地面を崇めて暮らすつもりだ。

どういうわけか、グリセルダはまたダーリントンの腕のなかで眠っていた。ジョージーが結婚したのを受けて、グリセルダが自分の小さな家に戻ってきた今、こうなるのはたやすいことだった。ダーリントンが彼女の家にお茶を飲みに来ると、いつのまにかグリセルダは彼が乗ってきた馬車に一緒に乗っているのだ。

どうしてこの人と結婚してはいけないの？　彼女は自分に問いかけた。そんなことをすればみんなに冗談を言われ、からかいの的にされるからだ。きっと若い男をたぶらかしたと言われるだろう。グリセルダは隣で眠っているダーリントンにふたたび目をやった。

ときに彼はわたしよりも年上に思えることがある。実際の年齢より大人びているダーリントンのような人が、世間にはたまにいる。

それにダーリントンにはわたしが必要だ。わたしなら彼と父親の関係を修復し、家族にも受け入れられるようにしてあげられる。彼の執筆活動を応援してあげられる。

今すぐダーリントンを起こして、わたしの決意を聞かせるべきかしら？

いや、もう少し気を揉ませておいてもいいだろう。グリセルダはベッドからそっと足を下ろした。ありがたいことに、ダーリントンは使用人を家に住み込ませていない。彼女の衣類は玄関ホールに無造作に脱ぎ捨てられていた。グリセルダはそれを見て、あまりの恥ずかしさに足を止め、ほてった頬に両手を押しあてた。

どうやって家に帰ればいいのかしら？　本来なら召使いに辻馬車をつかまえてきてもらうところだが、使用人たちは昼過ぎになるまで来ないようダーリントンに言い渡されている。

ダーリントンを起こそうかとも考えたが、もう二、三回は彼を自分のもとに来させ、求婚させようと考え直した。あんなに気分のいいことはないもの。わたしだって、ほかの女性たちと同じように求愛されてもいいじゃない？　ダーリントンは薔薇の花束に詩を添えて持ってくるべきだ。彼が詩を書いているところを想像し、グリセルダはくすりと笑った。

このあたりの地理には詳しくなかったが、右に行けばフリート街に出られるはずだった。

しばらく歩くと、辻馬車をつかまえられそうな広い通りに出た。

一台の馬車が速度を落とし、すぐそばで止まった。グリセルダは喜んでそちらを向いた。大声をあげたり、人前で手を振ったりして馬車を呼ぶのは気が進まない。辻馬車のほうから止まってくれてよかっ……。

それは辻馬車ではなかった。

グリセルダがよく知っている馬車だった。召使いが馬車の背後から飛び出してきて扉を開けた。

彼女は仕方なく乗り込んだ。

「こんにちは、レディ・ブレヒシュミット」グリセルダはそう言うと、精いっぱい威厳ある態度で座席に腰を下ろした。髪は簡単にひとつにまとめてあるだけで、顔も水で洗っただけに近い。午前中の今、マントの下にディナードレスを着ているのを見られたら、外泊したことをすぐに悟られてしまう。

「こんにちは、レディ・グリセルダ」

エミリー・ブレヒシュミットは、グリセルダより少なくとも六歳は年上のはずだった。いつもどおり、決して不謹慎な目を向けられそうにない、上品で落ち着いた服装をしている。

わたしもこうなるところだったんだわ、とグリセルダは思った。まだ四〇歳にもならないのに上流社会でいちばん道徳にうるさく、八〇歳の老婆のように口やかましいエミリーのような女性になっていたかもしれないのだ。

しばらくのあいだ、馬車のなかは重苦しい沈黙に包まれた。グリセルダの頭はめまぐるしく回転していた。なぜよりによってエミリーの馬車が通りかかったのだろう？　不道徳な行いやふしだらな女性について断固とした考えを持っている彼女の馬車が。

エミリーのほうでは、グリセルダ・ウィロビーの姿をひと目見て、彼女が昨夜どのように過ごしたのか正確に見抜いていた。なんといっても、エミリーはこれまでの人生を、上流社会を一歩引いて眺めることに費やしてきたのだから。男と女が抱き合ったり、踊りながら庭に消えたり、こっそり視線を交わしたりするのを、部屋の隅から見てきたのだ。そういう光景を見るたびに腹立たしくなり、あこがれが募って、自分がとても小さく思えた。品行の悪い女性を批判し、社交界にデビューしたばかりのうるさい娘たちを非難することで誇りを保ってきたのだ。

エミリーにしてみれば、グリセルダのきちんと整えられていない髪や眠そうな目は非難されて当然のものだった。たとえ、ふたりが長年の友人同士であったとしても。

だが、女には道徳や倫理をひとまず脇に置いておかなければならないときがある。

「去年、あなたと『グリヨンズ・ホテル』で会ったとき、わたしがどうしてあそこにいたのか、あなたは一度も訊いてこなかったわね」エミリーはついに言った。

グリセルダは自分の両手をじっと見つめていたが、それを聞いて顔を上げた。「わたしには関係のないことだから」

「あなたには知っておいてほしいの。この先、わたしたちがお友達としてつき合っていくのなら」

　グリセルダは引きつった笑みを浮かべた。「もうお友達だと思っていたけど」

「単なる知り合いにすぎなかったのよ」エミリーは告げた。「わたしがあのホテルへなにをしに行っていたのか知ったら、あなたはきっと驚くわ」

　グリセルダの笑みが大きくなった。「驚かないと約束するわ」

　エミリーはしばらくのあいだ黙っていたが、やがて沈黙に耐えられなくなってきた。それに、あれはもう終わったことなのだ。「もうあんなことは二度としないわ」

　グリセルダはうなずいた。「あなたがしたいと思わないかぎりね」

「思うはずないじゃない。自分が恥ずかしくてたまらないんだから」

　どうやらグリセルダはエミリーと違って自分を恥じていないようなので、おそらく結婚を間近に控えているのだろうと彼女は思った。「あなたにはわからないでしょうけど」

「わかるわ」グリセルダが言った。「わかるわよ。だって、エミリー、実はわたしも……」

　声が小さくなり、ついには消えた。

「男の人とひと晩過ごしてきたんでしょう？」

「エミリー、わたしはその人と結婚するつもりなの。絶対に結婚するわ」

　車内にまた沈黙が降りた。しかしエミリーは――もう何週間もそう思っていたのだが――このまま誰にも言わずにいたら心臓が破裂してしまうのではないかと思った。「わたしも情事を持っていたの」彼女は叫んだ。ひどく取り乱した声になっているのが自分でもわかる。

グリセルダがにっこりした。「そうじゃないかと思っていたわ」

「でも、わたしはいつも道徳にうるさくて、人のことを非難してばかりいるのに」エミリーは言った。「あなたはいつも品行方正にふるまっているけど、ほかの人についてあれこれ言ったりしないわ。きっとわたしなんて大嫌いなんでしょうね」

「そんなことないわ」

「でも、これを聞いたら、きっと嫌いになるわよ」

グリセルダは目をしばたたいて尋ねた。「お相手は既婚者だったの?」

「もっと悪いわ」

「もっと悪いですって?」

エミリーはそれ以上グリセルダの顔を見ていられなかった。「はるかに悪いわ」消え入りそうな声で言う。

「まさか使用人とか?」

「使用人は少なくとも男でしょう。結婚していようがいまいが、れっきとした男よ」

「じゃあ――」グリセルダはあんぐりと口を開けた。「あなた――」

「相手はジェミマなの」エミリーは硬い声で言った。「レディ・ジェミマ」

「彼女は魅力的な人よ」グリセルダが沈黙を破った。「あなたと彼女は……」

涙がこみ上げてきたが、流すわけにはいかなかった。あんなことをしたなんて、誰にも知られてはならないのだから。「やめて!」エミリーはグリセルダの顔を見ることすらできなかった。だが次の瞬間、手のなかに柔らかいハンカチが押し込まれ、肩にグリセルダの腕がまわされた。

「泣かないで、エミリー」グリセルダの声は、エミリーに嫌悪を抱き、今すぐ馬車の扉を開けて飛び降りようとしている人のものには聞こえなかった。「ジェミマはすてきな人よ。もしわたしが――その、とにかく彼女はとてもおもしろくて、いい人だわ」

「彼女は――いい人なんかじゃないわ」エミリーは泣きながら言った。「彼女は――」エミリーはわっと泣き崩れ、自分がなにを言おうとしているのかさえわからなくなった。とても言葉にはできないような屈辱と絶望を味わってきたのだ。

それからしばらくして、ふたりは馬車を降り、グリセルダの家の居間に腰を落ち着けた。エミリーが泣きじゃくりながら、ことのしだいを語るあいだ、グリセルダは彼女の体をそっと揺すっていた。あなたはこの世で最も不道徳な女なんかじゃない、というように。

「それでね」エミリーの声はさんざん泣いたせいでかすれていた。「彼女は外国に行ってしまうの。それも――新しいお友達を連れて。つまり、そういうことなのよ」

「かわいそうに」グリセルダがエミリーに紅茶のカップを渡した。「ジェミマは大きな間違いを犯したわ」

「どうしてわたし以外の人を愛さなければならないの？　それも、どこから見ても完璧な女性を」エミリーは絶望的になって言った。「本当に完璧なのよ！」

「あなたもそうよ。でも、そうしたことに理由なんてあるかしら？」

「きっと、わたしが自分以外の人たちに同情的じゃなかったからだわ。この二週間、ずっとそのことばかり考えていたの。それでわかったのよ。ジェミマがほかの人を好きになったのは、わたしのせいなんだって。わたしは当然の報いを受けたんだわ」

「ばかなこと言わないで」グリセルダが言った。「人はつらい思いをして初めて、人に同情できるようになるの。あなたはこれから先、他人の欠点を温かい目で見られるようになるわ。だからといって、今までのあなたが冷たい人だったと言っているわけじゃないのよ。あなたは自分に厳しすぎるわ」

エミリーは洟《はな》をすすり、手にしていた自分のハンカチをしまった。泣くというのはおかしなものだ。このところ毎晩、枕を涙で濡らしていたが、そんなことをしても自分がみじめな存在に思えるだけだった。それなのに一度グリセルダの肩にすがって思い切り泣いただけで、また明日という日に立ち向かえそうな気になっている。「あなたのお相手が誰であれ、あなたは彼にはもったいないわ」エミリーは鼻をぐずぐずいわせながら言った。

グリセルダは笑い声をあげた。「もちろんそうよ。それからあなたが今、賢明にも指摘したとおり、わたしのお相手は男性よ」

これにはエミリーも思わず笑みを浮かべた。「それはそうと、わたしのほうにもひとつニュースがあるのよ、グリセルダ」

グリセルダはティーポットから目を上げた。

「ヘルゲートに関することなの」

「例の回想録を書いたのが誰なのかわかったの？」グリセルダが尋ねた。

「そうなのよ。これがおもしろいの。著者はメインとはほとんど面識がない人物なのよ」

「どういう人？」グリセルダは慎重な手つきで湯をティーポットに注いだ。「ゴシップ欄の熱心な読者に違いないって、この前も話していたんだけど」

「もっとずっとおもしろいのよ」エミリーはそう言うと、ピラミッド形のクリーム菓子を受け取った。「なんてきれいなお菓子なのかしら！　どうやってつくるの？」

「うちの料理人のオリジナルなの。誰にもつくり方を教えようとしないのよ。鹿の角を削って粉にしたものと、皮を湯むきしたアーモンドを使っているのはわかっているんだけど。いちばんすてきなのは、レモンの皮をこんなふうに葉の形に切ってあるところよね」

「ええ、本当に。うちの料理人には絶対つくれないわ。普通の料理なら上手なんだけど。ほら、蕪《かぶ》の煮込みとか」エミリーが顔をしかめるのを見て、グリセルダは笑い声をあげた。

「とにかく、あの本を書いたのは信じられないような人物なのよ」

グリセルダが眉をひそめた。

「ついさっきまで話していたことをもう忘れてしまったみたいね」エミリーにそう言われて、グリセルダは頬を赤らめた。「きっと恋をしているせいよ。いいわ、あなたの結婚披露パーティーでダンスを踊ってあげる」

グリセルダはいかにも幸せそうな笑みを浮かべた。これまでのエミリーなら、そんな笑みを見せられたらつらい気持ちになっていただろう。だが、今はもう違った。「いいこと、聞いてちょうだい」エミリーは言った。「これは今シーズンでいちばん興味深い話題よ」

「バーネット伯爵の離婚の申し立てよりも？　伯爵の家庭生活の詳細はとても忘れられないわ。使用人たちの証言のとおりなら」

「わたしは彼らの話の半分も本当だとは思わないけど、ええ、こちらのほうが何倍も興味深いわよ。だって、彼はわたしたちと同じ上流社会の人間なんですもの、グリセルダ！」

「彼って？　ヘルゲート？」

「ヘルゲートはあなたのお兄さまなんでしょう？　そうじゃなくて、回想録を書いた人物のことよ！」エミリーは身を乗り出した。「『タトラー』紙の敏腕記者が彼の正体を暴いたの」

グリセルダはポートマン・スクエアの家と、その家で今ごろはもうベッドから出ているに違いない金髪の男性から、目の前の女性に注意を引き戻した。

「わくわくするわ」グリセルダは言った。「早く教えて！」

42

『ヘルゲート伯爵――上流社会の夜』第二七章より

親愛なる読者よ、股間ではなく心で話すのは、わたしにとって新しい経験だった。そうしてみて初めて、わたしは今は亡き最愛の妻も含め、これまでつき合ってきた女性たちの誰ひとりとも、本当の意味で心を交わしてこなかったことに気づいた。だが、今では……心からそれを望んでいた！　それは肉体的な欲望とは無縁の、心を満たしてくれる真剣な愛から出た思いだった。わたしは彼女に最高の人生を送らせてやりたかった。

そこで真実と向き合わなければならなくなった――わたしは彼女に最もふさわしい男だろうか？

その手紙はほかの郵便物と一緒に届いたが、執事のコーバーンが誤って、それをメインではなくジョージーに渡した。

彼女はその手紙を見つめた。ふいに指先が冷たくなる。

封筒の左上に差出人の名前が美しく記されていた。〝シルビー・デ・ラ・ブロドリー〟

シルビーがメインに手紙を？　いったいなぜ？　今ごろなにを言ってきたのだろう？　彼はもう結婚しているのに。

いくつもの可能性が頭をよぎる。ジョージーはその手紙を火のなかに放り込むのをかろうじて思いとどまった。

わき起こる感情に胃と胸が殴られたように痛くなった。シルビーも、あのほっそりした体も、今すぐ消えてなくなればいい。

「こんなことを考えるなんて淑女らしくないわ」ジョージーはつぶやいた。でも、わたしがこれまで淑女らしいふるまいを心がけたことなんてあった？　淑女は決してほかの人の手紙を読んだりしないわ。

わたしもそんなことをするつもりはない。

淑女は立ち聞きもしないわね。

まあ、ルールは破られるためにあるものだから。メインは手紙の封を切って、文面にすばやく目を通すだろう。シルビーはなんらかの助言を求めてきただけかもしれない。あるいは結婚のお祝いを言ってきたか。きっとそうよ。彼女は礼儀正しい人なのだから。

夫の手紙に少しでも興味を持っているのがばれたら、さぞかし愚かで滑稽な女に見えることだろう。心の平静を得る方法はひとつしかない。

手紙を盗み見するのだ。

その午後、メインが書斎に戻ると、机の上に手紙が三通置かれていた。アージェントという名前の将来有望な牝馬が調教場を駆けまわるのを見ていたために体が冷え切っていたので、彼は手紙を手に暖炉の前へ行った。

おかげで、厚手のベルベットのカーテンの陰に腰を下ろしていたジョージーには、メインの顔と手もとがはっきり見えるようになった。

メインはまずフェルトンからの手紙の封を切り、声に出さずに読んだ。〝すべて終わった。アードモアとぼくはニューファウンドランド島へ向かう捕鯨船の乗組員にサーマンの労働力を提供することで、この件に片をつけた。その船では甲板を掃除する人手を必要としていたんだ〟メインは笑みを浮かべた。これでフェルトンにひとつ借りができた。アードモアにも。義理の兄を持つというのはいいものだ。いつでも力になってくれる。

二通目の手紙はグリセルダからのものだった。メインは片方の眉を吊り上げた。妹はめったに取り乱したりしないが、文面からは彼女がすっかり動揺しているのがわかる。

グリセルダはメインに、今すぐロンドンに来てほしいと言ってきた。それも大至急。この手紙を読んだらすぐにそちらを発《た》ってほしいと書かれている。ジョージーには心からすまなく思うが、とにかく来てほしい、と。最後の文には下線が三本も引かれており、涙で文字がにじんでいるところさえあるように見えた。いったいどうしたというのだろう?

便箋を裏返すと、その問いに答えるように続きが書かれていた。〝ヘルゲートに関することなの。あのひどい回想録に関すること。とにかく今すぐに来て。この手紙のことは誰にも言わないで。ジョージーにも〟

メインはため息をついた。せめてもの救いは、ろくなばねもついていない馬車に二時間ひとりで揺られなくてもすむことだ。ぼくはもう結婚しているのだから。ジョージーとふたりで……存分に楽しめるだろう。

彼はグリセルダの手紙を火にくべると、最後に残った手紙に目をやった。いったいシルビーはなにを書いてよこしたんだ？　もちろん彼女の幸運を祈っていないわけではないが、もう二度と会えないとしても少しも残念ではなかった。

メインは暖炉にもたれて便箋を開いた。香水が振りかけてあるらしく、ほのかな香りが漂ってくる。彼はその手のものが苦手だったので、便箋を遠く離して持った。

それでも、シルビーの優雅な筆跡を見ているうちに、彼女の魅力や美しさが胸によみがえってきた。メインがシルビーを好きになったのには、それなりの理由があったのだ。ジョージーを知った今、その理由は簡単には思い出せないが。

しばらくメインは便箋をただじっと見つめていた。シルビーと違って、ジョージーはどこもかしこも温かく官能的だ。シルビーに対する愛は――あれをそう呼べるのなら――外見的な美しさに惹かれただけの移ろいやすい感情にすぎなかったのかもしれない。

事実、シルビーは美しいのだから。

〝親愛なるメイン〟と彼女は書いていた。〝あなたがかわいい《リトル》ジョージーとご結婚されたことをわたしは少しも嘆いていないと知っていただきたくて、この手紙を書いています〟

〝リトル・ジョージー〟だって？　ジョージーに比べたら、シルビーのほうがよほど小《リト》さく

《ル》て痩せっぽちだ。

〝ロンドンでのパーティー続きの毎日に疲れてしまいました〟と手紙は続いていた。無理もないとメインは思った。シルビーは招待を断れないのだ。ふたりでひと晩に三つのパーティーを梯子したこともある。〝そこで親しい友人のレディ・ジェミマと少しのあいだ旅行に出ることにしました。レディ・ジェミマの話では、ベルギーはフランスと同じぐらいすてきなところだそうです。向こうでのんびりして元気を取り戻そうと、ふたりで話しています。正直に言うと、少し迷っているんですが、とにかくロンドンを離れたいのです。どういうわけか、近ごろパリが恋しくてなりません。それもあって、環境が変われば気も晴れるだろうと旅行に出ることにしたのです〟

メインは考えた。ジェミマは誰もが言っているとおり、力がある女性だ。きっとシルビーの面倒をよく見てくれるに違いない。というより、ジェミマのまわりの使用人たちが、なにくれとなく世話を焼いてくれるだろう。シルビーは楽しいときを過ごせるはずだ。

〝出発の前に、わたしの最も大切なお友達であるあなたにさよならを言っておきたくて。もしかして、あなたが急いで結婚したのは、わたしとのことのせいで物事を深く考えられなくなっていたからではないかと思うと悲しくてなりません。わたし自身は結婚には向いていないようですが、あなたがわたしにとって大切な人であることはこれからも変わりありません。わたしがそう思える男性はあなたひとりです。ただひとつ気がかりなのは、あなたが今でもわたしに侮辱されたと思っているのではないかということです。わたしがあなたとの婚約を終わらせた方法は、とても無作法なものでしたから〟

いかにもシルビーらしい、きちんとした手紙だった。ぼくを――どうやらほかの男も――必要としていない、清く正しく美しいレディ。だが彼女を愛したことは、ジョージーの言う〝恥ずべき放蕩〟では決してない。それどころか、ごくまともなことだった。ぼくだって、いつも愚かなことばかりしているわけではない。ときおりするだけで。

〝さようなら《アデュー》〟とシルビーは書いていた。〝あなたとジョージーの幸せを心よりお祈りしています。幸せはおふたりで見つけていくものです〟これにはメインもかすかな笑みを浮かべた。

手紙を唇の前に持ってきて、もう一度においを嗅いだ。いかにもシルビーらしい、フランスの香水の複雑な香りがした。彼女の女性らしさや優雅さを象徴する香り。シルビーが彼にはふさわしくないことを示す香りだ。

それからメインは手首を鋭くひねって、その手紙を火のなかに放り投げた。

そして部屋を出た。ジョージーを見つけて笑わせてやろうと思いながら。彼女が鼻に皺を寄せるのを見てから、抱き上げてベッドの上に放ってやろう。ジョージーはいつものように興奮して、低く笑うだろう。そのあと観念して、いつ終わるともわからないキスをしてくるに違いない。

43

『ヘルゲート伯爵──上流社会の夜』第二七章より
親愛なる読者よ、わたしは夜、眠れぬまま横になって良心のかけらと闘っていた。わたしのなかにわずかに残っているそれは、彼女にこのまま純潔を守らせ、清く正しい道を歩かせるよう告げた。けれども、わたしの心は彼女を求めて涙を流し、嗚咽《おえつ》を洩らした。ついに、わたしは彼女に結婚を申し込むことにした。どんな言葉で申し込んだのか？　もちろん、シェイクスピアを引用したのだ。

ジョージーは床にへたり込んだ。膝に力が入らない。とっくにわかっていたはずよ。そうでしょう？　メインがシルビーを愛していることは初めからわかっていた。最初に愛を交わした晩にも、彼はそう言っていたのだから。そのあと違う言葉をつかって、同じ意味のことを言った。わたしに結婚を申し込んだとき、愛など重要ではないと言ったのがそれだ。
でも、シルビーからの手紙にキスするメインを見るのがこんなにつらいなんて。わたしはなんてことをしてしまったのかしら？　本当になんてことをしてしまったの？

メインに思い違いをさせたまま結婚したとき、わたしが見くびっていたのはシルビーに対する彼の気持ちだけではなかった。メインに対するシルビーの気持ちも、実際より軽く見ていたのだ。そうでなければ、どうして今ごろ彼に手紙を書いてよこすだろう？

たぶんシルビーは愛する人との喧嘩を楽しんだり、その気もないのに婚約者に指輪を突き返したりするタイプの女性なのだ。改めて考えてみれば、フランス人女性というのは芝居がかったことが大好きだと言われている。彼女はメインが翌日の朝には指輪を手に現れて、またプロポーズしてくれると思っていたに違いない。

そしてわたしのほうは、夫を手に入れる方法や結婚にこぎつける方法が書き留めてあるばかげた手帳を持ち歩きながらも、いちばん大切なことがわかっていなかった。ほかの女性を愛している夫を持つのは、彼がどんなにベッドでは熱心だろうが、胸が張り裂けそうにつらいということが。

皮肉や気の利いた言葉などなんの役にも立たない。わたしはメインを笑わせたり、ベッドであえがせたりすることはできるけれど、シルビーに対する彼の愛情を消すことはできない。

ジョージーはメインが鞍にキスしている姿を想像できないのと同じぐらい、彼女が書いた手紙に彼がキスしている姿も想像できなかった。メインの人生において、彼女はその程度の存在なのかもしれない。好きなときに乗れる好色で豊満な鞍。

立ち上がったものの膝に力が入らず、ジョージーはカーテンにつかまって体を支えた。自分がまるで物乞《ものご》いの老婆のようにみじめでみすぼらしく思えた。

どんな状況でも夫がいてくれさえすればいいと思うなんて、わたしはなんと愚かだったのだろう。胸のなかで心臓が燃える石炭のように熱くなっていた。

廊下に出ると執事のコーバーンに、閣下が一時間以内にロンドンへ向けてご出発なさりたいとおっしゃっています、と告げられた。

あの手紙のせいだ。きっとシルビーが彼を呼んだに違いない。

ジョージーは寝室に行き、メイドに促されるままに旅行用のドレスに着替えた。耳のなかで血管がどくどく脈打っている。彼女は深紅の表紙の小さな手帳に目をやった。ミネルバ書房のヒロインたちが夫を見つけた方法を書き留めてきた手帳だ。

こんな手帳などなんの役にも立たない。わたしにはもう夫がいるし、どの小説にも誰かに誰かを愛させる方法や――こちらのほうが大事だが――愛するのをやめさせる方法は書かれていなかった。わたしに必要なのは『真夏の夜の夢』に出てくる惚れ薬だ。〝惚れ薬の花〟の露。妖精がそれを寝ている紳士のまぶたに垂らすと、彼は目を覚まして最初に見た女性を愛するようになり、それまで愛していたハーミアをなんとも思わなくなる。

そもそも、どうしてメインはシルビーを愛しているのかしら？　もちろん彼女は美しい。けれど、彼はわたしの体も美しいと思ってくれている。シルビーは馬を好きではない。それにメインのことも本気で好きではないはずだ。

それに比べて、わたしは彼を愛し、体じゅうで求めている。夫を心から愛している。

ジョージーはいつしか手帳を強く握りしめていた。革の表紙に爪の跡が残るほどに。

扉を叩く音がした。「閣下が奥さまのご用意ができしだい、ご出発されるとのことです」

ジョージーは立ち上がった。テスお姉さまが助けてくれる。アナベルお姉さまは家族でスコットランドに帰る途中だろうし、イモジェンお姉さまはまだ新婚旅行中だけど、テスお姉さまがきっと助けてくれるわ。

ジョージーが屋敷を出ると、メインがそばに来て言った。「シルビーから手紙が来た」さりげない笑みを浮かべている。「今日の五時に出航するエクセルシオ号で旅に出るそうだ。見送りに行こうかと思うんだが」

彼女は息がつまりそうになった。「わたしの分も彼女にさよならを言ってもらえないかしら。できたら、テスお姉さまの家に連れていってもらいたいの」

メインはお辞儀をした。「いいとも」

「ひどい頭痛がするのよ」

彼はまたお辞儀をした。「それは気の毒に」

ジョージーは馬車に乗り、座席の隅に身を寄せて目を閉じた。ロンドンに着くまで考える時間が二時間ある。

便利な惚れ薬をくれる妖精の王オベロンはいないのだから、なんとかして自分でメインの気持ちを変える方法を見つけなければいけない。

44

『ヘルゲート伯爵――上流社会の夜』第二八章より

わたしは彼女の足もとにひざまずいて言った。「わたしはあなたを心から慕い、恋の炎に焼き尽くされて死んで……しまいそうなほど、あなたのことばかり考えています。あなたがわたしの愛を受け入れてくれないなら、わたしは冷たいテムズ川に身を投げて、あなたのことを思いながら死ぬでしょう。わたしにとってあなたは雲のように清らかで、氷のように透明で、雪のように汚れなき存在です。わたしと結婚してください」

「ごちゃごちゃ言わないで」ジョージーはぴしゃりと言った。「複雑なのはわかっているけど、この方法しか思いつかなかったんだもの」

テスは目を大きく見開いた。「複雑ですって？　そんなの、まったくばかげているわ！」

「ばかげてなんていないわ。よく考えられた計画よ」

「冗談でしょう？　お願いだから、冗談だと言ってちょうだい」

ジョージーは険しい目をテスに向けた。「お姉さまが協力してくれないのなら、人を雇って計画を実行するまでよ」

テスはかぶりを振った。「いいえ。そんなことできっこないわ！」

「できるわ」

「だめよ！　メインに薬を盛るなんて！」

ジョージーはひらひらと手を振った。「そんなに強い薬じゃないから大丈夫よ。馬をおとなしくさせるために使うものなの。お父さまの厩舎で働いていたピーターキンは、厩番の男の子たちの歯を抜かなくてはならないときに、いつもそれをのませていたわ。メインはただ眠くなって抵抗できなくなるだけよ」

「メインはあなたの夫なのよ」テスは言った。驚くとともに笑い出しそうになりながら。

「どうしてそんな計画を実行しようなんて思うの？」

「必要なことなの」ジョージーは言い張った。「彼はシルビーを愛していると思っているのよ」

「たとえそうだとしても、じきに気づくわよ。それは思い違いだって」

「いいえ、気づかないわ。彼がシルビーからの手紙にキスするのを見て、ようやくわかったの。彼がほかの女性を愛していると知りながら、一緒に暮らすことなんてできない。そんなの無理よ」

「彼がシルビーを愛しているとは思えないけど」

「わたしもよ」

「それなら――」

「彼はそう思っているの」

テスはお手上げだというように小さく笑った。「だからといって――」

「シルビーは船でベルギーに行くの。最低でも丸二日は船に乗っていることになるわ。もしかしたら、もっとかも」ジョージーは身を乗り出した。「わたしもお姉さまも船に乗ったことはないけど、ミスター・タックフィールドが奥さまと一緒に東アフリカ沿岸を船で旅行したときの話をしてくれたのを覚えているでしょう？」

「確か、奥さまを三回、船の外に放り出しそうになったと言っていたわね」テスは言った。

「でもジョージー、ミスター・タックフィールドはスコットランド人で、しかも馬の生産者よ」

「シルビーと一緒に船で過ごせば、メインはきっと彼女を愛していないことに気づくわ。彼女を船の外に放り出しはしないでしょうけど――」

「そう願うわ！」テスはジョージーの言葉をさえぎった。

「彼女からの手紙にキスしなくなるでしょうし、彼女のことを考えなくなるわ」

「メインがシルビーのことを考えているって、どうしてわかるの？」

「考えていないって、どうしてわかる？」

「ばかなこと言わないで！」テスは声をあげた。

「そうかしら？　この人はほかの女性のことを考えているんじゃないかと思いながらお義兄

さまと愛を交わすのは、どんな気持ちがすると思う?」ジョージーはテスの目をまっすぐに見た。「考え事をしているお義兄さまを見て、別れた女性のことを思い出しているんじゃないかと気になって仕方がなかったら? お義兄さまがお姉さまにキスしながらつぶやいているのが、女性の名前に聞こえて仕方がなかったら?」

テスは顔をしかめた。

「このまま放っておいたら、わたしたち、だめになってしまう。もう、その兆候が見えているの。わたしにはわかるわ」

「まったく、芝居がかっているんだから。あなたは小説の読みすぎなのよ、ジョージー。本ばかり読んでいるから、こんなばかげた計画を考えつくんだわ」

「計画を立てて実行するのが、問題に取り組むいちばんの方法だと昔から思っていたの」

「それはそのとおりよ」テスはしぶしぶ同意した。「でも、なぜそんなに込み入ったことをしなくてはいけないのかわからないわ。しかもメインに薬をのませるなんて!」

「それほど込み入ってはいないわよ。薬の入った飲み物を飲ませて、彼が眠くなって抵抗できなくなったら、波止場に運ぶの」

「波止場に運ぶ? 荷物みたいに?」

ジョージーは一瞬考えた。「メインはエクセルシオ号に乗りたがっているって召使いに言うわ。シルビーが乗る船の名前よ」

「どうしてメインに薬をのませなければいけないの?」

「薬をのませないと、素直に船に乗ってくれるわけがないからよ」

「それはそうでしょうね」

「絶対にうまくいくわ。お姉さまの手を煩わせることはないから心配しないで」

「あなたにはわたしの助けが必要なはずよ」テスは言った。「あなたの召使いはメインの召使いなのよ。薬をのまされて眠っている主人を船に乗せて、そのまま置いてくるなんてこと、できるわけがないじゃない」

ジョージーは困った顔をした。

一瞬の沈黙のあと、テスは降参した。「でも、うちの召使いにはできるわ」

「じゃあ、協力してくれるの？」

「あなたの計画に賛成したわけじゃないのよ」

「でも、協力してくれるんでしょう？」ジョージーの目には涙が光っていた。「彼がシルビーを愛していると知りながら生きてはいけないわ。実際はどうであれ、彼が彼女を愛していると思っているなんて耐えられない」

テスはジョージーを抱きしめた。


グリセルダは自分の家の居間で兄を待っていた。「来てくれたのね！」彼女は椅子から跳び上がって叫んだ。

居間に入ってきたメインは、いつものように優雅で落ち着いた様子をしていた。つまり、グリセルダがこれから告げようとしていることを、まだ誰からも聞かされていないということだ。彼女は話しはじめた。ダーリントンが……ヘルゲートの……回想録を……。

メインは暖炉の前の椅子にどさりと腰を下ろした。ひどく怒っているように見える。グリセルダの心は深く沈んだ。兄は決してダーリントンを許さないだろう。もしかすると決闘を申し込んで、殺してしまうかもしれない。

「だめよ!」彼女は金切り声をあげた。

「なにがだめなんだ?」

「彼に決闘を申し込んだりしないで」

「どうしてそんなことをしなくてはならないんだ?」

グリセルダは兄をまじまじと見つめた。「怒っていないの? そんな顔をしているから、てっきり――」

「ジョージーの様子がおかしいんだ」メインが強い口調で言った。「では、ヘルゲートの回想録を書いたのはダーリントンで、おまえはそのダーリントンと情事を楽しんでいるというんだな? そいつはぼくの妻を〝スコットランド産ソーセージ〟と呼んだ男だな?」

「ええ」グリセルダは消え入りそうな声で答えた。

一瞬、室内が静まり返った。「その件で彼を殺してやろうと思っていたこともあった」メインがゆっくりと言った。

「そんなことを考えてはだめよ」

「そうだな。情事を楽しむのは勝手だが、よりによってそんな不愉快なやつを選ばなくても、相手はいくらでもいただろうに」

「わたしは――」グリセルダは涙をこらえた。「彼が大好きなの。それに彼はもう二度とあんなひどいことは言わないわ。ジョージーにつらい思いをさせたのを、心から悪かったと思っているんだもの」

「彼が書いたひどい文章のことを思うと、ふたりきりのときにおまえがどんな愛の言葉をささやかれているのか考えたくもないよ」

「ダーリントンが書く文章はひどくなどないわ！　お兄さまは――」

メインは笑い声をあげた。「いや、ひどいものだよ。なにが言いたいのかさっぱりわからない文章ばかりなんだから。おまえはもっと見る目がある女だと思っていたが」

グリセルダはごくりと唾をのみ込んだ。「そんなふうにからかうのはやめて。おかしなことを考えるのも！」

「おかしなことって？」メインは少し静かな口調になった。「おまえは彼と結婚するつもりなんだろう？」

「彼がわたしのことを本に書くために、わたしと結婚しようとしているんだったら？」グリセルダは金切り声で言った。「そのことは考えた？」

「もしそうだったら、ぼくが彼を殺してやる」

グリセルダは兄の目を見つめた。

メインが彼女のそばに来て、頬に手をあてた。「おまえのことが書けないからといって、彼は自ら命を絶ったりしないだろう、グリセルダ。じゃあ、おまえは彼にプロポーズされているんだな？」

彼女はぎこちなくうなずいた。

「それならますます、彼が死にたがるわけがない」メインは向きを変えて手袋を取った。

「彼が――あの本を書いたことは気にならないの？」グリセルダは声をつまらせて尋ねた。

「気にならないね。あの回想録はばかげたものだと思っているから。彼がおまえと結婚したがっているのは気になるが、それよりはるかに興味深いのは、おまえが彼と結婚したがっていることだ。そうなんだろう？」

グリセルダは涙越しに兄に微笑みかけた。「そうだと思うわ」

「ぼくにはそうだとわかっている」メインは彼女の鼻にキスをした。「おまえは彼にはもったいないけどね。ジョージーのことが心配なくなったら、彼に直接そう言ってやるとしよう」

「そんな――」グリセルダは言った。

けれども、メインはすでにいなくなっていた。

45

『ヘルゲート伯爵――上流社会の夜』第二八章より

彼女の目に涙があふれ、わたしは彼女に愛されていたことを知った。彼女はわたしを愛していた……このわたしを愛しているのだ。親愛なる読者よ、これだけは覚えておいてほしい。愛する女性に愛されることほど、ひとりの男の人生を、いや、それどころか性格そのものを変えるものはない。彼女はわたしのものだ。わたしのものだ。

親愛なる読者よ、喜んでくれ。わたしは本当に生まれ変わった。

思っていたより、ことは簡単だった。ジョージーはテスの屋敷に彼女を迎えに来たメインに、お姉さまはすぐに戻ってくると言って、紅茶のカップを渡した。

メインはダーリントンとヘルゲートについてなにか話しはじめた――ヘルゲートの回想録を書いたのはダーリントンだったとかなんとか。けれどもジョージーは、メインの話に集中することができなかった。彼が紅茶を飲みはじめたからだ。

そして……あっというまにメインは椅子に寄りかかって眠りはじめた。まつげが頬に影を落としている。ジョージーは彼の前にひざまずき、頬を手でそっと撫でた。「こんなことをするのは、あなたを愛しているからよ」彼女はささやいた。「とても愛しているからなの」

メインがため息をついて笑みを浮かべた。かつてジョージーは歯を抜いてもらったあと、楽しい夢を見ていたような気分で目を覚ましたものだ。彼はちょうどそんな気分を味わっているのかもしれない。

ジョージーは立ち上がって廊下に出ると、扉をそっと閉めた。そこではテスが待っていた。

「手紙は用意してあるの?」

「今から書くわ」ジョージーは涙をこらえて言った。

「本当にいいのね?」

「もちろんよ! 彼があまりにも無防備な姿で寝ているものだから、ちょっとかわいそうになっただけ。わたしに薬をのまされたことに気づいてもいないんだもの」

テスはやれやれというように首を振った。「まったくばかげていると思うけど、とにかく手紙を書きなさい」

ジョージーは便箋を前に腰を下ろした。飾り立てた言葉を書き連ねても意味はない。彼女らしくないからだ。もちろん本当のことを書くわけにもいかない。

親愛なるギャレット
自分が船の上にいるのを知って、さぞかし驚いていることでしょう。あなたと結婚したとき、わたしは最も大切なのは愛だとわかっていませんでした。大切なのは結婚という形ではなく愛なのです。あなたはシルビーを愛しているのですから、彼女と一緒にいるべきです。たとえシルビーにあなたと結婚する気がないとしても、あなたが愛する人から引き離されるのはとんでもないことです。わたしにその責任があると思うと耐えられません。

ジョージー

涙が止まらなくなり、彼女は手紙を机の上に置いたままにしてベッドに倒れ込んだ。

「心配いらないわ」テスがジョージーを立たせてマントを着せた。「わたしがあなたを家に送っていくあいだに、ルーシャスがすべてうまくやってくれるから」

「お義兄さまに話したの？」

「もちろん話したわよ」テスは驚いた顔をした。「わたしにどうやってメインを波止場まで連れていけというの？　ルーシャスは本当に頼りになる人よ。彼に任せればすべてうまくいくって、あなたもわかっているでしょう？」

「誰にも知られたくなかったのに」ジョージーは涙を拭いた。「誰にも！」

「あなたの計画を成功させるには彼の力が必要よ」テスがなだめた。「さあ、気を取り直して」

ふたりが階下に下りていくと、居間の扉は閉められたままになっていた。「彼が眠っているのはせいぜい四時間よ」ジョージーはふいに不安になってきた。「船が出るのは潮の流れが変わる五時。それまでに波止場に連れていかないと。エクセルシオ号が彼を乗せずに出航したらどうするの？」

「そんなことにはならないわ。ルーシャスのすることに間違いはないから」

ロンドンの街を走る馬車のなかで、ジョージーはテスに言われたことを考えた。ルーシャス・フェルトンが大事な用事に決して遅れたりしない人間なのは本当だ。たぶん、潮のほうで彼を待ってくれるだろう。ほかの人のことは待たなくても。

「なんて言っていた？」ジョージーは尋ねた。

「誰が？」

「お義兄さまに決まっているじゃない！　お義兄さまはわたしの計画を聞いて、なんて言ったの？」

「そんなことを考えるなんて愚かだと言っていたわ」口を開きかけたジョージーを、テスは手を上げて制した。「でも、わたしがもともとはメインと婚約していたことを思い出させて、わたしが彼をずっと思いつづけていたらあなたはどんな気持ちがするかしらと訊いたら、考え直したみたい」テスはにっこりした。「そんなこと考えたくもないという顔をしていたわ」

「お姉さまたちはとても運がよかったのよ」ジョージーは言った。不機嫌な声になっているのが自分でもわかる。

「本当ね」

そのあとふたりはメインの屋敷のなかに入るまで無言だった。「お風呂に入ったほうがいいわ」テスがメイドを呼ぶベルを鳴らして言った。「そのあと自分の部屋で夕食をとって、もう休みなさい。疲れているんだから。あなた、げっそりした顔をしているわよ」

確かにここ何日かあまり食べていないし、今日はなにも口にしていない。テスがジョージーを鏡の前に押しやった。「ほら、見てごらんなさい!」

ジョージーは頬に触れた。すっかりくぼんで頬骨が浮き出ている。

「ひどい顔」テスが言った。

その瞬間、目の前の鏡がひび割れでもしたかのように、テスの言わんとしていることがわかった。頬のくぼみは魅力的でもなんでもなく、病的にこけているようにしか見えない。ジョージーはため息をついた。どうやらわたしの顔は、痩せたら魅力がなくなるタイプの顔らしい。

今ごろメインは船の上だろう。わたしが彼をあきらめてシルビーのもとに行かせたと、彼を自由の身にしたと知ったはずだ。

そう考えると気分が悪くなってきたので、ジョージーは力なく浴槽の湯に身を沈めた。

「わたしはもう家に帰るわ」しばらくして、テスが浴室に顔をのぞかせた。「あなたの部屋に軽い夕食を用意するよう言っておいたから」

「ありがとう」ジョージーは応えた。

「明日の朝いちばんに様子を見に来るわね」テスは投げキスをして帰っていった。

けれどもジョージーは自分の部屋で食事をしたくなかった。風呂から上がると、メインのドレッシングガウンを身につけた。彼がジョージーを舞踏会から救い出し、例のコルセットを脱がせた晩に貸してくれたシルクのドレッシングガウンだ。そのあと執事のリブルと少し話をしてから、階段をのぼってセシリーの小塔の部屋に行った。

そこはあの晩メインに連れてきてもらったときのまま、薄暗く神秘的で美しかった。壁の上ではユニコーンが蔓を駆けのぼり、メインに似た小さな男の子がその蔓に片手でぶら下がっている。

ジョージーは大きな椅子にぐったりと腰を下ろした。メインが彼女のドレスを着て歩くのを見ていたときに座っていた椅子だ。だが、彼女は泣かなかった。

自分は間違っていないと強く確信していたからだ。メインがどう思っていようが、彼はシルビーを愛してなどいない。この部屋でなら真実を口にできる気がする。

「彼が愛しているのはわたしよ」ジョージーはささやいた。いったい誰に聞かせようというの？　セシリーおばさまの幽霊に？　「そうなの。彼はわたしを愛しているの」

リブルがワインのグラスと軽い夕食を運んできた。ジョージーは持ってきたヘルゲートの回想録を、ランプの明かりのなかで読み直した。彼女が自分の命よりも大切に思い、愛している男性の長きにわたる情熱の日々の物語を。濃い赤色のワインは、壁の絵と同じく魔法の力を持っているように思えた。回想録を読んでいると、自分がそのなかに出てくるメインが愛した女性たちになった気がした。

でも、メインは彼女たちを愛していたのだろうか？

彼女たちとはベッドのなかで笑い合ったことなどないと言っていた。改めて読んでみると、物語は欲望に満ちてはいるものの薄っぺらく、退屈なものに思えた。ジョージーはヒッポリタがヘルゲートを庭のあずまやの壁に縛りつけたところで、いったん読むのをやめた。メインはこの章まで読んで本を放り投げたと言っていた。自分は一度もそんな行為をしたことがないと。

だが、ジョージーはベッドに縛りつけられたメインを想像することができた。笑みを浮かべて、ワインをもうひと口飲む。彼が短い船旅から戻ったら、ベッドに縛りつけてやろう。

メインは最初は少し怒るかもしれない。

でも、いったん怒りがおさまれば……。

扉の向こうで物音がしたが、ジョージーは目を上げようともせずにページをめくった。ヘルゲートは履かなくなった靴も同然にヒッポリタを捨てて――。

彼女は顔を上げた。

戸口の暗がりに立っていたのは――メインだった。肩や髪から水をしたたらせ、目のまわりには黒い隈《くま》ができている。

「ジョージー」メインはかすれた声で言った。「ボートの上から投げ出されたんだ……縛られていて泳げなかった……きみにお別れを言いに来たんだよ……」

ジョージーは言葉を失った。まわりの空気が薄くなる。メインとともに、空気もこの世から消えていこうとしているかのごとく。

彼女は気を失った。

メインは部屋に入って妻を見おろすと、雨に濡れた犬のように体を震わせた。ジョージーが飲んでいたワインのグラスを手にし、中身を味わいながら飲む。彼の父親が寝かせていた一七七五年物のシャトー・マルゴー。すばらしい味だった。

それからジョージーが座る椅子の前に置かれたフットスツールに腰を下ろして、彼女を見つめた。

彼女は小説の読みすぎだ。

「ジョージー！」メインは声をかけた。「ジョージー！」彼女はぴくりともしなかった。メインは彼女の頬を撫でた。その顔のあまりの美しさに心臓が跳ね上がったが、あくまでも厳しい態度を崩さないようにした。

「ジョセフィーン、今すぐ目を開けるんだ」

彼女はそのとおりにした。目を開いて、メインをまじまじと見る。「ギャレットなの？」

「その幽霊だ」

ジョージーはメインの手を取り、顔や濡れた髪（グラスの水を一杯かぶっただけの）をじっと見つめると、椅子からさっと立ち上がって彼の体を揺さぶった。「どうして？　どうしてこんなことができるの？　あなたは死んだと思わせるなんて！」

メインは彼女の手を逃れることもできたが、どうにも笑いが止まらなかったので、しばらくはされるがままになっていた。

「ひどいわ――こんな――あなたを本物の幽霊にしてやるから！」ジョージーは金切り声をあげた。

ようやくメインは彼女の手を押さえ、肩を叩くのをやめさせた。「自業自得だよ、ジョージー」また笑い出しそうになるのをこらえて言う。

だが彼女の目に涙が光っているのを見たとたん、笑いたい気持ちは消えた。ジョージーの目には、ふたりが死ぬまで続く愛が、消えてなくなることのない弱さが、彼女を愉快で知的なすばらしい女性にしている無欲さが宿っていた。

ジョージーは顔をしかめて吐き捨てた。「ひどい人ね！」

「自業自得だ」

「もう二度とテスお姉さまを信じないわ。ええ、絶対に」

「目を覚ましたぼくを見て、フェルトンは大笑いしていたよ」メインは言った。「そういえば、彼からきみの手紙を渡された」

「まあ」

「なんだってぼくのまわりには、ろくな文章も書けない人間ばかりいるんだろう？　最初はダーリントン――しかもあいつは義理の弟になりそうだ――そして今度は妻であるきみだ。〝大切なのは結婚という形ではなく愛なのです〟だって？　読んでいるこっちが恥ずかしくなるよ！　感傷的もいいところだ！　ダーリントンが書いたのかと思ったよ」

「悪かったわね。あなたのお気に召すような文章が書けなくて」ジョージーは精いっぱいの威厳を保って言った。

「きみは感傷的な手紙を書いただけでなく、薬をのませて、ぼくをお払い箱にしようとしたんだ」

「違うわ！」彼女はメインの手を振りほどこうとした。「あなたをお払い箱にしたいと思ったことなんてない」

「ぼくをろくに知りもしないフランス人女性と一緒に船に乗せて、遠くに追いやろうとしたじゃないか」

「相手はシルビーなのよ！　あなたは彼女と結婚するつもりだったでしょう！」

「ああ、そうとも、シルビーだ！　ぼくが彼女と船の上で何日も一緒にいたがっているなんて、どうして思うんだ？」

「だって――だって――」

そろそろくだらない言い争いはやめるべきだとメインは思い、腰を下ろしてジョージーを膝の上にのせ、まっすぐに目を見て言った。「ジョセフィーン、きみは決してぼくをお払い箱にはできない」

「決して？」彼女はささやいた。

「いくらぼくに薬をのませようが、船に乗せて遠くに追いやろうが」

「仕方がなかったの」

メインはどうしても聞きたいことがあったので、そのまま黙って待った。

「あなたを愛しているのよ」ジョージーは言った。「愛しているから、シルビーのもとに行かせなければならなかったの」

彼は心からの笑みを浮かべた。「ぼくたちふたりのことにシルビーは関係ない。なぜきみが、ぼくがシルビーを愛していると思ったのかはわからないが――」

「だって、わたしに何度もそう言ったでしょう？　彼女と結婚するつもりだったんだし、彼女からの手紙にキスしたじゃない」

「シルビーからの手紙にキスしたことなどないよ」

「いいえ、したわ。わたしはこの目で――」

「ぼくを愛しているなら」メインはさえぎった。「どうしてぼくを手放すような真似ができたんだ？」

「愛しているからよ。あなたが望むなら、シルビーのもとに行かせてあげなくてはいけないと思ったの」

メインは両手で彼女の顔を挟んだ。「ジョセフィーン、ぼくは決してきみを手放したりしない。たときみがヘルゲートを愛していようと」

ジョージーは泣きながら笑っていた。「でも、ギャレット、わたしは実際にヘルゲートを愛しているのよ。知らなかった？」彼女はメインの巻き毛に手を差し入れた。

彼はジョージーに激しくキスをした。彼女を吸い尽くし、自分のものにしようとするように。彼女はすでにメインのものであるにもかかわらず。

「ぼくはこれまで愛がどんなものか知らなかった」メインは言った。言葉が心からあふれ出てくる。「ぼくはシルビーを愛していると思っていた……それは思い違いだと、きみにはわかっていたんだね」

「ええ……」ジョージーはそう言って、彼にキスをした。

「ぼくを船に乗せようとしたのも、なにか考えがあってのことだったんだろう？」

「あなたはわたしを愛していながら、まだそれに気づいていないんじゃないかと思ったの」

「いや、気づいていたよ」メインは熱いキスを返した。

「口で言ってくれなかったから――」

「言えばよかった。きみはぼくの妻で、唯一愛した女性だ。卑しむべき放蕩三昧の人生において」

ジョージーの目には、笑みとともにまだ涙も浮かんでいた。メインは両手を彼女のドレッシングガウンのなかに差し入れた。実に使えるドレッシングガウンだ。ベルトをほどけば、すぐ左右に開いてクリーム色の肌と美しい胸を見せてくれる。

だが、もちろん見るだけでは満足できなかった。彼はジョージーの胸に口づけて喜びの声をあげさせると、また唇にキスをした。

「きみのそばにいるとぼくは変われる」メインはキスの合間に言った。「退屈もしないし、これまでのぼくとは違った自分になれるんだ」

「いいえ、あなたは変わっていないわ。いいから、今までしていたことを続けてもらえない？」彼女に自分の気持ちをわかってもらおうとするあまり、手が止まっていた。

「ちゃんと聞いてくれ」彼はふたたび手を動かしながらささやいた。ジョージーが目を閉じて、魅力的なあえぎ声を洩らす。曲線に富む体は今にもメインを迎え入れてくれそうだったが、彼はどうしてもこれだけは言っておきたかった。

「きみと一緒にいると、ぼくはヘルゲートではなくなる」メインはジョージーが聞いていないのを承知で言った。「堕落した放蕩者ではなくなるんだ。ぼくはうちの厩舎を伝説に残るような厩舎にしてみせる。それに――」

「ちょっと！」ジョージーがぱっと目を開けた。「ギャレット・ランガム、あなたは厩舎の話をしているの？　こんなときに？」

メインは彼女の顔を見た。キスを受けて濃いさくらんぼ色になった唇をとがらせている。彼は片手で胸の膨らみを包み、もう一方の手を脚のあいだに差し入れた。ジョージーの目が強い欲望に燃え、野性的な光を放った。

「ああ、そうだ」メインはジョージーの腰をつかみ、軽々と持ち上げた。充分に潤った部分に自分のものをあてがい、彼女の体をゆっくりと下ろしていく。「ふたりで――」ひと息ついてから続けた。「繁殖計画について話し合ったほうがいいんじゃないかと思ってね」

「わたしという妻がいて、あなたは幸せよ」ジョージーがメインの唇の前で言った。そのまま下唇を嚙み、両腕を肩にまわす。

「わかっているよ」彼は応えた。

ジョージーは自分から動いてメインの血をわき立たせ、虎のように猛々《たけだけ》しい気分にさせた。豊かな髪を振り乱し、両手で彼の顔を挟んで言う。「さっきはよくもだましてくれたわね。罰として死んでもらうわ」

「いやだ」メインはあえいだ。「幽霊になってしまったら……こんなことは――」だが、もう言いたいことはすべて言ったので、ただキスをして最愛の妻を黙らせた。

46

『ヘルゲート伯爵——上流社会の夜』第二八章より

親愛なる読者よ、お別れを言うにあたって、わたしにできることはただひとつ。あなたがわたしと同じように幸せの雲に乗り……このうえない幸せが待つ山の頂にたどりつくことを心から願うのみだ。

それでは、さらば！


このたび出版された摂政皇太子の今は亡き王女の伝記は、今世紀最高の出版物との呼び声が高かった。その本の出版を祝うパーティーが始まって二時間が経とうとするころ、摂政皇太子自身が出席者たちの前に進み出て、短いスピーチを行った。皇太子は著者のサイン入りの伝記を掲げていた。深紅の革に真珠がちりばめられた豪華な装丁の本だ（ルーシャス・フェルトンが経営する出版社は大きく業績を伸ばし、豪勢な建物へと移転していた）。

ハリー・グローンは手帳にすばやくペンを走らせ、『タトラー』紙に載せる記事の草稿を書いていた。〝摂政殿下のお話は、そこにいたすべての者の涙を誘った。今は亡き王女のことを語る口調は娘への愛情にあふれていた。そのあと摂政殿下は回想録の著者であるサー・チャールズ・ダーリントンを王室御用達の作家にされるという、筆舌に尽くしがたい栄誉を賜った。覚えている方もおられるだろうが、ダーリントンはこのたびの伝記の執筆を評価され、数週間前にナイトの称号を授与されたばかりだ。ダーリントンは壇上に上がり、摂政殿下への感謝の言葉を滔々と述べると、奥方であるレディ・グリセルダのほうを向いて……〟グローンはペンを止めた。レディ・グリセルダが見るからに身重とわかる姿で人前に出ているのは、どうにも感心できない。だが、たぶん自分のほうが時代に合わせて変わらなければならないのだろう。とはいえ、グローンはそんなことを『タトラー』に載せるつもりはなかった。〝……言った。この伝記を妻に捧げる。妻は――〟なんと言ったんだ？〝わたしの心の占有者〟？グローンはため息をついた。わたしの耳は昔ほどいいとは言えない。ダーリントンも、もっとわかりやすい普通の言葉をつかってくれればいいものを。

〝奥方への彼の深い愛情に誰もが強い感銘を受けた〟とグローンは締めくくった。

彼が会場のうしろに目をやっていたら、その考えを改めていたかもしれない。そこにはエセックス四姉妹とその夫たちが立っていた。もちろん彼らは盛大に拍手をして、ダーリントンの本の出版を祝っていた。

だが、メイン伯爵夫人ことジョージーは、ダーリントンが壇上で話しているあいだもくすくす笑っていた。メインは両腕を彼女の腰にまわし、なんとか静かにさせようと耳もとで注意しつづけていた。

「いいかげん、静かにするんだ」メインがささやいた。

「あれは駄作よ」ジョージーはささやき返した。

「そうかもしれないが、フェルトンがあれをどれだけ刷っているのか聞いているだろう？　ダーリントンが書いた駄作は何万人もの人々に愛されているんだよ」

彼女はメインにもたれかかった。シルクのドレス越しに彼の情熱が伝わってくる。悪くない気分だ。「ギャレット……」ジョージーは彼に体を押しつけるようにして腰をくねらせた。

「ぼくを笑い物にしたいのか？」メインが耳もとでうなる。

ジョージーは彼の肩に頭を預けて上を向き、彼の唇の真下に自分の唇を持っていった。メイン伯爵は自分の悪い評判を消すことに熱心な男でもなければ、そんな誘いを無視できる男でもなかった。

メインはジョージーをくるりと振り向かせてキスしはじめた。すぐそばに姉たちがいることも、壇上に摂政皇太子がいることも、ゴシップ紙の記者たちがメモを取っていることも、いつの日か世界に終わりが来ることも忘れて。

そのどれひとつとして、メインにはどうでもいいことだったからだ。ジョージーが、彼の魅力的で愉快な妻が、いるべきところにいるかぎり。

彼の腕のなかにいるかぎり。

エピローグ

三年後

「ああ、もうっ」ジョージーはあえいだ。「痛くてたまらないわ。これって――ほんと最悪。もう耐えられない。死んじゃう！　死んじゃうって言ってるのよ。聞いてるの？」彼女は金切り声をあげた。

テスが肩に腕をまわした。「大丈夫よ、ジョージー、わたしが保証するわ。いいから少し落ち着いて」

「落ち着け？　落ち着けですって？」ジョージーはくるりと振り向いた。「笑わないで！」

「笑ってないわ」アナベルがすばやく真顔になって言った。「イモジェンと話していただけよ」

「なにも今、話すことないじゃない！　わたしがこんなに――」ジョージーは言葉を切った。

「ああ――ああ――もうっ！」

扉を叩く音がした。アナベルが扉を開けた。「あら、メイン！」

「叫び声が聞こえたものでね」メインは真っ青な顔で、いかにも心配そうな目をしていた。

「ひどく痛がっているのかい？　ジョージーに会えるかな？」

「もちろんよ。まだなにも始まっていないんだから。当分のあいだはなにも起こらないってみんなで言って聞かせているんだけど、ジョージーはあんなふうだから。少しでも痛むと我慢できないの」

アナベルは扉を大きく開け、まるで嵐の海に浮かぶ筏《いかだ》につかまるようにテスにしがみついているジョージーの姿をメインに見せた。

「ジョージー」メインはかすれた声で呼びかけ、彼女のそばに行った。「大丈夫かい？」

ジョージーはさっと振り向いて、目にかかった髪を払った。「大丈夫なわけないじゃない。わたしは死にかけてるのよ。死にかけてるんだから！」

テスがうしろに下がった。メインはジョージーの体に両腕をまわした。「なんでもするから言ってくれ。腰をさすろうか？」

イモジェンがアナベルに向かってにやりとした。「すてきじゃない？　男の人が城の主《あるじ》であることを少しのあいだでも忘れてくれるなんて」

アナベルは実際に城に住んでいる。彼女は誰もがつられてしまいそうな低い笑い声をあげた。「子供たちが生まれるたびに、ユアンはもう二度とわたしをこんな目に遭わせないと誓うのよ」

「お姉さまの寝室の扉に大きな木のかんぬきがあってよかったわ」イモジェンが小さく鼻を

鳴らした。「純潔を守っているはずなのに、どうしてそんなに丸みを帯びた体をしているのか不思議だけど」

アナベルはにっこりした。「これがわたしの普通の姿なのよ」けれども彼女の腹部に置かれた手は、それとは別のことを物語っていた。

ジョージーを腕のなかに抱いている今、メインははるかに気持ちが楽になっていた。彼女が苦しんでいるのを知りながら廊下を行ったり来たりするのは拷問にも等しい。「ずっとそばにいるから」彼はジョージーの耳もとで言った。

「こんなの耐えられないわ」彼女はメインの肩に頭を預けた。「今すぐに終わらせたい」

「そうはいかないわよ」テスが言った。「あと何時間もかかるんだから。メイン、あなたは外に出ていたほうがいいわ」

「いや、ここにいる。ジョージーが何時間もこれに耐えなければならないのなら、ぼくはどこにも行かない」心配でたまらず、誰の言うことも耳に入らない状態なのが、彼の目を見ればわかった。「でも、この部屋には人が多すぎる」

メインはジョージーをすばやく抱き上げて寝室を横切り、それほど広くはないが豪勢な化粧室に入って扉を閉めた。

「まあ」テスは言った。「放っておいていいと思う？」

「向こうにもベッドはあるわ」とアナベル。「たぶんメインがジョージーを少し眠らせてくれるわよ」

グリセルダが寝室に入ってきた。「ジョージーはどこなの？」

「メインが化粧室に連れていったわ。ふたりきりになれるところで、ちょっと抱きしめてあげたかったんじゃないかしら」アナベルは気楽に言った。「いいから、お座りなさいな」

「お産が間近なのはわたしではないわ」グリセルダは反論したが、安らかな寝息を立てている金髪の赤ん坊を腕に抱いていたので、安堵のため息をついて椅子に腰を下ろした。

扉の向こうから、ジョージーの金切り声が聞こえてきた。また悪態をついている。「わたしが初めて子供を産んだときは、もっと淑女らしいふるまいをしていたのに」アナベルが言った。

イモジェンが高らかに笑った。

「あら、本当よ」アナベルは抗議した。「悪態なんて……めったにしかつかなかったもの」

「わたしは悪態をつく余裕すらなかったわ」イモジェンは言った。「息が苦しくて口もきけなかった。お産は一度でたくさんよ。レイフも同意見なの。お産を終えてようやく彼に会えたとき、レイフは一〇歳も年を取ったように見えたわ」

「サミュエルを産んだときはどれぐらいかかったの？」グリセルダがアナベルに尋ねた。

「遠く離れたスコットランドで、あなたにひとりでお産をさせたことを今も悔やんでいるの。イモジェンとわたしがそばについているべきだったわ」

「わたしにはナナがいてくれたもの。ユアンのおばあさまの」アナベルは言った。「お産のときには母親はほかのことで気を紛らすべきだとナナは思っていたから、きわどい冗談をいろいろ聞かせてくれたわ。さっきそのひとつをジョージーに言ってみたんだけど、あの子ったら、ますます口汚くなっちゃって。実際、産婆さんを階下に行かせなければならなかったのよ。ジョージーの言葉を聞いてひどく驚いていたから」

そのとき、扉の向こうからジョージーがなにか叫ぶのが聞こえてきた。テスが椅子から腰を浮かせたが、アナベルが腕をつかんで押しとどめた。「メインとふたりで向こうにいるほうが、あの子にとってもいいわよ。まだ何時間もかかるんだし。お産は始まったばかりよ。あんなに悪態ばかりついていて、いざというときに力が出ないなんてことにならないといいけど」

ジョージーは化粧室の小さなベッドに横になり、激しい腰の痛みを少しでも楽にしようとのたうちまわっていた。陣痛の合間でさえ――合間などほとんどないように思えたが――腰は猛烈に痛んだ。

「我慢できないぐらい痛いのか？」メインがしわがれた声で尋ねた。彼はジョージーの傍らに腰を下ろし、手をきつく握りしめていた。髪が四方八方に飛びはねている。こんなに腰が痛くなければ大笑いしてやるところだわ、とジョージーは思った。

「どうにか我慢できるけど」歯を食いしばって言う。「あと五時間はもたないわ」

「たぶん、そんなに長くはかからないよ」メインの顔色はいっそう青白くなっている。

ジョージーは会話に集中できなくなっていた。体が内側から引っくり返りそうだ。本当に……これがあと五時間も続いたらどうしよう。「グリセルダのお産は一〇時間もかかったのよ」彼女はあえぎながら言った。メインの手を、骨がずれてしまうのではないかと思うぐらい強く握りしめる。

「ずっとそばにいるから」ジョージーを見おろすメインの目があまりに美しいので、彼女は微笑みたかったが、できなかった。背中をそらし、小さく息をつくので精いっぱいで。

「陣痛には休みがあるものと思っていたわ」少しして、彼女は言った。

「姉さんたちを呼ぼうか？」

ジョージーはメインの目を見つめた。彼の気持ちが手に取るようにわかる。姉たちがこの状態を見たら、メインにすぐ出ていくように言うだろう。もう二度とふたりきりになれなくなる。彼もそう思っているのだ。

「まだ何時間もかかると言われたけど、なんだかわたし――」

メインがジョージーの顔にかかる髪を払った。「なんだい、ダーリン？」

「なにを言おうとしたのか忘れてしまったわ。わたし――」

「ダーリン、いったい――」

次の瞬間、メインは本能的に跳び上がったが、ジョージーはなおも手を放そうとしなかった。「行かないで！」あえぎながら言う。彼女はいつしか両膝を立てていた。彼の手を力いっぱい握りしめたまま、ふたたび背中を弓なりにする。

「テス！」メインは美しい妻が汗だくになっているのを見おろして叫んだ。「いや、誰でもいい！　産婆を連れてきてくれ！」

扉の外で笑い声があがった。彼はジョージーの手を自分の手から引き剝がした。彼女がどう思おうと仕方がない。

扉が開き、アナベルの声がした。「さっきも言ったでしょう、メイン。お産には長い時間が――」

けれども一瞬遅かった。扉を開けたアナベルの目に飛び込んできたのは、生まれたばかりの赤ん坊を抱いたメインの姿だったからだ。その女の赤ん坊はびっくりするほど長いまつげをしばたたき（赤ん坊は父親に似ていた）、大きな声で泣きわめきはじめた（赤ん坊は母親にもそっくりだった）。やがてメインは小さな娘を見つめながら涙を流しはじめた。ジョージーが身を起こし、彼のほうに手を伸ばす。

アナベルは扉を閉めた。「イモジェン、お姉さま」

グリセルダの赤ん坊をあやしていたふたりが顔を上げた。

「わたしたち、お産は何時間もかかるってジョージーに言って聞かせていたわよね？」

テスが腰を浮かせた。「まさか――」

「ベルを鳴らしてくれない？」アナベルは言った。「化粧室に赤ん坊がいるの」

「まあ、なんてこと！」テスは金切り声をあげると、ベルを鳴らす紐を力いっぱい引っ張った。どうやら力が強すぎたらしく、紐は取れてしまった。

産婆が彼女たちを押しのけるようにして化粧室へ入っていった。あとに続こうとしたイモジェンを、テスが戸口で引き止めた。「もう少し待ってあげましょう」

グリセルダは赤ん坊を子供部屋に連れていった。やがてアナベルたちは我慢できなくなり、アナベルが化粧室の扉を開けた。両脇にイモジェンとテスを従えて。

ジョージーはベッドの上に身を起こし、ヘッドボードにもたれていた。わずか四〇分でお産を終えた女としては最高に美しい姿で。腕に抱かれた赤ん坊は、愛らしい顔に憤りの表情を浮かべてジョージーを見つめている。彼女のことをどう考えればいいのか、まだ決めかねているというように。ベッドの端にはメインが腰を下ろしていた。片腕をジョージーの体にまわし、もう一方の手で娘の顔を撫でている。

そのあまりにも幸せそうな姿に、アナベルは胸が熱くなった。

彼女はなにも言わずにテスとイモジェンの体に腕をまわした。三人はその場に立ったまま笑みを浮かべ……目に涙を浮かべた。

「とてもかわいい女の子よ」ジョージーが姉たちに告げた。目はきらきらと輝いている。

「こんなにかわいい赤ちゃん、初めて見たわ。ギャレットにそっくりなの」

「いや」メインは娘の頰を指でなぞった。「この子は母親にうりふたつだ」

「名前はなににするの？」アナベルは尋ねた。彼女の小さな姪は手を拳にして熱心にしゃぶりはじめていた。この分では、すぐ乳を飲みはじめるに違いない。

「セシリーよ」ジョージーが答えた。「メインのおばさまの名前なの」

「この子は今までにぼくがもらったなかで最高の贈り物だ」メインの目がまた涙で光った。

「ここにお母さまがいてくれたらどんなによかったか」テスが言った。三人は赤ん坊を抱くジョージーを囲んで、床に膝をついていた。セシリーはアナベルが差し出した指を握っている。イモジェンは子供はひとりだけという計画を考え直しているようだった。

「お母さまはきっと、わたしたちを見守ってくれているわ」アナベルはやさしく言った。

「お母さまがいてくれたらうれしいけれど、わたしを育ててくれたのはお姉さまたちよ」ジョージーが言った。「わたしはいつも安心していられたし、自分は愛されていると思えたの。お姉さまたちには——」彼女は泣いていた。セシリーをくるむ毛布に涙が落ちる。「いくら感謝しても足りないわ。お姉さまたちのおかげで、この世でいちばん欲しかったものをすべて手に入れられたんだもの。今のわたしぐらい幸せな人間なんて、ほかにいないと思う」

セシリーは、抱き合って涙を流す大人たちに取り囲まれていた。まだよく見えない目であたりを見まわし、わたしはちっとも幸せではないと気づく。わたしが幸せではないのに、どうしてみんな笑い、この世は申し分のないところだというようにふるまっているのだろう？なにかが間違っている……ひどく間違っている。そして誰もそれに気づいていない。

セシリーは怒りに任せて、肺のなかに空気をたくさん吸い込んだ。

新たに親となった者が決まって学ばなければならない教訓を、両親に授けてやるつもりだった。小さな暴君に人生を捧げることになったら、幸せは長くは続かない。

だが幸せの同類にして、より奥深いものである喜びは、一生続いていくものなのだ。

訳者あとがき

さあ、いよいよエセックス姉妹の四女、ジョセフィーンことジョージー・エセックスの恋物語が始まります。末っ子ジョージーの恋のお相手は誰なのか、楽しみに待たれていた方も多いことでしょう。

本書は、スコットランドの貴族、ブライドン子爵ことチャールズ・エセックスを父に持つ四人姉妹のひとりひとりをヒロインとした四部作の最後を飾る作品です。とはいうものの、本書で初めてエセックス姉妹と出会われた方にも安心して楽しんでいただける、独立した物語になっていますのでご心配なく。

舞台は一九世紀初頭の英国。姉妹は父の突然の死により、イングランドの貴族、ホルブルック公爵ことラファエル（レイフ）・ジョーダンのもとに引き取られます。早くに母を亡くし、競走馬の育成に情熱を注ぐ父のもと、貴族とは名ばかりの貧しい生活を送っていた四人が、大きく変わった環境のなかでそれぞれに幸せをつかもうと奮闘します。その姿を生き生きと描くのが本シリーズです。

長女のテスはしっかり者の美女。次女のアナベルは金髪の妖艶《ようえん》な美女。三女のイモジェンは黒髪の情熱的な美女。テスとアナベルはすでに愛する人と結ばれ、幸せな結婚生活を送っています。イモジェンも最初の夫を事故で亡くすという不幸を乗り越えて、後見人だったレイフと愛し合うようになり、本書の冒頭でついに公爵夫人となります。三人が幸せをつかむまでにはどんな物語があったのか。まだご存じない方は、既刊の三作品をぜひお手に取ってくださいますようお勧めいたします。

さて、残ったのは本書のヒロインである四女のジョージーです。ロマンス小説をこよなく愛し、そのなかでヒロインが夫をつかまえる方法をさんざん学んできた彼女は、その知識を武器に社交界にデビューします。でもすぐに、心ない若者にひどいあだ名をつけられ、そのために結婚相手としてちょうどいい年ごろの青年たちから避けられるようになってしまうのです。それでなくても美しい三人の姉たちにコンプレックスを持ち、自分の太めの体形を気にしているジョージーは、文字どおり絶望の淵に立たされます。そんな彼女のもとに恋の女神は訪れてくれるのでしょうか？

本書はシリーズ最後を飾る作品にふさわしく内容も盛りだくさん。既刊の三作品をすでにお楽しみいただいている方にはおなじみの、四姉妹のお目付け役グリセルダも、いわばもうひとりのヒロインとして登場します。女性らしい魅力にあふれた豊満な体つきを誇りながらも、品行方正な未亡人としての評判を一〇年も守りつづけてきた彼女が、いよいよ恋をするのです。お相手はどんな方なのでしょう。

作者のエロイザ・ジェームズは本シリーズで日本に紹介されました。詳しい経歴をここに改めて記すのは控えますが、米国ではすでに一流ロマンス作家として多くの読者を得ています。シェイクスピアを専門とするイギリス文学の研究者で、その知識は本シリーズの既刊三作品にも大いに生かされていることをご存じの方もいらっしゃるでしょう。それは本書でも同様で、本書の原題 Pleasure for Pleasure 自体、シェイクスピアの戯曲『尺には尺を』(原題 Measure for Measure) のもじりです。そして物語の内容には、同じくシェイクスピアの喜劇『真夏の夜の夢』が深くかかわっています。

こちらもすでにご存じの方もいらっしゃるでしょうが、作者はインターネット上に情報満載の公式サイト (http://eloisajames.com/) を開設しています。読者を大切にする気持ちとサービス精神にあふれた同サイトには、この物語の後日譚《たん》が掲載されています。作者からエセックス姉妹のファンへのプレゼントとも言えるその後日譚では、本書のエピローグから一〇年後の姉妹の姿が描かれています。そのほかにも作者の近況や他の著作、そして本シリーズのそれぞれの作品についての詳しい解説などが掲載された大いに楽しめるサイトになっていますので、興味がある方はぜひご確認のほどを。

そういうわけで、エセックス姉妹の物語はこれでひとまず幕を閉じます。末っ子ジョージーのロマンスを最後にたっぷりお楽しみください。

二〇〇九年五月

ライムブックス

恋《こい》のめまい

著　者　エロイザ・ジェームズ
訳　者　きすみ りこ

2009年6月20日　初版第一刷発行

発行人　成瀬雅人
発行所　株式会社原書房
〒160-0022東京都新宿区新宿1-25-13
電話・代表03-3354-0685　http://www.harashobo.co.jp
振替・00150-6-151594
ブックデザイン　川島進（スタジオ・ギブ）
印刷所　中央精版印刷株式会社

落丁・乱丁本はお取り替えいたします。
定価は、カバーに表示してあります。
 ISBN978-4-562-04363-7　Printed in Japan

華麗なるときめきの世界
ヒストリカル・ロマンス　好評既刊

キャロライン・リンデン

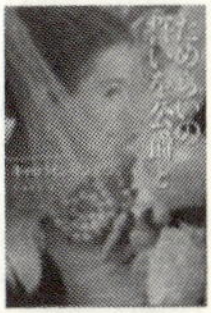

ためらいの誓いを公爵と

白木智子訳　930円

怪我をした貴族の男性を介抱したことがきっかけで求婚されたアンナ。周囲のすすめもあり承諾したが、結婚式の翌日、彼の兄と名乗る人が現れた……

子爵が結婚する条件

斉藤かずみ訳　940円

スチュワートは、大金持ちの令嬢との結婚を目論んでいた。ところが、美しい後見人に財産目当てがばれてしまい、そのうえ……

スーザン・イーノック

あぶない誘惑　レッスン in ラブシリーズ第1弾

水山葉月訳　920円

公爵令嬢ジョージアナは、ロンドン一の放蕩者デア子爵に恋のレッスンを行うと宣言！　しかし6年前の出来事を忘れられない2人は……

エリザベス・ホイト

あなたという仮面の下は

古川奈々子訳　920円

伯爵のもとで働きはじめた淑女アンナ。次第に惹かれあっていくが、身分や立場が邪魔をして思いなやんだすえ、2人は……

価格は税込